AMY MCCULLOCH

Passionnée d'alpinisme, Amy McCulloch est devenue la plus jeune Canadienne à gravir le mont Manaslu au Népal (8ᵉ plus haut sommet du monde). Après une carrière d'éditrice jalonnée de succès, elle se consacre aujourd'hui à l'écriture et fait une entrée fracassante dans l'univers du thriller.

ASPHYXIE

AMY McCULLOCH

ASPHYXIE

*Traduit de l'anglais
par Éric Betsch*

Titre original :
BREATHLESS

Le Code de la propriété intellectuelle n'autorisant, aux termes de l'article L. 122-5, 2e et 3e a), d'une part, que les « copies ou reproductions strictement réservées à l'usage privé du copiste et non destinées à une utilisation collective » et, d'autre part, que les analyses et les courtes citations dans un but d'exemple et d'illustration, « toute représentation ou reproduction intégrale ou partielle faite sans le consentement de l'auteur ou de ses ayants droit ou ayants cause est illicite » (art. L. 122-4).
Cette représentation ou reproduction, par quelque procédé que ce soit, constituerait donc une contrefaçon, sanctionnée par les articles L. 335-2 et suivants du Code de la propriété intellectuelle.

© Tiger Tales Limited, 2022
© Éditions Michel Lafon, 2023, pour l'édition française
ISBN 978-2-266-33999-5
Dépôt légal : février 2024

*Pour Angus,
le meilleur père qui soit, mon lecteur numéro un
et mon plus grand fan*

Prologue

Dernier jour, en redescendant du sommet

Respire, Cecily.

Un air glacial emplissait ses poumons, sensation plutôt étrange. Quand elle s'était imaginée respirant à cette altitude, elle s'était vue à deux doigts d'étouffer, comme si elle se noyait.

Or il n'en était rien.

La morsure du vent était nettement perceptible sur la petite portion de peau exposée de ses joues, entre son tour de cou et ses lunettes teintées. Une rafale plus violente que les autres manqua de peu de l'envoyer au sol.

Il y avait bien de l'air à cette altitude, mais il ne remplissait pas le rôle qu'on attendait de lui.

Exténuée au-delà du possible, elle sentait ses muscles lutter tandis qu'elle progressait dans la neige. Son sang se démenait tout autant, ainsi que ses poumons, son cerveau.

Le problème était d'une simplicité enfantine : il n'y avait pas assez d'oxygène dans l'air, moins d'un tiers de la proportion à laquelle son corps était habitué. Selon l'altimètre de sa montre, elle se trouvait encore au-dessus de huit mille mètres, en pleine zone de la mort.

Le cœur battant, elle jeta un regard par-dessus son épaule. *Est-ce qu'il me suit ?* Elle se figea ; à seulement quelques mètres au-dessus d'elle, une silhouette imposante fendait la poudreuse à pas lourds. Il la pourchassait, la traquait. Mais non… Elle cligna des yeux et comprit qu'elle avait été dupée par l'ombre d'un nuage dévalant la pente.

Son cerveau était si peu oxygéné qu'elle ne pouvait même plus faire confiance à sa vision.

Va-t-il me rattraper ? M'attend-il plus bas ?

Elle n'aurait pas cru cela possible, pourtant elle sentit son rythme cardiaque accélérer un peu plus, à tel point qu'elle eut la sensation que des chevaux galopaient dans sa poitrine. Sa respiration se fit également plus saccadée tandis qu'elle s'efforçait d'inspirer l'air raréfié. En proie à de sérieux vertiges, elle était au bord de l'évanouissement.

Quelle importance qu'il se trouve plus haut ou plus bas qu'elle ?

Tu t'occuperas de lui plus tard. Pour l'instant, ne pense qu'à survivre.

Toujours hantée par des pas fantômes dans son dos, elle reprit sa marche, aussi rapidement que son corps le lui permettait, la moindre erreur susceptible de la faire chuter de mille mètres.

Il lui fallait à tout prix redescendre de la montagne.

Et par ses propres moyens.

Brouillon 1

Les 14 sans assistance
Portrait d'une légende de l'alpinisme

Par Cecily Wong

Au niveau de la mer, Charles McVeigh est un homme comme les autres. En revanche, dès l'instant où il se trouve dans la zone de la mort, c'est-à-dire au-dessus de huit mille mètres d'altitude, il devient un surhomme.

Le jour où il s'est dressé au sommet du Manaslu, le [insérer la date], il a accompli un exploit jugé impensable par beaucoup, à savoir vaincre les quatorze plus hauts sommets de la planète en moins de un an, sans oxygène supplémentaire ni cordes. Ce qui a consolidé sa réputation de meilleur alpiniste actuel de la planète.

Cela étant, les audacieux sauvetages qu'il a entrepris avec succès au cours de ses ascensions ont peut-être encore plus impressionné que ses exploits sportifs. Sur le Dhaulagiri, la troisième montagne de sa liste, il s'est lancé au secours de deux frères italiens coincés plus haut que le camp 4. S'il a réussi à arracher l'un d'eux à cet enfer, l'autre a hélas succombé à ses blessures.

Qu'il ait sauvé une vie après que les deux hommes eurent passé une nuit exposés aux températures glaciales et à l'air raréfié est déjà un petit miracle. L'Italien rescapé n'aurait pas davantage survécu que son frère si Charles n'avait eu la force de faire demi-tour, alors qu'il redescendait vers le camp 3, pour se porter à son secours. Il a ensuite fallu près de quatorze heures aux autres secouristes pour les rejoindre. Sans Charles, ils seraient arrivés trop tard.

Ce haut fait - ainsi que d'autres vies sauvées sur l'Everest, le Broad Peak et le Cho Oyu - a propulsé Charles sous les projecteurs des médias.

Quelle force pousse un homme à affronter des conditions si extrêmes ? J'ai eu la chance d'accompagner Charles lors de l'ultime ascension de son défi, celle du Manaslu, pour obtenir la réponse à cette question. [Insérer l'interview de Charles quand il me l'aura accordée !]

– 1 –

Dans une chambre d'hôtel exiguë surplombant de très haut les rues ornées de drapeaux de prières multicolores de Thamel, le principal quartier touristique de Katmandou, Cecily referma son ordinateur portable. L'introduction de son article ne lui convenait guère, mais le simple fait d'avoir déjà rédigé quelques phrases apaisait ses nerfs mis à rude épreuve. Il était en effet nettement moins ardu de retravailler un brouillon bâclé que de faire face à une page blanche.

Si elle avait autrefois cru que la page blanche constituait sa plus grande peur, elle était sur le point, grâce à Charles McVeigh, de se mesurer à un obstacle autrement plus terrifiant : la zone de la mort, sur le huitième plus haut sommet du monde.

Elle avait encore le crâne lourd après la soirée de la veille, au Tom & Jerry. Elle n'avait pas eu l'intention de boire autant, mais un de ses nouveaux équipiers – Zak, l'Américain – avait multiplié les tournées. Finalement, une légère gueule de bois n'était qu'un prix modique à payer pour les liens qu'elle avait noués avec lui. Néanmoins, il était essentiel qu'elle soit en pleine forme pour l'expédition, or elle avait déjà des soucis d'équilibre.

On frappa sèchement à la porte de la chambre. Elle se leva d'un bond et fit entrer Doug Manners, le responsable de l'expédition, ainsi que Mingma Lakpa Sherpa, le chef des guides, qui l'avaient accueillie la veille à l'aéroport. Elle avait instantanément reconnu Doug à sa tignasse argentée, contrastant furieusement avec son teint hâlé par le soleil d'altitude. Il avait à présent les épaules voûtées et semblait épuisé, bien loin de l'image du légendaire alpiniste britannique, hardi et pionnier, qu'elle avait longtemps eue de lui. Elle avait beaucoup lu à propos de ses exploits sur les plus hauts sommets : il avait notamment effectué cinq ascensions de l'Everest, face sud et face nord, et ouvert de nombreuses voies sur des pics moins réputés de la chaîne du Karakoram, au Pakistan, et de la cordillère des Andes. Après avoir été durant de longues années guide pour le compte de Summit Extreme, le plus important organisme spécialisé dans les expéditions en haute altitude, il avait fondé sa propre société, Manners Mountaineering. Il était réputé pour son approche pragmatique des choses et pour la priorité absolue qu'il accordait à la sécurité.

À côté de lui, Mingma paraissait fluet, toutefois Cecily n'ignorait pas qu'il avait foulé le sommet de l'Everest à quinze reprises ; elle avait toutes les peines du monde à imaginer l'endurance et le courage nécessaires pour accomplir un tel exploit.

— Tu es prête ? lui demanda Doug.
— Oui, je crois.

Elle referma son calepin, laissant apparaître la checklist imprimée et collée sur la couverture, et laissa les deux hommes inspecter son matériel soigneusement rassemblé sur le lit. Au cours de la matinée, elle avait déjà tout vérifié une dizaine de fois, cochant chaque ligne de sa liste ; elle n'avait oublié aucun des nombreux objets qu'on lui avait demandé d'emporter.

Cette fois, Cecily était déterminée à affronter la montagne parfaitement préparée.

— Tu te sens bien, ce matin ? s'enquit Mingma, les yeux pétillants.

Il l'avait aidée à regagner son hôtel la veille au soir, indiquant le chemin au chauffeur de taxi népalais.

— Oui, en pleine forme ! répondit Cecily en se forçant à sourire.

Le sherpa lui tapota le bras sans insister.

Elle se tourna vers Doug, qui détaillait son matériel avec un œil critique. Il s'empara d'une botte et en inspecta la semelle. Elle était énorme, avec sa triple épaisseur et ses guêtres jaune guêpe montant jusqu'aux genoux, conçue pour être portée à huit mille mètres d'altitude et indispensable pour protéger les orteils de la morsure du froid extrême. Flambant neuve car elle ne l'avait encore jamais chaussée, la paire de Cecily était en outre un peu trop grande pour elle, si bien qu'elle y avait glissé des semelles intérieures supplémentaires. Les vêtements d'alpinisme en haute altitude – les combinaisons et les bottes – étaient quasiment exclusivement conçus pour les hommes. Cecily devait donc adapter les siens à son corps de femme.

— Merci encore à tous les deux d'avoir accepté que je prenne part à l'expédition, dit-elle. Ça doit vous sembler bizarre d'avoir des visiteurs avec vous, étant donné que vous n'avez eu qu'à soutenir Charles, jusqu'à présent, au cours de sa mission.

— Tout le plaisir est pour nous, sourit Mingma, dont la moustache clairsemée chatouilla le bas du nez.

La chaleur du sherpa tranchait avec les grognements de Doug. Celui-ci fronça un peu plus les sourcils quand, délaissant les bottes de Cecily, il examina son piolet à poignée orange et son baudrier.

— J'espère que ça convient, dit la jeune femme. J'ai cherché les meilleurs baudriers sur Internet, et de bons retours ont été postés sur celui-ci.

— Ça ira, mais il aurait été préférable d'en prendre un qu'on peut clipser aux cuisses.

— Oh… je l'ignorais, rougit Cecily.

— Tu aurais dû me poser la question ; ce n'est pas Google qui te sauvera la vie à huit mille mètres d'altitude.

Doug reposa le baudrier sur le lit, prenant soin de ne pas emmêler les sangles.

— En temps normal, quand je dirige une expédition, je n'accepte que des alpinistes suffisamment expérimentés. On ne sait jamais à quel moment la montagne se retournera contre nous ; ce n'est pas seulement ta vie que tu mets en jeu en grimpant là-haut, celle de tes équipiers dépend également en partie de toi.

— Je m'en suis rendu compte lors de ma dernière ascension, reconnut Cecily, réprimant un frisson. J'ai même rédigé un article sur cette épreuve, et je l'ai publié sur Internet. Tu l'as peut-être lu…

— Je ne suis pas très au fait de ce qui paraît sur Internet, lâcha Doug sans émotion aucune.

— Oui, bien sûr, c'est normal. Si je me disais que tu l'avais peut-être lu, c'est seulement parce que c'est ce récit qui a incité Charles à m'inviter ici.

Cecily était à la fois gênée et satisfaite d'avoir abordé cette question. Il y avait donc au moins un membre de l'expédition qui n'avait pas lu « Mise en échec », son billet de blog devenu viral – sans que ce soit flatteur pour elle – dans lequel elle avait décrit son « incapacité » à atteindre le sommet des montagnes auxquelles elle s'était attaquée jusqu'à présent. Quand il avait fait le rapprochement entre ce texte et sa nouvelle équipière, Zak avait insisté pour offrir une nouvelle tournée.

— Tout me semble en ordre, dit Doug. Il faut que j'aille vérifier les affaires des autres. Dès que tu auras tout rangé dans tes sacs, laisse-les ici ; Mingma les descendra. On se retrouve dans le hall à 11 heures précises, et ensuite on file à l'aéroport.

— C'est noté, répondit Cecily en se redressant.

Elle balaya du regard la quantité de matériel à entasser dans ses sacs, fruit de toutes ses économies. Elle ne possédait rien d'autre que ce qui se trouvait sur ce lit.

— Tu crois que j'ai apporté trop de choses ? demanda-t-elle à Mingma.

— Tu devrais voir la liste de M. Zak ! s'esclaffa le Népalais. Je crois même qu'il compte emporter un album photo de ses enfants au sommet. Et toi, que penses-tu déposer là-haut ?

Cecily se mordilla la lèvre inférieure.

— Je n'y ai pas réfléchi, pour être franche.

— Vraiment ? s'étonna Mingma. On trouve des fanions à vendre un peu partout dans Thamel. Tu as encore un peu de temps pour en acheter un.

— C'est vrai ? Bonne idée, merci Mingma. Je m'en occupe dès que j'ai fini de ranger mes affaires.

Le sherpa inclina la tête et rejoignit Doug dans le couloir. Cecily plia ses vêtements et les fourra dans des housses de rangement, qu'elle glissa dans son grand sac en vérifiant une dernière fois qu'elle n'avait oublié aucun élément de sa liste.

Or celle-ci ne comprenait pas de « fanion pour le sommet ». Elle aurait évidemment dû penser à quelque chose à emporter là-haut, à brandir sur la photo. Pourquoi cela lui avait-il échappé ?

Tandis qu'elle se frayait un chemin dans les rues grouillantes, la réponse lui apparut, évidente :

Parce que tu es convaincue que tu échoueras.

– 2 –

Un minuscule Union Jack en poche, Cecily regagna l'hôtel. Lorsque la porte coulissante s'ouvrit, elle se trouva nez à nez avec un téléphone brandi.

— Et voici une de mes équipières ! s'exclama Zak.

Dès son retour dans sa chambre, la veille, après la soirée au bar, elle avait effectué une recherche sur Internet le concernant, qui lui avait appris qu'il était le P-DG de TalkForward, une société produisant des appareils de communication high-tech et établie à Petaluma, en Californie.

— Dis « bonjour », Celia !

— Je m'appelle Cecily, rectifia-t-elle en agitant la main à l'intention des gamins blonds tout sourire sur l'écran du mobile.

Zak passa un bras sur l'épaule de Cecily et l'attira contre lui, de façon qu'ils soient tous deux dans le cadre.

— Je ne suis pas encore bien remis du décalage horaire ! Les enfants, je vous présente Cecily ! C'est une journaliste de classe mondiale, elle écrit un article sur Charles.

Cecily tressaillit en entendant cette description on ne peut plus éloignée de la réalité, mais elle ne reprit pas Zak, qui ne parut pas remarquer sa gêne.

— L'homme des montagnes ! brailla le plus jeune des garçons.

— C'est ça, champion : notre héros de l'Himalaya ! Je vous aime, les enfants, mais je dois filer. Les montagnes m'attendent !

Il coupa la communication et soupira bruyamment.

— C'est peut-être la dernière fois que je leur parle avant longtemps, ça fait tout drôle… Et toi, tu as appelé tes proches ?

— Je crois qu'ils préfèrent recevoir de mes nouvelles quand je serai de retour saine et sauve, à vrai dire.

— Normal. Oh ! Regarde qui arrive ! s'exclama Zak, désignant l'ascenseur par-dessus l'épaule de Cecily. C'est Charles, non ?

La jeune femme se retourna et sentit instantanément un creux se former dans son estomac.

— Exact.

On repérait facilement Charles McVeigh en n'importe quel lieu, bien entendu, mais même ici, dans un hall d'hôtel rempli d'alpinistes sur le point de se lancer en expédition, il se démarquait. Loin d'être élancé comme la plupart, ce grand type était assez baraqué. Il portait une doudoune bleu ciel, avec le logo TalkForward sur le bras et ses initiales – CM, le M formant une chaîne montagneuse stylisée – sur la poitrine et sur sa casquette.

Cecily sentit Zak se redresser, se faire aussi grand que possible, ce qui ne le ferait même pas atteindre l'épaule de Charles – mais elle comprenait ce réflexe de se montrer sous son meilleur jour. Dans le monde de l'alpinisme, Charles McVeigh était déjà une célébrité. Et très bientôt, il entrerait dans la légende. En effet, il était tout près d'être le premier à accomplir un exploit sans précédent, presque impossible : gravir les quatorze sommets de plus de huit mille mètres de la planète sans oxygène supplémentaire et en style alpin – et ce en l'espace de un an.

Il avait nommé son projet « Mission : les 14 sans assistance ».

La plupart des alpinistes – comme Cecily, Zak et le reste de l'équipe – s'élançaient en style expédition, ou style himalayen, c'est-à-dire qu'ils s'autorisaient toutes les aides possibles – porteurs, cordes fixes, échelles, tentes pour dîner, bouteilles d'oxygène, une longue période d'acclimatation et un sherpa personnel pour s'occuper de chacun d'eux – afin d'atteindre le sommet et d'en redescendre en toute sécurité. Charles, lui, se refusait tout cela, privilégiant l'alpinisme sous sa forme la plus pure.

Si Cecily se trouvait à Katmandou, elle le devait à Charles, qui lui avait promis une interview exclusive dès lors qu'il aurait bouclé sa mission. Cet article serait de très loin le plus retentissant de la carrière de Cecily, un tournant décisif.

Dès qu'elle aperçut Charles, elle chercha son calepin et son stylo dans son sac, songeant à l'enthousiasme de Michelle, sa rédactrice en chef, lorsqu'elle lui avait annoncé avoir décroché l'interview. Publier un entretien avec le plus célèbre alpiniste au monde serait une véritable aubaine pour le magazine *Wild Outdoors*[1].

---

1. Que l'on pourrait traduire par « Nature sauvage ». (*Toutes les notes sont du traducteur.*)

Or la joie de Michelle s'était rapidement estompée.

— Tu t'en sens vraiment capable ?

Cecily ne doutait pas un instant que Michelle aurait préféré, et de loin, confier ce job à quelqu'un comme James, journaliste d'aventure renommé et, à l'époque, compagnon de Cecily. Or c'était elle – avec sa réputation de ne jamais parvenir au sommet des montagnes qu'elle gravissait – qui avait été choisie par Charles. Cependant, ce dernier avait ajouté une condition non négligeable. Cecily n'aurait droit à la fameuse interview qu'après avoir atteint le sommet du Manaslu avec lui. Les doutes de Michelle étaient légitimes.

— Je ferai de mon mieux, avait répondu Cecily.

Michelle avait soupiré.

— Essayer, c'est bien, mais… Écoute, j'ai discuté avec la rédaction, nous voulons cet article, mais tu ne seras payée qu'à la livraison de ton texte.

Cette nouvelle lui avait fait l'effet d'un coup de poing.

— Tu plaisantes ? Dans ce cas, je n'ai pas les moyens de me rendre là-bas. Il me faut de quoi régler le billet d'avion et financer mon entraînement, sans parler du matériel et des frais de l'expédition.

Ce n'était pas tout, mais Cecily avait pris garde de ne pas paraître trop désespérée, désireuse de conserver un semblant de professionnalisme.

— Je peux peut-être t'obtenir une avance pour le voyage, voire un peu plus si tu nous envoies des comptes rendus en cours d'expédition, mais pour le reste… Je suis navrée, Cecily, il faudra que tu te débrouilles.

— Tu as pris en charge tous les coûts de l'expédition de James en Antarctique ! Mon interview sera nettement plus lue que son article. Tu as toi-même dit que c'était le papier d'une vie !

— James fait partie de nos journalistes de premier plan et n'a plus rien à prouver, tandis que toi...

— Moi je n'ai encore rien accompli.

Michelle n'avait pas contredit cet état de fait, ce qui avait donné lieu à un silence gênant. Réfléchissant à toute allure, Cecily s'était rappelé qu'elle avait besoin de cette interview pour lancer sa carrière. Malheureusement, elle devrait manifestement tout miser sur ce coup-là.

— Et si j'y arrive ?

— Si tu réussis, tu seras payée et nous te rembourserons tes frais, bien sûr, et tu auras droit à des royalties. J'en serais ravie, crois-moi, plus j'aurai de femmes de couleur dans mon équipe, mieux ce sera. Franchement, si tu nous ponds un bon papier, je pense que ça donnera davantage qu'un article pour *Wild Outdoors*. On pourrait tirer un livre ou un film de cette expérience. C'est typiquement le genre de portrait qui peut tout changer dans ta carrière, de telles occasions ne se présentent pas si souvent.

Cecily était rassurée, et sa respiration avait retrouvé son rythme normal. Il était bon de savoir que Michelle la soutenait, même si c'était parce que son visage plutôt clair – elle pouvait presque passer pour une Blanche – et son nom de famille hérité de son père chinois faisaient d'elle l'incarnation la plus facilement acceptable d'une certaine diversité.

Malgré cela, les mots de sa rédactrice en chef résonnaient encore désagréablement en elle, non à cause de l'occasion unique qui s'offrait à elle, mais du revers de la médaille, qui avait été tu lors de cette conversation ;

si elle se plantait, sa carrière de journaliste d'aventure serait terminée. Elle se retrouverait à la case départ, contrainte de se battre pour décrocher des articles minables qui lui permettraient tout juste de se nourrir. Si elle échouait, ce serait un coup dur qui ne se résumerait pas à un nouveau revers sur les flancs d'une montagne.

Sa carrière en devenir se conclurait sur cet échec.

Idem concernant son rêve de disposer de quoi verser l'acompte nécessaire pour louer son propre appartement : là encore, un échec.

« Mise en échec » deviendrait un titre réducteur : ce serait la vie de Cecily, de façon générale, qui alors serait un échec.

Charles se dirigea vers quelques fauteuils en cuir regroupés dans un coin du hall de l'hôtel.

— Allons lui dire bonjour avant qu'il ne soit assailli par ses fans, proposa Zak, qui s'élança avant même d'avoir achevé sa phrase.

Cecily resta en retrait, cherchant encore son stylo. Revoir Charles pour la première fois depuis des mois lui fit un peu plus prendre conscience de l'exploit qu'elle s'apprêtait à tenter.

Son premier pic de plus de huit mille mètres. L'un des plus hauts sommets de la planète.

L'un des plus mortels, également.

Elle s'arracha à l'emprise de la peur qui avait fondu sur elle et rejoignit Zak.

— Quel bonheur d'être ici, mec ! s'extasia ce dernier, en admiration, et serrant énergiquement la main de

Charles. C'est un honneur pour moi de faire partie de l'équipe, vraiment.

— Tout l'honneur est pour moi, répondit la star des montagnes, une main sur le cœur. Asseyez-vous, tous les deux, je vous en prie. Ça me fait plaisir de te revoir, Cecily.

— Plaisir partagé. J'ai du mal à croire que le grand moment soit enfin arrivé.

Elle sortit son calepin.

— Tu permets que je te pose quelques questions en attendant d'embarquer dans l'hélicoptère ?

— Tu n'essaierais pas de m'arracher une interview, par hasard ? plaisanta l'alpiniste. Ce n'est pas ce qui est convenu...

Cecily tenta de l'amadouer avec un sourire vainqueur.

— Je me disais que, puisque nous ne sommes pas encore en montagne, je ne transgresserais pas les règles en te posant quelques questions d'« avant-ascension ».

Charles secoua la tête, insensible à l'effort de Cecily.

— Range ce calepin. Si je t'ai fait venir ici, c'est pour que tu expérimentes la vie au sein d'une expédition.

Il se pencha et haussa les sourcils avant de conclure dans un souffle.

— Profites-en à fond.

— Charles ? intervint une voix teintée d'un accent plus ou moins germanique.

Il s'agissait d'une femme d'un certain âge, qui s'approcha du petit groupe. Charles se leva et lui fit la bise.

— Vanja ! Comment allez-vous ? Je vous présente Zak Mitchell, P-DG de TalkForward, une start-up techno, et Cecily Wong, la journaliste que j'ai choisie pour m'accompagner jusqu'au Manaslu. Elle va même me suivre dans l'ascension, pour ne rien en rater ! Pas d'interview avant le sommet, n'est-ce pas, Cecily ?

Le sourire de Cecily s'effaça, et elle dut laisser passer quelques secondes avant de réagir :

— Exact.

— Impressionnant, dit Vanja, jaugeant la jeune femme.

— Cecily, je te présente Vanja Detmers, la responsable de la base de données des ascensions himalayennes, qu'elle gère ici, à Katmandou. C'est elle qui a confirmé tous les sommets népalais que j'ai atteints.

— C'était un plaisir, Charles.

Cecily serra la main de Vanja et nota son nom sur son calepin.

— Je suis là pour prendre note des détails concernant chaque membre de l'expédition, pour pouvoir par la suite confirmer qu'ils ont atteint le sommet. Je peux commencer avec vous, Cecily ?

Vanja s'installa à côté de la journaliste et posa son ordinateur portable sur la table basse.

— Oh, je ne sais pas si…

— Vous n'allez pas laisser passer l'occasion d'avoir votre nom dans les livres d'histoire, tout de même ?

Cecily laissa filer quelques secondes avant de répondre :

— Non, bien sûr… Enfin, si je parviens là-haut.

— Ça ne fait aucun doute ! Vous aurez Charles à vos côtés, vous ne pourriez vous trouver entre de meilleures mains. Si vous avez le moindre souci, il volera à votre secours.

— C'est gentil de dire ça, Vanja, mais j'aimerais autant que cette ascension se déroule sans problème, après ce qui s'est passé sur le Cho, sourit l'intéressé.

— Ah ! Vous êtes trop modeste, Charles. Rien ne se vend mieux qu'un bon vieux sauvetage, pas vrai ? répliqua Vanja, qui lui lança presque un clin d'œil.

Elle ouvrit son ordinateur et fit voleter ses doigts sur les touches. Cecily se pencha, sa curiosité attisée ; la base de données des ascensions himalayennes avait pour objectif de répertorier l'ensemble des alpinistes se lançant à l'assaut d'un sommet népalais de plus de huit mille mètres.

— Britannique ?

Cecily hocha la tête. Pianotant toujours sur son clavier, Vanja fit apparaître à l'écran la liste des femmes britanniques ayant gravi le Manaslu depuis la première d'entre elles, en 2008. Cecily cligna des yeux, choquée par la maigreur de cet effectif. Si elle atteignait le sommet, elle ne rejoindrait qu'une poignée de compatriotes. C'était là encore un rappel de l'énormité du défi qui se dressait face à elle.

— Que signifient les astérisques qui suivent certains de ces noms ? s'enquit-elle.

— Cela veut dire que ces alpinistes n'ont atteint que l'antécime. Certaines années, il est trop difficile de fixer une corde jusqu'au véritable sommet.

— Nous y parviendrons cette année, ne vous en faites pas, assura Charles.

— Cecily ?

C'était Mingma, qui lui faisait signe de le rejoindre. Il était accompagné d'une jeune femme en top de sport jaune fluo et leggings violets, ne portant en guise de maquillage qu'un rouge à lèvres vif.

Cecily fut aussi surprise qu'enchantée de reconnaître Élise Gauthier, qu'elle suivait sur Instagram depuis une éternité, depuis ses toutes premières recherches sur l'univers de la montagne. Influenceuse et alpiniste québécoise, Élise était réputée pour ses tenues aux couleurs vives et les bijoux qu'elle portait même en haute altitude. Dotée d'un œil remarquable, elle proposait à ses followers des photos et des vidéos saisissantes et parfaitement composées.

— Mon Dieu… Élise ? laissa échapper Cecily, incapable de contenir le grand sourire spontanément apparu sur ses lèvres.

— Oui, c'est bien moi ! confirma la Canadienne, rayonnante, avant de relever ses lunettes de soleil et de les caler dans ses cheveux. Nous nous connaissons ?

— Oh, pardon ! Non, je m'appelle Cecily Wong, je te suis sur Instagram, et je dois dire que ce que tu y publies est très inspirant pour moi ! Tu es ici pour gravir le Manaslu ?

— Oui, j'accompagne Charles. Toi aussi, non ?

— Exact. Quelle merveilleuse surprise que tu fasses partie de l'équipe !

— Moi aussi, je suis ravie que tu sois là ! dit Élise, qui se pencha et fit la bise à Cecily, avant de lui serrer le bras. Je m'imaginais déjà entourée de mecs, comme toujours en montagne. Nous grimperons ensemble, si tu veux.

— J'ai quelque chose pour vous deux, dit Mingma.

Il sortit de son sac deux écharpes orange couvertes de symboles bouddhistes et en passa une autour du cou de Cecily.

— C'est une *khata*, précisa-t-il. Pour que ton séjour en montagne se passe au mieux.

Cecily fit courir ses doigts sur le tissu soyeux. Après avoir quelque peu appréhendé sa rencontre avec les autres membres de l'équipe dans l'avion, elle avait eu l'agréable surprise, la veille au soir, de découvrir un Zak assez sympathique, malgré sa légère arrogance. Et maintenant surgissait Élise, véritable rayon de soleil dont la seule présence lui réchauffait le cœur. Avec de tels équipiers, elle avait bon espoir d'atteindre son objectif.

La porte coulissante de l'hôtel s'ouvrit sur Doug.

— Les voitures sont là.

L'index levé, il compta silencieusement, puis fronça les sourcils.

— Mingma ! Il n'est pas descendu ?
— Je ne l'ai pas vu.

Doug consulta sa montre, le regard noir. Il était 11 heures passées de quelques minutes.

— Il manque quelqu'un ? demanda Cecily à Mingma.
— Oui, nous avons une autre personne dans l'équipe, qui a été ajoutée au dernier moment. Il s'appelle…

Mingma ne put achever sa phrase, le tintement de l'ascenseur résonna, puis un individu affublé de lunettes à verres réfléchissants sortit de la cabine, un appareil photo reflex numérique de luxe autour du cou. Il se dirigea droit vers la machine à café installée dans un coin du hall. Doug l'intercepta en chemin.

— Pas le temps, Grant. Il faut y aller. Tout de suite.
— Sérieux ? Juste une tasse de café et je serai prêt…

Cecily haussa les sourcils. Elle n'était manifestement pas la seule ressortissante britannique de l'équipe, ce type avait à peu près son âge, peut-être même était-il plus jeune qu'elle, mais son accent très « british » tranchait avec son allure débraillée. On aurait juré qu'il sortait tout juste d'une virée dans un bar. Il fit la moue, puis son expression changea du tout au tout dès que son regard se posa sur Charles.

— Ah, tu es là, mon pote ! Cool de te voir. J'étais bourré comme un coing hier soir, je t'ai perdu dans la boîte et je me suis réveillé dans un restau pourri. Normal. Prêt pour la montagne ?

— Plus que jamais, répondit Charles, la mine quelque peu fermée et sans aller serrer la main de Grant, contrairement à ce qu'il avait fait avec Zak.

Cette indifférence ne parut pas troubler Grant ; les deux hommes se connaissaient assez bien, c'était évident. La sensation de confort éprouvée peu auparavant, à propos de son équipe, vacilla quelque peu dans l'esprit de Cecily, à qui l'allure et l'attitude de Grant rappelaient les mecs snobs et arrogants qu'elle avait côtoyés à la fac et qui se croyaient partout chez eux. Cela étant, peut-être se laissait-elle influencer par la désapprobation de Doug à l'encontre de Grant, qui crevait les yeux – et dont ce dernier semblait se moquer éperdument.

— J'ai hâte de te filmer, je ne louperai aucun moment, affirma Grant.

Doug toussota et donna le signal du départ :

— Allez, on y va.

— Un instant ! dit Élise. Vanja, pourriez-vous prendre le groupe en photo ?

Ils se serrèrent les uns contre les autres, telle une équipe soudée, tandis que Mingma distribuait les dernières *khatas* orange. Charles se positionna au centre, dépassant tout le monde de la tête et des épaules. Se connaissant à peine, ces sept individus ne se quitteraient plus un mois durant, s'attaquant à un sommet comptant parmi les plus élevés et les plus dangereux de la planète.

Cecily ne pouvait qu'espérer être prête pour cela.

– 3 –

Cet instant suspendu passé, Charles s'écarta du groupe.
— À bientôt, tout le monde ! lança-t-il. Et bon vol !
— Tu ne nous accompagnes pas ? s'étonna Cecily.
— Non, je vous rejoins plus tard. J'ai encore quelques détails administratifs à régler ici, à Katmandou – et surtout, je suis déjà acclimaté à l'altitude.
Alors que ses compagnons se dirigeaient déjà vers les voitures, Cecily resta clouée sur place.
— Ne traînons pas, Cecily, il faut y aller, intervint Doug.
Le regard de la journaliste fit quelques allers et retours entre Doug et Charles. Celui-ci, percevant son inquiétude, s'approcha d'elle et, une main sur son épaule, lui chuchota à l'oreille :
— Ne te fais aucun souci, nous aurons tout le temps de bavarder pendant l'ascension.
Elle acquiesça, rassurée par le contact du célèbre alpiniste. Dire qu'elle avait entendu parler de Charles McVeigh pour la première fois moins de un an auparavant, c'était à peine croyable.

Le souvenir de ce matin d'octobre glacial n'était que trop présent dans sa mémoire. Les essuie-glaces s'acharnaient furieusement sur le pare-brise, malmenés par la pluie battante.

— Ça se voit dans son regard, avait dit James. Il réussira. S'il obtient le financement nécessaire avant sa première ascension, prévue le printemps prochain, il décrochera facilement le record.

Partis de Londres, James et Cecily étaient alors en route à destination de Fort William, afin de participer au célèbre défi des Trois Pics, qui consistait à enchaîner l'ascension des points culminants respectifs d'Écosse, d'Angleterre et du pays de Galles en seulement vingt-quatre heures. Ben, ami et collègue journaliste de James, était au volant ce jour-là, afin de permettre à James et Cecily de conserver toute leur énergie pour les ascensions. Réduite à l'état de boule de nerfs, Cecily s'inquiétait de la météo, de sa forme physique et de l'ampleur de la tâche qui se présentait à eux, si bien que James cherchait à la détendre en évoquant Charles. Il n'y avait que lui pour croire que lui parler d'un alpiniste envisageant d'accomplir un exploit quasi impossible pouvait apaiser ses angoisses, mais c'était plutôt prévenant de sa part. Quoi qu'il en soit, cela ne décrispait aucunement le nœud qui s'était formé dans sa poitrine.

— Il faut encore qu'il obtienne des autorisations, ajouta Ben. Ces derniers temps, le gouvernement chinois se montre de plus en plus strict vis-à-vis de ceux qui veulent s'attaquer au Shishapangma.

Ben était si grand qu'il n'avait d'autre choix que de se voûter sur le volant ; il n'était clairement pas confortablement installé.

— Il les aura, assura James. Les Chinois seraient vraiment stupides de lui créer des problèmes, sa tentative fait une publicité incroyable pour l'ensemble de l'industrie de la haute montagne.

Malgré ses réserves quant au défi, Cecily adorait voir James si enthousiaste. Il était rare qu'il se montre si généreux en louanges, d'ordinaire, il était le premier à critiquer les alpinistes les plus légendaires. Par ailleurs, elle ne pouvait que reconnaître être elle-même intriguée par cet exploit potentiel.

— Qu'est-ce qu'il a de spécial ce... Comment il s'appelle, déjà ? lança-t-elle depuis la banquette arrière, penchée vers les sièges avant.

— Charles McVeigh, répondit James.

— Les records sont souvent battus, en haute montagne, non ?

— Tu plaisantes ? ricana James, qui capta son regard dans le rétroviseur. Pas ce genre de record. Si Charles mène sa mission à bien, ce sera une révolution, et pas uniquement pour la communauté de l'alpinisme. Il aura repoussé les limites du corps humain et prouvé au monde entier ce dont l'humanité est capable. Ce serait vraiment un pas de géant.

— Cool...

James grimaça. Cecily avait conscience que « cool » était un euphémisme.

— J'ai couvert l'annonce de sa mission « les 14 sans assistance » pour le compte du site ClimbersWeb[1], mais il mérite davantage d'attention, raconta James. J'espère vivement convaincre *National Geographic* ou

---

1. Littéralement « le Web des grimpeurs ».

Wild Outdoors de me commander un article de fond sur son projet. Aucun journaliste n'a encore réussi à décrocher une collaboration exclusive avec lui sur cette aventure.

Tandis que James et Ben poursuivaient leur discussion sur la prouesse à venir de Charles, Cecily se cala contre le dossier de la banquette arrière et parcourut les divers réseaux sociaux sur lesquels Charles intervenait, intriguée par la passion et l'admiration que James vouait à cet homme. Elle fut époustouflée par les photos postées par Charles, parmi lesquelles d'immenses panoramas montagneux et des voies terrifiantes surplombées de monstrueux séracs. Elle n'avait foulé qu'une seule montagne de toute son existence : le Kilimandjaro, en Tanzanie. Cette ascension avait été suffisamment éprouvante à son goût, pourtant ce sommet africain était loin d'atteindre les altitudes des pics auxquels Charles comptait se mesurer.

— Pourquoi ces quatorze montagnes en particulier ? s'enquit-elle.

— Ce sont les seuls pics à culminer au-dessus de huit mille mètres, et ils se trouvent tous dans la chaîne de l'Himalaya. Ce sont les sommets de la « zone de la mort » ; à cette altitude, le corps humain se meurt un peu plus à chaque minute. La plupart des alpinistes s'équipent de bouteilles d'oxygène, mais pas Charles. C'est un puriste.

— Comment se fait-il qu'il en soit capable ?

— Je n'en sais rien, avoua James, la mâchoire crispée. J'aimerais lui poser cette question, justement, mais il n'a pour l'instant répondu à aucun de mes e-mails.

— Je devrais peut-être tenter de le contacter ? hasarda Ben.

— N'essaie même pas, putain ! gronda James.

Ben leva les mains du volant, comme s'il se rendait face à un ennemi.

— Je déconne, mec ! Tu auras ton interview. Les alpinistes sont superstitieux, tu le sais bien. Il n'a sans doute pas envie de se confier à qui que ce soit tant qu'il n'a pas accompli sa mission.

— Tu es un peu comme ça, toi aussi, Jay, dit Cecily, taquinant son compagnon afin de détendre l'ambiance. Tu portes les mêmes chaussettes que sur l'Aconcagua, non ?

Si James et Ben étaient journalistes concurrents, ils avaient par ailleurs vécu de nombreuses aventures ensemble. Cecily avait enduré vingt-quatre heures d'angoisse en attendant de leurs nouvelles quand ils s'étaient attaqués au point culminant d'Amérique du Sud. Ils avaient atteint ce sommet, et même si elle était restée en sécurité dans leur appartement londonien, elle avait partagé leur extase au moment de la victoire. En cet instant, elle avait eu un aperçu de la « fièvre des sommets », cette volonté qui vous pousse à atteindre la cime quoi qu'il advienne.

— Mes fidèles chaussettes des sommets, confirma James, avec un clin d'œil. Elles sont infaillibles.

— Sauf sur le Kilimandjaro, nuança Cecily, qui lui caressa le bras. Je m'en veux encore. J'espère que je ne te décevrai pas, cette fois.

Il se tourna vers elle et lui prit la main.

— Les conditions n'étaient pas les mêmes. Nous n'aurons pas de soucis d'altitude ici, bébé. Tu t'es bien entraînée, tout se passera bien, tu n'as aucun souci à te faire.

Or le défi ne se passa pas bien. Au cours de la troisième ascension, celle du mont Snowdon – Yr Wyddfa, en gallois –, Cecily fut rattrapée par l'épuisement, avec en prime quelques crises de délire, après plus de vingt heures d'efforts pour gravir le Ben Nevis, en Écosse, puis le Scafell, en Angleterre. Il faut dire qu'elle avait été incapable de dormir ou même de se reposer durant les longs transferts en voiture. Harcelée par de violentes rafales de vent et une pluie torrentielle, elle fut soudain paralysée, incapable d'aller plus loin, tremblante de froid. Ils se trouvaient alors à mi-parcours de l'arête Crib Goch, aussi effilée qu'une lame de couteau, progressant sur des rochers rendus glissants par les averses.

— Je n'y arriverai pas, dit-elle à James. Continue sans moi. Tu peux encore boucler le défi en moins de vingt-quatre heures si tu me laisses maintenant.

— Je ne vais pas t'abandonner, Cecily, répondit James, qui s'immobilisa.

Perché sur une éminence, il la regarda lutter pour le rejoindre, incapable d'assurer ses prises sur les rochers.

— C'est inutile, se lamenta-t-elle en secouant la tête. Je n'en peux plus. Je retourne à la voiture, elle n'est pas si loin. Ben a une Thermos de thé chaud. Je t'en prie, je ne supporterai pas de revivre le même calvaire que sur le Kilimandjaro.

Elle devina à son expression qu'il hésitait. En Afrique, il avait fait demi-tour avec elle pour la raccompagner.

Mais là, il avait encore toutes ses chances de boucler le défi dans les temps.

— Si tu es sûre de le vouloir...

— Oui, certaine. Regarde, la pluie se calme. Je vais me débrouiller.

Elle était trempée jusqu'aux os, les doigts gelés et percluse de crampes.

Il lui souffla un baiser de loin.

— Retourne directement à la voiture, d'accord ? Le réseau ne passe pas bien, par ici, il est possible que je ne puisse pas t'appeler pour prendre de tes nouvelles. Je redescends aussitôt après avoir atteint le sommet ; je serai de retour d'ici deux ou trois heures.

— Ça marche. Allez, file !

James reprit sa marche.

Cecily ne parvint pas à la voiture. Après le départ de son compagnon, elle fut témoin d'une scène qui devait rester à jamais gravée dans sa mémoire.

Sous ses yeux, une femme glissa sur les rochers humides. S'ensuivirent les heures les plus terrifiantes de la vie de Cecily, tandis qu'elle attendait les secours, les orientant grâce à un sifflet.

— Tu es une héroïne, la félicita James après l'avoir retrouvée, en la serrant contre lui.

Elle n'avait guère le sentiment d'être une héroïne ; elle n'avait rien fait d'autre qu'attendre les secours, incapable de sauver la malheureuse randonneuse. Elle n'avait pu empêcher le pire.

De retour à Londres, James écrivit un article à propos de l'accident, qualifiant Cecily d'« héroïne du Snowdon ». Ce qu'elle regretta. Rongée par la honte, elle eut la réaction qui lui parut la plus naturelle, à savoir coucher sa version des faits, son expérience, sur le papier. Cela donna un billet de blog cru, issu de ses tripes, qu'elle intitula « Mise en échec ». Elle décrivit son état de choc, quand elle avait été témoin de la chute, ainsi que sa tristesse et son sentiment d'échec permanent. Après son demi-tour sur le Kilimandjaro, elle n'avait pas su boucler le défi des Trois Pics, et enfin elle n'avait pas réussi à sauver la vie de cette inconnue.

Elle envoya son texte à Michelle, qui gérait le blog de *Wild Outdoors*. À la surprise générale, ce récit connut un succès phénoménal, accumulant les *like*, à tel point qu'il fut l'article le plus lu du mois – il est vrai que, grâce à James, Cecily était déjà considérée comme une héroïne. Mieux encore, il eut une résonance largement plus vaste que l'audience habituelle du blog, notamment grâce à sa franchise totale concernant son incapacité à atteindre les sommets. Sa profonde tristesse au sujet de la randonneuse trop brièvement croisée sur ce flanc de montagne fut le seul point qu'elle ne développa pas dans son texte – c'était trop pénible.

Malgré cela, elle avait tout de même pris un risque en s'ouvrant, en livrant ce récit si personnel au grand public, et cela s'était révélé payant. Pour la première fois, elle avait la sensation d'être positionnée sur le pas de tir d'où elle s'élancerait peut-être vers le succès. Il ne lui manquait plus qu'un déclic pour propulser sa carrière.

C'est alors que Charles était intervenu dans sa vie.

Effet secondaire inattendu de l'expérience traumatisante vécue sur le mont Snowdon, Cecily considérait depuis ce jour le défi de Charles d'un tout autre œil. Quand, au printemps suivant, le célèbre alpiniste se lança à l'assaut de l'Annapurna, le premier pic de sa mission, James et elle suivirent sa progression sur Internet. Dans ses articles, James se montra de plus en plus dithyrambique. Lors de sa troisième ascension, sur le Dhaulagiri, Charles sauva un grimpeur italien d'une mort certaine, épisode qui marqua Cecily. En plus d'être prêt à fournir tous les efforts nécessaires pour atteindre son but, cet homme n'hésitait pas à risquer de tout perdre afin de secourir un collègue en difficulté. C'était un authentique héros. Contrairement à elle.

Cecily n'était pas la seule à être impressionnée par Charles, dont le spectaculaire sauvetage avait été largement relayé dans les médias, si bien que le monde entier avait à présent les yeux braqués sur lui. Cela n'avait fait qu'accentuer la pression qui pesait sur ses épaules, mais il l'acceptait sans sourciller. À chaque montagne vaincue, le buzz enflait.

Cecily fut donc stupéfaite quand elle constata qu'elle était la seule journaliste invitée à l'écouter s'exprimer dans le cadre d'une soirée de récolte de fonds se déroulant à Londres, après son ascension victorieuse du K2. Il avait alors dépassé la mi-parcours de sa mission, toutefois il avait besoin de nouveaux financements pour s'attaquer aux défis suivants. James s'agaça, jaloux de Cecily, mais celle-ci le calma en lui proposant de l'accompagner. Le grand soir venu, Charles fit une annonce qui souleva une relative controverse : il gravirait l'ultime montagne de sa mission, le Manaslu, avec une équipe, ce qui ne ferait que consolider sa légende. « Non seulement j'en suis capable, mais en plus je peux le faire en menant un groupe d'alpinistes. »

Charles vint trouver Cecily lors de la réception qui suivit, donnée dans la salle de bal de la Royal Geographic Society. L'endroit était rempli de personnes gardant en permanence un œil sur le dos de Charles, priant pour trouver le moyen de s'entretenir avec l'homme du jour. Or ce dernier ne se souciait que de Cecily.

— Je souhaite être accompagné par un ou une journaliste lors de mon ascension finale. J'aimerais que ce soit vous, Cecily.

Elle en cracha presque son champagne.

— Pardon ?

À côté d'elle, James s'était clairement raidi. Quant à Charles, s'il se rendit compte du malaise de James, il n'en montra rien.

— Venez avec moi sur le Manaslu. C'est une montagne abordable pour une débutante, et d'une beauté époustouflante. La seule façon de correctement relater mon histoire consiste à en être témoin sur place, à mes côtés.

Elle secoua la tête et gloussa, mais Charles ne plaisantait pas. Elle déglutit péniblement et jeta un bref regard à James avant de revenir à Charles.

— Attendez, vous êtes sérieux ? Je serais incapable de…

— Bien sûr que si. Et une fois que nous aurons *tous les deux* atteint le sommet, je vous accorderai une interview.

— Et si j'échoue ?

Charles sourit, son regard bleu métallique scintillant.
— Ce n'est pas une option.
Et ce fut tout. Le déclic qu'elle attendait s'était produit. C'était donc décidé, elle suivrait Charles en montagne.

Doug toussota dans son dos, consultant ostensiblement sa montre. Cet homme n'était guère patient. Captant son regard, il lui fit signe de le suivre et se dirigea vers les voitures.
— Amuse-toi bien à Samagaun et au camp de base, lui dit Charles. Focalise-toi sur ta préparation. Effectue les rotations de façon à être à l'aise en montagne. Fais en sorte que cette expédition soit la tienne, je sais que tu en es capable. Quand je vous rejoindrai, nous nous élancerons ensemble vers le sommet. Et nous aurons tout le temps de bavarder.
— Merci, Charles, et bonne chance pour tes problèmes administratifs à régler.
Cecily s'accorda une profonde inspiration avant de rejoindre le guide de l'expédition. Lorsque les portes automatiques du hall s'ouvrirent en coulissant, elle reçut en plein visage une rafale d'un air chaud et humide, presque collant. On aurait dit qu'un orage était sur le point d'éclater.
Elle tourna une dernière fois la tête en arrière, vers celui qu'elle interviewerait plus tard, au sommet. Les bras croisés, il regardait le groupe s'en aller. Elle prit place à côté de Zak et Grant sur la banquette arrière d'un des véhicules prêts à les conduire à l'hélicoptère qui devait les mener à Samagaun, au pied du Manaslu.

Bien que très enthousiaste à la perspective de s'enfoncer au cœur de l'Himalaya, Cecily ne pouvait ignorer la boule d'angoisse qui s'était formée dans son estomac.

L'objet de son article restait à Katmandou.

Extrait du blog de Cecily Wong

« Le Manaslu : l'ultime montagne »

3 septembre
Samagaun, district de Gorkha, Népal
3 500 mètres

Bonjour à tous depuis le splendide village de Samagaun ! Nous y sommes enfin !

Du moins, à une exception près, en la personne de l'élément central de l'équipe, j'ai nommé Charles McVeigh. Pas d'inquiétude, il n'a pas renoncé à sa mission. Il est resté à Katmandou afin de régler quelques soucis administratifs. Entre les documents à remplir, l'inertie de la bureaucratie et le financement à boucler, la logistique de la mission constitue un défi encore plus immense que vaincre les sommets !

Tant de choses dépendent de la chance dans le monde de l'alpinisme, à commencer par la possibilité de se rendre au pied de la montagne que l'on souhaite gravir. Alors que des pluies torrentielles menaçaient de nous coincer à Katmandou, une éclaircie providentielle est apparue. Cette météo plus clémente s'est maintenue suffisamment longtemps pour nous permettre de nous envoler à bord d'un hélicoptère. Gagner Samagaun - le village le plus proche du Manaslu - à pied depuis Katmandou nous aurait demandé une semaine (même si nos sherpas sont, dit-on, capables de couvrir la distance en deux jours). Doug a donc estimé logique que nous nous y rendions par la voie des airs.

Et quel vol ! Ayant décollé peu après 14 heures, nous avons survolé à basse altitude la ville tentaculaire qu'est Katmandou. Le fatras de bâtiments a rapidement cédé la place à des terrasses de verdure ondoyante et une jungle dense tandis que nous suivions les méandres de la rivière, esquivant nuages et pluie. De temps à autre, les toits en tôle bleu clair d'habitations isolées perçaient la végétation - depuis les airs, j'aurais été incapable d'expliquer par quelle voie ces gens accédaient à leurs demeures perdues dans la jungle. Après une brève escale, le temps de faire le plein de carburant, le décor a de nouveau évolué. À mesure que nous prenions de l'altitude, nous avons survolé de plus en plus de forêts de pins et d'arêtes montagneuses toutes plus splendides les unes que les autres, avec de tous côtés des chutes d'eau se fracassant sur les rochers. Franchement, le spectacle offert par ce trajet en hélicoptère justifie à lui seul ma présence au sein de cette expédition.

Samagaun est situé au pied du Manaslu, mais la montagne ne s'est pas encore montrée ; tel un enfant entêté, elle se dissimule derrière des nuages typiques de la fin de la saison de la mousson. Malgré cela, notre impatience ne fait que croître.

J'écris ces lignes depuis une auberge locale, installée près d'un bon feu de bois. Shashi, la maîtresse des lieux, nous a préparé un café au lait qui nous a bien réchauffés, et j'ai déjà entamé mon stock de friandises. Les tables en bois sont toutes occupées par d'autres alpinistes venus des quatre coins du monde. Nous sommes tous sur le point de nous lancer dans l'aventure d'une vie.

Comme beaucoup d'entre vous le savent, je me suis fait connaître en enchaînant les échecs lors de plusieurs ascensions. Heureusement, Charles est doté de la remarquable capacité à inspirer confiance aux personnes les moins sûres d'elles. Avec cet homme pour me guider, je suis certaine de réussir. Une aura de succès émane de lui. Le peu de temps passé en sa compagnie à Katmandou m'a clairement fait comprendre qu'il inspire toute une génération d'alpinistes. Cet homme est de ceux que nous devons célébrer. Chaque pas qu'il effectue sur une montagne le rapproche un peu plus du moment où il aura radicalement fait évoluer ce que nous pensons que le corps humain est capable d'accomplir, et ce dans les environnements les plus inhospitaliers de la planète. Et j'ai le privilège de participer à cette aventure.

Quelles sont les prochaines étapes ? Comme nous sommes déjà en altitude, nous passerons une journée complète à nous habituer à l'air raréfié, motif qui se révélera récurrent au fil de l'expédition. Fidèles à l'antique maxime de l'alpinisme, nous grimperons régulièrement mais redescendrons pour dormir, de façon que notre corps s'acclimate à la haute altitude. Pour ce faire, nous procéderons à toute une série de rotations, montant et descendant les mêmes voies, franchissant chaque fois les mêmes obstacles terrifiants tels que séracs en surplomb, crevasses sans fond et parois de glace quasi verticales.

Bien entendu, Charles évoluera sans oxygène supplémentaire ni cordes fixes. La facilité avec laquelle il supporte l'altitude, se déplaçant presque aussi aisément à huit mille mètres qu'au niveau de la mer, est déjà légendaire.

Qu'en sera-t-il me concernant ? Même avec de l'oxygène supplémentaire, je n'ai aucune idée de la façon dont j'encaisserai cette épreuve. Il est impossible de le deviner à l'avance, et rien ne permet de vraiment y préparer son corps. Tout ce que je peux faire, c'est poser un pied devant l'autre jusqu'à atteindre le sommet - ou jusqu'au moment où l'on me demandera de faire demi-tour.

Se hisser au sommet d'un pic n'est évidemment que la moitié du boulot. Nombre d'alpinistes affirment que la descente est parfois aussi ardue que l'ascension.

Alors souhaitez-moi bonne chance ! J'en aurai sans doute besoin. Tout peut se produire en montagne.

– 4 –

Le soleil apparut au-dessus du pic, baignant la terrasse de l'auberge de sa lumière et de sa chaleur. Son thé brûlant dans les mains, Cecily, qui avait abandonné son calepin et son stylo sur une table basse, s'appuya contre la rambarde de bois – qui protesta en émettant un craquement inquiétant, mais tint bon. Dans la cour, en contrebas, une chèvre bêla, troublant le silence et le calme ; il était encore trop tôt pour la plupart des gens.

C'était la première fois qu'elle jouissait pleinement de la vue, qu'elle avait pour elle seule. Son téléphone étant resté dans sa chambre, branché sur le chargeur, et son appareil photo enfoui dans son sac, elle n'immortalisa pas ce moment mais se contenta de s'offrir une nouvelle gorgée de thé sans cesser d'admirer le panorama.

Aussi acérés qu'une lame de rasoir, le sommet et le pic oriental perçaient le ciel, telle la queue d'un léviathan plongeant dans un océan bleuté. Qu'elle était minuscule, comparée à ce monstre, à peine un petit poisson. Elle avait toutes les peines du monde à s'imaginer là-haut. Le simple fait de l'envisager relevait de l'arrogance, songea-t-elle, et pas pour la première fois.

Elle avait tout mis en jeu : sa carrière, ses finances, son logement. À présent, elle devait se concentrer sur la montagne qui lui faisait face.

Une odeur de *poori*, le pain frit traditionnel local, lui parvint depuis la cuisine. De plus en plus de personnes sortaient de leur chambre, et l'auberge s'éveillait à la vie. De l'autre côté de la ruelle, sur la terrasse d'un établissement également peint en bleu, d'autres âmes endurcies émergeaient, s'étirant et inspirant à pleins poumons l'air frais de l'Himalaya.

— C'est magique, pas vrai ?

Élise gravit les marches menant à la terrasse. Vêtue d'une veste de montagne rose fluo et coiffée d'un bonnet en laine, elle était accompagnée des deux alpinistes français de l'équipe Summit Extreme dont ils avaient fait la connaissance la veille au soir. Cecily baissa les yeux sur son calepin, et la mémoire lui revint ; Alain et Christophe, tout juste arrivés de Katmandou à pied, passaient deux jours à Samagaun afin de s'acclimater avant de poursuivre leur route vers le camp de base.

— On se croirait dans un rêve, répondit-elle.

Un des Français – Alain, estima Cecily – se tenait tout près d'Élise. La veille, pendant le café pris autour du poêle à bois, il les avait tous régalés avec des récits de sa dernière ascension, quelque part en Afghanistan, apparemment, même si le nom de la montagne était inconnu de Cecily. Elle avait été impressionnée, voire terrifiée, ce qui lui avait donné un avant-goût de ce qui l'attendait.

Il y avait tant de sommets, tant d'histoires, tant d'ego et tant de testostérone qu'il était parfois difficile de s'y retrouver.

— Ça va être du gâteau, déclara Christophe en prenant une photo du panorama avec son téléphone.
— Quoi ? s'étonna Cecily, incrédule.
Il haussa les épaules.
— Sérieux, le Manaslu ne présente aucune difficulté. Deux cent cinquante personnes devraient le gravir cette année. L'équipe chargée de fixer les cordes se trouve déjà au camp 2. C'est une via ferrata en haute altitude, rien de plus.

Cecily se sentit insultée au nom du Manaslu. Elle avait eu l'occasion d'escalader une via ferrata dans le Lake District, en Angleterre ; on donnait cette appellation aux voies aménagées d'échelles métalliques et de ponts de cordes, ce qui rendait plus sûrs les passages les plus difficiles. Même avec l'aide de cordes fixes, l'ascension du Manaslu serait infiniment plus ardue.

— On l'a surnommée la montagne de la Mort, rappela-t-elle.
— Tous les sommets ont reçu ce surnom un jour ou l'autre à la suite d'une année ponctuée d'accidents malheureux. Le Manaslu est aujourd'hui presque aussi fréquenté que l'Everest.

Des nuages se rassemblaient déjà de nouveau autour du sommet, le couvrant tel un linceul. Un vent violent soufflait là-haut, c'était évident.

— Dans ce cas, pourquoi es-tu venu ici ?
— Pourquoi pas ?

Alors que Cecily s'apprêtait à répliquer, Alain la devança :

— Ne l'écoute pas, il plaisante. Tu as raison quand tu dis que le Manaslu est dangereux, comme toutes les grandes montagnes. C'est à cause des risques qu'on y court que je ne me suis pas attaqué à un 8 000 depuis des années.

Par-dessus l'épaule d'Alain, Cecily vit Élise et Christophe s'éloigner pour prendre des photos selon un autre angle.

— Qu'est-ce qui t'a fait changer d'avis ? s'enquit-elle.

— Je suis ici pour rendre hommage à la mémoire d'un ami, Pierre Charroin, expliqua Alain, le visage soudain obscurci par une ombre de souffrance. Il a trouvé la mort sur l'Everest cette année.

— Je suis navrée de l'apprendre. Que s'est-il passé ?

— On ne sait pas vraiment. Apparemment, il aurait disparu sur le chemin du retour au camp 4, après avoir atteint le sommet.

Tout en parlant, Alain fit apparaître sur son téléphone la photo d'un jeune homme portant des lunettes réfléchissantes bleutées. Agenouillé près d'un fatras de drapeaux de prière, il se trouvait au sommet de l'Everest.

— C'est son sherpa qui a pris cette photo. Pierre était un alpiniste très expérimenté. Sa disparition a été un véritable choc.

— Ce doit être très dur de perdre un ami de cette façon.

— C'est plus que dur, c'est inconcevable, soupira Alain. Il est impossible d'effectuer des recherches efficaces dans la zone de la mort, sans parler de mener une enquête. Je suis ici pour déposer un fanion au sommet du Manaslu en sa mémoire.

— C'est très touchant, Alain, mais... attends, tu parles d'une enquête ? Pourquoi ?

— J'ai beaucoup de mal à en parler, répondit le Français d'une voix fêlée, avant de se tourner vers la montagne.

Cecily aurait voulu lui offrir un peu de réconfort. Quoique consciente que son chagrin était un gouffre qu'un simple geste, comme une main sur le bras, ne suffirait pas à combler, elle se sentait le devoir de faire quelque chose.

— Oui, c'est normal, dit-elle avec un sourire plein de douceur. Tu veux un peu de thé ?

Elle se saisit de la théière déposée par Shashi à son intention, puis attrapa une des tasses retournées empilées sur une table voisine et la remplit pour Alain avant de se resservir. Après avoir laissé passer un moment, il accepta le breuvage fumant avec un sourire crispé et en but une gorgée. La tension visible au niveau de ses épaules se dissipa quelque peu ; le thé avait toujours un effet bienfaisant.

— J'espère que nous aurons plus de chance au cours de cette expédition, dit Cecily, considérant à son tour le sommet et s'efforçant de maîtriser les tremblements qui secouaient sa voix.

— L'alpinisme est dangereux par nature, quiconque a passé un certain temps sur les plus hauts sommets le sait pertinemment, dit Alain, qui ensuite expira longuement sans un bruit. Mais certains accidents ne devraient pas se produire.

— Tu penses à ce qui est arrivé à Pierre ?

Il soupira de nouveau et tourna le dos à la montagne.

— Pardon, se hâta d'ajouter Cecily. Rien ne t'oblige à me répondre.

— Non, ce n'est pas ça… C'est juste que j'aimerais en savoir un peu plus. Son sherpa a prétendu que Pierre s'était probablement décroché de la corde fixe, le temps de se soulager, et que c'est sans doute à ce moment qu'il a chuté. Or jamais il ne se serait décroché, j'en suis certain.

Le regard d'Alain s'anima d'une colère soudaine qui surprit Cecily.

— Il a peut-être été victime du mal des montagnes, hasarda-t-elle. Ce qui lui aurait embrumé l'esprit…

— C'est possible.

— Mais tu n'y crois pas, devina Cecily, scrutant le visage d'Alain.

Celui-ci eut un instant d'hésitation et souffla sur son thé avant de répondre :

— Non, en effet.

Il se tourna vers Cecily et baissa la voix, si bien qu'elle dut se pencher vers lui pour capter ses paroles.

— J'ai de bonnes raisons de ne pas croire à cette version des faits : je lui ai parlé juste après qu'il a atteint le sommet, grâce à une connexion satellite, mais son appel n'a pas été le cri de joie auquel je m'attendais. Il m'a expliqué qu'il était seul, séparé de son sherpa, et qu'un individu le suivait, quelqu'un dont il avait peur, quelqu'un qui lui voulait du mal. Sur le moment, j'ai pensé qu'il souffrait du mal des montagnes, qu'il avait des hallucinations, mais je me suis rendu compte que je n'avais jamais perçu tant de peur dans sa voix – une véritable terreur. Je n'ai pas eu le temps de répondre car la communication a été coupée.

Alain inspira brusquement avant de poursuivre.

— J'ai ensuite appris qu'il n'avait jamais rejoint le camp 4. Il a disparu aussi simplement que ça.

Il claqua des doigts.

— Cet alpiniste hyper doué s'est volatilisé.

— Tu penses qu'il a été agressé ?

Alain posa brusquement sa tasse sur la table.

— Il y a quelque chose qui cloche, et c'est pour ça que je suis ici. Je souhaite déposer un fanion, c'est vrai, mais j'ai également quelques questions à poser. C'est pour cette raison que j'ai fait appel au même organisme et au même guide que Pierre.

— Comment s'appelle-t-il ?

— Dario Travers. Je veux seulement savoir ce qui s'est vraiment passé là-haut. Un alpiniste aussi chevronné que Pierre ne peut pas avoir simplement glissé.

La mâchoire crispée, il serrait si fort la rambarde que les jointures de ses doigts avaient blanchi. Cecily devinait quel aurait été le bon réflexe à avoir ; elle entendait presque James – qui, contrairement à elle, était un authentique journaliste spécialisé dans la haute montagne – lui hurler de poser davantage de questions. Comprenant qu'il y avait là matière à produire un article, James aurait réclamé des détails à propos de cette mort suspecte si près d'un pic. Mais là, dans l'ombre du Manaslu, Cecily fut incapable de contrer la peur qui s'était insinuée en elle. La mort traquait jusqu'aux alpinistes les plus expérimentés. Or elle n'était qu'une novice.

N'ayant aucune envie d'interroger Alain, elle avait avant tout besoin de se raccrocher à la certitude que tout se déroulerait au mieux.

Cela étant, elle avait un travail à accomplir. Se focaliser dessus l'aiderait peut-être à ne pas trop penser aux dangers qui l'attendaient. Elle ravala ses peurs.

— Je ne sais pas si tu l'as noté hier soir, quand j'en ai parlé, mais… je suis ici pour le compte du magazine *Wild Outdoors*, je dois écrire un article sur l'aventure de Charles. Il ne faudrait pas que Pierre soit oublié ; s'il lui est arrivé quelque chose, j'aimerais le faire savoir au grand public. Tu serais d'accord pour répondre à quelques questions ?

Même si la mort de Pierre était bel et bien due à un tragique accident, Cecily imaginait déjà comment glisser les propos d'Alain dans son article sur Charles ; ils contribueraient à expliquer ce qui pousse les alpinistes à se lancer à l'assaut de ces cimes. Le risque et le sacrifice. Les vies perdues dans la quête de l'objectif d'une vie. Tout cela donnerait un contexte à l'exploit de Charles.

— Tu es journaliste ? dit Alain, un sourcil haussé.

— Je ne révélerai rien de ce que tu m'as confié à l'instant, ne t'en fais pas, mais je pourrais t'interviewer de façon plus formelle.

Alain laissa passer quelques secondes, clairement tendu, puis il acquiesça :

— Retrouve-moi au camp de base de Summit Extreme, nous serons à l'aise pour discuter. J'ai quelques autres photos de Pierre, si tu veux.

— Avec plaisir. Comme je n'aurai pas la possibilité d'interviewer Charles avant d'avoir atteint le sommet, j'aurai tout le temps de me consacrer à ton ami.

— Comment ça, pas avant d'avoir atteint le sommet ? releva Alain, qui gratta son début de barbichette drue.

— Je n'aurai le droit de l'interroger qu'à condition de parvenir là-haut.

Alain fronça les sourcils.

— Écoute, je ne suis pas ton guide, et certainement pas aussi expérimenté que Charles, mais ça ne me plaît pas. Se mettre la pression pour atteindre un sommet est à éviter à tout prix. Gravir une montagne, en particulier un de ces pics géants, est l'une des pires épreuves que l'on peut imposer à son corps ; le simple fait de se lancer est aussi méritoire que d'atteindre le sommet.

— Tu ne me penses pas capable d'arriver là-haut ?

— Je n'ai pas dit ça, précisa Alain, qui posa une main sur celle de Cecily. C'est juste que… la montagne ne va pas s'envoler. Ne prends pas de risques inutiles pour atteindre un sommet.

— Et pour obtenir une interview.

Il la dévisagea un moment. Peut-être le désespoir de Cecily se lisait-il un peu trop facilement sur ses traits.

Un tintement de casseroles brisa le silence qui s'était installé.

— Le petit déjeuner est prêt ! cria Doug depuis l'entrée de la salle à manger de l'auberge.

— Je ferais mieux d'y aller, dit Cecily, se retournant vers la montagne.

La cime du Manaslu avait disparu, engloutie par un épais banc de nuages. Cecily cilla, surprise par la vitesse à laquelle les conditions avaient évolué. Elle posa son autre main sur celle d'Alain et la serra.

— Encore une fois, je suis vraiment désolée pour Pierre. J'espère que tu obtiendras les réponses que tu cherches.

— Moi aussi, répondit Alain, qui ensuite prit une voix plus douce. Sois prudente là-haut.

— Toi aussi, sourit Cecily.

Dans la salle à manger, Grant, Zak et Mingma s'étaient installés à l'une des longues tables en bois. D'autres groupes d'alpinistes étaient également présents, venus du monde entier, et emplissaient les lieux de langues et d'accents très variés. Chacun avait sa raison d'être ici, chacun avait son histoire.

Élise émergea de la cuisine, située au fond de la salle, un bras passé autour de la taille de Shashi et portant de l'autre une grande bonbonne d'eau chaude, qu'elle posa sur la table de l'équipe avant de s'asseoir.

La seule place encore disponible sur le banc impliquait de se retrouver à côté de Grant. Une casquette enfoncée sur le crâne, il avait visiblement la gueule de bois, comme la veille. Préférant éviter toute promiscuité avec cet individu, Cecily se laissa tomber sur une chaise disposée près d'un poêle métallique qui dispensait une douce chaleur. Elle leva la tête et s'intéressa au mur couvert de photos d'alpinistes et de sherpas célèbres, certaines dédicacées. Charles figurait parmi eux, bien entendu – ou plutôt l'affiche promotionnelle de sa mission, « les 14 sans assistance ».

C'est alors qu'un véritable géant fit son apparition et se planta devant elle.

— Cecily ?

— Mon Dieu ! Ben ? s'exclama Cecily, stupéfaite, une main sur les lèvres.

– 5 –

Même en inclinant la tête, Ben Danforth effleurait les poutres du plafond. Journaliste d'aventure concurrent mais aussi l'un des plus vieux amis de James, Ben avait servi de chauffeur à Cecily et son ex lors du défi des Trois Pics.

— Quelle surprise ! s'étonna-t-elle.

Après être restée bouche bée quelques secondes, elle se leva pour l'étreindre.

— Je pourrais en dire autant ! Je suis ici pour faire l'ascension. James ne t'en a pas parlé ?

— Non...

Ben se donna une claque sur le front.

— Oh, pardon, vous êtes séparés, c'est vrai... Quel idiot.

Cecily haussa les épaules. « Séparés » était un terme neutre pour exprimer qu'elle avait été fichue à la porte par James pour avoir commis le crime de décrocher une interview qui promettait d'être retentissante. Elle jeta un regard au-delà de Ben, espérant attirer l'attention d'un de ses équipiers, n'importe lequel, et ainsi mettre un terme à cet échange, malheureusement ils étaient tous plongés dans des conversations. Elle avala sa salive.

— Tu es ici pour le boulot ?
— Non, j'ai toujours rêvé de gravir tous les 8 000. Je pars en solo, mais je profite de la logistique de Summit Extreme.
— J'ignorais que tu étais un alpiniste de haut niveau.

Se contenter de la logistique d'un organisme tel que Summit Extreme signifiait que Ben gérerait lui-même son ascension – notamment son acclimatation et son parcours jusqu'au sommet. D'autre part, il porterait lui-même sa nourriture et sa bouteille d'oxygène. Cependant, il dormirait dans des tentes dressées par Summit Extreme et bénéficierait du soutien d'un sherpa pour la dernière journée. En effet, même lui n'était pas assez expérimenté pour effectuer la totalité de l'ascension en solo ; seuls les membres de l'élite étaient capables d'un tel exploit.

Il s'affala sur le banc, et Cecily se rassit non sans hésitation à côté de lui, pas encore tout à fait remise du choc de le voir en ces lieux.

— C'est moins cher de procéder ainsi, précisa-t-il. J'ai attrapé le virus de la montagne en gravissant l'Aconcagua avec James ; c'est comme si ça me démangeait de grimper. Cela dit, ce sera ma première ascension depuis un bon moment ; c'est plus difficile pour moi de voyager depuis que je suis père de famille.

Il sortit son téléphone et montra son écran de veille – deux gamins aux joues rouges dotés de dents du bonheur.

— Oh... qu'ils sont mignons, le complimenta Cecily, bien que réfléchissant à toute allure.

Ben prétendait être en vacances, mais... lui avouerait-il la vérité s'il était envoyé par *Wild Outdoors* ? N'était-il pas présent au pied de Manaslu pour éventuellement la remplacer ? Ou était-il en mission pour le compte d'un magazine concurrent ?

N'ayant pas prononcé un mot depuis un moment, Cecily se sentit en devoir de relancer la conversation ; si Ben était là en tant que rival, elle ne voulait surtout pas qu'il devine qu'elle ne croyait pas vraiment son boniment. Elle fouilla dans sa mémoire et retrouva le prénom de l'épouse de Ben, qui justement lui montrait une photo de lui avec elle.

— Et… ça ne pose pas trop de souci à Mel ?

Il esquissa un léger sourire et haussa les épaules.

— Elle fait avec. C'est mon rêve. Ça m'éloigne de ma famille, et mon corps en voit de toutes les couleurs, mais j'y reviens sans cesse, c'est plus fort que moi. Je pensais tourner la page à la naissance de mon aîné… mais bon, je suis là. Je me suis dit que si je voulais un jour réaliser mon rêve d'atteindre le toit du monde, il fallait que je m'y remette tant que je suis encore assez jeune et assez idiot pour le faire.

Ben ponctuant ses mots par un nouveau rire, Cecily se fit la réflexion que Mel, en Angleterre, ne trouvait certainement pas la situation amusante, « faisant avec », pour reprendre l'expression de Ben – notamment avec deux enfants à gérer. Elle se prit à espérer qu'il ait conscience de sa chance.

— Et toi, qu'est-ce qui t'amène au Manaslu ? lui demanda-t-il. Tu passes un cran au-dessus, par rapport au Snowdon ! À propos, ça me fait plaisir que tu te sois remise de ce qui t'est arrivé là-bas.

Il lui donna une petite tape affectueuse sur l'épaule. Cecily se raidit. La désinvolture dont Ben faisait parfois preuve l'avait toujours agacée ; obéissant à une sorte de mécanisme de défense tordu et macho, il minimisait l'impact de l'épouvantable accident survenu là-bas. Présent sur place, il avait pourtant été aux premières loges pour constater combien Cecily avait été affectée par le drame. Elle se racla la gorge.

— Je couvre la dernière ascension de Charles pour *Wild Outdoors*.

— La vache ! s'exclama Ben, les yeux écarquillés. C'est toi qui as décroché l'interview exclusive ? Incroyable... Charles est un Mallory[1] des temps modernes. C'est sympa que ce soit une Anglaise qui ait touché le gros lot.

— Je suis bien d'accord.

Il se frotta le nez et renifla.

— Super cool. Et ça fera un sacré papier. James est au courant ?

— Oui, répondit Cecily, les dents serrées.

— Mais il est dégoûté de ne pas être à ta place, devina Ben.

Cecily l'imaginait sans peine visualiser l'enchaînement des événements : elle obtenant la plus importante commande de sa carrière aux dépens de son compagnon, puis la séparation.

— Dis-moi, tu pourrais peut-être me présenter à Charles ?

Cecily surprit un éclat particulier dans le regard de Ben lorsqu'il prononça ces mots ; elle reconnut là un air qu'elle n'avait que trop souvent noté chez James,

---

1. George Mallory (1886-1924) fut un des plus célèbres alpinistes britanniques.

à l'époque où elle vivait avec lui, lorsqu'il flairait la piste d'un article prometteur.

Le sang soudain glacé, elle se tourna de nouveau vers la grande salle et fut ravie de voir Doug lui faire signe de le rejoindre.

— Nous verrons ; Charles sera certainement très occupé quand il sera là. Je ferais mieux de retrouver mon équipe.

Elle se leva, manquant de peu de se fracasser le crâne sur le conduit courbé du poêle.

— Attends, on se reverra au camp de base ?
— Je ne sais pas trop, je serai avec mon équipe.

Elle voulut s'éloigner, mais Ben lui attrapa la main.

— Cecily, je t'en prie, je suis complètement seul ici.

Il voulut ponctuer sa phrase d'un rire mais ne produisit qu'un son étranglé qui resta coincé au fond de sa gorge.

Cecily hésita ; peut-être ne cherchait-il pas à lui chiper son exclusivité, après tout. C'était certainement très dur d'évoluer dans un tel environnement, totalement isolé du monde, affrontant la mort à chaque instant, sans équipe ni guide sur qui compter. Peut-être était-il simplement heureux de revoir un visage familier. Autre possibilité, Ben était peut-être un excellent acteur...

Quoi qu'il en soit, Cecily ne pouvait prendre le risque de baisser la garde.

— J'essaierai de te retrouver, dit-elle avec un sourire crispé.

— Merci, c'est super sympa ! Tu es une chic fille.

Quand il l'eut enfin lâchée, Cecily se dirigea vers la table de son équipe et se glissa sur un banc, à côté de Mingma, puis s'accorda une longue inspiration. Ben était là. Quelle que soit la véritable raison de sa présence, il l'aurait à l'œil. Il décrirait tout ce dont il serait témoin à James, pour le moins, voire à un magazine concurrent. Attendait-il qu'elle échoue, qu'elle fasse demi-tour ? Elle releva le menton et considéra ses équipiers. Doug, Mingma, Élise, Zak, Grant... Ils formaient tous un groupe soudé, avec Charles et les sherpas. Elle pouvait s'appuyer sur leur assurance, en attendant de trouver la sienne.

— Un peu de thé ? lui proposa Mingma.
— Avec plaisir.

Du coin de l'œil, elle vit Ben se lever et sortir de la salle. Alors seulement, la tension entre ses omoplates se dissipa.

Shashi s'approcha, chargée d'assiettes. La veille au soir, Cecily avait commandé sans trop en avoir envie des crêpes à la banane pour ce matin. Face à elle, Grant s'attaqua à un plat rempli à ras bord de pancakes, d'œufs, de pain et de flocons d'avoine. En comparaison, la ration de Cecily faisait figure d'en-cas.

Doug se pencha en avant, les coudes sur la table. Cecily écarta son assiette pour faire un peu de place pour son calepin et sortit son stylo, prête à noter les propos du guide.

— Comme nous sommes déjà à trois mille cinq cents mètres d'altitude, repos pour tout le monde aujourd'hui, annonça Doug. Détendez-vous, mangez et buvez beaucoup. Si les conditions météo se maintiennent, nous partirons demain en direction du camp de base.

Mingma, assis à côté de Doug, hocha la tête et prit la parole :

— Si vous avez besoin de quoi que ce soit, de l'eau ou davantage de nourriture, n'hésitez pas à en demander à Shashi, en cuisine.

— Comme ce sera la première ascension d'un sommet si élevé pour certains d'entre vous, nous effectuerons des exercices au camp de base avant de procéder à la routine d'acclimatation, poursuivit Doug. Notre objectif est de passer au moins deux nuits au-dessus de six mille mètres avant de redescendre au camp de base et attendre une fenêtre météo favorable. Il nous faudra au moins quatre jours de bonnes conditions, avec un vent et des températures acceptables, pour atteindre le sommet et en revenir sains et saufs. La sécurité est notre priorité numéro un.

— Tu as même programmé les pauses pipi, je parie, lâcha Grant.

Zak gloussa, mais Doug resta de marbre.

— Si tout se déroule au mieux, nous serons de retour à Katmandou dans trois semaines, vous aurez tous atteint le sommet du Manaslu et nous fêterons le succès de Charles, qui aura bouclé sa mission. Mais attention… (Doug avait enchaîné sans temps mort, empêchant une nouvelle interruption de Grant) ne sous-estimez pas cette montagne. Le Manaslu est dangereux : non seulement ce pic est très élevé, mais en plus, de fortes précipitations – sous forme de pluie ou de neige – peuvent rendre les conditions très rudes. Les avalanches seront notre souci premier, suivies de près par les crevasses masquées par la neige, le franchissement de la cascade de glace et les tempêtes en altitude. Si la fenêtre météo se fait trop attendre et que l'hiver approche, il fera trop froid et les conditions seront trop instables pour nous permettre de continuer.

— On s'attaque à un exploit impossible, à t'entendre, dit Zak.

— Bien sûr que non, mais je tiens à ce que vous soyez conscients de tous les risques avant de vous lancer.

— C'est super excitant ! glapit Élise, rayonnante. Vivement qu'on atteigne les premières pentes !

— D'autres questions ? lança Doug.

— Où sont les autres sherpas ? demanda Zak.

— Déjà en montagne, ils installent le camp de base.

— Phemba fait partie de l'équipe ? s'enquit Élise, ce à quoi Doug acquiesça. Génial ! On s'est éclatés au Pakistan ! C'est un de mes sherpas préférés – et le meilleur danseur que je connaisse. (Elle ondula des épaules.) J'adore grimper, mais j'aime tout autant faire la fête !

— Je lève mon verre à ces bonnes paroles, dit Grant avant de vider sa tasse de café.

Le petit déjeuner terminé, ils s'installèrent pour leur première journée d'acclimatation.

— On a une chance de capter du wifi ? voulut savoir Zak, qui sortit une tablette ultra-fine. Je voudrais envoyer une vidéo de la montagne à mes gosses. Ils seront ravis de savoir qu'on est arrivés à Samagaun.

— Shashi le branche à 17 heures, répondit Doug. Tu penses pouvoir tenir sans Internet jusque-là ?

— Je survivrai, grogna Zak, qui retrouva aussitôt son sourire. Ce n'est pas comme si j'avais des tonnes de followers à satisfaire, comme Élise ! Tu en as cent mille, c'est ça ? À seulement... vingt-cinq ans, j'imagine ?

— Vingt-deux, rectifia la Canadienne avec une ébauche de sourire.

— C'est encore un bébé !

— À propos, Élise, j'ai jeté un coup d'œil sur ton Instagram, intervint Grant, qui, affalé sur le banc et les doigts entrecroisés sur la nuque, siffla entre ses dents. Sympas, tes photos. J'ai surtout apprécié celle de toi sur le... C'était où, déjà ? Le Broad Peak, c'est ça ? Je parie que le Pakistan était loin de se douter de ce qui l'attendait quand tu y as débarqué ! Tu comptes prendre le même genre de photos sur le Manaslu ?

Il haussa les sourcils à plusieurs reprises, l'air lubrique.

— Certainement pas en ta présence, gros bourrin, répondit Élise en faisant mine d'écarter Grant.

Malgré le ton enjoué de la jeune femme, Cecily décela une relative tension dans sa voix. Elle avait saisi à quel cliché Grant faisait allusion : totalement dévêtue au-dessus de la taille et les bras écartés, Élise offrait son dos nu à l'objectif. C'était typiquement le genre de photo dont raffolaient ses followers. Et l'influenceuse de préciser :

— Si tu avais pris la peine de lire la légende, au lieu de me regarder comme un obsédé, tu saurais que je n'ai pris cette pose que pour me réjouir d'être encore en vie. J'ai frôlé la mort sur le Broad Peak – je ne compte pas renouveler l'expérience ici.

— C'est l'ascension la plus dangereuse que tu aies faite ? demanda Zak.

— Non, je n'ai rien connu de pire que la face nord de l'Eiger. C'est la seule fois de ma vie où j'ai appelé ma mère pour lui dire adieu. J'ai vraiment cru ma dernière heure arrivée.

— Et elle te laisse encore grimper ? s'étonna Grant.

Élise haussa les épaules.

— Elle n'a pas vraiment le choix. Quoi qu'elle dise, j'y retourne. La montagne, c'est ma vie.

— Je comprends ce que tu veux dire, abonda Zak. En ce qui me concerne, ce que j'ai enduré en Alaska, sur le Denali... Disons simplement que ça m'a changé à jamais. Et pourtant, j'en redemande.

Cecily remua sur son banc ; elle n'avait aucune envie d'entendre des récits tragiques et autres mésaventures survenues en haute altitude. Malheureusement, les alpinistes ne semblaient jamais désireux de parler d'autre chose, cherchant systématiquement à surpasser le récit précédent en matière de danger.

Une main lui effleura le bras ; c'était Mingma.

— Tout va bien ?

Elle cilla et se força à sourire.

— Y a-t-il quelque chose d'intéressant à voir dans ce village ? J'aimerais bien me promener dans les environs.

— Oui, il y a un monastère à seulement quelques minutes d'ici. Si tu veux marcher plus longtemps, tu trouveras un lac un peu plus loin – le Birendra Tal. Il est alimenté par le glacier Manaslu.

— C'est exactement ce dont j'ai besoin.

— Prends à gauche en sortant d'ici, puis suis la piste. Tu ne peux pas le rater. Mais attention, la roche humide est glissante.

Elle engloutit le reste de sa crêpe, puis salua ses compagnons et sortit de table. Seul Mingma la suivit du regard lorsqu'elle s'éloigna ; les autres étaient encore trop occupés à échanger de terrifiants récits de montagne.

– 6 –

Dans la cour, les sacs de l'équipe étaient pesés afin d'être répartis au mieux entre les porteurs et les mules. Loin de se limiter à une aventure uniquement nourrie d'audace, l'ascension d'un sommet nécessitait une logistique et une organisation quasi militaires.

Se conformant aux instructions données par Mingma, Cecily suivit un sentier de dalles plates et lisses assez délabré, passant à hauteur de maisons basses aux couleurs vives. Le ciel s'était éclairci, et si le sommet du Manaslu restait prisonnier des nuages, d'autres cimes étaient visibles dans toutes les directions, des pics trop modestes pour susciter l'intérêt des alpinistes – la plupart n'avaient jamais été gravis – mais tout de même impressionnants par leur taille et par la beauté de leurs formations rocheuses striées. *Quel effet cela doit-il faire de vivre à l'ombre de tels géants, en particulier du Manaslu, quand il est visible ? De se voir en permanence rappeler quelle est sa place dans le monde ?*

Poursuivant sa marche sur le chemin de pierre boueux, Cecily prit le temps de caresser les quelques petits chiens au pelage soyeux qui trottinaient sur ses talons tandis qu'elle gravissait la colline et s'éloignait du village. Dans une ravine longeant le sentier, un ruisseau accompagnait sa promenade de son chuchotement apaisant.

Elle parvint rapidement en vue d'une série de moulins à prières – ces cylindres en bronze couverts de mantras gravés en relief étaient chacun fixés sur un axe. Une religieuse en châle couleur rouille s'en approcha, le dos courbé par l'âge, et en fit le tour dans le sens des aiguilles d'une montre, les actionnant tour à tour. Cecily marqua un temps d'arrêt, hésitante. Elle aurait voulu en faire autant mais craignait de se montrer irrespectueuse. Néanmoins, ne manquerait-elle pas de respect en passant devant ces moulins sans les faire tourner ?

Après réflexion, elle estima plus sûr de se plier à la tradition locale. Elle s'approcha du premier moulin et tira sur la poignée en bois, située sur le bas du cylindre, lequel tourna sur son axe – grinçant sérieusement mais sans s'en désolidariser. Elle passa au suivant, puis au suivant, jusqu'à tous les faire tourner, puis elle formula une prière intérieure tandis que la rotation du dernier moulin s'apaisait ; elle décida de voir dans ces quelques instants le signe qu'elle avait fait le bon choix en venant dans ces montagnes.

La religieuse se retourna et lui sourit. Cecily inclina la tête en guise de salut, frappée par la ressemblance de ce visage ridé avec celui de sa grand-mère. Après que celle-ci était retournée à Suzhou, Cecily n'avait guère eu l'occasion de lui rendre visite. Ne pas l'avoir revue au moins une fois avant son décès restait le plus grand regret de sa vie.

Sa grand-mère avait été pour Cecily la principale source de réconfort et d'amour. Quand elle avait échoué à son examen de fin d'études secondaires, son père l'avait sermonnée, et sa mère l'avait poussée à envoyer des courriers aux universités afin de les supplier d'accepter sa candidature. À l'inverse, sa grand-mère s'était contentée de lui apprendre à préparer les *jiaozi* – ces raviolis chinois étaient son plat préféré. « Ça revient à apprendre à se remonter le moral », avait précisé sa *nai nai*.

Cecily avait tout de même décroché un diplôme en littérature anglaise, mais ensuite elle n'avait cessé de changer de boulot, sans jamais réellement trouver sa place. Elle s'était ainsi à de nombreuses reprises consolée avec les *jiaozi* de sa grand-mère, au fil des années, que ce soit après un entretien d'embauche raté, une rupture, ou simplement quand elle n'avait plus un sou avant la prochaine paie mais que par bonheur elle avait pensé à en congeler.

Souriant à l'évocation de ces souvenirs, Cecily songea que sa grand-mère aurait été très fière de la voir se lancer à l'assaut du Manaslu. Elle-même avait autrefois été une femme des plus résistantes, ayant notamment migré au Royaume-Uni avec moins de dix livres en poche et sachant tout juste prononcer quelques mots en anglais. Elle aurait adoré voir sa petite-fille s'attaquer à l'une des plus hautes montagnes de la planète. « Ne dépends jamais de quiconque, Cecie. »

La vieille femme dit quelques mots que Cecily regretta de ne pas comprendre. Son ton étant clairement amical et accompagné d'un grand sourire, elle inclina la tête.

— Monastère ? lui demanda-t-elle.

La religieuse agita la main en direction d'un bâtiment manifestement en piteux état.

— *Danyabad*, dit Cecily, en une tentative bancale de la remercier en népalais.

Le monastère était fermé en raison d'une rénovation, toutefois Cecily aperçut sur le côté un panneau indiquant la direction du lac : Birendra Tal.

Disposant de tout son temps, elle décida de s'y rendre. Les sentiers des environs étaient noyés sous les mauvaises herbes, et d'immenses trous se présentaient ici ou là, certainement destinés à accueillir les fondations de futurs bâtiments. Pour l'heure, c'étaient de véritables pièges pour les alpinistes terrifiés à l'idée de se fouler la cheville avant même le début d'une ascension. Les avertissements de Mingma à l'esprit, Cecily fit preuve d'une extrême prudence en poursuivant son chemin.

À mesure que le sentier s'enfonçait dans la forêt, Cecily profita d'un environnement de plus en plus calme, les échos du village désormais inaudibles. Progressant vers les hauteurs de la forêt, elle franchit quelques ruisseaux chantants, en équilibre sur des bûches positionnées de façon stratégique.

Peu après, la végétation se clairsema, cédant la place à des rochers nus et des éboulis. Alors qu'elle se hissait sur un empilement cailloux, le lac lui apparut en contrebas, dans une cuvette, vue époustouflante qui lui arracha un petit cri de joie. L'eau miroitante du Birendra Tal était d'un bleu sarcelle, avec en fond la montagne qui se dressait jusque dans les nuages. Plusieurs chutes d'eau étaient visibles sur la rive opposée, donnant directement dans le lac, et Cecily entendait régulièrement le glacier Manaslu craquer. Elle dévala la pente rocheuse grisâtre jusqu'à la berge, esquivant des galets empilés ici ou là par des randonneurs et prenant garde à ses appuis sur ce terrain inégal. Quelques débris arrachés par ses foulées la rattrapèrent, manquant son crâne de peu. Même à cette faible altitude, la montagne recelait mille dangers.

Elle s'approcha de l'eau calme et tentante. Formant un contraste saisissant avec les pierres blanches sous ses pieds, elle était d'un bleu qui semblait encore plus pâle, encore plus tranquille, que vu depuis les hauteurs. Cecily s'agenouilla et y plongea le bout des doigts. Elle était glaciale.

— Tu comptes te baigner ?

La voix masculine profonde, dans son dos, fit sursauter Cecily. Elle se redressa d'un bond mais fut soulagée de découvrir Alain. Ses lunettes teintées réfléchissant le bleu du lac, il avait un sac à dos calé sur l'épaule.

— Désolé, je ne voulais pas t'effrayer, dit-il en lui tendant la main pour l'aider à retrouver son équilibre.

Elle l'accepta avec un sourire et se rétablit sur les cailloux instables de la berge.

— Pas de souci, c'est juste que je ne m'attendais pas à trouver quelqu'un ici.

— La vue est splendide, non ? Alors… tu te lances ?

Il désigna la surface ridée du lac.

— Non, je ne pense pas, je ne suis pas équipée.

— Dommage ! Il n'y a rien de mieux qu'un plongeon dans une eau glaciale pour se préparer à grimper là-haut.

— Je ne suis pas sûre que ça ou autre chose changerait quoi que ce soit si je n'étais pas prête, souffla

Cecily. Tu n'as pas peur d'attraper le rhume du siècle en te baignant là-dedans ?

Elle détourna le regard quand Alain laissa tomber son sac et fit passer son tee-shirt par-dessus sa tête, dévoilant un torse assez musclé pour un homme approchant probablement la soixantaine.

— J'ai pris cette habitude il y a de nombreuses années. M'immerger dans le froid m'aide à réveiller mes sens, à apprêter mon corps et mon esprit à ce qui m'attend. Ça me permet de rester affûté. Il est crucial d'être en possession de toute sa tête quand on se lance à l'assaut d'un 8 000.

Le Français ponctua son propos d'une petite tape sur la tempe.

— Je trouverai peut-être le courage d'en faire autant après notre retour du sommet, dit Cecily.

Un craquement retentissant résonna à l'autre bout du lac, et plusieurs blocs de glace et de neige furent précipités dans l'eau. Saisie d'un frisson, Cecily recula d'un pas.

— Tu es venue jusqu'ici, Cecily, et tu as tout le courage nécessaire en toi, sourit Alain, qui avança dans l'eau.

Elle hoqueta de terreur à sa place lorsqu'il plongea la tête sous l'eau. Il émergea en criant de joie, puis secoua la tête comme un chien, éclaboussant jusqu'à la rive. Cecily sourit, malgré les quelques gouttelettes qu'elle avait reçues sur la joue. La connexion et la passion de cet homme pour les merveilles de la nature étaient contagieuses.

Ne pas être capable de se joindre à lui – elle n'avait ni serviette, ni maillot de bain, ni expérience de la natation en eau froide – l'agaçait quelque peu, même s'il était évidemment plus raisonnable de rester sèche et au chaud dans ses vêtements. James, lui, aurait plongé dans la seconde, elle n'avait aucun doute à ce sujet.

— Je te laisse, lança-t-elle à Alain.

Celui-ci répondit d'un geste de la main, puis s'éloigna en crawl.

Cecily rebroussa chemin parmi les rochers, délaissant la sérénité du lac. Elle opta pour un autre sentier que celui emprunté à l'aller et qui passait par un point de vue surélevé. Parvenue en cet endroit, elle prit une photo du panorama avec son téléphone. Alain n'était pas visible ; soit il était sorti de l'eau, soit il nageait sous la surface.

Soudain, elle se figea, surprise par un bruit. Un sifflement, plus précisément, qui résonnait sur les rochers : deux notes graves, suivies d'une plus aiguë et d'une dernière grave. La respiration coupée et le cœur battant la chamade, elle resta pétrifiée quelques secondes ; s'agissait-il d'un autre nageur intrépide ? Elle laissa passer quelques secondes, s'attendant à voir quelqu'un surgir de la végétation, mais personne ne troubla le calme des moraines environnantes.

— Il y a quelqu'un ? cria-t-elle, ayant retrouvé sa voix.

Le sifflement se tut instantanément.

Pas de réponse.

Aussi immobile qu'une statue, elle patienta encore, les oreilles tendues. Ses bras et son dos se couvrirent de chair de poule, le même genre de frissons qui l'incitaient à changer de trottoir la nuit, à serrer ses clés dans sa main en accélérant l'allure, à traverser une chaussée encombrée plutôt qu'emprunter un passage piéton souterrain.

Son instinct lui hurlant de décamper, elle regagna en toute hâte la piste principale. Prenant appui sur un rocher instable, elle trébucha, glissa et chuta lourdement sur le genou. Grimaçant de douleur, elle songea au vertige débilitant qu'elle avait subi autrefois, alors qu'elle se trouvait en équilibre sur une saillie plus étroite que la largeur de son pied, avec le vide sous elle et la pluie et le vent lui martelant le dos. Elle s'était cramponnée avec tant de rage que ses paumes étaient ensuite restées ensanglantées plusieurs semaines.

Un nouveau son se fit entendre, mais ce n'était pas un sifflement, cette fois. Plutôt un bourdonnement, pareil à celui qu'aurait émis un essaim d'abeilles en approche. Elle inclina la tête et fouilla le ciel, en quête de la source de ce trouble.

Un petit drone apparut, ronronnant au-dessus d'elle, puis disparut vers le lac. Elle se releva prudemment et frotta son genou douloureux. Elle attendit un moment l'apparition du pilote du drone, mais personne ne se présenta.

Terrifiée, Cecily s'élança à vive allure sur le sentier menant au village.

– 7 –

De retour à Samagaun, Cecily hésita puis renonça à signaler l'incident à Doug ; elle n'avait à se plaindre que d'une sensation désagréable et de l'irruption d'un drone. Il existait certainement mille raisons parfaitement valables de prendre des photos aériennes du lac, et elle ne tenait pas à passer pour la parano de service.

Ce soir-là, ils dégustèrent des nouilles et des *momos*, délicieux chaussons népalais fourrés de viande et de légumes hachés menu. La pâte finement pliée lui rappela tant l'époque où elle préparait des *jiaozi* avec sa *nai nai* qu'elle y vit une réponse à ses prières au monastère, avec l'illusion de se sentir chez elle malgré les milliers de kilomètres la séparant de l'Angleterre. La sensation déstabilisante éprouvée près du lac s'était dissipée, chassée par l'ambiance chaleureuse et joviale de l'auberge.

L'excitation était nettement perceptible dans l'air ; au fil de la journée, d'autres groupes les avaient rejoints et s'étaient installés – il y avait parmi eux des alpinistes, comme Cecily, mais également des randonneurs prévoyant d'explorer les pistes les moins élevées. Il y avait foule à toutes les tables.

— Ta promenade s'est bien passée ? lui demanda Mingma quand elle eut achevé son repas.

— Le lac est magnifique, sourit-elle. L'eau est si claire, si fraîche. Et quel calme dans le village, malgré les travaux en cours.

— Ça ne durera sans doute pas. Il s'agrandit d'année en année, avec tous ces touristes. Il sera bientôt aussi peuplé que Namche Bazar !

— Tu es originaire de là-bas ?

— Non, mon village est également situé dans la région du Khumbu mais plus haut que Namche. Ma femme y est restée.

— Oh ! Je ne savais pas que tu étais marié. Ta famille doit te manquer.

— Tous les jours, reconnut le sherpa, une main sur le cœur, avant de lui glisser un bout de papier. Tiens, je me suis dit que ça pouvait t'être utile ; c'est le code wifi. Il est possible que le débit Internet soit très lent, vu le nombre de personnes qui le partagent.

— Merci Mingma, tu es formidable ! dit Cecily, qui entra les quelques chiffres sur son téléphone.

Aussitôt connectée, elle vit un flot d'e-mails se déverser dans sa boîte de réception, dont deux envoyés par Michelle. Elle ouvrit le premier.

Bonjour, Cecily ! Es-tu déjà en haute montagne ? Essaie de m'envoyer ton billet suivant sans tarder, pour que je le poste sur le site le plus tôt possible. Les gens réclament des nouvelles de ton périple ! Ton premier texte a été vu un nombre incalculable de fois – nos lecteurs me semblent réellement intrigués par tes comptes rendus. Ton point de vue d'alpiniste novice est l'occasion de faire découvrir ce sport extrême à toute une partie du grand public.

Cecily sourit, enchantée. Tant de vues aideraient peut-être Michelle à se convaincre de ses capacités d'aller jusqu'au bout de cette aventure. Cependant, cela impliquait davantage de pression : des regards étaient braqués sur elle, impatients de découvrir si elle réussirait ou non à atteindre le sommet. Elle ouvrit le message suivant, envoyé quelques heures plus tard.

Cecily,
J'espère que tu as conscience de l'importance de ton futur article pour le magazine, mais aussi pour ta carrière. J'ai reçu un e-mail de James qui m'a quelque peu inquiétée. Peux-tu me confirmer que tout va bien pour toi, que tu es toujours déterminée à te lancer dans l'ascension ? Dans le cas contraire, il nous faudrait réagir très rapidement… Personnellement, j'espère de tout cœur que tu vas continuer, mais si tu préfères renoncer, je ne te forcerai pas la main.
Tiens-moi au courant,
Michelle

Cecily relut ce message à plusieurs reprises. Le ton de Michelle était radicalement différent par rapport à son premier envoi ; elle semblait plus formelle, davantage sur la réserve. Après les nombreux efforts fournis pour gagner la confiance de sa rédactrice en chef, Cecily ne comprenait pas la raison de cette brutale métamorphose. Et à quoi faisait-elle allusion à propos de James, précisément ? Cela faisait des mois qu'elle n'avait plus de nouvelles de lui. Elle avait plus ou moins imaginé qu'il mettrait sa fierté de côté et lui présenterait ses excuses, ne serait-ce que pour se donner une chance de lui arracher des infos exclusives à propos de Charles, mais non, silence radio... Pourquoi avait-il contacté Michelle ?

Luttant contre son envie de répondre dans la foulée, Cecily jugea nécessaire de prendre le temps de réfléchir à sa réaction. Elle ouvrit un autre e-mail, cette fois envoyé par sa mère.

Ma chérie, j'ai effectué quelques recherches supplémentaires sur cette montagne. T'imaginer seule là-haut ne me plaît pas du tout. Nous avons lu sur ton blog que Charles n'est même pas avec toi en ce moment ! Qu'est-ce que tu fais là-bas, alors ? Je préférais l'époque où tu te lançais dans ces aventures avec James : au moins, il gardait un œil sur toi.

Ne nous en veux pas, mais nous avons discuté avec lui. Il s'est entraîné pour une ascension ; si tu le souhaites, il est prêt à se rendre au Népal pour te remplacer. Ce qui te permettra de rentrer à la maison. Ce stupide article ne vaut pas la peine que tu prennes des risques, tout de même.

Tu nous manques. Nous ne souhaitons qu'une seule chose : que tu sois en sécurité.

Sa mère avait ajouté un lien menant à un article relatant la catastrophe survenue en 2012 sur le Manaslu. L'ayant déjà lu, Cecily n'eut pas besoin de cliquer dessus.

Le mystère était donc éclairci ; ses parents avaient contacté James. Le problème était évident : lors de ses « aventures » précédentes, elle avait toujours eu à ses côtés un compagnon plus fort qu'elle prêt à la soutenir, à la protéger, voire à la secourir, comme cela s'était produit en certaines occasions. Les attentes de ses parents, la concernant, avaient toujours défini ce dont elle était capable.

Leurs attentes *limitées*.

Jamais ils ne l'avaient crue capable de connaître le succès. Et jusqu'à présent, jamais elle ne les avait démentis. L'échec n'était pas un sentiment inconnu pour Cecily. Qu'ils aient eu l'idée de convaincre James de la remplacer était tout sauf une surprise. Il y avait d'ailleurs fort à parier que celui-ci se soit senti très courtois d'accepter leur proposition.

En saisissant cette occasion, elle avait avant tout voulu leur prouver qu'elle était plus forte qu'ils ne l'imaginaient, se montrant en cela fidèle à l'esprit de son article « Mise en échec » : bien que consciente qu'il était fort possible qu'elle échoue à nouveau, elle tentait une fois encore sa chance.

Les paroles d'Alain lui revinrent en mémoire : « Tu es venue jusqu'ici, Cecily, et tu as tout le courage nécessaire en toi. » Elle avait déjà fait un pas de géant. À présent, elle leur prouverait à tous – à ses parents, à sa rédactrice en chef, à son ex – ce dont elle était capable.

Elle répondit à Michelle.

Je ne partirai d'ici que pour m'élancer vers le sommet !
Je t'envoie très bientôt un nouveau billet de blog !

Elle ouvrit ensuite WhatsApp et envoya un message à Rachel, sa meilleure amie, la seule personne au monde au fait de toute l'histoire. Depuis sa rupture avec James, Cecily dormait sur le canapé de Rachel, qui était aux premières loges pour constater combien la nature dominatrice de ses parents minait à chaque instant l'assurance de son amie.

Je suis à plusieurs milliers de kilomètres de chez moi, et mes parents tentent encore de me contrôler !

Cecily sourit en voyant aussitôt apparaître une réponse.

Ça y est, tu es au Népal ! J'étais si impatiente de recevoir un message de toi que je ne quittais plus mon téléphone des yeux !

Puis, quelques instants plus tard :

Oublie ce que disent les autres. Tu vas y arriver, je crois en toi. Que tes parents et James aillent se faire voir !

Comme toujours, Rachel avait lu entre les lignes et deviné que James était intervenu. Cecily répondit sans attendre.

Tu es la meilleure ! Merci de toujours trouver les bons mots.

Elle fit ensuite défiler sa liste de contacts jusqu'à James, se demandant s'il attendait son appel pour s'envoler à destination de Katmandou pour la remplacer. Cédant à la tentation, elle cliqua sur sa photo ; et si elle lui disait qu'elle avait croisé son vieux copain Ben ? Elle constata alors avec surprise qu'il était « en ligne ».

Le dernier message de son ex, encore visible, semblait la narguer :

Bonne chance. Tu vas en avoir besoin.

Elle était très tentée de lui envoyer quelques mots, de relancer cet échange en lui décrivant où elle se trouvait.

Un nouveau message de Rachel s'imposa en haut de l'écran, l'extirpant de sa rêverie.

NE LUI ÉCRIS PAS !

Sa meilleure amie lisait en elle comme dans un livre ouvert. Cecily soupira et, sans se laisser le temps d'y réfléchir plus longtemps, effaça son ultime conversation avec James. Rachel insista :

Et dès que tu captes le moindre réseau, tu as intérêt à me dire que tout va bien. Je guetterai tes messages.

Cecily envoya également un e-mail enthousiaste à ses parents, leur expliquant combien elle appréciait cette expérience jusque-là, soulignant la qualité de sa préparation et sa sécurité totale au sein de l'équipe. Ils ne la croiraient pas, mais cela lui importait peu ; ils ne pouvaient plus rien faire pour l'arrêter.

Elle ne fit aucun commentaire sur leur initiative concernant James.

Elle se connecta ensuite sur Instagram, dont la page se chargea avec une lenteur douloureuse. Quand enfin les photos apparurent sur son écran, elle découvrit de nombreux posts déjà publiés par Élise, dans lesquels elle décrivait sa propre balade dans les environs du village. Elle avait récolté des milliers de *like*. Elle avait en outre posté un selfie sur lequel elle posait avec le lac Birendra Tal dans son dos. Était-ce Élise qui avait piloté le drone ? Était-ce la mystérieuse personne que Cecily avait entendue siffler ? Si tel était le cas, elle ne pouvait que se féliciter de n'en avoir rien dit à Doug ; celui-ci aurait alors certainement douté de sa santé mentale.

Élise avait également inséré dans sa bio un lien menant au site de financement de la mission de Charles. Cecily cliqua dessus et constata que les dons s'accumulaient un peu plus à chaque post.

— L'un de vous a-t-il vu Alain ? lança Christophe, qui s'était levé, en bout de table, tripotant des deux mains son bonnet en crochet.

— Pas depuis ce matin, désolée, répondit Cecily, fronçant légèrement les sourcils.

— Moi non plus, dit Élise.

— Qui est cet Alain ? demanda Zak en retirant une de ses oreillettes.

— C'est mon équipier, répondit Christophe. Il est parti se promener, mais il n'est pas encore rentré, apparemment. C'est curieux.

— Vous avez vérifié dans les autres auberges ? suggéra Mingma. Des alpinistes sont installés de l'autre côté de la route.

— Ah oui, ça doit être ça. Il est peut-être allé dîner là-bas. Merci. Pardon de vous avoir dérangés.

Christophe s'éloigna, visiblement pas vraiment convaincu.

Cecily revit en pensée Alain plongeant dans les eaux glaciales. Sans doute était-il en cet instant occupé à se réchauffer quelque part, auprès d'un bon feu. Elle ouvrit son ordinateur portable et rédigea son billet suivant à l'intention de Michelle, dans lequel elle résuma le profil des membres de l'expédition mise en place par Charles.

Zak, le P-DG.

Élise, l'influenceuse.

Grant, le réalisateur.

Et elle, la journaliste.

Un groupe plutôt curieux, aux bons soins de Doug, leur mystérieux guide. Il fallait qu'elle en sache davantage sur lui.

À la suite des recherches effectuées afin de préparer son article, de nombreuses pages étaient restées en mémoire dans son navigateur. Si les exploits accomplis par Doug étaient largement décrits sur la Toile, Google ne livrait que très peu d'informations quant à sa vie personnelle. Cecily ne dénicha ainsi pas la moindre évocation d'une éventuelle famille ni de son lieu de résidence. Elle ne découvrit pas non plus grand-chose à propos des raisons l'ayant incité à quitter Summit Extreme pour fonder son propre organisme. Sur le site de Summit Extreme, un nom capta l'attention de Cecily : Dario Travers. En plus d'être un ancien collègue de Doug, cet individu avait été le guide de Pierre sur l'Everest, d'après Alain. Il n'était sans doute pas superflu d'effectuer quelques recherches sur lui. Cecily tapa son nom dans la barre de recherche et obtint une multitude de résultats. Dario Travers avait en effet été interviewé par l'ensemble des magazines et forums spécialisés. Originaire d'une petite ville des Alpes autrichiennes, cet alpiniste expérimenté était manifestement doublé d'un guide fiable. Une sorte de playboy des montagnes, à en croire les photos illustrant ces articles, sur lesquelles on le voyait le bras passé sur les épaules de diverses femmes au fil des années.

Un paragraphe de sa bio la plus récente était particulièrement marquant.

Je ne remercierai jamais assez Summit Extreme de me permettre de vivre de ma passion. Guider nos clients parmi ces splendides cimes est très gratifiant. Cependant, rien ne me procure autant de plaisir que lorsqu'on me demande d'explorer des montagnes susceptibles de devenir de nouvelles destinations de notre catalogue. C'est dans ces moments-là que j'ai vraiment conscience de la chance qui est la mienne.

Même Cecily était capable de lire entre les lignes de ce texte, et ce grâce à ce qu'elle savait de l'expérience de guide de haute montagne de James. Gagner sa vie ainsi n'avait rien d'évident. Les amoureux de la montagne suffisamment accros pour vouloir en vivre rêvaient de briser le moule de la normalité, de sortir des sentiers battus. Néanmoins, le besoin d'argent les faisait sans cesse revenir sur les itinéraires les plus fréquentés, sans qu'ils aient leur mot à dire sur la clientèle. Dario avait de toute évidence la sensation de suffoquer en guidant des amateurs sur les pics les plus connus. La façon qu'avait Charles d'aborder la montagne n'était pas dépourvue de défis, certes ; il n'avait rien caché des difficultés qu'il rencontrait pour lever des fonds et organiser la logistique de sa mission, avec notamment les innombrables documents administratifs, visas et autorisations diverses requis. Cependant, la liberté de choisir sa voie, de laisser sa trace dans une nature vierge… Il vivait le rêve de tout alpiniste. Cecily était certaine que de nombreux regards envieux étaient constamment braqués sur Charles.

Le wifi fut coupé à l'instant où elle envoya son billet de blog à Michelle ; l'électricité suivrait sans doute très bientôt. Il n'était qu'un peu plus de 20 heures, d'après sa montre, mais Cecily avait déjà sommeil – et elle n'était pas la seule, la grande salle s'était vidée pendant qu'elle écrivait.

Dans la cour, elle perçut des chuchotements. Sur la terrasse, Élise se prélassait sur une chaise en bois, les pieds sur la rambarde. Debout auprès d'elle, un homme sirotait quelque breuvage dans une flasque. C'était Grant. Près d'eux, quelques randonneuses en année sabbatique arrivées un peu plus tôt buvaient de la bière.

— Joins-toi à nous, Cecily ! lança Grant.

Elle gravit les marches branlantes, serrant les pans de sa veste sur son corps et le menton dans le col afin de se protéger de la fraîcheur du soir.

— Tu grimpes avec Charles, toi aussi ? lui demanda une des jeunes femmes.

S'exprimant avec un accent australien à couper au couteau, elle était emmitouflée dans une doudoune North Face. Cecily acquiesça.

— Quel courage ! reprit la randonneuse. Je serais incapable de me lancer sur une de ces montagnes géantes. Tu n'es pas morte de trouille ?

Cecily considéra Élise et Grant.

— Mes équipiers sont des pointures, dit-elle. Je leur fais confiance. En réalité, c'est Élise qui est courageuse : elle compte effectuer l'ascension sans oxygène supplémentaire.

— Tu te fous de moi ? intervint Grant.

Élise retira ses jambes de la rambarde et les croisa, repliées sous son siège.

— Non, c'est la vérité, confirma-t-elle.

— Doug est au courant ? Il ne m'a pas proposé cette option.

— Pose-lui donc la question, suggéra la Canadienne, sirotant son thé.

Grant se tourna vers Cecily et posa bruyamment sa flasque sur la rambarde.

— Et toi, tu auras de l'oxygène supplémentaire ?

— Oh oui, je n'aurais aucune chance d'atteindre le sommet, sans ça. C'est la première fois que je m'attaque à une si haute montagne.

— C'est vrai ? Quel est le plus haut sommet à ton actif ?

— Le Kilimandjaro, l'année dernière. Mais j'ai fait demi-tour avant Stella Point.

— Attends, tu n'as même pas atteint le sommet du Kilimandjaro ? s'esclaffa Grant. Et maintenant tu te mesures à un 8 000 ? Tu es cinglée ?

— Charles m'a invitée à l'accompagner, expliqua Cecily, qui se sentit rougir. J'ai suivi l'entraînement nécessaire et j'ai beaucoup étudié la question.

— Ne t'inquiète pas, Doug ne laisse grimper que ceux qu'il estime prêts, intervint Élise. Nous sommes chacun lancés dans un périple qui nous est propre.

— En tout cas, vous m'impressionnez, avoua l'Australienne. J'espère que vous atteindrez tous le sommet.

— Nous y arriverons, à condition de ne pas subir une galère telle que celle que nous avons connue sur le Cho, dit Grant. Une erreur commise par une personne a ruiné l'ascension de toutes les autres. Mon équipe a dû faire demi-tour quand un Indien a eu des ennuis.

— Tu étais là-bas quand c'est arrivé ? dit Élise.

— Et comment. Nos sherpas ont dû se porter au secours de ce type, si bien que nous avons dû redescendre. Et sans Charles, la situation aurait été plus dramatique encore. Pour être franc, sur le moment, j'ai surtout pensé que ça aurait fait un film spectaculaire. C'est pour ça que je suis ici, d'ailleurs. Je compte filmer les exploits de Charles. Ce sera notre version de *Free Solo*. En espérant que ça me rapporte un Oscar, à moi aussi[1].

— Ça va être énorme ! s'exclama une autre randonneuse, se penchant vers Grant. Je parie qu'un million de réalisateurs auraient donné cher pour filmer ça.

— Un million plus un, dit Grant, qui récupéra sa flasque et la fit tinter contre la bouteille de la jeune femme. Je suis l'enfoiré qui a eu la chance d'attirer l'attention de notre Charlie.

Les tempes palpitantes, Cecily sentit que l'altitude pesait sur elle.

— Je rentre, bonne nuit à tous.

— Tu as besoin de repos pour te remettre de ta glissade ? railla Grant.

Cecily resta muette, la bouche sèche. Elle n'avait fait part à personne de sa mésaventure sur les rochers, en surplomb du lac. Grant s'était-il trouvé dans les parages ? Était-ce lui qui avait sifflé ? Elle baissa la tête, faisant mine de ne pas avoir entendu sa question, puis elle redescendit dans la cour.

Elle eut la surprise de voir Élise lui emboîter le pas.

— Ne fais pas attention à ce qu'il raconte, dit-elle. Nous avons tous gravi un 8 000 pour la première fois un jour. Moi, je grimpe depuis toute petite, pourtant j'ai encore l'impression d'être une débutante.

— Tu plaisantes ? Tu es déjà une légende vivante. (Cecily soupira.) Moi, j'espère surtout ne pas être un fardeau pour l'équipe.

---

1. Sorti en 2018, *Free Solo* a remporté l'Oscar du meilleur film documentaire l'année suivante.

— Aucun risque, s'esclaffa Élise. En grimpant sans oxygène, c'est moi qui fais prendre des risques à notre groupe. Il est possible que je ne parvienne pas au sommet, mais j'essaie de ne pas trop stresser ; la montagne sera toujours là l'année prochaine. « Ce sont les montagnes, pas les sommets, qui m'apprennent tant de choses. »

Cecily tiqua.

— C'est une phrase extraite de mon article, non ?

— Tu vois ? sourit Élise. Je ne fais que répéter des choses que tu sais déjà.

L'influenceuse tapota l'épaule de la journaliste avant de se diriger vers la chambre qu'elles partageaient.

Sur son lit, Cecily sortit son calepin et se prit à regretter que les paroles d'Élise ne reflètent pas la vérité.

En réalité, cette occasion d'atteindre le sommet ne se reproduirait pas, pour elle, et le simple fait d'avoir essayé ne la consolerait en rien en cas d'échec ; l'arrivée de Ben n'avait fait que souligner ce détail. Elle avait été conviée en ce décor pour une bonne raison : rédiger un article d'enfer. Et pour cela, elle devait à tout prix atteindre le sommet. Charles avait été clair sur ce point, et c'était non négociable.

À la lueur de sa lampe frontale, elle coucha sur le papier les souvenirs qu'elle gardait de ses conversations du jour. Elle ne cessait de penser à celle qu'elle avait eue avec Alain, sur la terrasse. « Je veux seulement savoir ce qui s'est vraiment passé là-haut. Un alpiniste aussi chevronné que Pierre ne peut pas avoir simplement glissé. »

Si elle espérait qu'il trouverait les réponses qu'il était venu chercher, elle en doutait quelque peu. La montagne savait garder ses secrets.

Élise dormait déjà à poings fermés quand Cecily songea à éteindre sa frontale. Cherchant sa bouteille d'eau, elle se rendit compte qu'elle l'avait oubliée dans la salle à manger. Elle fut tentée de la laisser là-bas, malgré sa gorge sèche qui, si elle ne buvait pas ce soir, la ferait souffrir au réveil.

Ne néglige aucun détail... Le mantra s'était imposé au premier plan de ses pensées, lui rappelant de régler les petits soucis avant qu'ils ne deviennent de gros problèmes.

C'était une autre alpiniste qui le lui avait confié, perle de sagesse qui se transmettait entre montagnards. Ces mots la firent jaillir de sous ses lourdes couvertures et sortir dans la nuit froide et obscure.

Elle s'immobilisa au centre de la cour et inclina la tête en arrière. Elle eut alors le souffle coupé, sans que ce soit lié à l'altitude ; le ciel était empli d'étoiles ; jamais elle n'en avait vu tant, à tel point qu'elles semblaient serrées les unes contre les autres.

Et face à elle se dressait le Manaslu.

L'énorme masse noire menaçante se détachait sur fond de nuit scintillante, dominant l'horizon et s'élevant jusqu'au ciel. Le sommet portait les étoiles comme une couronne.

– 8 –

Cecily se réveilla avec un rayon de soleil sur son oreiller lorsque Élise entra sur la pointe des pieds dans la chambre, pour récupérer son sac.

— Pardon de t'avoir réveillée, j'espérais que tu serais déjà levée.

— Oui, j'aurais dû l'être. (Repoussant ses couvertures, Cecily remarqua l'air grave affiché par Élise.) Tout va bien ?

La Québécoise resta muette un moment, puis elle secoua la tête.

— Tu ferais bien de sortir.

Cecily attrapa sa veste sur le rebord de la fenêtre, l'enfila par-dessus ses vêtements thermiques et chaussa ses bottes, puis elle suivit Élise à l'extérieur.

Un groupe s'était formé dans la cour ; elle aperçut entre autres Doug, près de Mingma et Zak. Ben était également présent, un bras passé sur les épaules de Christophe, qui était avachi contre le petit mur de pierre. En ce jour où il était prévu qu'ils fassent leurs premiers pas sur la montagne, l'excitation générale aurait dû être à son comble, or tous semblaient comme accablés par un nuage noir que même le soleil éclatant ne pouvait percer.

— Que se passe-t-il ? s'enquit Cecily.

— Un corps sans vie a été trouvé près du lac, soupira Élise.

— Mon Dieu ! Qui ?

— Alain, apparemment.

— Quoi ? s'étrangla Cecily, qui resta un temps bouche bée. Non, c'est impossible. Je... Hier encore, j'ai discuté avec lui. Il était question que je l'interviewe. Je l'ai vu près du lac. Il a nagé un peu... Que s'est-il passé ?

— Il aurait fait une mauvaise chute sur des rochers. D'après ce que j'ai compris, son corps a été trouvé par les locaux chargés de porter des provisions au camp de base, tôt ce matin. J'ai marché jusqu'à la mi-chemin du camp de base hier, et j'ai vu le lac depuis les hauteurs. J'ai scruté les photos que j'ai prises, mais il n'y apparaît pas.

— Il était en pleine forme quand je l'ai quitté, dit Cecily, se demandant si elle était la dernière personne à avoir vu Alain vivant. Attends... J'ai vu un drone qui volait vers le lac et j'ai entendu quelqu'un siffler. Une autre personne l'a peut-être vu après moi ?

— Nous le saurons rapidement, j'en suis sûre. Que c'est triste...

Élise secoua la tête et avala une gorgée d'eau de sa bouteille.

Observant sa jeune équipière, Cecily avait la sensation d'étouffer en imaginant Alain blessé, agonisant sur la berge... Élise, à l'inverse, semblait plus détachée, comme si elle avait déjà encaissé la mauvaise nouvelle et était passée à autre chose. Cecily n'ignorait pas que la mort faisait partie intégrante de la réalité en montagne et que les alpinistes y étaient confrontés au quotidien ; cloisonner les divers aspects de leur aventure était peut-être la seule façon de ne pas y renoncer.

Cecily n'en était pas encore à ce stade.

— Qui préviendra sa famille ? Sa femme ?

— Christophe et l'équipe de Summit Extreme s'occuperont certainement des formalités.

Cecily acquiesça. Visiblement en état de choc, Christophe secouait la tête ; elle osait à peine imaginer ce qu'il éprouvait. Alain était venu ici pour honorer la mémoire d'un ami décédé en montagne, et voilà qu'il trouvait la mort à son tour. Clairement bouleversé, il cherchait des réponses. Il s'était rendu au lac pour la même raison qu'elle, à savoir s'éclaircir les idées et se préparer pour l'ascension. La différence étant qu'elle était rentrée au village. Alain, en revanche, ne ferait plus un pas.

Elle tressaillit lorsque quelqu'un lui tapota l'épaule. Les mains tremblantes, elle songea qu'elle n'avait jusque-là pas perçu combien elle était tendue. Elle se retourna et vit Doug, l'air grave, qui lui dit :

— Réunion de l'équipe à l'intérieur. Je veux que tout le monde soit présent.

— Qui est mort ? s'écria Grant en émergeant d'une chambre.

Il passa la main dans ses cheveux humides ; près de lui, une des randonneuses australiennes était emmitouflée dans sa doudoune, qu'elle lui avait empruntée.

— Quel lourdingue, ce type ! lâcha Élise, qui l'écarta de son passage pour gagner la salle à manger.

Cecily haussa les sourcils, étonnée ; peut-être Élise était-elle également à cran, après tout.

— Quoi ? dit Grant, les mains levées.

Zak lui expliqua la situation, délaissant Cecily. Celle-ci aurait voulu poser d'autres questions, dire quelques mots à Christophe, mais elle préféra ne pas s'imposer. Mingma lui effleura le bras et la guida jusque dans la salle à manger. Elle le suivit, les sens engourdis et écrasée par un sentiment d'impuissance.

De grosses Thermos remplies de thé noir sucré étaient disposées sur la table. Cecily se servit et serra sa tasse en céramique dans ses mains jusqu'à presque se brûler ; c'était le seul moyen de faire cesser ses tremblements.

Une personne avait trouvé la mort la dernière fois qu'elle avait foulé une montagne. Et maintenant, Alain était décédé à son tour. Bien que sachant que ce n'était qu'un réflexe irrationnel, elle ne pouvait s'empêcher de faire le lien, d'y voir un mauvais présage.

L'expédition semblait terminée avant même leur départ.

Doug se massa les tempes tandis que l'équipe s'installait autour de la table.

— Mingma et moi avons contacté le camp de base ce matin, dit-il.

— Super ! brailla Grant. On part quand ?

Cecily considéra son compatriote, atterrée.

— On ne va quand même pas continuer ? Un homme est mort !

Grant haussa les épaules.

— Et alors ? Il ne faisait pas partie de notre équipe. Je te garantis que ce n'est pas ça qui va arrêter Charles.

Et moi, il faut que je passe du temps en montagne pour m'acclimater avant son arrivée.

— Tu es sérieux ?

Cecily chercha du soutien chez ses autres compagnons, qui tous lui donnèrent l'impression de vouloir éviter de croiser son regard. Même Élise.

— Personne ne sait ce qui a provoqué cet accident, insista-t-elle. On devrait au moins attendre le temps qu'une enquête nous permette d'y voir plus clair, non ?

— C'est un accident, justement, Cecily, souligna Doug d'une voix posée. Mais si certains d'entre vous ne se sentent pas de continuer et préfèrent renoncer là, je ne leur en voudrai pas. Nous pouvons organiser un retour à Katmandou par hélicoptère. On ne vous demandera pas de vous justifier.

Un silence s'abattit sur la pièce. Après avoir laissé s'écouler un moment, Cecily secoua la tête. Selon elle, la bonne décision – celle qui rendrait le mieux hommage à Alain – consistait à s'éloigner de la montagne. Mais elle était apparemment la seule à voir les choses de cette façon et avait conscience d'être encore sous le choc. Peut-être cela influait-il sur sa réflexion.

— Bon, je vais demander à Summit Extreme s'ils ont besoin d'aide après cet accident, ajouta Doug. Nous nous mettrons en route pour le camp de base à 9 heures, comme prévu. On se retrouve dehors et prêts à partir dans une heure.

Cecily et Élise regagnèrent leur chambre pour rassembler leurs affaires.

— C'est la bonne décision, tu crois ? demanda Cecily, assise sur le bord de son lit.

Élise, qui fourrait son sac de couchage dans son sac à dos, suspendit son geste et vint s'asseoir à côté de Cecily.

— J'ai confiance en Doug. Et également en Charles, que j'ai prévenu par texto ; il m'a répondu qu'il fallait continuer.

— Charles a dit ça ? s'étonna Cecily, les yeux écarquillés.

— C'est toujours très dur d'encaisser un tel accident. C'est une véritable tragédie, même si ton équipe n'est pas directement concernée, mais il ne faut pas tout laisser tomber. Alain n'aurait pas voulu que tu renonces à ton rêve.

Cecily prit entre ses doigts un fil de la couverture.

— Je ne suis pas certaine que ce soit un rêve pour moi.

— Tu tiens tout de même à atteindre le sommet ?

— Oui, bien sûr. Je veux essayer, en tout cas. Je n'ai pas le choix, si je veux obtenir l'interview de Charles.

— Je suis heureuse que tu restes avec nous. Nous rendrons hommage à Alain sur la montagne. En rentrant chez nous, on ne pourrait rien faire en ce sens.

Cecily pensa à Alain et à son souhait d'honorer la mémoire de Pierre en déposant un fanion au sommet. Peut-être pouvait-elle avoir un geste similaire pour lui.

— Merci, Élise.

Les deux jeunes femmes firent à deux reprises le tour de la chambre, afin de s'assurer de ne pas oublier une moufle ou un cordage ; une telle négligence rendrait très pénible un indispensable retour en arrière pour les récupérer. Quand elle émergea dans la cour, son sac calé sur l'épaule, Cecily constata un nouveau changement radical dans l'ambiance générale. Des porteurs chargeaient des sacs et des bidons remplis de matériel sur les mules, avec en fond sonore le tintement des clochettes que les bêtes portaient au cou. Elle s'attarda près de l'entrée de la salle à manger, d'où elle observa toute cette activité.

— Quelle matinée, dit Ben en la rejoignant depuis l'autre bout de la cour.

Cecily se crispa.

— Je t'ai vu avec Christophe. Il tient le coup ?

Ben haussa les épaules.

— Il va rester à Samagaun, pour s'assurer que le corps d'Alain soit correctement rapatrié. Je serais étonné qu'on le retrouve au camp de base. C'est dingue, quand même. J'ai fait la connaissance de ce type il y a deux jours, et maintenant il est mort.

Encore tendue, Cecily n'était toujours pas à l'aise en présence de Ben, mais elle ne voulait pas qu'il perçoive sa vulnérabilité.

— Oui, c'est épouvantable.

— J'ai posé quelques questions à droite et à gauche, poursuivit Ben en se penchant vers elle. Apparemment, Alain a marché jusqu'au lac, pour parfaire son acclimatation, et il aurait perdu l'équilibre sur des rochers, là-haut ; un stupide accident.

— Il s'est baigné. D'après lui, ça l'aidait à affûter son esprit avant l'ascension.

— Tu étais au lac, toi aussi ?

— Oui. Nous avons bavardé quelques minutes. Il était encore dans l'eau quand je suis repartie.

— Ça alors... Tu as vu du monde, là-haut ?

— Non, personne. J'ai aperçu un drone, mais pas son pilote.

— Intéressant... Je n'ai vu que très peu de personnes équipées d'un drone, par ici. Les autorisations sont hors de prix. Le sentier t'a paru dangereux ?

— Les cailloux se dérobent un peu quand on marche dessus, mais c'est de la blague pour un alpiniste aussi expérimenté qu'Alain. (Cecily fronça les sourcils.) Tu poses beaucoup de questions, dis donc. Tu en sais un peu plus, peut-être ?

— Eh bien oui, à vrai dire, avoua Ben, avant de baisser d'un ton. J'ai discuté avec un des villageois qui ont trouvé le corps d'Alain. Il a subi de graves blessures, dont un traumatisme crânien assez sévère, apparemment.

— Vraiment ? Mon Dieu... (Cecily laissa passer quelques secondes, le temps d'inspirer profondément.) Ils pensent qu'elles sont dues à sa chute ?

— Peut-être... Alain t'a parlé de son ami Pierre Charroin ?

— Celui qui a disparu sur l'Everest ? Oui. Le pauvre... Encore un tragique accident, on dirait.

— En fait, entre nous...

Cecily l'encouragea d'un signe de la tête ; malgré la méfiance que lui inspirait cet homme, elle tenait à entendre ce qu'il avait à dire.

— ... je ne suis pas certain qu'on puisse parler d'un accident. Alain avait de sérieux doutes à ce propos. Maintenant, il est mort. Difficile d'y voir une coïncidence.

Cecily sentit une boule d'angoisse se former dans le creux de son estomac ; elle mourait d'envie de sortir son calepin et de relire les notes prises après sa conversation avec Alain.

— Tu penses vraiment qu'Alain n'a pas été victime d'un accident ?

— Je dis simplement que cette affaire n'est pas aussi claire qu'on le prétend.

— Que va-t-il se passer, à présent ?

— Les autorités népalaises vont ouvrir une enquête.

— Tant mieux. Mais bon, si tragique soit cet accident, j'espère qu'ils n'auront pas de raison de soupçonner un acte malveillant.

Les autres membres de l'équipe les rejoignirent dans la cour, prêts à se lancer dans la marche qui devait les mener au camp de base. Ben salua Doug en lui serrant la main, puis haussa les sourcils à l'intention de Cecily avant de disparaître à l'intérieur.

Un frisson glacé se propagea le long de la colonne vertébrale de la journaliste. Ben avait lâché une bombe. Elle avait beau espérer que ses doutes ne soient pas fondés, elle ne cessait de ressasser l'hypothèse du crime. Elle considéra la montagne une dernière fois ; des alpinistes parmi les plus expérimentés qui soient mouraient de temps à autre sur des pics tels que celui qu'elle contemplait et qu'elle s'apprêtait à gravir.

Tout pouvait se terminer à la moindre glissade.

Ou à la moindre poussée dans le dos...

Cette pensée s'invita d'elle-même dans son esprit. Elle déglutit péniblement et se hâta de rattraper ses compagnons, qui s'étaient déjà mis en route.

– 9 –

Suivant un itinéraire marqué par des panneaux indicateurs métalliques sur lesquels « Camp de base du Manaslu » était peint à la main, ils progressaient en file indienne. En tête devant Grant et Élise, Doug marchait les mains dans les poches, les épaules voûtées. Venaient ensuite Zak et Mingma, puis Cecily. Les mains crispées sur les sangles de son sac à dos, celle-ci s'efforçait de rester focalisée sur l'objectif du moment, à savoir atteindre le camp de base.

Accompagnés par un crachin brumeux depuis leur départ du village, ils arpentaient une forêt garnie d'épais massifs de rhododendrons parmi les bouleaux blancs et les pins de l'Himalaya. Si le décor était nettement plus verdoyant qu'elle ne l'avait imaginé, elle constata, à mesure qu'ils prenaient de l'altitude, que la piste qu'ils suivaient était boueuse, rendue glissante par les centaines de paires de chaussures de randonnée qui l'avaient fréquemment piétinée dans les deux sens à la fin de la saison de la mousson.

Plus haut encore, les arbres se firent plus rares, tandis que se déployaient de part et d'autre du groupe de magnifiques prés de montagne, les longues herbes parsemées çà et là de touffes de minuscules fleurs roses et violettes. L'esprit encore assombri par le triste sort d'Alain, Cecily regrettait de ne pas apprécier ces splendeurs à leur juste valeur.

Zak suivait l'évolution de leur position.

— On vient de franchir la barre des quatre mille mètres d'altitude.

Il marqua une pause, le temps que Cecily le rejoigne.

— Plus que quelques centaines de mètres, lui répondit-elle.

Elle s'arrêta un instant pour boire un peu d'eau, puis désigna la montre high-tech avec ordinateur intégré de Zak, qui avait dû lui coûter une fortune.

— Tu es bien équipé, dis donc !

— C'est un de mes prototypes TalkForward. Nous espérons la commercialiser au printemps prochain.

— Je n'avais pas deviné que c'était un produit de ta boîte. C'est super. Tu as toujours travaillé dans la haute technologie ?

— Oui. Après mes études à Caltech[1], je me suis installé à Petaluma, où j'ai monté ma société. Depuis, j'ai toujours regardé vers l'avant. Je me suis fixé pour mission de faire fonctionner du matériel de communication de classe internationale dans les coins les plus isolés de la planète. Nous tenons à équiper les pionniers, ceux qui prennent les plus grands risques, et leur offrir des téléphones satellite fiables, des outils GPS, des caméras qui fonctionnent dans les pires conditions météo,

---

1. Le California Institute of Technology (Institut de technologie de Californie) est une des meilleures universités américaines.

au fond des grottes les plus profondes et dans les jungles les plus denses.

— Et sur les plus hauts sommets ?
— Exact ! TalkForward est mon bébé. Je travaille avec les plus impressionnants cerveaux au monde, franchement. Ils soutiennent tous à fond mon aventure ici.

Cecily sourit ; il semblait si sérieux, si engagé dans son projet, qu'elle n'avait aucun mal à l'imaginer en P-DG inspirant, considérant ses employés comme une petite famille.

— Normal, c'est un objectif qui mérite d'être visé.
— C'est très important pour moi. Ça fait quinze ans que je me démène pour accomplir cette mission. En 2010, j'ai emmené quelques-uns de mes ingénieurs sur le mont Rainier, dans l'État de Washington, afin de tester du matériel, mais aussi pour renforcer nos liens. Même si cette aventure reste une des épreuves les plus difficiles que j'aie accomplies de ma vie, je suis tombé amoureux de l'alpinisme – le défi, le décor, la sensation intense d'atteindre le sommet de la montagne après avoir plus que jamais repoussé ses limites. À notre retour au camp de base, le guide m'a parlé du concept d'atteindre le point culminant des sept continents ; je suis alors devenu comme un chien avec son os. Je n'en avais jamais assez. Qui plus est, ces défis étaient en résonance parfaite avec ma mission consistant à repousser les limites de la technologie. Quand j'ai entendu parler des 14 sans assistance de Charles, puis quand j'ai su qu'il avait un mal fou à financer son projet, j'ai compris que TalkForward devait s'impliquer dans cette aventure. Je lui ai proposé de sponsoriser sa dernière ascension en échange d'une place pour moi

dans l'équipe, ce qui me donnerait en prime l'occasion de tester du matériel. Et me voici ! Je grimpe en compagnie d'un homme sur le point de devenir une légende.

— Ta famille l'accepte sans trop de souci ?

— Je fais tout ça pour ma famille, je te signale. Pour leur laisser un héritage autre que ma société. Quelque chose de concret, de personnel. Je veux voir de l'émerveillement dans les yeux de mes fils, Josh et River, quand ils me regardent, tu comprends ? Je veux qu'ils comprennent qu'il existe d'autres buts que gagner de l'argent, dans la vie. Et toi ? Tu as toujours voulu être journaliste ? Tu pourrais peut-être t'occuper de moi après avoir interviewé Charles ?

Cecily haussa les épaules.

— Je suis plus ou moins tombée par hasard dans la presse, à vrai dire. En réalité, je voulais devenir médecin quand j'étais gamine, comme mon frère et ma mère – c'est de famille.

— Qu'est-ce qui s'est passé ? C'était trop dur, finalement ?

Cecily manqua d'avaler de travers, surprise par tant de franchise, mais elle se détendit en voyant les yeux de Zak pétiller.

— Oui, quelque chose comme ça, sourit-elle. Je me suis égarée un moment, je suppose. J'ai étudié l'anglais à la fac, et ensuite j'ai tenu un blog *lifestyle* tout en travaillant dans divers commerces. Par la suite, mon copain – enfin, mon ex – m'a montré comment mieux organiser mes billets de blog. Il m'a également mise en relation avec des rédacteurs en chef, ce genre de choses, si bien que j'ai fini par vendre mes articles en tant que pigiste. Mon ex est journaliste d'aventure ; il couvre l'Everest et les plus hauts sommets de la planète.

— Sérieux ? Il doit crever d'envie d'être à ta place en ce moment.

— Je confirme... C'est pour ça qu'il est devenu un ex, d'ailleurs.

— Inutile d'en dire davantage, j'ai pigé. Et sinon, comment tu t'es entraînée ?

— J'ai monté des milliards de marches ! s'esclaffa Cecily.

— Tu m'étonnes. Moi, j'ai passé un mois à faire de l'exercice dans un caisson hypoxique, pour faciliter mon acclimatation. J'y ai même dormi. Ce truc produit l'équivalent de l'air qu'on trouve en altitude, jusqu'à cinq mille cinq cents mètres.

— Ça, c'est de la haute technologie ! (*Et ça a dû coûter cher*, pensa Cecily.) Ça t'a bien aidé ?

— Oh oui ! Ces caissons et tentes de haute altitude ont révolutionné l'industrie de l'alpinisme. Je me suis efforcé de radicalement modifier chaque étape de ma préparation, afin de la rendre aussi efficace que possible. Dommage que tu ne sois pas devenue médecin, tu aurais pu vérifier la saturation en oxygène de mon sang.

Ce vieux rêve ne s'était plus invité dans les pensées de Cecily depuis très longtemps. Durant ses études secondaires, elle avait choisi une filière scientifique menant vers la médecine, suivant ainsi les traces d'Alexander, son frère. Élève brillant, ce dernier enchaînait les marathons et avait même participé à l'Ironman de Majorque (ce qu'il ne manquait jamais de vous signaler dès lors que vous passiez plus d'un quart d'heure en sa compagnie). C'était également son idole, jusqu'au jour où elle avait compris qu'elle devait trouver sa propre voie dans la vie, et non se contenter de marcher dans les pas de son frère. Elle s'était fait horreur le jour où elle avait constaté la déception d'Alex, ainsi que celle de ses parents, quand elle leur annonça qu'elle changeait d'orientation, se consacrant désormais à l'anglais. Son frère avait tout fait pour comprendre son choix, en vain. Il avait toujours su quels objectifs viser dans la vie, incapable de concevoir la sensation bloquante qu'éprouvait sa jeune sœur. Celle-ci s'était alors sentie tiraillée entre deux directions, l'une lui permettant d'apaiser les craintes de sa famille, l'autre satisfaisant sa passion grandissante consistant à raconter des histoires. Elle rêvait de découvrir le monde mais n'avait pas le courage de se lancer seule sur les routes.

Puis James était entré dans sa vie. Elle était dans un premier temps restée scotchée par son profil sur l'application de rencontres. Authentique aventurier, il ne se contentait pas de skier, il pratiquait le hors-piste ; et quand il enfourchait son vélo, c'était pour parcourir les lointaines Carpates, par exemple. Par ailleurs guide de haute montagne chevronné et excellent adepte de l'escalade, il était doté d'une bonne plume qui faisait de lui un journaliste d'aventure très demandé par les publications spécialisées. Enfin, il fallait ajouter à tout cela une mâchoire finement ciselée et un regard couleur miel plein de chaleur. En sa compagnie, Cecily eut souvent envie de se pincer pour se convaincre qu'elle ne rêvait pas, d'autant plus que son propre profil était ultra-banal, comparé à celui de James. Elle avait en effet chargé des photos sur lesquelles elle dégustait un cocktail à Brighton, devant une fresque à Shoreditch et sur la piste de danse, lors du mariage de Rachel. James lui avait avoué avoir swipé vers la droite en découvrant son profil à cause de son sourire, ainsi que de l'esprit et de la chaleur ressortant de ses quelques mots, même si elle n'avait rédigé qu'un court paragraphe de présentation sur l'application. Alors que certains hommes n'hésitaient pas à mentir en décrivant leurs prouesses sportives afin d'attirer les femmes, James était un véritable aventurier. Dès leur premier rendez-vous, une séance de paddleboard sur la Tamise durant laquelle l'équilibre de Cecily fut mis à rude épreuve, il ne cessa de l'inciter à se lancer très loin de sa zone de confort. C'est James qui l'encouragea à délaisser les récits de voyage « de luxe », domaine dans lequel la concurrence était abondante, pour l'imiter et relater des aventures loin des sentiers battus. Il n'imaginait pas que ses conseils permettraient à sa compagne de lui chiper ce qui aurait pu être son article le plus retentissant. Si tel avait été le cas, peut-être n'aurait-il pas tant insisté.

Ils vécurent un temps dans une bulle de bonheur pleine d'aventure et de spontanéité qui aujourd'hui manquait cruellement à Cecily, même si à présent elle en saisissait le caractère artificiel. James avait une vision bien précise de ce qu'elle devait être, selon lui, de ce qu'elle pouvait être. Dès lors que la réalité prit le dessus, Cecily se sentit rejetée par son compagnon.

Le Kilimandjaro fut sans doute le début de la fin. À son retour de l'Aconcagua, James jugea que le point culminant d'Afrique constituerait le défi idéal à relever à deux. Malgré son appréhension, Cecily ne voulut pas le décevoir.

Le Kilimandjaro, donc.

Elle ne s'imposa pas vraiment d'entraînement, alors qu'elle n'avait jamais tenté la moindre ascension – elle préférait même l'ascenseur aux trois étages de marches pour monter à leur appartement –, mais des milliers de touristes se rendaient chaque année au sommet de cette montagne. Elle estima donc inutile de suivre une préparation particulière.

La réalité se révéla nettement plus violente. Elle parvint à chaque camp haletante, souffrant de l'altitude et du froid. Bien que soulagée de son matériel, pris en charge par des porteurs, elle mit un terme à son ascension sur un plateau, non loin de Stella Point, incapable de faire un pas de plus vers le sommet.

James resta près d'elle, maintenant ses cheveux en arrière tandis qu'elle vomissait la nourriture riche préparée par l'organisme responsable de l'expédition. « *Polepole* » – doucement, doucement –, lui conseillèrent ses guides en swahili. Mais il était hors de question d'aller plus loin pour Cecily – et James se refusa à l'abandonner. Elle lui en fut reconnaissante, mais se sentit quelque peu coupable. Il décréta que l'altitude était responsable des difficultés rencontrées par Cecily, laquelle n'en était pas certaine. Il lui semblait que son mal avait une origine plus profonde, qu'elle souffrait d'un défaut fondamental, comme si son manque d'endurance était inscrit dans son ADN.

Puis ils participèrent au défi des Trois Pics. Dans la voiture, sur le chemin du retour, après le drame survenu sur le Snowdon, Cecily se fit l'effet de l'incarnation même de l'échec. Si la rédaction de son texte eut par la suite pour elle un effet cathartique, James ne comprit pas son désir de le rendre public. Il l'avait déjà décrite comme une héroïne ; pourquoi voulait-elle se dépeindre comme une perdante ?

Héroïne et perdante. Courageuse et lâche. Aventurière et casanière. Cette dualité avait-elle toujours été en elle, instillée dès la naissance ? À la fois chinoise et européenne, elle n'avait jamais trouvé sa place dans l'un ou l'autre de ces deux mondes. Métisse ? Non, mélangée, plutôt.

La voix de Zak la tira de sa rêverie :

— Bon sang, ce ne serait pas le lac où… où ça s'est passé ?

Surplombant désormais de beaucoup les zones boisées, le groupe apercevait en effet maintenant le Birendra Tal en contrebas, ses eaux turquoise miroitantes évoquant un paradis tranquille. À un détail près : la berge de cette étendue calme avait été le théâtre d'une tragédie.

— Pauvre Alain, se désola Cecily.

— Je n'arrive pas à y croire, renchérit Zak, rajustant sa casquette TalkForward. Disparaître d'un coup, à cause d'une glissade…

Il claqua des doigts.

— Il n'est pas certain qu'il ait glissé, fit remarquer Cecily, songeant à la théorie de Ben.

— Pourquoi tu dis ça ? tiqua Zak.

— Ben, un membre de l'équipe Summit Extreme que je connais car c'est un ami, un collègue journaliste, m'a appris qu'un local lui avait révélé qu'Alain a été trouvé avec une blessure suspecte au crâne. Les autorités vont enquêter là-dessus, je suppose.

— Il aurait été victime d'un braquage ?

Cecily cligna des yeux ; elle n'avait pas un instant envisagé cette possibilité.

— Aucune idée.

— On n'est sûr de rien, avec tous ces touristes et ces randonneurs dans les parages. Vivement qu'on arrive au camp de base, on n'a surtout pas besoin de devoir surveiller nos sacs de peur que des voleurs opportunistes ne nous les piquent. Entre mes produits TalkForward, le matériel vidéo de Grant et les gadgets de pointe d'Élise, nous sommes de véritables cibles vivantes.

— Tu dis n'importe quoi, intervint Doug, l'air renfrogné.

Cecily ne s'était pas rendu compte que le guide avait surpris leurs paroles.

— C'est un terrible accident, c'est tout, ajouta Doug. Il n'y a pas de voleurs par ici. Allez, vous feriez mieux d'accélérer l'allure, vous êtes à la traîne.

— Ton « ami » journaliste a peut-être seulement cherché à te faire renoncer à ton ascension, à se débarrasser d'une concurrente, hasarda Zak avec une mimique amusée, avant de suivre Doug.

Cecily resta un instant sur place, le temps d'avaler une gorgée d'eau, mais surtout incapable d'arracher son regard du lac, de cette eau douce et scintillante cernée de rochers qui s'étaient révélés mortels.

Le Snowdon n'avait que trop bien démontré qu'en montagne, une situation donnée pouvait radicalement dégénérer en quelques secondes. Cecily n'avait plus qu'à espérer qu'en se hissant vers les hauteurs, ils laissaient définitivement derrière eux cette tragédie.

– 10 –

Ils s'offrirent une pause dans un « salon de thé » de fortune, en réalité un appentis calé contre le flanc de la montagne ; quelques habitants du cru entretenaient un feu sous un toit en tôle ondulée, faisant bouillir de grosses casseroles d'une eau destinée au thé et aux *momos*. Ici, les *momos* étaient fourrés aux pommes de terre et plongés dans une sauce ultra-piquante dont Cecily apprit que c'était une spécialité du district de Gorkha. Elle avala goulûment ces délices qui formaient un casse-croûte de montagne idéal.

— Le glacier descendait beaucoup plus bas autrefois, fit remarquer Doug. Il y a quelques années, il s'étendait jusque dans la vallée.

— Le réchauffement climatique... lâcha Zak, le souffle court.

Cecily s'étonnait de le voir déjà hors d'haleine. La respiration saccadée, il avait abondamment transpiré au cours de la dernière demi-heure, lui donnant l'impression d'être aussi exténué qu'elle. Le caisson hypoxique ne l'avait visiblement guère aidé.

Elle sentit le regard de Doug évaluer l'ensemble du groupe.

— Nous sommes à mi-parcours. Prenez votre temps, dit le guide.

Cette petite pause n'était pas pour déplaire à Cecily, qui songea à sa préparation, aux kilomètres multipliés sur Box Hill, l'endroit le plus pentu aux alentours de Londres. Monter, descendre, monter, descendre… Aujourd'hui, elle appréciait à leur juste valeur chacun des pas de son entraînement.

Tandis qu'Élise s'était décalée afin de prendre des photos, Zak se laissa tomber sur un rondin de bois, à côté d'elle. Après avoir avalé deux *momos*, il farfouilla dans sa poche et en sortit un appareil électronique d'un noir brillant ; d'une taille comparable à celle d'une carte de crédit, cet objet était pourvu d'un gros objectif circulaire.

— C'est une caméra ? s'enquit Cecily. Je n'en ai jamais vu de si compacte !

— Joli, pas vrai ? C'est un des produits TalkForward que j'aimerais tester en altitude. Grâce à sa connexion satellite, cette caméra peut télécharger ses séquences directement dans le cloud. Ce qui permettra à mes employés – et à ma famille – de vivre cette expérience comme s'ils étaient avec moi.

— Un *stream* en direct sur un pic à plus de huit mille mètres ! Ça me donne l'impression d'être une femme préhistorique, avec mon blog !

— Oui, c'est ce que je compte faire. La technologie en est encore au stade des essais, mais la qualité des images est si stupéfiante qu'elle pourrait révolutionner le film d'aventures si elle se révèle fiable, en particulier dans les zones les plus isolées. Cela dit, l'objectif principal est que ces appareils soient d'une aide précieuse pour les communautés coupées du monde en cas de catastrophe naturelle, en leur permettant d'appeler au secours. C'est une des facettes de ma mission « sans limites », en tout cas. J'ai proposé à Charles de prendre une de ces caméras avec lui mais il préfère être équipé de matériel éprouvé.

— Ne lui donne jamais de caméra, intervint Grant en s'approchant. Filmer, c'est mon boulot.

Cecily plissa les yeux.

— Même quand il ne suivra plus l'itinéraire principal ? Comment espères-tu le filmer quand il grimpera en style alpin ?

— J'ai mon bébé pour résoudre ce souci, répondit Grant, qui tapota un sac posé à côté de lui. C'est un drone capable d'évoluer en haute altitude. Je l'ai testé sur le Cho, à plus de sept mille mètres, et j'espère qu'il fonctionnera encore plus haut ici.

— Tu possèdes un drone ? lâcha Cecily, stupéfaite.

— Évidemment.

Grant leva presque les yeux au ciel, comme agacé par cette question de néophyte. Alors que Cecily s'apprêtait à lui demander s'il l'avait fait voler au-dessus du lac, il reprit sa marche sur la piste, obéissant au signal de Doug.

— On repart, on dirait, dit Zak. Allez, en avant !

Il fixa sa caméra sur la fermeture Éclair de sa veste, puis plaqua ses mains sur ses cuisses pour se relever au prix d'un certain effort.

S'éloignant du stand de *momos* et laissant derrière eux les prés et les arbres grêles, ils abordèrent les contreforts rocailleux de la montagne proprement dite et foulèrent bientôt pour la première fois les moraines glacées et désolées. Il leur fallait de temps à autre s'écarter afin de laisser passer quelques mules en file indienne, chacune chargée de deux gros sacs.

Après plusieurs heures de marche, le plaisir de découvrir cette nature grandiose s'était largement dissipé. Cecily ne cessait de se répéter que le camp de base se trouvait de l'autre côté de la crête suivante, ce qui n'était jamais confirmé. À une telle altitude, le paysage n'avait plus autant d'attraits ; à présent immergés dans une brume grisâtre les privant de toute vue panoramique, les membres de l'expédition ne voyaient que de la roche, de la boue et de la glace défiler sous leurs pieds.

La première tente jaune vif qu'ils aperçurent fut donc comme un phare dans la nuit, un réel soulagement. Puis, distinguant rapidement d'autres tentes dans la pénombre, Cecily, qui y vit autant de joyaux perçant le brouillard, ne put s'empêcher de penser qu'il n'existait pas d'endroit plus beau au monde que ce campement de plastique fluo ; le but était forcément tout proche. Au terme de quatre heures et demie de marche, ils approchaient des cinq mille mètres d'altitude, soit plus haut que les sommets alpins, mais ils n'avaient pas encore tout à fait atteint la ligne d'arrivée.

Doug désigna un étroit sentier qui slalomait.

— Nous sommes installés un peu plus loin.

Les mains sur les genoux, Cecily, haletante, avait vraiment cru qu'ils étaient parvenus à destination. Mingma la réconforta d'une main dans le dos.

— Vois le bon côté des choses : il nous faudra d'autant moins de distance à couvrir pour gagner le camp 1.

— Oui, tu as sans doute raison, dit-elle, se forçant à sourire malgré la sensation que ses jambes étaient sur le point de céder.

La traversée du camp de base au sens large lui fit prendre conscience de sa taille gigantesque. Des rangées de tentes étaient alignées sur le glacier rocailleux, épousant le relief du terrain, chaque équipe formant une grappe. La plupart d'entre elles étaient modestes, à une seule place, mais chaque campement comprenait également quelques tentes plus vastes consacrées à la cuisine et aux repas et abritant le matériel de communication. Certaines installations parmi les plus sophistiquées comprenaient même un salon sous un dôme en plastique transparent aux airs d'igloo. Cecily vit ainsi des porteurs chargés de fauteuils et de tables destinés à des clients fortunés. C'était l'effet Everest, les alpinistes amateurs exigeant de plus en plus de confort. Le campement le plus vaste – et le mieux rodé, visiblement – était celui de Summit Extreme.

Chaque grappe de tentes était ornée de fanions signalant le nom de l'expédition, ses sponsors et la nationalité de ses membres. Un nombre incroyable de personnes venaient des quatre coins de la planète afin de vivre cette aventure unique. On aurait dit qu'une ville miniature cosmopolite s'était créée en plein Himalaya.

Cecily eut le cœur plus léger lorsque enfin le groupe parvint au campement Manners Mountaineering, dont l'entrée était signalée par un fanion MM et la bannière de Charles McVeigh : « Les 14 sans assistance ».

Elle avait réussi.

– 11 –

Une dizaine de visages souriants s'étaient alignés de chaque côté pour les saluer, comme à la sortie de l'église un jour de mariage. Cecily serra la main à toute l'équipe du camp de base et aux sherpas.

— Bienvenue à la maison ! lui lança le dernier sherpa de la file.

Pas plus grand que Cecily mais très musclé, il était doté d'un visage particulièrement séduisant, avec sa mâchoire finement dessinée, son teint mat et son regard marron plein de gravité. Il lui passa autour du cou une couronne de soucis orange vif et ajouta :

— Je m'appelle Galden. Bravo pour avoir atteint le camp de base !

— Et moi, je m'appelle Cecily. Je n'en reviens pas d'être ici !

Rattrapée par les douleurs accumulées au fil des dernières heures, elle grimaça et rajusta son sac à dos.

— Laisse-moi te débarrasser de ça ! dit le sherpa, qui se saisit des sangles du sac tandis qu'elle s'en dégageait en titubant.

— Merci, apprécia-t-elle avec un sourire reconnaissant.

Après avoir aisément calé le sac de Cecily sur son épaule, Galden lui décrivit le campement.

— Suis-moi, je vais te montrer ta tente, où tu pourras te détendre, dit-il, avant de désigner la plus grande tente, en bordure du campement. Voici le réfectoire. Et derrière, c'est la cuisine. Les deux plus petites, ce sont les toilettes.

Cecily tiqua, comme touchée par la réalité de la montagne.

La tente d'Élise était la plus proche ; venaient ensuite celles de Grant et de Zak, dressées côte à côte. La sienne, minuscule dôme jaune vif s'agrippant au sol rocailleux, était la plus éloignée. Au-delà de son refuge, il n'y avait qu'un amas de rochers et un à-pic donnant sur la vallée. Au moins, la nuit, elle ne serait pas dérangée par les allées et venues bruyantes de ses compagnons.

— Et voilà, tu y es, dit Galden. Je te laisse t'installer.

Les sacs de Cecily étaient déjà posés devant sa tente.

Elle s'agenouilla et en ouvrit le rabat, puis elle poussa un soupir de bonheur en constatant que son abri était déjà pourvu d'un matelas et d'un oreiller. Elle s'y glissa et s'allongea sur le dos sur la douce épaisseur de mousse. Elle avait toutes les peines du monde à croire qu'elle était là, au pied du huitième plus haut sommet de la planète.

Elle ferma les yeux, vaincue par les efforts fournis tout au long de la journée. Ses compagnons semblaient si sûrs d'eux, si forts, aucunement troublés par la mort d'Alain. Elle aurait voulu se détendre mais restait incapable de chasser son appréhension ; quelque chose clochait, c'était évident. Même si Doug avait balayé d'un revers de main l'hypothèse que la mort d'Alain soit douteuse, Cecily avait un mal fou à faire taire son inquiétude et sa peur.

De l'action. S'activer l'aiderait à penser à autre chose. Pour commencer, elle se redressa et tira ses sacs dans l'entrée de la tente. Elle en ouvrit un et entreprit de sortir ses affaires, sans grand soin, ne cherchant que son sac de couchage ultra-léger, des sous-vêtements et des chaussettes propres. Quelques minutes plus tard, sa tente était jonchée de divers effets, ses interminables listes prenant soudain une allure plus concrète.

Un bruissement de plastique résonna lorsque le rabat de l'entrée fut soulevé. Surprise, elle eut un mouvement de recul et heurta le fond de la tente, le cœur battant à tout rompre. Ce n'était que Galden et son grand sourire.

— Je t'ai apporté à boire, *didi*, il est important que tu restes correctement hydratée.

Cecily rit, espérant masquer sa honte après sa réaction apeurée. N'ayant jusque-là pas noté combien elle était sur les nerfs, elle se félicita que Galden n'ait rien remarqué, concentré sur la tasse de thé qu'il portait à deux mains afin de ne pas la renverser.

— *Didi* ? Je m'appelle Cecily, dit-elle quand elle eut la certitude de pouvoir parler d'une voix ferme.

— « *Didi* » veut dire « grande sœur » dans ma langue. Tu es en montagne, maintenant. Nous faisons partie de la même famille.

Elle lui prit la tasse, les doigts encore tremblants.

Galden fronça les sourcils.

— Tout va bien ?

Cecily secoua la tête.

— Un homme dont j'avais fait la connaissance à Samagaun est mort hier. Son corps a été retrouvé ce matin.

Les mots avaient jailli malgré elle. Relevant la tête, elle vit Galden acquiescer, les lèvres serrées, loin de donner l'impression de penser qu'elle dramatisait ou sombrait dans la paranoïa.

— Oui, j'en ai entendu parler. Il faisait partie de l'équipe Summit Extreme, c'est ça ?

— Je crois que cet événement m'a un peu perturbée.

— C'est normal, mais tu es avec nous, maintenant. Tu es en sécurité.

— Je suis peut-être la dernière personne à l'avoir vu vivant, ajouta Cecily, la gorge nouée.

La mine plus soucieuse encore, Galden considéra le bazar dans la tente. Il ne fit aucun commentaire mais s'empara de la *khata* de Cecily, l'écharpe orange que Mingma lui avait remise au début de son périple.

— Suspendons-la ici, ça te portera bonheur et repoussera le mal.

Il glissa l'écharpe dans l'armature de la tente, au-dessus de l'entrée.

— Et bois ton thé, j'insiste. Tu peux te reposer un moment. On se retrouve pour le dîner à 18 heures. Ça ira d'ici là ?

— Oui, merci, Galden, tu m'as été d'une aide précieuse.

Elle trouva la force de lui offrir un sourire qui parut le satisfaire puisqu'il s'en alla. En réalité, Cecily était toujours rongée par l'angoisse.

La perspective de se reposer était très tentante mais elle avait à faire, à commencer par recharger son téléphone, dont la batterie était à plat après la longue marche du jour. Elle tenait également à s'entretenir avec Grant, afin de déterminer si c'était son drone qu'elle avait vu près du lac. Enfin, elle souhaitait trouver Ben et lui demander s'il avait du nouveau du côté de l'enquête sur la mort d'Alain.

Elle ne devait pas pour autant oublier son job, la raison même de sa présence, à savoir la rédaction d'un billet de blog. La mort d'un homme, si triste soit-elle, quoique probablement accidentelle, ne devait pas la détourner de son objectif. Elle devait oublier cette affaire, laisser les autorités la régler.

Galden avait raison : elle était en sécurité ici, et c'était désormais clair dans son esprit. Ne restait plus qu'à convaincre son corps que c'était la vérité.

Extrait du blog de Cecily Wong

« Le Manaslu : l'ultime montagne »

5 SEPTEMBRE
CAMP DE BASE DU MANASLU
4 800 MÈTRES

Manaslu, terme sanskrit, peut se traduire par « montagne de l'Esprit ». Ce nom pacifique est trompeur, quand on songe aux nombreux dangers qui nous attendent. Nous avons hélas déjà vécu une tragédie à Samagaun. Alain Flaubert, qui faisait partie de l'expédition Summit Extreme, a trouvé la mort à la suite d'un accident sur les rochers, non loin d'un lac glaciaire. Mes pensées vont à ses amis et à sa famille, à Chamonix.

Notre expédition se poursuit malgré tout. Nous avons atteint le camp de base ce matin. Le sommet oriental aux allures d'aileron de requin dissimule le véritable point culminant de la montagne, et de notre campement nous bénéficions d'une vue imprenable sur le glacier. J'écris ces lignes dans une minuscule tente ; si vous m'aviez dit, il y a un an, que je passerais un mois dans un tel environnement, dans l'une des régions les plus isolées de la planète, jamais je ne vous aurais crus. Pourtant, je suis là.

Ce qui me surprend le plus est le nombre de personnes présentes au camp de base. Apparemment, plus de deux cents autorisations de gravir le Manaslu ont été accordées cette saison, ce qui en fait une montagne très fréquentée.

Une question s'impose à moi : pourquoi ?

Il est beaucoup plus facile de saisir les raisons qui poussent les alpinistes à s'attaquer à l'Everest - c'est le toit du monde ! Le vaincre offre instantanément la gloire et une reconnaissance universelle. Mais pourquoi viser le Manaslu ou n'importe quel autre 8 000 moins réputé ? Uniquement pour acquérir l'expérience nécessaire en préparation du plus grand de tous ?

Qui plus est, le Manaslu, s'il n'est pas aussi adulé que l'Everest ni aussi tristement célèbre que le K2, reste relativement dangereux ; c'est même le quatrième sommet le plus mortel, en proportion, avec notamment ses fréquentes avalanches. Du fait de l'instabilité de l'itinéraire, de sa relative « chaleur », de son fort ensoleillement et de la quantité de précipitations qui s'y abattent durant la saison de la mousson, il est impossible de dresser un campement dans un lieu tout à fait sûr - contrairement à l'Everest, par exemple, où la vallée du Silence, également appelée Western Cwm, large et profonde, n'a guère à redouter les avalanches.

Pour vaincre le Manaslu, il faut grimper vite, prendre toutes les précautions possibles et prier. Il y a peu, il était encore surnommé « la montagne tueuse », tant il semble… porter la poisse.

Cependant, en contemplant le splendide pic oriental de la montagne, je ne peux nier son attrait ; quiconque pose les yeux sur cette cime ne manque pas d'être impressionné. Lorsque les conditions météorologiques sont correctes, son ascension, quoique ardue, reste accessible, même pour des novices comme moi.

Comme Doug nous l'a expliqué à Samagaun, nous suivrons la crête nord-est. Une équipe de sherpas hautement expérimentés « préparera » la route, c'est-à-dire qu'ils fixeront des milliers de mètres de corde sur la montagne. Dès lors que notre acclimatation au camp de base sera effectuée, nous nous mettrons en marche, suivant l'itinéraire qu'ils auront ainsi balisé. La route jusqu'au camp 1 est censée être assez directe ; nous gravirons des pentes rocailleuses et aborderons un vaste glacier.

Le trajet du camp 1 au camp 2 sera le plus difficile car se présentera la cascade de glace du Manaslu. Il s'agit de la portion la plus dangereuse du glacier, l'endroit où il s'écoule le plus rapidement - on peut presque parler de cascade au sens propre du terme. C'est là que nous serons le plus susceptibles de trouver les plus larges crevasses, que nous franchirons grâce à des échelles installées par l'équipe de préparation. Il nous faudra également escalader le « crux[1] » de l'ascension, une monstrueuse paroi dont on dit qu'elle est encore plus technique que la célèbre cascade de glace du Khumbu, sur l'Everest. Cette portion est si raide qu'il nous sera nécessaire de faire appel à toutes nos compétences en matière d'escalade sur glace – et sans perdre de temps. La rapidité sera en effet essentielle, afin d'éviter de trop nous attarder sous les séracs en surplomb, des colonnes de glace menaçant de se décrocher à tout instant sur notre passage.

Au-delà du camp 2, l'itinéraire se fait de nouveau plus direct mais il sera indispensable de constamment rester sur le qui-vive, guettant les moindres chutes de débris, notamment celles dues aux compagnons nous précédant, et éviter les glissades, qui déclenchent facilement des avalanches.

Le camp 3 a la réputation d'être le plus dangereux, avec ses immenses parois de glace en surplomb des tentes. Cela étant, le terrain y est plus praticable, et ce jusqu'au camp 4, que nous atteindrons au terme d'une longue marche sur une pente régulière et relativement peu accentuée.

Après le camp 4 se présentera enfin la cime de la montagne, notre objectif. Le Manaslu donne lieu à une controverse. Certaines années, en raison des conditions météo et de l'enneigement, le véritable sommet est trop

---

1. Ce terme, dans le vocabulaire de l'alpinisme, désigne le passage le plus délicat d'une ascension ou d'une voie.

difficile à atteindre car il faudrait pour cela franchir une arête couverte d'une neige instable. Dans ces cas-là, l'équipe de tête plante le traditionnel drapeau de prière sur l'« antécime » de la montagne – un point moins élevé de quelques mètres que le véritable sommet. Dans la base de données des ascensions himalayennes, ces années sont marquées d'un astérisque indiquant que les alpinistes de cette saison n'ont pas réellement atteint le sommet. Dans l'équipe, tout le monde espère que les conditions neigeuses permettront d'accéder à l'authentique sommet du Manaslu. Quant à Charles, il devrait y parvenir quoi qu'il en soit, puisqu'il évolue en style alpin, c'est-à-dire sans cordes fixes.

Nous disposons d'un mois pour mener à bien notre expédition, avant que l'hiver ne s'installe et que les conditions météo ne rendent toute tentative trop dangereuse. Cela devrait largement nous suffire pour nous acclimater et effectuer quelques rotations, pour ensuite gagner le sommet et en redescendre en toute sécurité. Il ne nous reste plus qu'à prier pour que se présente une fenêtre météo favorable – et que les dieux de la montagne acceptent de nous laisser passer.

D'ici là, je vérifierai une nouvelle fois que mes mousquetons se ferment correctement et que mes crampons sont affûtés. Si rien ne me permet d'affirmer que mes prières seront exaucées, je suis déterminée à faire tout ce qui est en mon pouvoir pour être prête si elles le sont.

– 12 –

Cecily émergea de sa tente, quelque peu désorientée après s'être endormie devant son ordinateur portable.

— Par ici, *didi* ! la héla Galden depuis la tente de la cuisine, dans laquelle résonnaient des échos de casseroles s'entrechoquant.

Titillé par une odeur de lentilles aux épices, son estomac gargouilla. Bien qu'ayant avalé une quantité à peine croyable de *dal bhat* depuis son arrivée au Népal, elle ne s'en lassait pas.

Elle rejoignit Galden dans la tente, où elle retrouva l'ensemble des sherpas et quelques-uns des porteurs qui avaient aidé le groupe à transporter ses sacs, chacun s'affairant devant une assiette bien remplie.

Cecily eut la sensation d'être admise dans un sanctuaire intime. C'était ainsi, et non en leur accordant une tente individuelle pour assouvir leur « besoin de luxe », que les locaux donnaient aux alpinistes la sensation de faire partie de la famille des sherpas.

— Tiens, goûte ça, lui proposa Galden, qui plongea une cuillère métallique dans la casserole la plus proche et la transmit à Cecily.

Celle-ci, avant même de tremper les lèvres dans la mixture, fut assaillie par une puissante odeur de piment et de vinaigre.

— C'est très épicé ! s'exclama-t-elle en goûtant le plat.

— C'est trop fort ? s'inquiéta Galden.

— Non, c'est délicieux, assura-t-elle, la langue en feu.

— Ça me fait plaisir que tu l'apprécies, *didi*. C'est la nourriture traditionnelle des montagnes.

— Je valide !

— Et voici Dawa, notre cuisinier.

L'homme désigné par Galden tourna la tête vers eux et s'inclina, une main sur la poitrine.

Cecily lui rendit son salut :

— Enchantée de faire votre connaissance. J'ai hâte de goûter vos autres spécialités !

— Et voici les autres sherpas, les frères Tenzing et Phemba, que tu as déjà vus tout à l'heure.

Cecily leur sourit, ravie d'avoir l'occasion de mieux les connaître. En effet, sa confusion et sa hâte d'en finir, à son arrivée au camp de base, l'avaient empêchée de retenir les noms et les visages.

Visiblement l'aîné, Tenzing dégageait une sorte d'aura apaisante, sans doute le reflet d'une assurance bâtie au fil d'une multitude d'expériences en montagne. Phemba et Galden, en revanche, avaient probablement le même âge qu'Élise. Cecily comprenait à présent pourquoi celle-ci avait déclaré que Phemba comptait parmi ses sherpas préférés ; fort d'un sourire filou et d'un rire contagieux, il plaisantait en népalais avec les cuisiniers. Comparé à lui, Galden était un jeune homme très sérieux.

— Il est temps pour toi de passer dans la tente voisine, *didi*. Le dîner sera bientôt servi.

— Merci, Galden.

Dans le réfectoire, Cecily s'installa à côté d'Élise et face à Grant. Alors qu'elle se disait que le moment était idéal pour interroger ce dernier à propos du drone, Doug fit son apparition par le vestibule de plastique. Il compta rapidement les personnes présentes et hocha sèchement la tête.

— Parfait, à table.

Comme s'il avait attendu ce signal, Dawa entra dans la tente chargé d'une énorme casserole remplie d'une soupe de légumes assez liquide. Il en servit une louche à chaque membre de l'expédition ; Cecily n'eut aucun mal à boire tout son bol.

Le plat suivant était une pizza à base de farine faite maison et garnie d'une montagne de poulet rôti et de légumes. Pour Cecily, qui avait cru qu'ils ne se nourriraient que de *dal bhat*, ce fut une réelle surprise.

— C'est meilleur que ce à quoi nous avons eu droit sur le Broad Peak, dit Élise en se servant une deuxième part de pizza.

— Comment ça s'est passé, d'ailleurs ? lui demanda Cecily, qui, si elle avait lu les commentaires de l'influenceuse sur cette expédition, aimait autant en entendre un récit de vive voix. C'était ta deuxième tentative, je crois ?

— C'est ça. Lors de la première, j'avais fait mon incursion en zone de la mort sans oxygène supplémentaire.

Elle souffla bruyamment.

— Rien n'aurait pu me préparer à cette rude expérience. Quand j'ai passé la barre des huit mille mètres d'altitude, j'ai eu l'impression de me fracasser contre un mur !

Elle plaqua la main sur la table.

— J'étais dans le cirage, j'ai même affirmé à Phemba que je voyais des extraterrestres s'approcher de nous ! En réalité, ce n'était qu'une autre expédition… C'est la seule fois, dans toute ma carrière, que j'ai éprouvé de telles sensations. Je voyais des mirages, je n'avais plus d'énergie, mes jambes refusaient de bouger. Constatant que j'étais au plus mal, Phemba a décidé qu'il fallait faire demi-tour, même si je n'en avais aucune envie. Ça a été la décision la plus difficile à prendre de ma vie ; c'est pour ça que j'ai été ravie d'y retourner, l'été dernier, pour procéder à un nouvel essai. Cette fois, j'y suis allée plus lentement mais j'ai atteint le sommet.

Il était difficile d'imaginer cette petite pile électrique évoluer sur un pic isolé de la chaîne du Karakoram, mais ses nombreux récits et photos l'attestaient.

— Pourquoi ne pas emporter d'oxygène supplémentaire ? s'étonna Zak. Si tu en avais eu, tu serais allée jusqu'au bout dès ta première tentative, ce qui t'aurait permis d'ajouter un autre sommet à ton tableau de chasse la fois suivante, plutôt que de revenir sur le Broad Peak.

— Mon but n'est pas de remplir un « tableau de chasse » mais de déterminer ce dont je suis capable. Pour moi, il est essentiel d'effectuer ces ascensions sans oxygène supplémentaire. Si je dois renoncer à cause de ça, je tenterai de nouveau ma chance plus tard.

Elle rejeta sa longue chevelure en arrière.

— Comme le Manaslu et le Cho Oyu, le Broad Peak a la réputation de compter parmi les sommets les plus « faciles » à gravir, mais allez dire ça à Dorje, qui a trouvé la mort quand un pont de neige a cédé...

La voix d'Élise s'estompa.

Saisie de picotements dans la nuque, Cecily comprenait à présent le comportement des alpinistes : s'ils n'étaient pas capables de passer à autre chose après avoir vu des compagnons emportés, ils ne faisaient pas de vieux os en montagne.

— Le Cho est vraiment une montagne facile, marmonna Grant sans tenir compte du malaise d'Élise. Sauf pour les crétins qui s'entêtent à continuer quand on leur dit de faire demi-tour.

Il décapsula une bouteille de Coca-Cola et en avala quelques gorgées.

— De quoi tu parles ? lui demanda Zak.

— J'étais au camp 2, en train de faire des prises de vue d'enfer avec mon drone pour mon client, quand la nouvelle nous est parvenue par radio. Une importante équipe indienne nous devançait, ils étaient peut-être une vingtaine ; la plupart avaient atteint le sommet, mais l'un d'eux n'était jamais redescendu au camp. Par chance, Charles se trouvait un peu plus haut sur la montagne. Nous nous sommes tous agglutinés autour de la radio, tandis qu'il nous commentait ses recherches. Quand j'ai compris qu'il évoluait sur la crête qui nous surplombait, j'ai envoyé mon drone en espérant les repérer, lui et l'alpiniste perdu.

— Waouh ! s'exclama Élise. Et alors ? Tu les as trouvés ?

— Tu vas devoir attendre la sortie du film pour le savoir, chérie, répondit Grant avec un clin d'œil exagéré qui n'arracha qu'une grimace à la Canadienne.

— Et l'alpiniste porté disparu ? relança Cecily.

— Charles l'a localisé dans une crevasse. Il a dû descendre jusqu'à lui, attaché à une corde grâce à un nœud de Prusik, et le hisser à la surface. Un exploit. Charles est le seul qu'on puisse laisser tenter un tel sauvetage, crois-moi.

Cecily sortit un petit carnet à spirale de la poche de sa veste et nota le terme « Prusik », qu'elle entoura. Peu désireuse d'afficher un peu plus son ignorance en cet instant, elle se renseignerait plus tard.

— Bref, sans Charles, ce type n'aurait pas survécu, poursuivit Grant. Quand ils sont sortis de la crevasse, nos sherpas se sont chargés de porter le blessé jusqu'au camp de base. Autant dire que ça a signifié la fin de mon ascension. En fait, plusieurs heures plus tôt, on avait prévenu ce gars qu'il valait mieux qu'il fasse demi-tour, ce dont il n'avait donc pas tenu compte. Certaines personnes ne connaissent pas du tout leurs limites.

— Ça craint, commenta Zak.

— Ne m'en parle pas. Cela dit, quand Charles est apparu au camp, fendant la brume avec l'Indien dans les bras, on aurait dit un superhéros, une sorte d'Avenger des montagnes. Ça m'a au moins offert l'occasion de le filmer en action.

Il sortit de sa poche un épais disque dur externe enveloppé dans un boîtier en plastique orange qu'il tapota avec un air protecteur.

— La séquence vidéo que j'ai là-dessus l'a convaincu que j'étais l'homme de la situation pour filmer la dernière phase de sa mission.

— Tu ne l'as pas sauvegardée sur le cloud ? s'étonna Zak.

— Tu as vu le débit qu'on a, à Katmandou ? Ça m'aurait pris des années. Mon matos est ultra-solide, de toute façon ; c'est mon bébé, je ne le quitte jamais des yeux.

— Sinon, Grant, à propos du drone... commença Cecily, qui fut aussitôt interrompue par le retour de Dawa.

Le cuisinier apportait un énorme « gâteau de bienvenue en montagne », une génoise couverte de crème. Cecily aurait été bien en peine d'expliquer par quel prodige il avait préparé une telle pâtisserie en ce lieu.

Tandis que chacun se servait une part, Doug se pencha en avant, les doigts entremêlés. Tous les regards se tournèrent vers lui. Les épaules redressées, le guide semblait ici plus grand qu'à Katmandou ou même à Samagaun.

— Soyez les bienvenus dans votre nouveau foyer. Comme nous y vivrons un mois durant, il est important que chacun fournisse son quota d'efforts pour qu'il reste bien tenu et confortable. Vous pouvez recharger vos appareils électroniques pendant que le groupe électrogène fonctionne, c'est-à-dire en soirée. Le dîner sera servi ici même tous les soirs à 18 heures ; le briefing pour le lendemain vous sera communiqué à ce moment-là, alors ne soyez pas en retard. Le taux d'oxygène dans l'air étant ici au mieux deux fois plus faible que celui auquel vous êtes habitués, nous consacrerons la journée de demain au repos. Votre corps aura besoin d'un peu de temps pour s'adapter.

Il lança un petit appareil sur la table.

— Ceci est un oxymètre de pouls. Il suffit de le fixer sur votre index et de patienter quelques secondes pour qu'il vous donne la saturation en oxygène dans votre sang. Faites une mesure tous les soirs à la même heure ; en principe, ce chiffre devrait augmenter au fil des jours. S'il chute brutalement ou si vous n'atteignez pas les 80 % d'ici la semaine prochaine, ne manquez pas de m'en avertir.

Cecily glissa l'appareil sur son doigt et fronça les sourcils lorsque la mesure s'afficha : 68 %. Si elle s'était trouvée dans un hôpital, on l'aurait mise sous oxygène, mais un tel chiffre était attendu ici, après avoir gravi plus de mille mètres de dénivelé en une journée. Par ailleurs, sa fréquence cardiaque était anormalement élevée, dépassant les 80 battements par minute alors que d'ordinaire elle était nettement plus basse.

Elle nota ces données sur son carnet et transmit l'oxymètre à Zak.

— À cette altitude, l'hydratation est essentielle pour éviter de tomber malade, poursuivit Doug. Ménagez-vous durant les premiers jours, j'insiste sur ce point. Vous devrez être en pleine forme quand viendra le moment d'attaquer notre routine d'acclimatation en haute montagne, sans quoi vous aurez gaspillé votre argent. Interdiction de prendre une douche au cours des prochains jours ; dans ces conditions et à ces températures, il est capital d'éviter tout ce qui risque de contrarier votre corps ou de l'empêcher de se remettre d'un choc quelconque.

Cecily grimaça. Elle n'avait pas imaginé s'offrir une longue douche brûlante ou quelque autre luxe au camp de base, bien entendu – elle avait d'ailleurs déjà domestiqué sa chevelure en une tresse collée –, mais en entendre la confirmation n'en fut pas moins agaçant. Le guide enchaîna :

— On nous a signalé que les équipes chargées de fixer les cordes sont déjà au camp 2 et progressent à bonne allure. Nous devrions donc pouvoir effectuer notre première rotation d'ici deux ou trois jours. Nous grimperons jusqu'au camp 1, où nous déposerons le matériel le plus lourd, qui nous servira plus haut sur la montagne, et nous passerons la nuit là-bas. Vous dormirez à plusieurs par tente : Cecily avec Élise, Grant avec Zak. Si tout le monde se sent bien, nous poursuivrons jusqu'au camp 2. Quand tout le monde aura passé au moins une nuit au camp 3 et sera redescendu sans souci au camp de base, nous guetterons une fenêtre météo pour gagner le sommet. La patience est le mot d'ordre.

C'était là un aspect de l'alpinisme que Cecily n'avait jamais réellement saisi avant de suivre de loin James sur l'Aconcagua. Effectuer des rotations était essentiel pour s'acclimater à l'altitude, même si cela revenait à gravir et redescendre la même voie à plusieurs reprises avant de s'élancer vers le sommet.

Parmi les nombreux dangers se présentant en montagne, les troubles dus à l'altitude étaient ceux qui effrayaient le plus Cecily ; ils étaient impossibles à prévoir ou à traiter, si ce n'était en redescendant. Un séjour préliminaire en altitude ne garantissait même pas de s'en sortir sans dommages.

Cela commençait par un mal de crâne, le nez encombré – avec parfois de légers saignements – et de la fatigue. Ces symptômes inévitables étaient gérables dans le temps, grâce à une bonne hydratation et des antidouleurs. S'ils se prolongeaient et se muaient en mal aigu des montagnes, il fallait s'attendre à souffrir d'une perte d'appétit, de nausées, de vertiges et d'une faible saturation du sang en oxygène... Des médicaments plus puissants étaient alors requis. Cecily en était munie pour cette raison précise, mais mieux valait s'acclimater naturellement car ces traitements risquaient de masquer d'éventuels symptômes. Au-delà de ces troubles, le corps se dégradait rapidement. On risquait alors l'œdème pulmonaire ou cérébral de haute altitude.

Toux sèche, souffle court, hallucinations, délire, fuites de fluides dans les poumons et dans le cerveau.

À ce stade, gagner le sommet n'était plus envisageable ; il était impératif de faire demi-tour. Refuser de s'y résoudre revenait à courir vers la mort, qui pouvait survenir en quelques minutes.

— N'oubliez jamais les précautions les plus anodines en apparence, insista Doug sans se départir de son ton grave. Assurez-vous que votre gourde d'eau soit toujours remplie, tartinez-vous régulièrement de crème solaire, ayez une paire de moufles de rechange. Ne comptez pas sur les autres membres de l'expédition pour vous porter à bout de bras – les sherpas ne sont pas là pour ça. Vous êtes la seule personne à même de vous hisser jusqu'au sommet.

Un silence de plomb s'abattit. La tâche qui se présentait était énorme, monumentale, et tous les efforts consentis pouvaient être réduits à néant à la moindre erreur. L'expérience contribuait à atténuer le risque d'en commettre, mais c'était précisément ce qui faisait défaut à Cecily.

— *Ne néglige aucun détail...* murmura-t-elle.

— Quoi ? lâcha Doug, visiblement surpris par ces mots.

Cecily secoua la tête.

— Oh, c'est simplement un conseil que m'a donné une alpiniste : « Ne néglige aucun détail. » C'est une sorte de mantra à garder à l'esprit en montagne.

— Exact, commenta Doug, qui baissa les yeux, la mâchoire crispée.

— J'ai réfléchi : je grimperai sans oxygène supplémentaire, déclara Zak.

L'Américain laissa passer quelques secondes, constatant que ses paroles n'arrachaient aucune réaction à Doug, dont les traits étaient restés figés.

À l'autre bout de la table, Élise contint un petit rire.

— Ouais, moi non plus je ne prendrai pas d'oxygène ! brailla Grant.

Cecily les considéra tour à tour, n'en croyant pas ses oreilles.

— Non, laissa tomber Doug, les narines dilatées et le menton secoué de tics nerveux.

Son attitude changea du tout au tout en un instant, sans aucun calme avant-coureur annonçant la tempête. Ces quelques mots avaient suffi à faire monter une violente colère en lui, à peine masquée par le vernis de courtoisie qu'il ne pouvait se permettre de faire craquer dans le cadre professionnel.

— Avez-vous la moindre idée du danger que vous nous feriez courir ? enchaîna-t-il. Chaque fois qu'un guide accompagne des clients en montagne, il met sa vie en jeu pour eux. Vous voulez monter là-haut sans l'indispensable oxygène supplémentaire ? Pas sous ma responsabilité, en tout cas.

Cecily s'étonna d'entendre Zak protester :

— Mais Élise…

— Élise a largement prouvé qu'elle est capable de grimper sans aide respiratoire ; je ne peux pas en dire autant de vous deux. Que vous ayez gravi quelques montagnes ne veut rien dire à huit mille mètres. Vous ne savez pas de quoi vous parlez, mais alors pas du tout.

Sur ces mots, Doug sortit en trombe de la tente, les rabats claquant sur son passage.

— Ça veut dire non, j'imagine, dit Zak avec un rire nerveux.

— Bon, on peut fêter notre arrivée, maintenant ? dit Grant. J'ai apporté ma traditionnelle bouteille.

Avec un sourire de gamin sur le point de faire une bêtise, il sortit de sous la table une bouteille à moitié pleine de rhum brun Captain Morgan, qu'il posa bruyamment.

Élise leva exagérément les yeux au ciel mais Cecily étouffa un petit rire, ce qui lui valut un élancement dans le crâne qui la fit grimacer. Si voir Grant envisager de boire de l'alcool à cette altitude lui semblait à peine croyable, elle n'en revint pas lorsque Zak s'enthousiasma en se frottant les mains :

— Allons-y !

— À la tienne, mon pote ! dit Grant.

Il versa une généreuse quantité d'alcool dans son café, puis fit de même dans celui de Zak. Il agita ensuite la bouteille à l'intention du reste du groupe mais n'eut droit qu'à des toux polies en guise de refus de la part des sherpas et d'Élise. Cecily, quant à elle, secoua la tête.

— Ça en fera plus pour moi, dit-il en rajoutant jusqu'à ras bord du rhum dans son café.

Malmenée par un violent mal de crâne, Cecily n'y voyait plus clair. Elle avala une longue gorgée d'eau.

— C'est l'altitude, la rassura Élise en lui tapotant la cuisse. Tu as des médicaments ?

— Dans ma tente.

Élise farfouilla dans sa sacoche banane et en sortit une tablette de comprimés d'ibuprofène.

— Tiens, prends ça.

— Tu me sauves la vie, apprécia Cecily. Je crois qu'il faut que j'aille me coucher.

Elle se leva et, surprise par un étourdissement, dut se rattraper à la table. Elle ferma les yeux et se pinça l'arête du nez.

— Passe-moi ta Nalgene, lui intima Élise.

Elle lui prit la gourde et la remplit de l'eau chaude d'une des bonbonnes.

— Glisse ça dans ton sac de couchage, ça t'aidera à supporter le froid. Et quand l'eau aura refroidi, tu auras de quoi boire à portée de main.

Cecily reprit la gourde, dont la chaleur se propagea instantanément dans son corps quand elle la plaqua contre sa poitrine.

— Merci... souffla-t-elle, tout juste capable d'articuler un murmure.

— Je t'en prie, sourit Élise.

Cecily sortit sans plus attendre du réfectoire et retrouva l'air nocturne glacial. Parvenue à sa tente, elle souleva le rabat et fourra la Nalgene chaude dans son sac de couchage. Après être entrée en rampant dans son abri, elle eut tout juste l'énergie de retirer ses bottes.

Alors seulement l'énormité de ce qu'elle vivait la frappa de plein fouet. Elle dormirait parmi la glace et la neige pendant au moins trois semaines, loin de la chaleur de son lit, à des milliers de kilomètres – dans quasiment toutes les directions – de ses proches. Elle pensa à Alain, à son corps enveloppé dans une housse, dans le froid, qui attendrait Dieu sait combien de temps avant d'être évacué par hélicoptère puis rapatrié. Ses compagnons poursuivraient leur expédition, l'abandonnant sur place afin d'atteindre leurs objectifs. Elle songea également à Pierre, un homme qui avait tout simplement disparu, au sens propre du terme. Il s'était volatilisé.

Il pouvait arriver n'importe quoi à Cecily, personne ne s'en soucierait.

– 13 –

Cecily s'éveilla au cœur de la nuit avec la sensation d'avoir le crâne scié en deux. Aux prises avec une douleur intense, presque aveuglante, elle chercha à tâtons sa lampe – elle devait à tout prix avaler un médicament, et vite.

De l'ordre... Elle n'aurait pas été contre un minimum d'ordre dans sa tente, malheureusement elle n'avait pas jugé utile de se soucier d'un tel détail quelques heures plus tôt, quand elle avait vidé ses sacs. Elle s'était montrée *négligente*. Elle consulta sa montre et fut éblouie par le cadran, beaucoup trop lumineux à son goût. 23 h 03. Cela ne faisait-il vraiment que deux heures qu'elle s'était glissée dans son sac de couchage ? Elle s'était vraisemblablement endormie dès l'instant où elle avait fermé les yeux.

Dans le faisceau de sa lampe torche, elle aperçut sa trousse de premiers secours rouge. Elle y piocha de l'ibuprofène et avala deux comprimés à sec, avant de se rappeler la présence de sa Nalgene dans son sac de couchage. L'eau était encore tiède et l'aida à faire descendre les comprimés dans sa gorge.

Toujours en position assise, elle ferma les yeux et inspira profondément à plusieurs reprises. Les muscles des jambes crispés, raidis, elle songea que la marche jusqu'au camp de base l'avait vidée de ses forces, puis grimaça, son esprit dérivant – comme toujours – vers le pire scénario envisageable : peut-être n'était-elle pas assez affûtée pour aller plus loin, auquel cas Doug mettrait un terme à son expédition avant même qu'elle ait commencé. Elle s'imposa une nouvelle gorgée d'eau.

Soudain, son cœur se figea lorsqu'un bruit se fit entendre dans la nuit.

Un caillou roula le long de sa tente. Poussé par une rafale de vent, peut-être ?

Quand enfin elle osa de nouveau respirer, Cecily perçut autre chose : un sifflement à l'extérieur. Quatre notes – deux graves, une aiguë, une grave. Puis des bruits de pas. Des pas lents et pesants qui approchaient.

Pétrifié quelques secondes auparavant, son cœur battait à présent la chamade.

Elle plaqua la main sur sa montre, de façon qu'aucune source lumineuse ne trahisse sa présence – même si la personne qui errait dans la nuit savait certainement que cette tente était la sienne et qu'elle était éveillée. Subitement, Cecily fut pleinement consciente que seule une fine épaisseur de nylon la séparait du mystérieux rôdeur.

Les sifflements reprirent, les mêmes qu'elle avait entendus près du lac.

Juste avant qu'Alain ne soit assassiné.

C'était la première fois qu'elle s'autorisait à employer ce verbe dans ses pensées. Sa sensation de malaise accentuée par le simple fait de se trouver ainsi isolée l'incitait à envisager le pire. Quelqu'un s'en était pris à Alain, il n'avait pas succombé à un accident.

Et maintenant, l'assassin s'apprêtait à régler son compte à Cecily.

Un pas supplémentaire se fit plus proche, à tel point qu'un caillou ricocha de nouveau contre l'entrée de la tente. Quelqu'un s'offrait une petite promenade nocturne… non ? Mais pourquoi cette personne s'était-elle approchée de la tente de Cecily, qui, étant la dernière du groupe, n'était sur le chemin d'aucune destination logique ? L'inconnu, quel qu'il soit, était forcément délibérément venu jusqu'ici.

Deux notes graves, une aiguë, une grave.

Laisse-moi tranquille ! supplia Cecily en pensée. Fermant les yeux de toutes ses forces, elle aurait voulu disparaître dans le cocon protecteur qu'était son sac de couchage et faire comme si elle était ailleurs. N'importe où mais ailleurs.

Les sifflements se dissipèrent dans la nuit mais la terreur de Cecily resta présente, son corps sursautant au moindre son. Elle finit tout de même par se rendormir, épuisée, tel un lapin blotti dans son terrier redoutant qu'un renard ne soit tapi juste dehors, prêt à bondir.

Le lendemain matin, Cecily, à son réveil, découvrit un grand ciel bleu et calme qui contribua à faire disparaître ses frayeurs de la nuit. Elle enterra le souvenir des sifflements au tréfonds de son esprit, s'efforçant de se convaincre qu'elle avait été victime de son imagination, que son cerveau ébranlé par la douleur avait fait d'un bruit innocent une sinistre menace.

Elle s'étira en contemplant la montagne. Un étrange nuage en forme de lentille passait au-dessus du pic, tel une vague aérienne témoignant de la puissance des vents d'altitude. De là où elle se trouvait, le sommet oriental semblait incroyablement lointain. Dire que bientôt Cecily se hisserait encore plus haut… C'était à peine concevable.

Sa migraine s'était réduite à un mal de crâne plus ordinaire mais, pour faire bonne mesure, elle avala un comprimé d'ibuprofène et un autre de paracétamol. Avant d'enfiler ses bottes, elle considéra avec une certaine honte le désordre autour de son sac de couchage et se promit de faire du rangement avant que quelqu'un d'autre le découvre et la juge de façon peu flatteuse.

Après un court passage aux toilettes, elle se brossa les dents avec l'eau restant dans sa gourde, qu'elle recracha sur la roche. C'est alors que son regard se posa sur une empreinte de botte dans le sol boueux, tout près de l'entrée de sa tente.

Une trace de pas nettement plus grande que celles qu'elle laissait dans son sillage.

Quelqu'un avait donc bel et bien rôdé dans les parages pendant la nuit.

Le mystérieux siffleur n'était pas un produit de son imagination.

– 14 –

Cecily se précipita dans la tente-réfectoire.

Zak s'y trouvait seul, sirotant son café du matin.

— Hé ! Que se passe-t-il ? s'enquit-il en posant sa tasse.

— Quelqu'un a rôdé près de ma tente cette nuit. Je n'en étais pas certaine sur le moment, mais j'ai à l'instant vu une trace de pas dans la boue…

— Du calme, respire un grand coup, dit Zak, qui la prit par les épaules et la guida jusqu'à une chaise. Cette personne a dû se perdre dans la nuit, quelque chose comme ça. Inutile de flipper. Je parie qu'elle cherchait les toilettes. On a vite fait de tourner en rond, avec tous ces rochers qui se ressemblent.

Rassurée par les mains chaudes de l'Américain, Cecily se sentait tout de même encore malmenée par de vives poussées d'adrénaline. Elle secoua la tête et lui expliqua être certaine que quelque chose de louche se tramait, même si elle était incapable de se montrer plus précise. Zak la considérait comme si elle parlait une langue inconnue, ce qui ne l'empêchait pas de percevoir les sonneries d'alarme qui résonnaient jusque dans ses tripes.

— Tu as parlé d'un autre journaliste présent sur la montagne, rappela Zak. Un concurrent, je crois.

— Ben ?

— Oui, c'est ça. Il a peut-être voulu t'effrayer ? C'est déjà lui qui t'a mis dans la tête que la mort du gars de Summit était suspecte.

Les sourcils froncés, Cecily visualisa le regard vif de Ben lorsqu'il avait compris qu'elle était ici pour rédiger un article très prometteur. Il lui avait expliqué qu'il n'était pas en mission, ce qui ne l'avait pas empêché d'interroger les villageois, de fouiner dans l'espoir d'y voir plus clair au sujet de la mort d'Alain.

— Oui, c'est vrai que c'est lui qui m'a décrit la blessure douteuse à la tête d'Alain…

— Il cherche à te faire paniquer, c'est sûr. Quelqu'un a traîné près de ta tente ? Et alors ? Qui va tenter quoi que ce soit ici, avec tous ces sherpas armés de piolets ?

Zak frappa dans ses mains, l'air déterminé, comme si cela pouvait chasser les idées noires de Cecily.

— Allez, je te prépare un café !

Peut-être a-t-il raison, se dit Cecily en inspirant profondément. C'était Ben qui avait émis l'hypothèse que la mort d'Alain était autre chose qu'un tragique accident. Néanmoins, l'imaginer agir ainsi afin de l'effrayer était un peu tiré par les cheveux. Néanmoins, elle n'avait pas oublié les récits de James, qui lui avait souvent raconté que Ben et lui n'hésitaient pas à employer toutes les armes à leur disposition pour décrocher les meilleures exclusivités.

Cette interview pourrait radicalement changer ta vie, se rappela-t-elle. *Peut-être Ben pense-t-il la même chose ?*

Elle aurait pu spéculer toute la journée, mais la marche à suivre était évidente : il fallait qu'elle s'entretienne avec Ben, qui avait peut-être à présent davantage d'informations à propos de la mort d'Alain. Et s'il cherchait vraiment à lui faire peur, elle lui ferait comprendre qu'elle ne comptait pas se laisser intimider.

Cecily fut incapable de chasser ces sombres pensées de son esprit durant le petit déjeuner ; Dawa leur avait servi une épaisse bouillie sucrée de miel népalais. Remuant la mixture dans son bol avec sa cuiller, elle ne leva la tête que lorsque Doug fit son entrée dans la tente. Elle tenta de capter son regard, espérant lui demander comment rejoindre le campement de Summit Extreme, mais il ne posa pas une fois les yeux sur elle.

— Voici le programme, annonça-t-il, les mains sur une chaise, en bout de table. J'ai dit que vous profiteriez d'une journée de repos aujourd'hui, je sais, mais la météo étant meilleure que prévu, profitons-en pour faire un peu d'entraînement.

Un nœud se forma dans l'estomac de Cecily ; son projet de se rendre au campement de Summit Extreme s'envolait. Elle devait en outre accéder à Internet afin d'envoyer son dernier billet de blog à Michelle. Et surtout, elle ne se sentait pas prête à s'attaquer dès à présent à la montagne.

— On se retrouve ici dans une demi-heure, avec tout le matériel et prêts à partir.

Après le départ de Doug, Grant héla le cuistot :

— Je pourrais avoir des œufs sur le plat, Dawa ? Je meurs de faim !

Cecily avala le reste de sa bouillie puis regagna sa tente en se sermonnant : elle n'était pas venue ici pour enquêter sur la mort d'Alain ni pour se soucier d'une mystérieuse trace de botte. Elle était là pour atteindre le sommet du Manaslu et rédiger un portrait circonstancié et exclusif de l'aventurier le plus impressionnant de la planète. Et pour éviter de se faire doubler par Ben, elle ne devait pas négliger son entraînement.

Elle enfila son baudrier, vérifia une deuxième fois qu'elle disposait de tout l'équipement nécessaire dans son sac à dos, cala son piolet dans une sangle, puis elle ressortit, prête à se lancer.

Doug s'approcha d'elle et inspecta son équipement.

— Où est ton couteau ? lui demanda-t-il en frottant les poils grisâtres qu'il avait sur le menton.

Elle baissa les yeux sur son baudrier, bien que sachant pertinemment qu'elle ne possédait pas la moindre lame.

— Je n'en ai pas. Ce n'était pas sur la liste…

Le guide souffla de dépit, puis extirpa un couteau à cran d'arrêt de son baudrier et l'accrocha grâce à un mousqueton sur une sangle du baudrier de Cecily.

— Sur la liste, il était spécifié « Baudrier équipé », dit-il. Je te donne ma lame de rechange, elle te sauvera peut-être la vie.

— Doug, attends ! J'ai quelque chose à te demander…

Elle laissa passer quelques secondes, le temps de se rendre compte s'il acceptait ou non de l'écouter, puis, voyant que tel était le cas, elle se lança :

— Où puis-je trouver le campement de Summit Extreme ?

Un silence s'éternisa un peu trop.

— Pourquoi ?

Sachant que le guide jugeait absurde la théorie avancée par Ben, Cecily estima préférable de ne pas parler de lui.

— Euh... J'aimerais bavarder avec un des guides de ce groupe, Dario Travers. Alain m'a parlé de lui le matin où il est mort. Il m'a raconté la terrible histoire de son ami Pierre, qui a disparu sur l'Everest cette année. Or Dario était le guide de cette expédition. J'ai quelques questions à lui poser.

Doug chercha à décrypter l'expression de Cecily avant de répondre :

— Il ne te dira pas grand-chose. J'étais moi aussi sur l'Everest, ce jour-là. Pierre a chuté – il a été victime d'un accident. Comme Alain. Il n'y a rien à imaginer de plus.

— Pourquoi ? insista Cecily. Ben a dit que...

Elle se tut en voyant Doug secouer la tête.

— Écoute, Cecily, je comprends que tu sois marquée par la mort d'Alain, mais tu as encore énormément à apprendre si tu veux atteindre le sommet et en redescendre saine et sauve. Il faut que tu restes concentrée sur cet objectif, que tu sois à cent pour cent avec moi. Je ne veux surtout pas que tu réfléchisses à enquêter sur des décès que tu juges douteux. La montagne est suffisamment dangereuse, inutile d'imaginer des problèmes qui n'existent pas.

Sur ces mots, Doug s'éloigna.

Cecily s'en voulait de l'avoir agacé, car elle avait besoin de l'interviewer pour son article. En effet, Doug était la personne la plus proche de Charles sur sa mission, présent à ses côtés sur chaque sommet depuis le début.

Et à chaque sauvetage. À chaque étape. Si quelqu'un était en mesure de décrire ce qui se passait dans la tête de Charles, c'était Doug. Il était essentiel qu'elle s'en fasse un allié.

Mingma lui faisant signe, elle le suivit vers la sortie du camp de base puis sur la moraine glacée. Au terme d'une heure de marche, ils s'écartèrent de l'itinéraire qui plus tard les mènerait au camp 1 et se dirigèrent vers un véritable mur de glace et de neige. Phemba la salua d'un signe de la main depuis les hauteurs, où d'autres sherpas et lui s'activaient visiblement depuis le début de la matinée, fixant des cordes de façon à simuler les conditions que les alpinistes auraient à gérer plus haut.

— Cette paroi est plus raide que toutes celles que vous aurez à franchir jusqu'au sommet, expliqua Doug en lâchant son sac au pied des cordes. Elle fera un entraînement idéal pour toute l'équipe, même pour toi, Élise, ce sera une bonne occasion de réviser tout ce que tu sais déjà.

— C'est assez basique, non ? commenta Zak, les mains sur les hanches et penché en arrière pour détailler le mur. Rien à voir avec ce qu'on a escaladé sur le Denali.

— Dans ce cas, encorde-toi et montre-nous ce que tu sais faire. Galden, surveille Grant et Zak. Élise et Cecily, suivez-moi ; nous allons faire quelques exercices de marche avec les crampons et les piolets.

La température était si douce que Cecily transpirait dans ses épaisses moufles. Elle les retira avec les dents, puis resserra les attaches des crampons sur ses bottes. Avoir un équipement parfaitement ajusté était essentiel.

Soudain, l'ombre de Doug la recouvrit. Elle leva la tête et constata qu'il faisait la moue. *Lâche-moi les baskets !* pesta-t-elle en pensée. Un coup d'œil sur ses crampons lui confirma qu'elle les avait correctement fixés – elle était même plutôt fière du résultat : les rubans étaient parfaitement attachés sur le talon et du côté des orteils, sous le bon pied, les extrémités proprement rentrées. Bref, rien ne semblait clocher. Elle haussa les épaules ; sans doute avait-elle mal interprété l'expression du guide.

— Jamais je ne ferais une chose pareille en haute montagne, affirma ce dernier lorsqu'elle se releva.

— De quoi tu parles ?

Elle se pencha et cala son sac à dos sur ses épaules.

— Tu as posé tes moufles.

Cecily eut la sensation d'être giflée lorsqu'elle prit conscience de son erreur. *Évidemment !* C'était même une des premières choses que James lui avait enseignées sur le Kilimandjaro : *ne jamais laisser traîner quoi que ce soit*. Si elle s'était trouvée plus haut dans la montagne, une rafale de vent aurait facilement pu envoyer ses moufles dans les airs. La conséquence d'un tel malheur était limpide : passer le restant de ses jours avec des moignons en lieu et place de doigts – ou, plus vraisemblablement, la mort à brève échéance.

Elle récupéra ses moufles et les plaqua sur sa poitrine.

L'alpinisme avait la particularité de mettre à l'épreuve l'ensemble des aptitudes de l'être humain, et ce dans un environnement où son cerveau ne recevait pas sa dose d'oxygène habituelle. Voilà pourquoi il était capital de rester fidèle à une série d'étapes logiques déterminées à l'avance, avec nombre de vérifications si infaillibles qu'elles prévenaient la moindre erreur même quand on se comportait comme une idiote.

Ne néglige aucun détail.

Garde tes moufles accrochées à toi.

Cecily serra les lacets de ses moufles autour de ses poignets. Elle se faisait l'effet d'une gamine avec ses moufles attachées à son manteau pour ne pas les perdre, mais cette précaution était essentielle pour ne pas commettre des erreurs de gamine.

Ne sois pas négligente.

Ne cesse jamais de t'enduire le visage de crème solaire. Elle se saisit de son baume à lèvres et s'en appliqua non seulement sur la bouche, mais également sur le nez et sur les parties exposées de ses joues.

Bois régulièrement.

Elle sortit sa gourde et s'octroya une gorgée d'eau.

— Merci, Carrie… murmura-t-elle.

Puis elle suivit Doug et Élise un peu plus haut sur le flanc de la montagne. Ils s'entraînèrent une demi-heure, revoyant la marche sur terrain pentu. Progressant de côté, ils plantaient sèchement leurs crampons dans la glace et s'assuraient de la solidité de la prise avant de procéder au pas suivant. Cecily prenait soin d'effectuer de grands pas afin d'éviter de trébucher sur ses propres chaussures ou d'accrocher le bout de ses crampons dans les guêtres de ses bottes, les deux principaux dangers dans de telles conditions.

À mi-pente, elle s'offrit une pause et s'efforça de reprendre son souffle, les mains sur les genoux.

Doug secoua la tête, ce qu'elle ne comprit pas ; quelle erreur avait-elle commise, cette fois ? Il n'était sûrement pas dangereux de se permettre une courte pause ?

— Il faudra fréquemment s'arrêter au cours de l'ascension, expliqua le guide. Dans la file d'attente avant de franchir une échelle, par exemple. Tu pourrais croire que toute pause est bienvenue, mais il est important de se reposer correctement. Ne sous-estime pas la tension à laquelle ton corps est soumis en supportant le poids de ton matériel, de ton sac à dos et même de tes bottes. Il est important de ne pas trop tirer sur tes articulations. Même quand tu es immobilisée, essaie de porter tout ton poids sur la jambe du bas, qui est tendue, en verrouillant ton genou – les os sont plus résistants que les muscles. Même si ça te paraît bizarre, ça t'aidera beaucoup. Puis soulage l'autre jambe de son poids et penche-toi très légèrement vers la montagne.

Après quelques essais, le temps de maîtriser le geste, Cecily sentit parfaitement le poids de son corps passer d'une jambe à l'autre.

— Ensuite, dès l'instant où vous vous arrêtez, même quelques secondes, je veux que vous fassiez une chose. Quoi, d'après vous ?

Doug laissa sa question en suspens.

— Respirer, dit Élise.

— Exactement. Respirer.

Il prit une longue inspiration qui fit enfler son torse et son ventre, puis retint cet air une ou deux secondes avant de l'expirer avec force.

— Dès que vous en avez l'occasion, remplissez vos globules rouges d'oxygène, ajouta le guide. Vous serez si concentrées sur votre progression que respirer ne sera pas aussi automatique que d'habitude. Ce réflexe vous aidera à rester alertes et parfaitement acclimatées, soulagera vos muscles endoloris et maintiendra la saturation en oxygène dans votre sang. Allez-y, respirez.

Cecily emplit ses poumons de l'air frais de la montagne et constata que Doug avait vu juste ; elle se sentit aussitôt mieux.

Ils regagnèrent la paroi. Zak était déjà parvenu au sommet, encordé derrière Phemba. Malgré son visage rosi par l'effort, il trouva l'énergie d'échanger un *check* enthousiaste avec le sherpa.

Grant en avait presque terminé avec sa descente en rappel, ce qui permit à Élise et Cecily de s'attaquer au mur. Élise s'encorda et se hissa aussitôt à vive allure vers le sommet.

Puis vint le tour de Cecily.

Elle s'efforça de maîtriser les battements de son cœur déchaîné. Les autres se rendraient-ils compte que c'était la première fois qu'elle se servait de poignées bloquantes en montagne ? Elle s'était plus ou moins exercée à leur maniement, bien entendu, sur une douce pente de Brockwell Park, grâce à une corde attachée à deux arbres, mais sans le poids de son matériel sur le dos. Si cet effort lui avait paru facile sur le moment, elle avait changé d'avis du tout au tout à présent qu'elle levait la tête vers le haut de la paroi.

— Prête, *didi* ? lui lança Galden.

Elle hocha la tête et décrocha sa poignée bloquante de son baudrier. Ce dispositif avait la particularité de laisser la corde glisser dans son trou lorsqu'on le poussait vers le haut, tandis que ses minuscules dents métalliques le bloquaient dès lors qu'il faisait mine de redescendre, prévenant ainsi toute chute de l'alpiniste. En théorie, du moins. Cecily dut quelque peu batailler pour faire passer la corde dans la poignée bloquante. Quand ce fut enfin fait, Galden l'interrompit de la main lorsqu'elle voulut entamer son ascension ; de l'autre, il décrocha une corde fixée au baudrier de la jeune femme et l'accrocha au-dessus de la poignée bloquante.

— Ta corde de sécurité, expliqua-t-il en lui tapotant l'épaule.

Elle avait oublié ce détail. Une sécurité pour sa sécurité. Loin de la réprimander, le jeune homme s'écarta d'un pas et lui donna le feu vert pour ses premiers pas hésitants sur la montagne.

La poignée bloquante avait quelque chose de magique ; elle la poussa vers le haut – mais pas trop, car elle devait pouvoir la récupérer si elle la lâchait par mégarde – puis, dès lors que ses dents d'acier mordirent la corde, Cecily effectua le pas suivant, sans craindre de glisser en arrière. En cas de fatigue soudaine, il lui était même possible de se laisser aller contre la paroi, laissant les dents de la poignée s'enfoncer plus profondément dans la corde et supporter tout son poids. Même sur une pente très raide, elle pouvait s'accorder des pauses. Elle grimperait jusqu'au sommet à l'aide de telles cordes fixes.

De l'eau mêlée de boue ruisselait sur la paroi, frôlant une de ses bottes, et creusait des rigoles dans la glace. Plus que quelques pas avant de basculer par-dessus la crête.

— Bravo, Cecily, la félicita Phemba, perché au sommet du mur.

Il lui agrippa le bras et l'aida à décrocher sa poignée bloquante et attacher sa corde de sécurité au point d'ancrage. Elle leva le poing en l'air, aux anges. Elle avait atteint le sommet de sa première paroi. Ses appréhensions avaient aussi sûrement fondu que la glace sous ses pieds.

— Parfait, maintenant on descend en rappel, dit Phemba. Tu te sens à l'aise pour ça ?

— Tu peux me rappeler comment m'assurer correctement ?

— Oui, bien sûr.

Cecily détacha un descendeur en huit accroché à son baudrier – cette petite pièce métallique orange devait son nom à sa forme en 8 – et le tendit à Phemba. Celui-ci plia la corde de rappel en deux et l'inséra dans la boucle inférieure du descendeur, la plus large, avant de la faire passer au-dessus de la boucle supérieure, plus étroite. Ainsi, la corde glisserait en souplesse contre le métal mais se coincerait dès l'instant où Cecily tirerait sa partie inférieure, sous le descendeur en huit, vers l'arrière. C'était son frein.

Phemba libéra ensuite la corde afin que Cecily reproduise la manœuvre. Elle eut besoin de plusieurs tentatives mais parvint tout de même à correctement l'insérer. Elle se pencha ensuite en arrière et sentit son poids retenu par le système, la corde coincée dans les boucles métalliques. Parfaitement assurée, elle fit quelques pas en arrière sur la paroi, laissant la corde glisser entre ses mains. La friction généra rapidement une chaleur si intense que Cecily se félicita que les paumes de ses moufles soient renforcées de cuir ; une traînée argentée était déjà apparue sur le descendeur en huit orange. Sa main droite, qui tenait la corde, faisait office de frein : plus elle l'écartait de son corps, plus elle accélérait sa descente. À l'inverse, il lui suffisait de la rabattre dans son dos pour s'arrêter. Elle s'efforçait de descendre avec fluidité, de garder le contrôle de son déplacement.

Ayant malheureusement fermé les yeux quelques secondes, elle eut soudain la sensation de se retrouver sur l'arête Crib Goch, sur le Snowdon.

Bloquée. Incapable de poursuivre son ascension ou de redescendre, les yeux rivés sur le gouffre de deux cents mètres synonyme de mort certaine, frissonnant dans ses baskets et son poncho trop léger trempés.

Elle avait alors entendu une voix féminine la héler, en contrebas. Il s'agissait d'une randonneuse, comme elle, mais nettement mieux préparée, équipée de cordes et d'un baudrier, chaussée de bottes adéquates et portant une tenue imperméable. Elle l'avait secourue.

Non... Elle ne devait surtout pas ressasser ce souvenir en cet instant. Elle fit de son mieux pour se focaliser sur la paroi de glace, sur le glacier, sur le Manaslu ; hélas il était trop tard.

Son corps ne lui avait pas obéi sur le Snowdon ; cette peur était de retour en elle, s'insinuant dans ses muscles et rendant son corps aussi raide que du plomb. Elle trébucha et un de ses crampons se prit dans le bas de son pantalon. Un affreux bruit de tissu déchiré se fit entendre ; elle baissa aussitôt la tête, ce qui lui fit perdre l'équilibre. Elle s'accrocha à la corde et heurta violemment le mur de l'épaule, ce qui lui valut d'avaler une bonne dose de neige.

Sa vue se brouillait et ses mains tremblaient tandis qu'elle faisait tout pour ne pas céder ; lâcher la corde reviendrait à chuter et se fracasser plus bas.

— Cecily ! cria Galden depuis le pied du mur.

Refusant de regarder vers le bas, elle attendit que ses vertiges cessent, puis elle inspira profondément et planta ses crampons dans la neige. Alors seulement elle osa de nouveau laisser glisser la corde entre ses mains et reprit sa descente.

– 15 –

— On remballe, ça ira pour aujourd'hui, décréta Doug quand Cecily fut redescendue du sommet du mur pour la troisième fois sans incident.

Elle retira son casque et constata que des mèches de cheveux trempées de sueur étaient plaquées sur son crâne. Elle s'essuya le visage avec une moufle, puis remisa son matériel dans son sac. Encore douloureuse à la suite du choc contre la paroi, son épaule protesta lorsqu'elle souleva le tout, mais elle serra les dents et trottina pour rattraper Élise et Doug, qui se dirigeaient déjà vers le camp de base.

La neige crissa sous les pieds de Cecily, trahissant sa présence. Élise se retourna.

— Tu t'en es bien sortie, Cecily ! Je sais que tu n'as pas beaucoup d'expérience en escalade sur glace.

— Merci. Oui, je me suis sentie plutôt à l'aise vers la fin… Il n'y a qu'au début que j'ai un peu stressé, quand j'ai glissé. Doug ! Attends une seconde, s'il te plaît.

Le guide poursuivit sa route sans même se retourner, ce qui fit tiquer Cecily.

— Il est de mauvaise humeur, commenta Élise.

— Je crois que je l'ai un peu agacé hier, dit Cecily, embarrassée.

La Canadienne haussa les épaules.

— Il a la réputation d'être une sorte de papy grincheux des montagnes, toujours à l'affût du moindre danger, toujours sur le qui-vive... et toujours à faire la tête !

— Tu as beaucoup grimpé avec lui ?

— Non, pas vraiment. Je l'ai croisé sur d'autres camps de base. Il y a deux mois, par exemple, sur le Broad Peak, que j'ai gravi avec Summit Extreme, j'ai vu Doug et Charles. J'ai été étonnée quand Charles m'a appris qu'il comptait monter une équipe pour sa dernière ascension. Je n'avais pas prévu de remonter au-dessus de huit mille mètres cette saison, mais quand il m'a proposé de l'accompagner, je me suis dit pourquoi pas, après tout.

— Je ne savais pas que tu avais grimpé avec Summit Extreme, dit Cecily, resserrant sa tresse. Tu connais Dario Travers, j'imagine ?

— Pourquoi cette question ? lâcha sèchement Élise.

— J'aimerais l'interviewer si l'occasion se présente. Son nom est souvent apparu au fil de mes recherches.

— Oui, je le connais, répondit Élise après avoir laissé passer un silence. C'est lui qui m'a guidée sur le Broad Peak. Je te le présenterai.

— Ce serait formidable, apprécia Cecily tout en suivant du regard Doug qui s'éloignait à grands pas. C'est tout de même curieux d'être si grincheux avec ses clients.

Élise resta muette un moment. Elle sortit de sa poche un tube de rouge à lèvres et s'en appliqua en s'aidant du miroir fixé au dos de la coque de son téléphone. Son maquillage était un des détails que Cecily avait le plus admirés sur Instagram ; l'influenceuse ne voyait aucune raison d'aller à l'encontre de sa nature pour être prise plus au sérieux. Elle n'éprouvait aucun besoin de se rabaisser ou d'étouffer sa féminité afin de gagner un certain respect au sein de cet univers masculin. Elle était fermement convaincue d'être à sa place telle qu'elle était, avec son maquillage et ses bijoux.

D'ailleurs, ses exploits parlaient pour elle. Cette jeune femme était plus endurante, plus forte en haute altitude et dotée d'une capacité pulmonaire supérieure à celles d'hommes – d'athlètes – deux fois plus grands qu'elle. Qui plus est, elle grimpait sans oxygène supplémentaire. C'est à ces points qu'elle devait le respect qu'elle inspirait. Le fait qu'elle grimpe avec du rouge à lèvres, les cheveux tressés avec élégance, eh bien… cela faisait d'elle celle qu'elle était, tout simplement.

Élise évoluait en première ligne du combat visant à bousculer les idées préconçues de l'alpiniste parfait. Elle incarnait une nouvelle vague de jeunes femmes déterminées à pousser leur corps jusqu'à ses limites.

Cecily elle-même faisait partie d'une nouvelle tendance – une vague encore plus massive – constituée de personnes n'ayant pour la plupart aucun intérêt professionnel dans la montagne, des novices simplement désireux de goûter l'air raréfié que l'on trouve à huit mille mètres d'altitude. Des touristes en pleine zone de la mort se fiant à leurs sherpas. Mais peut-être cette vision des choses était-elle trop sévère. Gravir les plus hauts sommets était désormais beaucoup plus accessible qu'autrefois, grâce aux progrès du matériel et aux normes de sécurité rehaussées. Pourquoi l'alpinisme aurait-il dû être réservé aux athlètes d'élite, s'il était possible d'en faire profiter un plus grand nombre ?

— Être guide est une des rares façons de gagner sa vie en montagne, dit Élise. D'après ce que j'ai entendu dire, Doug excelle dans ce domaine, si l'on met de côté sa personnalité asociale. Je ne sais pas précisément pourquoi il a quitté Summit Extreme ; cette affaire s'est un peu déroulée... en secret. Je pense que beaucoup ont été étonnés quand Charles a annoncé qu'il faisait appel à la société tout juste créée par Doug pour encadrer sa mission.

L'expression prise par l'influenceuse, quand elle avait parlé de secret, n'avait pas échappé à Cecily ; l'histoire ne s'arrêtait pas là, cela semblait évident.

— C'est le fait que Charles n'ait pas choisi un organisme mieux établi qui a surpris ?

— Exactement, mais c'est un beau geste de la part de Charles, je trouve. En louant les services de Doug pour la logistique de sa mission, il lui procure du travail sans qu'il ait à se soucier de trouver des clients tant qu'il n'est pas prêt. Depuis que sa femme l'a quitté, Doug n'a plus que la montagne dans sa vie.

— Il a été marié ?

— Oui, et il est même père, je crois, mais il ne voit plus sa famille. En montagnard typique, il a toujours préféré être ici que chez lui. Mais je ne le juge pas, c'est un des meilleurs guides qu'on ait par ici.

Alors que les deux jeunes femmes traversaient l'étendue parsemée de rochers menant au camp de base, le soleil perça les nuages. Élise marqua une pause pour nouer un lacet défait. Lorsqu'elle se pencha en avant, son pendentif s'échappa du col de sa veste.

— Waouh, c'est magnifique ! apprécia Cecily.

— Ça ? dit Élise, qui souleva le bijou pour que son équipière le détaille mieux.

Ce morceau de lucite en forme d'appareil photo à l'ancienne était orné d'étoiles.

— C'est un cadeau de mon père. Il l'a fait faire spécialement pour moi. L'appareil photo symbolise mon travail, et les étoiles, au dos, forment un profil de montagne.

Elle fit un clin d'œil à Cecily et remisa le pendentif, puis elle détacha sa queue-de-cheval et secoua sa chevelure.

— À propos, tu veux bien me prendre en photo ? demanda-t-elle à Cecily, à qui elle tendit un petit objet rectangulaire noir et plat.

— Ce ne serait pas une caméra TalkForward, ça, par hasard ?

En effet, cet appareil ressemblait furieusement à celui qu'elle avait vu dans les mains de Zak un peu plus tôt.

— Exact ! Zak m'a demandé de la tester pour le compte de sa société. Ce truc a l'air super cool !

Élise se hissa d'un pas leste sur un énorme rocher avec autant d'aisance que si des marches y avaient été taillées. Parvenue au sommet de la masse rocheuse, elle prit la pose, avec en toile de fond la paroi sur laquelle ils s'étaient entraînés. Pressant presque en continu le déclencheur, Cecily prit de nombreuses photos en variant les angles de vue.

Peu après, Élise redescendit d'un bond de son perchoir.

— Merci ! Je vais poster tout ça sur mes réseaux sociaux.

— J'espère avoir pris au moins une photo correcte.

— J'en suis certaine, et je te taguerai.

— Je ne suis pas très branchée réseaux sociaux, mais c'est fantastique que tu aies tant de followers, sourit Cecily. C'est génial de voir une femme assurer dans l'univers de l'alpinisme. J'aimerais beaucoup t'interviewer, tu sais. On pourrait peut-être faire ça quand on sera de retour au camp de base, si tu te sens d'attaque ?

— Avec plaisir !

La Québécoise fixa l'appareil sur sa fermeture Éclair, puis elles reprirent leur marche vers le camp de base.

Extrait des notes de Cecily

Interview d'Élise Gauthier

6 septembre

Élise Gauthier prépare sa boisson préférée en montagne : un mélange de lait malté, de chocolat en poudre et de café, le tout bien chaud et saupoudré de plusieurs cuillerées de sucre bien remplies. Elle prend une photo de son breuvage fumant avec pour arrière-plan les cimes brouillées par la vapeur.

Les publications d'Élise récoltent en moyenne près d'un quart de million de vues, bribes de la vie en haute altitude sélectionnées par l'influenceuse montagnarde la plus stylée. Sur les réseaux sociaux, son profil attire des sponsors de renom qui financent ses longues expéditions dans les contrées les plus reculées de la planète.

Cependant, le style d'Élise n'est pas là pour masquer d'éventuelles lacunes sportives. Son palmarès est impressionnant : elle a notamment été à seulement dix-sept ans la plus jeune Canadienne à gravir en solo la face nord de l'Eiger. Aujourd'hui âgée de vingt-deux ans, elle s'impose comme une des meilleures alpinistes féminines au monde. L'été dernier, elle a atteint le sommet du Broad Peak sans oxygène supplémentaire, à sa seconde tentative. Elle est à présent sur le Manaslu afin de réitérer cet exploit.

En équilibre sur un rocher, dos à la montagne, les jambes tendues et croisées, elle semble comme chez elle. Elle a lâché sa chevelure ondulée qui lui arrive presque à la taille, un large bandeau à motifs géométriques fluorescents sur le crâne pour ne pas avoir de mèches sur le visage. Elle présente le bronzage de montagne typique, avec deux cercles pâles autour des yeux, l'empreinte parfaite de ses lunettes teintées.

CECILY : Première question : comment en es-tu arrivée à te lancer dans l'alpinisme ?

ÉLISE : Mes parents m'ont fait découvrir la montagne alors que j'étais toute petite. Mon père était moniteur de ski à Saint-Sauveur, une petite station de sports d'hiver située dans la chaîne de montagnes des Laurentides. J'ai appris à skier avant de savoir marcher. Ensuite, je l'ai suivi un peu partout en Europe, sur les voies les plus célèbres des Alpes, sur le mont Blanc et le Cervin, par exemple, mais aussi sur l'Eiger.

CECILY : Tu es la plus jeune Canadienne à avoir gravi la face nord de l'Eiger, je crois. Qu'as-tu éprouvé sur le moment, à seulement dix-sept ans ?

ÉLISE : Oui, il paraît, mais je ne sais pas si ce détail est encore d'actualité. Franchement, être « la première » ou « la plus jeune » à faire ceci ou cela m'importe peu. Cela dit, il est vrai que mon ascension de l'Eiger a sans doute été mon plus grand défi. C'est ma montagne préférée, très technique et… un vrai régal !

CECILY : Te voici à présent sur le Manaslu. Qu'est-ce qui t'a attirée dans l'Himalaya ?

ÉLISE : J'ai découvert le Népal il y a deux ans avec mon petit ami de l'époque. J'ai gravi l'Ama Dablam. Depuis le sommet, j'ai contemplé l'Everest, le Lhotse et le Makalu. J'ai alors décidé de tous les gravir sans oxygène supplémentaire. J'ai conscience que cela me demandera des années mais ce rêve est bien ancré dans mon cœur.

CECILY : Pourquoi prendre de tels risques, notamment grimper sans oxygène supplémentaire ?

ÉLISE : Pour deux raisons, la première étant bassement matérielle : n'étant pas aussi fortunée que certains alpinistes, je suis obligée d'attirer des sponsors afin de pouvoir me consacrer à mon objectif. M'attaquer à des sommets sans oxygène supplémentaire me donne un caractère unique. Malgré les aides que j'ai reçues, j'ai tout de même dû vendre ma voiture, sous-louer mon appartement et décrocher de nombreux financements par le biais d'entreprises pour être ici. Sans mes sponsors, il me serait impossible de pratiquer l'alpinisme à ce niveau. Ensuite, tout le monde ne suit pas les mêmes principes. Il existe beaucoup de différentes façons d'aborder la montagne ; on peut s'aider d'oxygène supplémentaire et/ou de cordes fixes, ouvrir des voies inédites, et ainsi de suite… En ce qui me concerne, c'est un choix personnel. Je cherche à déterminer ce dont mon corps est capable. Emporter de l'oxygène supplémentaire me ferait l'effet de participer au Tour de France sur un vélo électrique, si tu vois ce que je veux dire. Mais attention, je soutiens à cent pour cent tous les alpinistes quels que soient leurs choix, tant qu'ils restent intègres.

CECILY : Certains ne seraient pas intègres, d'après toi ?

ÉLISE : Évidemment, comme dans tous les sports. Il y en aura toujours pour prendre des raccourcis, mentir, tricher. L'alpinisme a toujours été… comment dire… une activité autorégulée. On n'a d'autre choix que de croire les gens sur parole quand ils affirment avoir atteint tel sommet, ne pas avoir utilisé d'oxygène supplémentaire ou touché une corde lors d'une ascension risquée. Avec tant de pression, tant de regards braqués et tant de nouvelles technologies pour enregistrer une multitude de paramètres, il est peut-être plus difficile de tricher de nos jours, mais franchement, dans un univers peuplé d'ego surdimensionnés, c'est presque logique d'en arriver là… Enfin bon, tant que cela reste de la fanfaronnade, tant qu'ils ne prétendent pas avoir emprunté une voie vierge ou battu un record, je m'en fiche un peu.

CECILY : J'imagine que si Charles s'est entouré d'une équipe pour cette ascension, c'est entre autres pour que nous assistions à son exploit et soyons témoins de son intégrité. Comment as-tu fait sa connaissance, d'ailleurs ?

ÉLISE : Je l'ai rencontré pour la première fois il y a deux ans, il me semble, à Katmandou. Oui, c'est ça. C'était juste après l'avalanche survenue au Tadjikistan. Tu en as entendu parler, je suppose ? Il a perdu ses deux équipiers sur le pic Lénine mais s'en est sorti totalement indemne. Une histoire dingue. Quand on vit un truc pareil, on se trouve à une croisée des chemins : soit on laisse tout tomber, soit on va de l'avant. Lui a choisi de poursuivre – et peut-être avait-il besoin de s'attaquer à un défi plus immense encore, en hommage à ses camarades disparus. Sa mission n'était à l'époque qu'une vague idée dans sa tête, mais quand il m'en a parlé, cela m'a paru impossible à réaliser. Ce qui est le principe, justement !

CECILY : C'est parce qu'il grimpe sans cordes fixes que son projet t'a paru irréalisable ?

ÉLISE : Exactement. Le style alpin est la forme d'alpinisme la plus pure qui soit, personne ne peut critiquer ces spécialistes. Quant à moi, je n'ai pas encore l'expérience ni les capacités pour m'y risquer. Un jour, peut-être… mais je ne suis pas certaine d'être taillée pour prendre un si grand risque. Mon objectif n'est pas de devenir une légende, je souhaite simplement pouvoir passer ma vie en montagne. C'est ma passion !

CECILY : C'est tout de même une sacrée ambition ! À propos de Charles, je suis curieuse de savoir ce qui le motive. Toi qui connais parfaitement le monde de l'alpinisme, as-tu une théorie à ce sujet ?

ÉLISE : Il y a toujours la pression d'en faire plus, de faire les gros titres des journaux, de repousser les limites de l'alpinisme. Charles est un individu qui tient à ce que le monde entier sache qu'il est le meilleur. Il a soif de reconnaissance. Et il la mérite, d'ailleurs ! C'est sans doute le meilleur alpiniste que j'aie vu évoluer. J'ai grimpé avec Dario sur le Broad Peak l'été dernier, et nous y avons croisé Charles, bien sûr. Cette expédition a été difficile, pleine de défis.

CECILY : Oui, je me rappelle que tu as parlé d'un sherpa qui y est mort. Comment s'appelait-il ?

ÉLISE : Dorje. Dorje Norbu Sherpa. Un sale coup du sort… Charles, Doug, Dario et quelques autres ont fait de leur mieux pour le secourir, en vain. Plus tard, quand j'ai appris que Charles montait une équipe pour l'ascension du Manaslu, je lui ai signalé que j'étais intéressée. Peu après, il m'a contactée pour me proposer de me joindre à lui. J'y ai vu l'occasion idéale de grimper avec lui une fois de plus, de l'observer, d'en apprendre un maximum. Si je n'apprends pas, je ne progresse pas. Et si je ne m'améliore pas, à quoi bon poursuivre ?

– 16 –

Cela faisait un moment que Cecily voyait par-dessus l'épaule d'Élise des nuages noirs déferler dans la vallée depuis Samagaun ; bien entendu, le ciel eut tôt fait de crever, forçant les deux jeunes femmes à s'abriter dans le réfectoire. Elles y retrouvèrent Grant et Zak, tous deux focalisés sur leurs appareils. Cecily était déçue d'avoir dû interrompre l'interview d'Élise après n'avoir glissé que quelques questions à propos de Charles, sans compter qu'elle avait encore beaucoup à apprendre du vécu montagnard de la Québécoise, mais le vacarme de la pluie sur le toit de la tente rendait toute conversation quasi impossible.

Élise avait d'ailleurs déjà mis ses oreillettes en place et reprisait une déchirure sur la manche de sa polaire. À la lumière de ses confidences quant à ses difficultés à financer ses expéditions, Cecily comprenait qu'elle prenne soin de ses affaires ; chaque centime comptait.

Cecily profita de ce temps mort pour taper ses notes sur son ordinateur tant que l'interview était encore fraîche dans sa mémoire. À ce propos, une phrase prononcée par Élise la titillait quelque peu : l'influenceuse avait évoqué la forte proportion d'ego surdimensionnés dans l'univers de l'alpinisme, soulignant que cela pouvait conduire certains à tricher... Elle réécouta l'interview enregistrée sur son téléphone, regrettant de ne pas l'avoir filmée. Elle avait en effet alors surpris une sorte d'éclair dans les yeux noisette d'Élise, ainsi qu'un frémissement de ses lèvres rouge vif qui avait légèrement modifié le timbre de sa voix. En écoutant attentivement l'enregistrement, elle crut percevoir cette altération passagère, comme un durcissement.

Par ailleurs, le nom de Dario Travers était de nouveau apparu dans la conversation, ce qui lui rappelait qu'elle devait à tout prix se rendre au campement de Summit Extreme, et pas uniquement afin de s'entretenir avec Ben au sujet de la mort d'Alain ; il serait certainement intéressant d'interroger Dario à propos de Charles. Doug était en tête de sa liste de « clients » potentiels, bien entendu, suivi de Mingma et des autres sherpas, Galden, Phemba et Tenzing. Grant et Zak n'ayant ni l'un ni l'autre grimpé en compagnie de Charles à ce jour, ils étaient moins prioritaires à ses yeux.

Grant avait étalé son matériel vidéo sur la table, il vérifiait les objectifs et rechargeait ses batteries, monopolisant toutes les prises électriques.

— Ton matos supporte bien le froid ? s'enquit Zak.

— Franchement, c'est un vrai cauchemar, avoua Grant. C'était de loin mon plus gros problème sur le Cho. Je conserve mes batteries dans ma combinaison mais je dois multiplier les sauvegardes. Cela dit, le drone est fantastique.

Il sortit de sous la table un coffret noir, qu'il ouvrit, dévoilant un petit appareil en forme d'araignée.

Cecily, en le découvrant, songea aussitôt au lac. Si elle était possiblement la dernière personne à avoir vu Alain vivant, ce drone l'avait peut-être aperçu ? Elle prit aussitôt la parole, évitant ainsi de trop réfléchir à la question et d'être devancée :

— Tu l'as fait voler le jour où Alain est mort ?

Grant se redressa contre le dossier de sa chaise.

— J'ai effectué un vol d'essai à Samagaun, il me semble, mais je ne sais plus quand.

Les doigts saisis de picotements, Cecily réagit, déterminée à ne pas le laisser esquiver sa question.

— Comment ça, tu ne sais plus ? C'était il y a seulement quelques jours. Tu ne l'aurais pas fait voler au-dessus du lac, par hasard ? Tu n'as rien vu de spécial ?

— Hé ! Tu m'accuses d'homicide involontaire, madame Poirot ? plaisanta Grant, les mains en l'air.

— Tu te demandes toujours si ce qui est arrivé à Alain était vraiment un accident ? ajouta Zak.

Cecily hocha la tête.

— Je n'écarte aucune hypothèse. Le drone a peut-être filmé quelque chose d'intéressant...

Grant haussa les sourcils.

— Tu peux visionner mes séquences, si tu veux. Je lui ai fait survoler le lac, mais il est possible qu'il ait capté quelques aperçus de la berge.

— Oui, j'aimerais bien, si ça ne te dérange pas.

Il désigna son ordinateur portable.

— Vas-y.

Cecily rapprocha sa chaise de celle de Grant, qui changea de position, effleurant sa jambe de la sienne. Sentant également sa main lui frôler le bas du dos, elle s'écarta légèrement en faisant mine de caler sa chaise sur le sol inégal.

— Voyons… Non, pas ce dossier, ce sont mes vidéos personnelles, celles qu'on ne visionne que tard le soir sous la tente, si tu vois ce que je veux dire, dit Grant avec un rictus qui lui fit lever les yeux au ciel. Voilà, c'est ici. Les images d'avant-hier.

Il cliqua à deux reprises sur un dossier. Son visage apparut à l'écran en gros plan, tandis qu'il ajustait la caméra, puis le drone s'envola au-dessus du village, sans doute depuis la terrasse de l'auberge, dont elle reconnut la rambarde peinte.

Samagaun se déploya, mais le drone n'avait pas assez de portée pour se rendre au lac. La vidéo n'était pas toujours très stable, l'appareil secoué de soubresauts en fonction des manœuvres ordonnées par Grant. Ce n'était sans doute pas un pilote de drone très doué, songea Cecily, mais il était probablement possible de rectifier ces défauts au montage.

— Je peux ? demanda-t-elle, désignant le clavier.
— Je t'en prie.

Elle fit défiler la séquence en avance rapide, sans voir le lac. Elle ferma la vidéo et ouvrit la suivante. La nuance turquoise du lac envahit l'écran.

— Ah, tu vois ! Tu y es allé !
— Oui, apparemment, lâcha négligemment Grant, calé contre le dossier de sa chaise.

Cecily ne quittait plus l'écran des yeux, détaillant chaque plan. La surface de l'eau était calme, sans le moindre signe d'une présence sur la berge, mais il lui était impossible de savoir si ces images avaient été prises avant ou après son passage. Alors qu'elle tentait de déterminer la position du soleil, la vidéo fut coupée net. Elle n'avait vu personne.

— Satisfaite ? Pas d'Alain à l'horizon. Rien de louche.

Cecily soupira, déçue, mais un détail la troublait : cette vidéo était nettement plus courte que les autres. L'avait-il déjà montée, et donc raccourcie ? Dans ce cas, pourquoi tant d'empressement ?

— Ce type était cinglé, de toute façon, marmonna Grant.

— Pourquoi tu dis ça ? Je ne savais pas que vous vous connaissiez, tous les deux.

— Non, j'avais seulement entendu parler de lui. Je suis plusieurs forums Reddit consacrés à l'alpinisme ; sur l'un d'eux, il a évoqué un complot à propos d'un gars mort sur l'Everest. Il faut toujours s'attendre à voir des dingues poster sur ces forums, mais Alain a laissé entendre que ce type avait été assassiné, quelque chose comme ça. Il m'a paru déséquilibré. Ça ne m'étonne pas qu'il ait eu un accident. Il a sans doute perdu la tête.

Cecily sortit son téléphone afin de voir de ses propres yeux ce dont parlait Grant, malheureusement la connexion à Internet était coupée. Frustrée, elle nota sur son carnet de tenter sa chance un peu plus tard.

— Tu ne te rappelles rien d'autre ? relança-t-elle. Comment les autres intervenants ont réagi ?

Grant fit un geste vague de la main.

— Tout le monde a dit qu'il délirait, évidemment. Bon, je ferais mieux de rapporter tout ça dans ma tente.

Il rassembla son matériel et s'éclipsa.

Cecily se mordit la lèvre, déçue de ne pas avoir appris quoi que ce soit au sujet d'Alain. Car elle n'avait pour l'heure que des hypothèses à se mettre sous la dent. Elle songea aux fermes recommandations de Doug, qui lui avait intimé de rester focalisée sur la montagne. Malgré tout, Ben avait avancé la théorie qu'Alain avait peut-être été éliminé parce qu'il posait trop de questions… Et Grant avait entendu parler d'Alain avant sa venue ici. À tout cela s'ajoutait la durée surprenante de la vidéo du lac, qui semblait avoir été coupée au montage. Sans oser pousser plus loin ses spéculations, elle se promit de garder Grant à l'œil. Elle replaça sa chaise à sa place, de l'autre côté de la table.

— Quelqu'un sait quand on aura de nouveau Internet ? demanda Zak, brandissant son téléphone comme pour capter un réseau imaginaire.

Doug entra alors dans la tente et entendit la fin de la phrase.

— Plus tard que d'habitude, dit-il.

— Quand pourrons-nous nous connecter ? intervint Cecily.

En plus des nombreux détails qu'elle souhaitait vérifier sur Internet, elle devait envoyer son billet de blog suivant à Michelle le plus rapidement possible.

— Si on n'a toujours pas de réseau d'ici quelques jours, on pourra toujours redescendre à Samagaun, répondit Doug.

Zak lâcha son mobile sur la table.

— Quelques jours ? Attends une seconde, Charles a dit qu'on aurait Internet au camp de base. Comment je fais pour joindre mes ingénieurs ? Et ma famille ? Je ne suis sûrement pas le seul à avoir besoin d'Internet, quand même ! Élise, par exemple, avec ses réseaux sociaux ? Cecily et son boulot ?

— On est dans l'Himalaya, pas au Hilton, gronda Doug. Élise l'a parfaitement intégré. On pourra s'estimer heureux si on capte un vague signal.

La tension se dissipa lorsque Mingma entra dans la tente, suivi de Grant. Rayonnant, le sherpa agita sa radio en l'air.

— Bonne nouvelle. L'équipe chargée de fixer les cordes a déjà atteint le camp 3.

— Parfait, dit Doug. Si les conditions météo s'améliorent, nous commencerons les rotations d'ici deux jours.

Il tapota sur son mobile et fit apparaître une capture d'écran d'une application météo.

— J'ai pu obtenir ces prévisions météo ce matin. Il devrait encore pleuvoir aujourd'hui et demain, mais ensuite le beau temps devrait revenir. Cela dit… (il désigna le rabat de la tente), la meilleure façon de prédire le temps en montagne consiste à jeter un coup d'œil dehors.

Il fit glisser l'index sur son écran, faisant apparaître un autre graphique.

— Les prévisions à plus long terme sont moins précises, et donc à prendre avec davantage de précautions, mais si elles se confirment, nous bénéficierons également d'une bonne période de beau temps en fin de semaine prochaine. Si nous avons effectué une rotation d'ici là et si les cordes sont toutes fixées, alors nous aurons peut-être une fenêtre pour nous lancer vers le sommet.

— Excellente nouvelle ! s'exclama Zak. On grimpera beaucoup plus tôt que prévu. Sur le Denali, il a fallu attendre des semaines une fenêtre météo exploitable.

C'était de loin la période la plus pénible de toute l'expédition.

— On pourrait se retrouver au sommet en deux temps trois mouvements ! s'enthousiasma Élise.

— Et Charles ? s'enquit Cecily. Nous rejoindra-t-il à temps ?

— Ne t'en fais pas pour ça. Il sera peut-être retardé à Katmandou par la pluie, mais si une fenêtre météo s'ouvre à nous, il se fera déposer ici en hélicoptère.

— Très bien.

Cecily eut la sensation de passer pour une ignorante en posant cette question, mais elle ne cessait de se tracasser à propos de son interview de Charles, redoutant d'avoir tant travaillé et subi tant d'inquiétudes et de craintes pour rien.

— Par ailleurs, notre *puja* est prévue demain, et c'est un événement très important, précisa Mingma.

— La *puja* ? Qu'est-ce que c'est, exactement ? demanda Cecily.

— Une bénédiction. Deux lamas du monastère de Samagaun seront là pour demander à la montagne et en notre nom la permission de la gravir. Ils béniront notre matériel, de façon à nous assurer une ascension en toute sécurité.

— D'autres personnes du camp de base se joindront à nous, et une petite fête sera organisée, ajouta Doug.

— Super ! brailla Grant.

Élise, tout aussi ravie, claqua des doigts, les bras levés.

D'autres personnes au campement Manners Mountaineering ? songea la journaliste, saisie d'une frayeur inattendue.

Réaction peut-être pas si surprenante, après tout. En effet, tant qu'elle n'aurait pas la certitude que la mort d'Alain était due à un accident, il resterait possible qu'un individu dangereux évolue dans la montagne.

Et voilà que la montagne s'invitait dans leur campement.

– 17 –

Doug sortit du réfectoire. Profitant de l'occasion, Cecily en fit autant et le suivit jusqu'à la tente dédiée aux communications, qui servait également de dortoir au guide. Un roman de Joan Didion au dos craquelé était posé près de son sac de couchage impeccablement plié, ainsi qu'un journal personnel relié de cuir. N'ayant pas perçu la présence de Cecily, il ferma les yeux, se détendit les épaules et lâcha une longue expiration. Comprenant qu'elle troublerait un moment de paix pour lui, Cecily fit marche arrière, préférant ne pas le déranger. Ce faisant, elle heurta une table de la cuisse, ce qui secoua le matériel qui y était installé.

Doug fit volte-face, et sa mâchoire se crispa lorsqu'il avisa Cecily. Celle-ci avala péniblement sa salive ; cet homme ne l'appréciait guère, et manifestement pour une autre raison que son faux pas précédent. Peut-être parce qu'elle était journaliste et ne cessait de poser des questions, de fouiner même quand on lui disait de ne pas insister. Quoi qu'il en soit, il savait pertinemment pourquoi elle avait été admise au sein de l'équipe. Elle avait un job à effectuer.

— Tu aurais un moment à me consacrer pour une interview rapide ? demanda-t-elle, la gorge soudain très sèche.

— Tu es là pour écrire un article sur Charles, je ne vois pas pourquoi tu aurais besoin de discuter avec moi.

Il fit mine de s'intéresser aux documents posés sur le bureau.

— Juste deux ou trois questions. Tu connais Charles mieux que quiconque. Tu l'as suivi à chaque étape de son parcours, tu t'es occupé de la logistique de son expédition… et tout s'est impeccablement passé. Je sais qu'il n'aurait pas pu mener sa « mission » à bien sans toi.

Doug resta silencieux un moment, les yeux rivés sur une feuille de papier sur laquelle figurait un graphique complexe, puis il céda :

— D'accord. Deux ou trois questions.

— Super !

Cecily grimaça lorsqu'elle constata que la batterie de son téléphone était morte. Il ne lui restait plus qu'à se rabattre sur une interview à l'ancienne. Doug s'assit sur une chaise pliante, et Cecily, n'entrevoyant aucune autre possibilité, se percha sur une table voisine.

— Comment vous vous êtes rencontrés, Charles et toi ? se lança-t-elle, prête à faire courir la pointe de son stylo sur son carnet.

— Nous avons fait connaissance en Écosse, à Glenmore Lodge. C'était encore un gamin, à l'époque. Il s'est inscrit à un de mes stages d'alpinisme hivernaux.

— D'après ce qu'on dit, celui qui survit à un hiver écossais survivra à n'importe quoi, plaisanta Cecily, la tête inclinée.

Cette note d'humour eut le mérite de faire naître un léger sourire sur le visage de Doug.

— Je confirme, soupira-t-il en se grattant le menton, sur lequel poussait un début de barbe grisonnante.

— Quel âge avait-il ? continua Cecily, penchée en avant.

— Sept ans, quelque chose comme ça.

— Ses parents l'ont laissé crapahuter dans la nature sauvage écossaise à seulement sept ans ?

— C'était un élément du programme que je dirigeais en ce temps-là et qui était réservé aux enfants ayant des… difficultés à la maison. Déjà à l'époque, il était extrêmement prometteur. Il assimilait tout très rapidement et possédait plus de cran et d'endurance que les autres stagiaires. C'est la personne la plus à l'aise en montagne que j'aie jamais connue, il tient davantage du bouquetin que de l'être humain. Tout petit, il était déjà animé d'une motivation telle qu'on n'en voit que très rarement. Après ce premier contact, il s'est inscrit chaque année à mon stage et a appris l'histoire de l'alpinisme. Il m'a vraiment impressionné. Quelques années plus tard, alors qu'il venait d'avoir dix-huit ans, je lui ai proposé de se joindre à moi avec une expédition Summit Extreme sur l'Ama Dablam, en automne.

— Ça a dû être une sacrée expérience pour lui.

— Comme il était fauché, je lui ai accordé une grosse réduction en échange d'un peu d'aide dans la gestion du groupe.

— C'est un arrangement fréquent ? C'était très généreux de ta part, non ?

Doug haussa les épaules.

— Dans notre sport, il est essentiel de bénéficier des conseils d'un mentor pour progresser. Transmettre aux jeunes ce que m'ont appris les anciens est un devoir.

Cecily observait attentivement les expressions de Doug, dont le regard s'était perdu dans le vide, plein de tendresse, quand il avait évoqué Charles enfant. Il lui était très attaché, c'était une évidence, bien plus que n'aurait dû l'être un simple mentor.

— À t'entendre, tu étais une sorte de figure paternelle pour lui.

— Peut-être…

— Et ensuite, vous avez souvent grimpé ensemble ?

— Non, il est parti de son côté, multipliant les ascensions des plus grands sommets de la planète tandis que je guidais mes clients. Il a acquis de l'expérience, il est devenu de plus en plus autonome. J'ai été très fier de lui le jour où il a vaincu l'Everest. Nous sommes toujours restés en contact.

Cecily tapota son carnet du bout de son stylo.

— À partir de quand s'est-il mis en tête de battre des records et de se faire connaître ?

Doug resta un moment silencieux avant de répondre :

— Ça n'a jamais été un objectif pour lui, jusqu'au jour où quelque chose a changé, après l'avalanche.

— Celle survenue sur le pic Lénine ?

— C'est ça.

Le pic Lénine… Élise l'avait précédemment évoqué. En dehors de quelques lignes traduites depuis un site d'information autrichien, Cecily n'avait pas trouvé grand-chose à propos de ce drame sur Internet. Elle savait seulement que les deux équipiers de Charles étaient originaires de Salzbourg.

— Que s'est-il passé ?

— Une avalanche s'est produite alors qu'ils approchaient du sommet. Ils ont tous les trois été ensevelis, mais seul Charles a réussi à se dégager de la neige. Il a passé la nuit à chercher ses compagnons. Il est ensuite rentré au camp de base, avec à peine quelques égratignures. Un vrai miracle.

Cecily écrivait aussi rapidement que son stylo le lui permettait ; l'encre n'étant pas très fluide à cette altitude, des bouchons se formaient régulièrement près de la mine, à tel point qu'elle finit par renoncer à prendre des notes.

— Comment se fait-il que cet épouvantable accident n'ait pas été davantage médiatisé ?

— Chaque décès en montagne est une tragédie, évidemment, mais malheureusement ils sont relativement fréquents. Ils n'attirent pas vraiment les médias, surtout quand ils surviennent ailleurs que sur les plus hauts sommets du monde. Qui plus est, Charles ne cherchait pas vraiment à se montrer au monde, à l'époque.

— Heureusement pour moi, il est aujourd'hui le chouchou des médias. Ça me permettra peut-être de mieux faire connaître l'accident qui s'est produit sur ce pic.

Le visage de Doug s'assombrit, et il secoua très légèrement la tête. Cecily comprit qu'il était important de relancer la conversation avant que le lien ténu qu'elle avait réussi à créer entre eux se brise.

— Cette expérience a donc changé Charles ?

Un silence s'éternisa tant qu'elle redouta d'avoir laissé passer sa chance. Elle ne s'autorisa à respirer que lorsque Doug se décida enfin.

— Après cet épisode, le simple fait de grimper ne lui suffisait plus. Il était en quête de reconnaissance, de louanges. Quand il m'a décrit son projet des 14 sans assistance, je dois avouer que j'ai ri.

— Vraiment ?

Cecily avait du mal à imaginer Doug rire, quelle qu'en soit la raison.

— Son idée était absurde, sur le papier. Gravir les quatorze 8 000 de la planète sans oxygène supplémentaire ni cordes fixes en moins d'un an... Quand je me suis rendu compte que Charles était on ne peut plus sérieux, je m'y suis intéressé de plus près. Nous avons réfléchi ensemble à la meilleure façon de procéder. Et, comme tu le sais, il a atteint tous les sommets les uns après les autres. Et voilà, nous sommes là, sur le dernier.

— C'est un résumé très condensé.

Doug grogna – ou peut-être était-ce un rire ?

— Disons que ces huit mois ont été les plus longs mais aussi les plus courts de ma vie. En tout cas, Charles m'a aujourd'hui rendu au centuple ce que je lui ai autrefois apporté en tant que mentor.

Le regard de Cecily dériva sur le matériel de communication et les câbles enchevêtrés. Des batteries noires et des téléphones satellite étaient en train de charger, et un poste de radio et plusieurs ordinateurs portables fourrés dans d'épaisses housses étaient empilés sur le bureau. Un petit générateur installé dans un coin alimentait tout cela, indépendamment de l'électricité fournie à l'équipe. Ces équipements permettaient à Doug d'analyser les prévisions météo et de rester en contact avec le reste du monde.

— Comment ta famille accepte-t-elle ta vie d'alpiniste ?

Doug laissa passer quelques secondes avant de réagir :

— Je croyais que cette interview portait sur Charles ?

— Oui, mais…

— Je veux bien répondre à tes questions à propos de Charles, mais c'est tout.

— Entendu. J'ai noté que Charles a dû procéder à plusieurs sauvetages risqués au cours de la mission que tu l'aides à accomplir. Que se passe-t-il dans ton esprit lorsque quelqu'un appelle à l'aide ?

— En montagne, nous formons tous une seule et même équipe. Si quelqu'un rencontre un problème et qu'on a les moyens de le secourir, c'est notre devoir de tout faire pour l'aider. À mes yeux, quiconque ne partageant pas cette façon de voir les choses n'est pas un véritable alpiniste.

— C'est tout à ton honneur. Quel est le sauvetage le plus mémorable que tu aies accompli ?

— Chaque vie sauvée compte, on n'en oublie aucune.

— Je n'ai pas choisi le bon terme, reconnut Cecily en grimaçant. Aucun épisode n'est resté gravé dans ton esprit, un peu plus que les autres ?

— Nous avons déjà parlé de l'Everest, où beaucoup d'accidents ont eu lieu cette année. Ce mont est pris d'assaut par une quantité stupéfiante de grimpeurs. Jamais nous n'avions reçu tant d'appels au secours – presque un par heure durant la fenêtre météo qui nous a permis de gagner le sommet. Certains sauvetages se sont bien passés, d'autres non. Quinze morts en une seule année, c'est trop. C'est ce qu'on récolte quand on laisse trop de grimpeurs mal préparés s'aventurer en haute montagne. Je ne pense pas retourner sur l'Everest, quelle que soit la somme d'argent qu'on me propose.

— Pierre fait partie de ces disparus, donc, dit Cecily, portant son stylo à sa bouche, à la fois fascinée et horrifiée par les paroles de Doug.

Quinze morts en une année sur une seule montagne... Ce chiffre lui retournait l'estomac. Aurait-elle été si sensible à cette statistique si elle n'avait pas elle-même été sur le point de se lancer dans un défi semblable à l'ascension de l'Everest, et tout aussi risqué ?

— Oui, c'était vraiment pas de chance.

Cecily redressa la tête, intriguée par le ton pris par Doug.

— Comment ça, « pas de chance » ?

— Je pensais que Charles l'avait retrouvé, mais il y a eu une méprise dans les communications – ça arrive. Alors qu'il était en route pour porter assistance à Pierre, un autre alpiniste l'a appelé à l'aide. Le temps qu'il le tire de ce mauvais pas, il était trop tard pour Pierre. Il était le dernier à être reparti du sommet, il a probablement chuté.

— Il n'y avait donc personne plus haut que Pierre à ce moment-là ? Personne n'a pu le suivre quand il est redescendu ?

— Non, impossible. Les autres alpinistes étaient tous localisés ailleurs de façon certaine à cet instant précis.

— Et son sherpa ?

— Il était au camp 4 avec nous. Il faudrait interroger le guide de cette expédition pour savoir pourquoi.

Le récit de Doug était convaincant, il était aux premières loges. Il était très vraisemblable que Pierre ait réellement été victime d'une hallucination, symptôme caractéristique des œdèmes cérébraux, quand il avait joint Alain par téléphone.

— Et sur le Dhaulagiri ? tenta Cecily, se mordillant la lèvre. Ce sauvetage des deux Italiens a été très audacieux, malheureusement Charles n'a pu en secourir qu'un seul. Tu es monté jusqu'à...

Elle se tut lorsque Doug soupira et se massa le front. Quand il retira sa main de son visage, il avait le regard voilé.

Elle l'avait perdu.

— Laisse-moi maintenant, s'il te plaît, je dois préparer la *puja* de demain, dit-il d'une voix douce mais lasse.

Cecily hocha la tête. Ses notes étaient un chantier sans nom, l'encre trop sèche, mais elle avait obtenu plus qu'elle ne l'avait espéré. Doug avait les traits tirés, crispés. Cet homme passait sa vie à fuir les gens, évoluant dans les environnements les plus isolés et les plus dangereux au monde, et n'était pas habitué à être bombardé de questions.

— Entendu. Merci de m'avoir accordé un peu de ton temps. J'ai hâte de découvrir la *puja*.

Elle referma son calepin et se laissa glisser de la table.

— Cecily ? l'appela Doug alors qu'elle s'apprêtait à sortir de la tente.

Elle se retourna.

— La préparation est un élément clé du succès. La phrase que tu as prononcée hier : « Ne néglige aucun détail »... c'est une bonne chose à garder à l'esprit. Galden m'a décrit ta tente...

— Oui, je sais, je vais ranger mon bazar, promit Cecily.

Elle fila sans plus attendre, peu désireuse que Doug remarque les larmes qui lui étaient venues en songeant à la femme qui lui avait transmis ce mantra. Elle se sentait suffisamment exposée comme cela.

– 18 –

Ses rêves, cette nuit-là, furent très réalistes et troublants.

Elle était de retour au lac. Dans le lac, plus précisément. Avec de l'eau glaciale jusqu'au cou. Alain s'approchait de la berge. Elle voulut lui crier de s'éloigner, mais aucun son ne sortit de sa bouche. Du sang dégoulinait sur la tempe du Français, jusqu'à la commissure des lèvres. Il tendit le bras vers elle, la bouche en cul de poule, et émit un sifflement. Toujours ce même air, cette combinaison de notes dissonantes.

Elle ouvrit les yeux. Elle l'entendait toujours. Ce son ne faisait pas partie du rêve. Quelqu'un sifflait de nouveau tout près de la tente.

Elle ne resterait pas paralysée, cette fois. Déterminée à découvrir l'identité de l'intrus, elle enfila sa veste et ouvrit le rabat de la tente aussi discrètement que possible, puis elle sortit dans l'obscurité.

Sa vision eut besoin d'un certain temps pour s'adapter à la nuit... puis elle l'aperçut. Le siffleur. Grand, musclé, le visage dans l'ombre.

Grant ? En tout cas, c'était son physique qui se rapprochait le plus de celui du rôdeur.

Elle fronça les sourcils. L'individu se trouvait un peu plus loin que sa tente, juché sur l'amas de rochers, contemplant la montagne. Sa silhouette se détachait sous la lueur pâle dispensée par la lune, et il ne regardait pas dans la direction de Cecily.

Soudain il changea de position, comme pour se retourner. Peu désireuse d'être prise en flagrant délit d'espionnage au cœur de la nuit, Cecily se baissa. Or ce visiteur s'accroupit... et disparut au-delà des rochers, dans le gouffre.

Cecily dut faire appel à toute sa volonté, les mains plaquées sur la bouche, pour contenir un cri de stupeur. Il n'y avait aucun campement par là-bas, aucune raison pour quiconque de s'éloigner dans cette direction. S'il s'agissait de Grant, que fabriquait-il ?

Luttant pour ne pas se laisser envahir par la panique qui grandissait en elle, Cecily dut également chasser une envie soudaine d'avoir James auprès d'elle – lui aurait su quoi faire. Il aurait rattrapé l'individu sans hésiter et lui aurait demandé ce qu'il fichait là. Mais James n'était pas là. Elle était livrée à elle-même.

Estimant qu'en avoir le cœur net était préférable à battre en retraite, terrifiée, en imaginant mille possibilités, elle inspira profondément et, retenant son souffle, se dirigea vers les rochers. Elle expira lentement ; elle était lancée. Se hissant sur ce perchoir afin de voir ce qui se présentait plus loin, elle découvrit un sentier étroit en contrebas. Pour le rejoindre, il fallait descendre une zone très pentue et dont il était difficile d'évaluer la distance sans lampe frontale. Cela étant, si le siffleur était passé par là sans encombre... Sans se laisser le temps de trop y réfléchir, elle s'engagea dans la pente.

Elle eut un mal fou à trouver des prises pour ses orteils, alors qu'elle sentait que ses mains ne la porteraient pas longtemps. Ses pieds glissèrent, heureusement le replat se révéla assez proche. Elle suivit le sentier, une main sur les rochers pour se rattraper en cas de perte d'équilibre.

S'il pleuvait, ce serait comme...
N'y pense même pas.

Elle lâcha un soupir de soulagement lorsque la corniche s'élargit au détour d'un virage, formant un petit plateau. Cecily s'accroupit et se tapit derrière un rocher. Levant légèrement la tête par-dessus son abri, elle aperçut de nouveau son mystérieux visiteur.

Sa lampe frontale à présent allumée, il lui tournait le dos. Si elle ne voyait toujours pas son visage, elle distinguait ce qu'il regardait.

Une tente. Nettement plus petite et d'une autre couleur que celles de Manners Mountaineering – rouge avec quelques parements bleu marine, tandis que ses équipiers et elle dormaient dans des tentes jaune vif –, elle fut brièvement éclairée par le faisceau lumineux, ce qui permit à Cecily de distinguer deux bandes de ruban adhésif formant un X sur la protection externe en plastique. Quant aux environs immédiats, ils étaient jonchés de détritus.

Sa position accroupie éprouvante pour ses muscles déjà endoloris, elle ne put réprimer un mouvement convulsif d'une jambe, faisant rouler une pierre en direction du mystérieux siffleur, qui redressa vivement la tête.

Cecily se baissa aussitôt derrière son rocher, la tête en arrière, comme si elle avait le pouvoir de se fondre dans les ombres. Le faisceau lumineux balaya la paroi rocheuse lui faisant face. Elle laissa filer quelques insoutenables secondes sans entendre de bruit de pas approcher. Bien au contraire, cet éclat se dissipa, puis elle perçut le son caractéristique d'une tente qu'on ouvrait.

Après avoir patienté le temps de deux inspirations, elle risqua un nouveau regard. L'homme était entré dans son refuge, la lueur de sa lampe frontale filtrée par l'épaisseur de plastique. Saisissant sa chance, Cecily s'éloigna en courant vers sa tente, oubliant toute prudence sur la corniche tant elle était terrifiée. Elle n'avait plus qu'une idée en tête : regagner sa tente dans le campement Manners Mountaineering, où ses compagnons ne manqueraient pas de voler à son secours s'ils l'entendaient hurler.

Qui donc campait seul en pleine montagne ? Cet homme était-il lié à la mort d'Alain ?

Elle songea à l'empreinte de botte repérée précédemment, trop près de sa tente pour que ce soit un hasard, puis aux sifflements. Leur auteur avait tenu à ce qu'elle sache qu'il était tout proche.

Si tout cela était vrai, que lui voulait cet individu ? Et pourquoi ?

— 19 —

Cecily eut du mal à trouver le sommeil après son escapade. Elle avala quelques antidouleurs avec un peu d'eau tiède de sa Nalgene. Elle se réveilla l'estomac toujours aussi noué.

Il fallait qu'elle en parle à Doug. Si quelqu'un se terrait non loin du campement, le guide devait être mis au courant. Elle se rendit donc à la tente des communications. Il était encore si tôt qu'elle ne surprit pas le moindre mouvement en chemin, toutefois elle était certaine que Doug serait levé.

— Doug ? l'appela-t-elle à travers le rabat de plastique.

Il apparut quelques instants plus tard, l'air interrogateur.

Cecily hésita, doutant d'elle-même face à cet impressionnant personnage, se demandant si une fois de plus elle ne sombrait pas dans la paranoïa. Elle redressa la tête. *Non, pas cette fois.*

— Je sais que c'est bizarre, mais je crois que quelqu'un a monté sa tente pas loin de la mienne, un peu plus à l'écart.

— Une autre équipe ?
— Non, une seule tente. Un homme.
Doug croisa les bras, les mains sous les aisselles.
— Ce n'est pas commun, mais certaines personnes décident de grimper sans aucun soutien.

Cecily tira sur sa tresse, qui s'était largement défaite au cours de la nuit, tant elle s'était retournée dans son sac de couchage ; elle n'avait plus qu'à la refaire.

— Je n'aime pas trop imaginer qu'un individu se balade près de ma tente en pleine nuit... Tu ne voudrais pas venir avec moi là-bas, pour voir de qui il s'agit ?
— Tu y tiens vraiment ? soupira Doug.

Elle ne répondit pas. Habitué à camper sur des zones isolées, Doug ne se souciait sans doute jamais de qui rôdait dans les parages et de ce que cela impliquait quant à sa sécurité. Pour Cecily, en revanche, l'inconnu était synonyme de malaise.

— D'accord, allons-y, dit enfin Doug, pour le plus grand soulagement de Cecily.

Il la suivit jusqu'en bordure du campement, au-delà de sa tente. En plein jour, il semblait insensé de s'aventurer sur l'amas de rochers, et plus encore sur la pente, qui paraissait encore plus vertigineuse. Quant à la voie qu'elle avait suivie la nuit précédente, elle n'était que rochers. Autant dire infranchissable.

— Tu es certaine qu'il y a une tente par là-bas ? douta Doug, tendant le cou. Ça ne me semble pas très sûr.
— Je suis passée par là cette nuit, et j'ai vu la tente.

Elle se hissa sur le perchoir naturel et se laissa retomber de l'autre côté, puis entendit Doug en faire autant.

Elle se faufila entre les rochers, espérant retrouver le plateau, sans quoi elle aurait l'air stupide.

— Attention où tu mets les pieds, lança Doug en la retenant par le bras lorsqu'une pierre vacilla sous ses pieds.

Enfin, elle reconnut le rocher derrière lequel elle s'était dissimulée.

— C'est juste de l'autre côté, dit-elle.

Comme prévu, ils découvrirent le plateau.

Désert.

Pas la moindre trace d'une tente.

— Elle était là cette nuit, je te le jure ! s'exclama-t-elle, se laissant plus ou moins glisser sur les éboulis. Juste ici !

La roche grise et vide semblait la défier, inflexible.

— J'ai beaucoup à faire, soupira Doug.

— C'était une tente rouge à parements bleu marine, insista Cecily. Enfin, c'est ce que j'ai cru à la lueur de la lampe frontale de ce type. Ils étaient peut-être noirs ou vert foncé. Et la tente était bien usée.

Doug se figea net, ce qui le fit presque partir en glissade, et considéra le sol, l'air neutre.

— On fait parfois des rêves très réalistes en altitude.

— Ce n'était pas un rêve...

— En tout cas, l'endroit est désert. Personne ne risque de frôler ta tente. Tu n'as rien à craindre sur notre campement.

Cecily fronça les sourcils et donna un coup de pied dans une pierre.

Doug toussota.

— Cecily, je me fais du souci à ton sujet. Il y a d'abord eu cet incident pendant l'entraînement, puis tes doutes concernant la mort d'Alain... Zak m'a également parlé d'une empreinte de botte.

— Ah, tu es au courant de ça ?

— Oui, il m'a mis au courant parce qu'il s'inquiète pour toi. Il est essentiel d'avoir une attitude positive pour gravir ces pics géants. Tu dois respecter la montagne comme ton entourage. Notre équipe est si réduite que le moindre comportement négatif affecte tout le monde. Si tu n'es pas capable de contenir ta paranoïa... il n'est peut-être pas très prudent pour toi d'aller plus loin.

Cecily eut un mouvement de recul, comme si elle avait été giflée.

— Doug... Un homme est mort ! Je n'ai pas le droit de me tracasser un peu ?

— Mes conseils restent valables. Si tu ne te focalises pas à cent pour cent sur ton objectif, je ne te laisserai pas aller plus haut.

Sur ces mots, le guide se dirigea vers le camp de base.

Les poings serrés jusqu'à planter ses ongles dans ses paumes, Cecily, qui n'avait pas oublié les nombreux détritus autour de la tente la nuit précédente, passa le plateau au peigne fin. À l'extrémité de la zone, elle aperçut quelque chose qui brillait sous un rocher. Elle s'agenouilla.

Une capsule de bouteille retournée. Elle s'en empara. Cela n'avait rien d'une preuve concrète, mais elle savait pertinemment qu'elle n'avait pas rêvé.

Quelqu'un avait campé à cet endroit.

– 20 –

De retour au campement Manners Mountaineering, Cecily constata qu'il était rempli de personnes qui lui étaient inconnues. La *puja*, bien sûr. Se massant les épaules pour en chasser la tension, elle fit de son mieux pour ne plus penser aux événements survenus au cours de la nuit. Elle tenait à assister à cette cérémonie, l'un des moments qu'elle était impatiente de vivre avant que la mort d'Alain ne la plonge dans l'angoisse. Par ailleurs, il lui fallait envoyer un nouveau texte à Michelle – dans sa situation, les sommes modiques que lui valaient ses comptes rendus lui étaient toutes vitales. La *puja* serait l'occasion d'un billet de blog très divertissant. Pour le rédiger, il était essentiel qu'elle se concentre et refoule au fond de son esprit l'incident de la tente mystérieuse et la proximité hypothétique d'un individu dangereux.

Tu n'auras plus la possibilité d'enquêter si Doug te vire de l'équipe, se raisonna-t-elle. Même si son esprit enchaînait les sauts périlleux, elle devait au moins donner l'illusion d'avoir la tête sur les épaules.

Doug disparut dans la tente des communications, évitant tout échange de regard avec les visiteurs. Mingma, à l'inverse, les saluait tous. Il afficha un grand sourire lorsqu'un groupe de personnes portant des tee-shirts assortis s'approcha de lui ; il étreignit chaleureusement le guide de ce groupe, puis les deux hommes échangèrent quelques tapes dans le dos.

— Ça me fait plaisir de te voir, *dai*.
— De même.

Pourvu d'un accent russe très prononcé, l'inconnu ne ressemblait en rien aux guides que Cecily avait côtoyés jusque-là ; assez trapu, il était affublé d'une bedaine qui étirait son tee-shirt. Il avait en outre dans ses cheveux clairsemés un bandana publicitaire vantant une marque de soda en caractères cyrilliques. Son regard ayant croisé celui de Cecily par-dessus l'épaule de Mingma, il recula d'un pas pour mieux l'observer. La jeune femme se demanda l'effet qu'elle lui faisait : celui d'une alpiniste prête à s'élancer vers le sommet ?

Gênée par ce regard qui se prolongeait, elle prit les devants et se présenta :

— Cecily Wong.
— Andrej. Je suis le guide du groupe Elbrouz Élite, dit-il en lui serrant la main. C'est la première fois que tu t'aventures en haute montagne ?
— Oui, c'est mon premier 8 000.

Andrej hocha la tête avec un rictus narquois.

— Tu embêtes cette jeune femme, Andrej ? intervint une femme.

Approchant sans doute la quarantaine, cette blonde très bronzée aux cheveux mi-longs souriait en retroussant les lèvres. Elle se porta à hauteur du guide et lui tapota l'épaule, puis elle s'inclina vers Cecily.

— Excuse-le, il n'est pas habitué à voir beaucoup de visages féminins par ici.

Andrej, s'il marmonna quelque chose qui échappa à Cecily, prit ce sarcasme avec humour, à en croire ses yeux plissés par son sourire. Il s'intéressa ensuite à Doug, tout juste émergé de la tente pour se présenter.

— Je m'appelle Irina, dit la visiteuse, qui fit la bise à Cecily. Et toi, c'est Cecily, si j'ai bien entendu ? Ravie de faire ta connaissance. Charles est là ? Nous avons tous hâte de rencontrer la légende britannique des montagnes.

— Non, il est encore à Katmandou, mais il devrait nous rejoindre sous peu, répondit Cecily, espérant que l'avenir lui donnerait raison.

— Ce sera pour une autre fois, alors !

Irina se tourna ensuite vers Grant, et son regard s'illumina en découvrant ce grand Anglais à l'air canaille. Le voyant rendre son sourire à la Russe, Cecily devina qu'il était tout aussi enchanté que celle-ci.

— Il y a du fric dans ce groupe, chuchota Zak à Cecily, qui ne l'avait pas senti approcher. Irina est une ancienne Miss Russie.

— Tu plaisantes ?

— Non, c'est Galden qui me l'a appris. Il a gravi le Makalu avec elle. Apparemment, elle est bien décidée à accrocher d'autres pics à son palmarès.

— Ça, alors ! C'est incroyable.

— Regarde, d'autres personnes arrivent encore. Ça va être une sacrée fiesta.

Dévisageant les nouveaux arrivants, Cecily se demanda si l'un d'eux était Dario Travers. Elle s'interrogea également au sujet de Ben, qu'elle ne voyait pas.

Alors qu'elle se redressait, prête à se présenter à ces visiteurs, un son étrange se fit entendre.

Un roulement de tambour, léger dans un premier temps, qui gagna peu à peu en intensité. Se tournant vers l'origine de ce bruit, elle aperçut deux moines assis sur un amas de roches, en surplomb du campement. Près d'eux, Phemba et Tenzing enflammaient un modeste bûcher. Une fumée légèrement odorante dérivait parmi les tentes.

La *puja* était lancée.

Galden s'approcha de Cecily, un fagot de branches de genévrier dans les bras, et lui effleura l'avant-bras.

— Tu devrais faire bénir un objet personnel par les lamas, *didi*.

— Quel genre d'objet, d'après toi ?

— La plupart des gens leur présentent quelque chose en lien avec la montagne, comme des bottes ou des bâtons de marche.

Cecily acquiesça, puis Zak et elle se dirigèrent chacun vers sa tente. Après une brève réflexion en examinant son matériel, elle se décida rapidement pour son piolet. Cet outil se révélerait à coup sûr d'une importance cruciale ; en cas de glissade sur le flanc de la montagne, elle enrayerait sa chute en le plantant dans la glace. Une bénédiction ne pouvait pas lui faire de mal.

Elle regagna le site de la *puja* et grimpa jusqu'à l'autel improvisé. Dans son dos, Élise, ses crampons dans une main, commentait la scène en filmant avec sa caméra, prête à streamer à l'intention de ses followers.

Les deux jeunes femmes déposèrent leurs objets au pied du bûcher.

Quelques tapis en mousse étaient disposés en demi-cercle autour des deux lamas assis en tailleur sur un matelas gonflable. Cecily s'installa derrière l'un d'eux. Par-dessus son épaule, elle eut un aperçu du long rouleau sur lequel il lisait les paroles du chant ; le parchemin était rempli de caractères aussi splendides que complexes. À la fois hypnotique et relaxant, le chant était accompagné d'un roulement de tambour régulier et d'occasionnels fracas d'une cymbale.

Cecily ferma les yeux et s'imagina dans le salon de sa *nai nai*, admirant le minuscule autel installé dans un coin, le bouddha blanc toujours impeccablement propre alors que les autres étagères étaient couvertes de poussière. De chaque côté de la statuette, des petits bols dorés contenaient des offrandes destinées à la divinité. Petite fille, elle avait un jour chipé un de ces fruits sucrés ; prise en flagrant délit, elle avait récolté une tape sur le poignet de la part de sa grand-mère.

N'ayant jamais eu de temps à accorder à la religion au cours de sa vie d'adulte, Cecily n'avait plus pensé à ce sanctuaire depuis une éternité. Ce jour-là, à l'ombre des plus hauts sommets de la planète, elle sentit son cœur s'élever, son esprit s'ouvrir.

Les lamas envoyèrent leurs prières au ciel de plomb, qui se déchira pour dévoiler le pic oriental du Manaslu encadré d'un ciel bleu vif. Humant le parfum d'encens et de genévrier que dégageait le feu de la cérémonie, Cecily se sentit transportée à la cime de la montagne. Les prières étaient adressées non à quelque dieu mais au Manaslu, afin de lui demander la permission de se lancer sur ses flancs, de marcher sur ses épaules quelques semaines durant, pas davantage, soit une fraction de seconde au regard de sa durée de vie quasi éternelle.

S'il dégageait une forme de sérénité, le Manaslu, avec son pic en forme d'aileron de requin, rappelait à Cecily les dangers qui y étaient tapis. Elle pensa à Alain, qui ne prendrait pas part à cette aventure, et espéra vivement qu'il ait trouvé le repos, où qu'il soit.

Diverses émotions déferlèrent en elle : d'abord la peur, puis l'angoisse, et enfin une acceptation apaisante qui lui fit réfléchir à la véritable raison de sa présence. Quand Charles l'avait invitée à se joindre à son équipe, elle avait accepté du fait de la conviction – l'assurance totale – de ce dernier qu'elle avait sa place à ses côtés. Elle y avait également vu l'occasion de tirer un trait définitif sur le traumatisme subi sur le Snowdon. Par la suite, quand James l'avait larguée, elle s'était sentie plus motivée que jamais à l'idée de lui prouver ce dont elle était capable. Ces sentiments négatifs s'étaient toutefois dissipés à chaque étape la rapprochant du sommet – les premiers jours d'entraînement sur Box Hill, le vol à destination de Katmandou, la marche jusqu'au camp de base, le temps passé sur le mur de glace.

La *puja* en fit disparaître les ultimes vestiges, et Cecily fut ravie de se délester de ce fardeau, telle une offrande à la montagne.

Ne dépends jamais de quiconque, Cecie, lui avait dit sa *nai nai*. Consciente de la pertinence de ce conseil, elle comprenait qu'il lui fallait se débarrasser de tout ce qui l'avait soutenue après le Snowdon.

Désormais, elle ne progresserait que pour elle et elle seule, pour se prouver qu'elle n'était pas vouée à l'échec, pour que toutes les épreuves traversées jusque-là soient justifiées par le moment où elle atteindrait le sommet et s'extirperait du gouffre de doutes dans lequel elle était empêtrée.

Obéissant à un signal de Doug, elle récupéra son piolet posé contre l'autel, à côté des crampons d'Élise, des bottes de Zak et de la caméra de Grant. Avec un peu de chance, la bénédiction des lamas leur offrirait une protection supplémentaire durant l'ascension.

Toute aide était bonne à prendre.

Peu après, Galden et Phemba positionnèrent au-dessus du feu un poteau sur lequel étaient fixés une ribambelle de drapeaux de prière – le bleu vif symbolisant le ciel, le blanc l'air, le rouge le feu, le vert l'eau et le jaune la terre. Le vent fit aussitôt claquer la banderole, son qui se mêla au chant entêtant.

Puis l'ambiance changea, et de paisible se fit exultante ; les sherpas se saisirent de petits récipients de *tsampa* – de la farine tibétaine grillée – disposés devant l'autel et s'en étalèrent les uns les autres sur le front avant d'en faire autant sur les alpinistes.

— À quoi ça sert ? demanda Cecily à Galden, tandis qu'il étalait de la farine sur ses joues.

— Ça permet de vivre jusqu'à avoir une barbe grise ! répondit le jeune homme en riant.

— Dans ce cas, saupoudres-en aussi sur ma tête, dit-elle en s'inclinant en avant.

Galden obtempéra. Un lama attacha ensuite une ficelle jaune autour du poignet de Cecily – un *sungdi*, un fil protecteur –, puis Mingma lui remit un bol de riz. Elle en piocha une poignée et la jeta dans les airs.

L'ambiance était à la fête et l'excitation de l'ascension prochaine palpable. Très vite, des gobelets de whisky furent distribués. Cecily hésita une fraction de seconde, redoutant les conséquences d'une consommation d'alcool à une telle altitude, puis elle avala le breuvage corsé pour éviter de trop y réfléchir. Elle était ici pour décrire son expérience au cœur d'une expédition en haute montagne ; elle devait donc la vivre pleinement.

Délaissant le site de la *puja*, la fête se poursuivit au campement, où d'autres bouteilles furent piochées dans les tentes de la cuisine. Phemba sortit de la sienne une énorme enceinte, qu'il installa au centre d'un cercle de chaises. De la musique népalaise résonna sur les moraines. Phemba fut le premier à danser, bientôt rejoint par Élise. Tous deux se déhanchèrent en tapant dans leurs mains. Cecily se joignit à ses compagnons pour former un cercle autour des danseurs, buvant et oscillant au rythme de la musique.

Galden prit Cecily par la main et l'entraîna au centre de la piste de danse improvisée, puis il lui enseigna, ainsi qu'à Élise, les pas correspondant aux airs – des tubes tirés de films népalais évoquant des amours non réciproques. Ces rythmes entraînants et ces chorégraphies expressives évoquaient Bollywood, selon Cecily. Tenzing lui-même, le sherpa le plus âgé, se leva et dansa, agitant les mains vers le ciel. Ils eurent également droit à de la musique occidentale, des airs variés n'ayant en commun que leur rythme entraînant. Le whisky se propageait rapidement dans le système sanguin de Cecily, du fait de l'altitude. Ses membres se décrispaient, son sourire s'élargissait ; déjà comme en transe pendant la *puja*, elle jouissait à présent d'une autre forme de lâcher-prise.

Des plateaux remplis de nourriture furent apportés depuis la cuisine de Dawa : *momos*, petites saucisses frites, dés de viande séchée et de fromage, sachets de chips, barres chocolatées, soit autant de délices riches en glucides et en matières grasses, l'énergie dont ils auraient besoin au cours des semaines à venir.

Zak dansa avec elle, enchaînant les pas maladroits de père de famille qu'elle filma pour qu'il puisse en faire profiter les siens plus tard. Les mains levées, elle se laissa imprégner par la musique, se déhanchant sans discontinuer tandis que son sourire ne semblait plus devoir s'effacer.

— J'en connais un qui s'est fait une copine, lui dit Zak, désignant Grant du menton.

Cecily pivota et, sans cesser de danser, constata que Grant avait un bras passé sur les épaules d'Irina. Ce type ne perdait pas de temps.

— On dirait qu'il ne serait pas contre partager sa tente avec quelqu'un d'autre que moi... ajouta Zak, ce qui fit rire Cecily.

Elle n'avait pas imaginé vivre de tels moments de détente au cours de l'expédition. Elle avait envisagé une célébration en fin de mission, pour fêter un succès, mais là, elle sentait dans l'air une énergie d'un autre ordre. Tous étaient conscients de s'embarquer dans une aventure dangereuse, potentiellement mortelle. Ils avaient besoin d'une fiesta épique pour se libérer de leurs peurs et angoisses contenues.

Le regard de Cecily croisa celui de Doug alors qu'il l'observait. Il détourna aussitôt la tête. Se faisait-elle des idées ? Peut-être n'y voyait-elle plus très clair du fait de l'alcool. Quoi qu'il en soit, elle n'allait pas le laisser se défiler cette fois ; si cette fête avait pour but de souder les liens au sein du groupe, quoi de plus naturel que de se rapprocher du guide, l'élément le plus important de l'équipe ?

— Un autre verre, Doug ? lui lança-t-elle en s'approchant de lui.

— Non, j'ai bu plus que de raison. On a prévu de grimper demain.

Il balaya l'assemblée du regard – les danseurs étaient toujours déchaînés.

— Enfin, peut-être après-demain.

— La *puja* a été un moment merveilleux. Quelle expérience ! Ce genre de fête m'aurait certainement été bénéfique avant mes ascensions précédentes.

— J'en ai tellement vécu que j'ai oublié l'effet que ça fait de la découvrir. Tu te sens comment ?

— Je me sens... prête.

— Bien.

— Une petite danse, peut-être ?

— Non, déclina Doug, qui aperçut quelqu'un par-dessus l'épaule de Cecily. Merde, qu'est-ce qu'il fout ici, celui-là ?

C'était la première fois qu'elle l'entendait jurer. Elle tourna la tête, puis, quand elle revint à lui, constata qu'il s'éloignait dans la direction opposée. Voilà qui était intrigant. Affublé d'une impressionnante cicatrice sur la joue, l'individu en question portait une veste Summit

Extreme. Élise le connaissait visiblement, puisqu'elle lui fit la bise.

Enhardie par l'alcool dans ses veines, Cecily s'approcha.

— C'est qui ?

— Je te cherchais, justement ! Je te présente Dario. Tu voulais lui parler, je crois ?

— Oui ! Je te connais, lâcha Cecily malgré elle.

— Vraiment ? Je ne savais pas que j'étais célèbre, plaisanta Dario.

— Je te présente Cecily Wong, lui dit Élise, une main sur le bras de son équipière. Elle fait comme moi partie du groupe de Charles. C'est une journaliste de classe mondiale, elle prépare un article pour un grand magazine d'aventure. C'est bien ça ?

— Pour *Wild Outdoors*, précisa Cecily, pas tout à fait à l'aise.

Dario releva ses lunettes de soleil de sport, dévoilant des yeux vert pâle.

— Une journaliste ! Intéressant. Comme Ben.

— Où est-il, d'ailleurs ? s'enquit Cecily, parcourant la foule du regard.

Dario se permit une gorgée de bière avant de répondre :

— Il ne fait plus partie de notre équipe.

— Quoi ?

— C'est la règle pour ceux qui ne s'acquittent pas de leurs frais d'inscription.

— Oh, quel dommage, se désola Cecily, une main sur la nuque.

Même si elle n'avait jamais raffolé de Ben, malgré ses liens étroits avec James, elle devinait qu'il avait dû être écœuré de devoir renoncer à son ascension. Ayant elle-même un compte bancaire quasiment vide, elle était bien placée pour compatir à propos de ses soucis financiers. Néanmoins, cette nouvelle lui apportait un certain soulagement, puisqu'elle n'aurait plus à redouter d'être doublée par un concurrent, ni que Ben relate sa progression à son ex.

Elle se racla la gorge.

— J'aimerais beaucoup discuter avec toi, Dario, si tu as un moment.

— Maintenant ?

— Oui, pourquoi pas ?

Dario n'eut pas à répondre car ils furent interrompus par Doug.

— Qu'est-ce que tu fiches ici ? cracha-t-il, les poings serrés.

— Inutile d'être si agressif, Doug ! Je suis venu présenter mes respects au grand Charles McVeigh, c'est tout ! dit Dario, les mains levées, clairement pas sincère pour un sou.

— Il n'est pas là.

— Je vois ça. Pourquoi donc ? Il me fuit, après ce qui s'est produit sur le Broad Peak ?

— Arrête avec ça, Dario, lui ordonna Doug, une dangereuse colère perceptible dans la voix.

— Le fait qu'il prétende évoluer en style alpin est une vaste plaisanterie, affirma Dario, le regard tendu. Nous savons qu'il s'est aidé de nos cordes fixes.

Cecily se demanda si elle avait bien entendu. Dario estimait que Charles avait triché sur le Broad Peak ? Dévisageant tour à tour les deux hommes, elle aurait voulu réclamer des éclaircissements mais sa bouche sèche l'empêcha d'articuler le moindre son. Les mains sur les hanches, Dario était grand et svelte, les muscles bien dessinés ; face à lui, Doug – plus petit, les cheveux grisonnants et les traits plus très fermes – ne recula pas d'un pouce. Sentant Élise s'agiter à côté d'elle, Cecily tenta d'intercepter son regard, mais la Canadienne ne quittait pas Dario des yeux.

— Tu as une preuve ? dit Doug, manifestement aucunement surpris par les propos de Dario.

Déduisant que ce n'était pas la première fois que de telles insinuations surgissaient, Cecily comprenait à présent mieux l'hostilité de Doug à l'encontre de ce personnage.

Dario resta muet.

— Tes accusations sont déplacées, sans fondement et malveillantes, reprit Doug, les bras croisés. Tu n'es pas le bienvenu sur mon campement. Va-t'en.

— Allez, arrête...

Doug fit signe à Mingma de reconduire Dario à l'écart de la fête.

— C'est bon, je m'en vais, je m'en vais... céda Dario.

Le suivant du regard tandis qu'il s'éloignait, Cecily retrouva enfin sa voix.

— Qu'est-ce qu'il raconte, ce type ? demanda-t-elle à Élise, avant de se rendre compte que celle-ci s'était volatilisée.

Elle vida son verre pour se donner du courage, puis, délaissant les festivités, s'engagea sur le sentier menant au campement Summit Extreme.

– 21 –

Le camp de Summit Extreme paraissait étrangement calme, surtout comparé à l'ambiance festive que Cecily avait tout juste laissée derrière elle. Les tentes étaient ici nettement plus nombreuses que celles de l'équipe de Doug, toutes dressées à égale distance les unes des autres avec une précision quasi militaire.

Quant aux igloos, ils étaient encore plus luxueux qu'elle ne l'avait imaginé. Glissant la tête dans l'un d'eux, elle fut presque choquée de découvrir d'authentiques canapés, un projecteur, une machine à café. Si Doug avait lancé à Grant que le camp de base n'était pas le Hilton, ce qu'elle avait sous les yeux s'en rapprochait fortement.

Une voix fit sursauter Cecily :

— Tu veux changer d'équipe ?

C'était Dario, dans son dos.

— Mon Dieu ! Tu ne devrais pas faire peur aux gens à cette altitude ! s'exclama-t-elle.

— Tandis que toi, tu t'estimes autorisée à fouiner dans les autres campements ?

Dario était encore plus impressionnant sans personne autour, notamment du fait de sa cicatrice rose et en relief sur la joue, témoignage d'une vie passée sur le fil du rasoir.

— J'espérais te trouver, à vrai dire, avoua Cecily.

— Tu m'en vois flatté. Que puis-je faire pour toi ?

— Aurais-tu un moment pour bavarder avec moi ? J'ai quelques questions à te poser.

— Tu es tenace, dit Dario, détaillant le visage de la jeune femme.

Il l'invita à entrer dans l'igloo, puis en fit autant et s'assit sur le canapé et croisa les jambes. Cecily opta pour une des chaises pliantes lui faisant face. Elle plongea ensuite la main dans une poche de sa veste, se félicitant d'avoir songé à y glisser un petit carnet et un stylo.

— Que veux-tu savoir ? demanda Dario, les doigts entremêlés et calés sur un genou.

— Tout d'abord, qu'as-tu voulu dire, précisément, quand tu as dit à Doug que Charles avait profité de cordes fixes sur le Broad Peak ?

— Tu vas droit au but ! Bien… Tu as saisi le concept des 14 sans assistance, dit-il, mimant des guillemets, n'est-ce pas ?

— Bien entendu.

— Parfait. Charles a clairement décrit les conditions dans lesquelles il prétend grimper. Le style alpin consiste à ne pas s'aider de cordes fixes au cours de l'ascension. Or je ne crois pas ce qu'il affirme, je suis convaincu qu'il s'aide de cordes.

— Qu'est-ce qui te fait croire ça ?

— Un membre de mon équipe l'a vu.

— Mais toi, tu ne l'as pas vu.

— J'étais occupé à guider mon équipe, justement.

Prenant soin de conserver une expression neutre afin d'entendre jusqu'au bout la version de Dario, Cecily jugeait toutefois ses arguments assez légers. Par ailleurs, elle se demandait s'il aurait eu l'audace de porter ces accusations si Charles avait été présent pour se défendre.

— D'accord... mais cette personne a-t-elle une preuve de ce qu'elle a vu ? Une photo ? Une vidéo ?

— Si j'avais une telle preuve entre les mains, tu en aurais entendu parler, s'agaça le guide.

Cecily mâchonna un instant le bout de son stylo.

— Si tu n'as rien vu et si ton client n'a aucune preuve, pourquoi es-tu si fermement persuadé que Charles s'est aidé de vos cordes ?

— Je n'ai pas dit que c'était un client. C'était un membre de mon équipe, j'ai une totale confiance en sa parole.

— Serait-il possible de lui parler ?

Dario secoua la tête.

— Tout ce que je peux te dire, c'est que ce témoin n'est pas le premier à affirmer de telles choses. Quelqu'un d'autre a eu des mots similaires sur l'Everest.

— Comment se fait-il que je n'aie jamais eu vent de ces allégations jusqu'à aujourd'hui ? J'ai pourtant l'impression d'avoir lu la totalité des articles consacrés à Charles publiés sur Internet, et personne n'a fait une telle allusion. Ce que tu dis est très grave.

— Réfléchis une seconde ! s'emporta Dario, levant les mains de dépit. Les médias sont fous de Charles. Il est séduisant, charismatique, charmant, et c'est clairement un excellent alpiniste. Personne ne souhaite semer le doute sur ce héros. Mais l'intégrité de notre sport est essentielle à mes yeux, je ne renoncerai pas.

— Pourrais-je m'entretenir avec la personne qui l'a vu sur l'Everest ?

— Cet homme n'apportera pas davantage la moindre preuve, soupira Dario. Il est mort en redescendant du sommet.

— Attends… Il s'agit de Pierre Charroin ? devina Cecily, clignant des yeux sous l'effet de la surprise. Il estimait que Charles s'était aidé de cordes fixes ?

— Qui t'a parlé de lui ?

— Alain, le Français qui est décédé hier à Samagaun. Il m'a expliqué être venu sur le Manaslu pour rendre hommage à la mémoire de Pierre, qui était un de ses meilleurs amis. Il comptait également te demander en tête à tête ce qui s'était réellement passé sur l'Everest.

— *Scheiße*… Cette saison a été très difficile. Beaucoup de morts. Trop, selon moi. Je suis navré pour Alain et Pierre. Concernant ce dernier, je regrette vivement que nous n'ayons rien pu faire pour le secourir.

— Alain m'a dit avoir reçu un appel téléphonique de Pierre juste avant sa chute, qui lui a confié avoir la sensation d'être suivi.

— Impossible. Il est redescendu le dernier du sommet.

— C'est ce que m'a dit Doug.

— Voilà au moins un point sur lequel nous sommes d'accord, lui et moi.

— La mort de Pierre n'est donc pas louche, d'après toi ?

— Non. C'est un accident malheureux, triste, mais il ne soulève aucun doute.

— Cela m'offre une transition parfaite pour ma question suivante : y a-t-il du nouveau dans l'enquête sur la mort d'Alain ?

— L'enquête ? Il n'y a pas eu d'enquête. Il a chuté et s'est fracassé le crâne sur un rocher.

— Ah… Pourtant, Ben prétend que…

— Ben est un menteur. Il nous a fait perdre du temps et des ressources en se joignant à nous sans les finances nécessaires pour régler ses frais d'inscription à l'expédition. Je ne lui fais pas confiance.

Constatant que Dario se montrait moins ouvert, Cecily orienta la conversation dans une autre direction :

— Depuis combien de temps fais-tu ce métier ?

— Je me suis lancé dans l'alpinisme dès la fin de mon service militaire, j'avais déjà envie de passer ma vie en montagne. L'Autriche compte de nombreux sommets fantastiques.

— Et concernant Summit Extreme ? Depuis combien de temps travailles-tu pour cet organisme ?

— Houlà… siffla Dario, produisant un long panache de vapeur d'eau. Ça doit faire une quinzaine d'années maintenant.

— C'est une grosse boîte. Ces sociétés ont contribué à populariser l'alpinisme au moins autant que les exploits de Charles et d'autres aventuriers, non ?

— Oui, sans doute, convint Dario, inclinant la tête. Mais ça ne nous empêche pas de prendre très au sérieux la sécurité de nos clients.

Il se leva.

— Tu ferais mieux de regagner votre *puja*, de retourner faire la fête. Charles ne sera pas enchanté s'il apprend que nous avons bavardé – et Doug non plus. Tu as tout intérêt à rester en bons termes avec lui – mais tu l'as déjà compris, j'en suis certain, vu qu'il est incapable de contenir bien longtemps son fameux caractère de cochon.

— C'est précisément sur lui que porte ma dernière question. Toi qui as, je suppose, étroitement collaboré avec lui, que penses-tu de Doug ? Sais-tu pourquoi il a quitté Summit Extreme ?

— Je me contenterai de te dire que Doug est l'un des individus les plus prudents que j'aie connus. Trop, peut-être. Quant à la raison qui l'a incité à quitter Summit Extreme, je lui laisse le soin de te la détailler.

Comprenant que la conversation était terminée, Cecily remisa son carnet dans sa poche. Voyant les yeux verts de Dario braqués sur elle lorsqu'elle se leva, elle l'interrogea d'un léger mouvement du menton.

— Charles a commis une erreur en te chargeant de rédiger son article, me semble-t-il, sourit le guide. Il risque de récolter autre chose que ce à quoi il s'attend.

— Que veux-tu dire ?

La respiration coupée, Cecily ne savait si elle devait être flattée ou non par ce dernier commentaire.

Dario haussa les épaules, ce qui agaça la journaliste, puis il désigna la direction du campement Manners Mountaineering – indication inutile pour Cecily, tant les échos de la fête résonnaient jusque-là.

Progressant prudemment sur le sentier rocailleux, elle médita sur les propos de Dario.

Pourquoi Charles l'avait-il choisie pour écrire l'article ? Appréciait-il réellement son travail ? Ou estimait-il qu'elle ne serait pas assez futée pour lui poser des questions gênantes ? Ou qu'elle serait si émerveillée par l'ascension qu'elle ne songerait pas à fouiner du côté des controverses et des allégations ?

En toute franchise, Cecily n'avait eu vent d'aucune de ces insinuations avant son arrivée au Népal. Ses recherches préalables n'avaient donné que des résultats positifs : Charles était le prodige des montagnes.

Ce n'était peut-être pas tout à fait la vérité, après tout.

Brouillon 2

Champion ou tricheur ?
Au cœur de la mission des 14 sans assistance
L'histoire de Charles McVeigh

Par Cecily Wong

Près de cinq kilomètres de cordage sont nécessaires pour établir les cordes fixes jusqu'à un sommet culminant à plus de huit mille mètres. Ainsi que cinq cents pitons, deux cents broches à glace et une équipe de sherpas pour tracer l'itinéraire. Évitant les crevasses et se glissant entre les séracs, ces spécialistes de l'escalade sur glace ouvrent la voie dans une couche de neige qui monte parfois jusqu'à la taille. La vie de l'immense majorité des alpinistes, qu'ils s'aident d'oxygène supplémentaire ou non, dépend de ces cordes fixes.

Charles McVeigh se démarque de ses collègues en ce sens qu'il grimpe en style alpin, c'est-à-dire qu'il ne s'aide d'aucune corde fixe pour atteindre le sommet.

Pas un instant.

Toucher une corde peut lui sauver la vie, mais cela réduirait sa mission à néant.

L'alpinisme est un sport dépourvu d'autorité régulatrice. La base de données des ascensions himalayennes, qui regroupe de la façon la plus exhaustive qui soit les ascensions des pics de plus de huit mille mètres, se définit elle-même comme un service « basé sur la confiance ». Or d'importantes sommes d'argent sont en jeu, que ce soit via les sponsors, l'attention portée par les médias, voire l'intérêt d'Hollywood. Les enjeux n'ont jamais été si élevés, tout comme, et c'est logique, les doutes.

J'ai demandé à Charles s'il avait la sensation d'avoir des regards braqués dans le dos :

[Insérer la réaction de Charles à ces rumeurs.]

– 22 –

Le lendemain matin, avant le petit déjeuner, Cecily, encore blottie dans son sac de couchage, relisait son brouillon. La veille, à son retour à la *puja*, elle avait cherché Doug en vain. Elle ne l'avait pas davantage trouvé dans la tente des communications. Après être restée un moment à observer les festivités, elle s'était effondrée dans sa tente. La journée avait été longue, et son esprit était aussi exténué que son corps.

Les révélations de Dario l'avaient troublée. Jamais elle n'avait imaginé Charles trichant dans le cadre de sa mission, tant sa réputation était sans tache. C'était un alpiniste aussi doué que résistant ; personne n'aurait eu l'idée de remettre en question sa capacité à évoluer en style alpin. Cependant, si personne ne l'observait et si une corde fixe se présentait… s'y agripperait-il ?

N'importe qui n'hésiterait pas à céder à la tentation si sa vie était en jeu. C'était la seule explication possible.

À l'intégrité s'opposait la sécurité. *Wild Outdoors* lui réclamait un article qui ferait du bruit ; elle avait peut-être la matière nécessaire pour cela, un récit nettement plus captivant qu'une tentative de battre un record.

En sortant de sa tente, elle trouva le campement très calme, ce qui formait un contraste saisissant par rapport à la veille au soir, mais ses équipiers étaient levés et s'activaient déjà. Zak marchait légèrement à l'écart, son téléphone brandi dans les airs dans l'espoir de capter quelque réseau. Quant à Grant, il enchaînait des pompes devant sa tente. Très étonnée de le voir dépenser tant d'énergie à une telle altitude, Cecily, en s'approchant, en comprit la raison : Irina buvait du café, installée sur une chaise pliante près de la tente de Grant. Elle y avait sans doute passé la nuit.

Doug et Mingma émergèrent de la tente des communications, le guide portant à bout de bras un ordinateur ouvert. Il fronça les sourcils lorsqu'il aperçut Grant. Mingma lui chuchota quelque chose, ce à quoi Doug hocha sèchement la tête avant de disparaître dans la tente de la cuisine.

— Grant, *dai*, je t'en prie, tu ferais mieux de te reposer, dit Mingma.

— Je me maintiens en forme, c'est tout, répondit l'intéressé sans interrompre son exercice. Je tiens à être prêt quand on grimpera tout là-haut.

— Je ne crois pas que ce soit une simple suggestion, commenta Irina, qui se leva et s'étira. Bon, je retourne à mon campement. Ravie d'avoir fait votre connaissance à tous.

— Hop ! Terminé ! dit Grant en se relevant d'un bond, les joues rouges à la suite de son effort. On se revoit en haute montagne, Irina ?

— Certainement, lança la Russe en s'éloignant du campement Manners Mountaineering, croisant Galden au passage.

— Qui réclamait du wifi ? demanda le jeune sherpa, les mains sur les hanches.
— Moi ! brailla Zak.

Ils rêvaient tous d'accéder à Internet, en réalité. Grant frappa dans ses mains et Élise sortit la tête de sa tente. Galden aurait dû se douter que sa proposition les ferait tous se dresser tels des suricates, avides de se connecter.

— Suivez-moi, dit-il.

Cecily courut à sa tente, où elle attrapa son ordinateur, ses envies de déjeuner envolées. Galden les guida jusqu'au campement de Summit Extreme, qu'ils traversèrent pour gagner un affleurement rocheux au sommet duquel une antenne triangulaire était installée sur un socle de pierre. Quelques personnes étaient déjà présentes, certaines installées sur des chaises pliantes, focalisées sur leur écran.

— Cet endroit est surnommé le mont Wifi, gloussa Galden.

Le groupe Manners Mountaineering s'approcha d'un pas pressé du monticule, puis Galden leur donna le mot de passe pour se connecter. Pianotant à la vitesse de l'éclair sur son écran, Cecily vit avec soulagement son téléphone capter un réseau. Aussitôt, un flot de messages fut téléchargé.

Elle alluma son ordinateur et tapa « Pierre Charroin » dans la barre de recherche, espérant dénicher les posts publiés sur le forum Reddit et évoqués par Grant.

Comprenant à présent qu'Alain avait pris ses théories de complot plus au sérieux qu'elle ne l'imaginait et sachant désormais que Pierre avait potentiellement lancé une rumeur accusant Charles de tricherie, elle estimait la coïncidence un peu trop tirée par les cheveux.

Un lien l'orienta vers un topic intitulé « DISPARITION SUR L'EVEREST ». Elle cliqua dessus et comprit pourquoi il n'était pas apparu au fil de ses recherches : Charles n'y était pas cité. Il ne s'agissait que d'un texte repris d'un article relatant la disparition de Pierre. Il n'était nulle part écrit que c'était autre chose qu'un tragique accident ; on supposait que le malheureux avait fait une chute mortelle.

Cecily trouva enfin ce dont avait parlé Grant : un commentaire qui avait reçu quantité d'avis négatifs, sans doute rédigé par Alain, à en croire le pseudo de l'auteur, AFlaubertChamx. Dans ce texte qui décrivait longuement l'étrange appel téléphonique qu'il avait reçu de Pierre, Alain s'était montré beaucoup moins réservé qu'avec Cecily sur la terrasse. Il avait clairement écrit que Pierre avait été tué en haute montagne, puis son corps jeté dans le vide de façon que nul ne le découvre.

Des centaines de réactions suivaient ce post, certains qualifiant les propos de Pierre d'hallucinations dues à l'hypoxie. D'autres rappelaient les nombreuses déclarations d'alpinistes présents sur l'Everest ce jour-là. Le consensus était que Pierre était redescendu le dernier du sommet. Personne n'aurait pu le suivre depuis les hauteurs. Il était tout de même fascinant que les habitués des forums Reddit, grands adeptes de complots en tout genre, ne voient qu'un accident dans la mort de Pierre. Cependant, cela confirmait les dires de Dario et de Doug.

Alain n'avait pas été assassiné pour avoir posé les mauvaises questions... car il n'y avait aucun mystère. Alain n'aurait pas trouvé d'autre réponse. Sa mort était malheureuse, inutile, à peine concevable, mais ce n'était pas un meurtre. Cecily s'était emballée, troublée par la théorie avancée par Ben, par le mystérieux siffleur, par l'accident. Tout cela était déstabilisant mais Doug avait vu juste : il était impératif qu'elle se concentre sur son objectif.

Tandis qu'elle poursuivait ses recherches, quelques notifications de sa messagerie électronique se succédèrent en haut de l'écran. Un nœud se forma dans sa gorge lorsque l'une d'elles lui signifia la réception d'un e-mail de Michelle, marqué comme « urgent » et se résumant à deux mots en rouge et en gras :

APPELLE-MOI !

Bien que ne sachant pas si le réseau permettait de passer un appel téléphonique, Cecily tenta sa chance. Ses oreillettes en place, elle composa le numéro de Michelle, qui décrocha dès la deuxième sonnerie.

— Coucou en direct du camp de base ! lança-t-elle avec autant d'entrain que possible.

— Cecily ! Enfin ! Où étais-tu passée ? Je n'ai pas eu de tes nouvelles depuis une éternité !

— Désolée, Mich, on est montés au camp de base, puis on a eu une journée d'entraînement, et ensuite la *puja*. On n'avait aucun réseau jusqu'à maintenant.

— J'espère que tu as un texte prêt pour le blog ? On a hâte de donner des nouvelles aux gens, surtout qu'il y a déjà un mort. Tu le connaissais ?

— Oui, j'en parle dans mon billet. Mais attends... comment tu l'as su ?

— J'imagine que tu n'as pas lu l'article de James ?

Cecily sentit son cœur chuter dans son estomac.

— Non...

— Il a une source sur la montagne, apparemment, dit Michelle, clairement exaspérée.

— Oh non... soupira Cecily. C'est sûrement Ben.

— Ben Danforth ? Il est avec vous ? Dans ce cas, oui, c'est sans doute lui qui transmet des infos à James pour *National Geographic*. Non seulement ils ont publié du nouveau sur votre expédition, mais en plus James a brossé un portrait peu flatteur de votre guide, Doug Manners. D'après lui, vous êtes ses premiers clients depuis qu'il a été viré de façon spectaculaire lors de sa dernière expédition.

Tandis que Michelle continuait de parler, Cecily chercha l'article de James sur Internet, ses doigts voletant sur l'écran de son téléphone.

— Je sais, j'ai entendu parler de cette histoire seulement hier soir, je m'apprêtais à poser des questions par ici...

— Un peu tard, non ? Qu'est-ce que tu fiches là-haut ? James est à Londres mais il trouve le moyen de pondre un article plus détaillé que ce que tu me proposes, alors que c'est toi qui es sur cette foutue montagne ! Reprends-toi, Cecily, tu dois faire mieux que ça. Tu n'as rien d'autre pour moi ?

— Tu n'as plus à te faire de souci concernant Ben, il a été viré de son équipe car il n'a pas réglé ses frais d'inscription.

— C'est toujours bon à prendre, mais j'ai l'impression que tu ne vois pas ce qui se passe sous ton nez.

Cecily songea à son dernier brouillon ; elle n'avait pas envie de trop en dire, du moins pas avant que Charles ne les ait rejoints et qu'elle lui ait donné l'occasion de se défendre. Cela étant, elle pouvait toujours promettre quelque chose...

— Je travaille sur une nouvelle approche de Charles, que je dois encore peaufiner. Je me rattraperai. Je t'envoie tout de suite un billet pour le blog. Par ailleurs, je réalise une série d'interviews de mes équipiers...

— Tu ferais mieux de...

Soudain, la connexion fut coupée.

— Bon sang, c'est pas vrai ! rugit Zak. Je n'avais pas terminé ! J'étais en train d'essayer de discuter en visio avec les gars de ma boîte. Je n'ai même pas pu donner un appel vidéo à mes gosses !

Tout aussi agacée, Cecily n'était plus en mesure d'envoyer le texte promis, et le téléchargement de l'article de James n'avait pu être effectué en totalité ; elle n'en voyait que le titre et les premières lignes :

LES MAUVAISES MANIÈRES DE M. MANNERS
par James Clifford

Doug Manners, 54 ans, fondateur de Manners Mountaineering, comptait autrefois parmi les guides les plus demandés de Summit Extreme, jusqu'au jour où son tempérament explosif a provoqué l'annulation d'une expédition et un procès retentissant.
Règle numéro 1 pour un guide de haute montagne : ne pas frapper le client...

James avait toujours été du genre à aller droit au but dans ses articles. *Et merde*, pesta intérieurement Cecily, consciente d'être à la traîne dans cette pêche aux informations. Dario avait pourtant évoqué le caractère de Doug, malheureusement elle n'avait pas fouillé dans cette direction, l'esprit accaparé par la mort d'Alain et les allégations portées à l'encontre de Charles.

— Je vous retrouve au campement, les amis, lança Élise.

Elle remisa son téléphone dans sa poche et se rendit dans une tente Summit Extreme toute proche, certainement pour rendre visite à d'autres connaissances présentes sur la montagne.

— Moi, je ne vais nulle part, déclara Zak. J'attends ici jusqu'à ce que la connexion Internet soit rétablie.

Il fit quelques pas autour de l'antenne et l'examina un moment, comme s'il avait le pouvoir d'attirer des ondes par la force de la pensée. Et d'ajouter :

— C'est bizarre, malgré tout : même mes liaisons satellite ne fonctionnent plus. Ce n'est pas normal. Je l'ai signalé à mes gars, je verrai bien s'ils trouvent une solution de leur côté. Mais bon sang, quel cirque…

— Vous devriez vous détendre, tous les deux, lança Grant, affalé sur sa chaise, ses bras immenses levés vers le ciel. Regardez où nous sommes ! Profitez-en à fond !

Cecily considéra ses deux compagnons.

— Dites, pendant qu'on attend que la connexion soit rétablie, ça ne vous dérange pas que je vous pose quelques questions pour mon article ? Ça me serait très utile.

— Pas de souci, dit Zak.

— À condition que tu n'écrives que des choses sympas sur moi, ajouta Grant.

Extrait des notes de Cecily

Interview de Grant Miles-Peterson et de Zachary Mitchell

8 septembre

On recherche des volontaires pour un périple dangereux, mal payé, dans un froid glacial et… sous la menace d'un danger permanent. [Vérifier la formulation exacte sur Google avant envoi à Michelle.]

S'il est très peu probable qu'Ernest Shackleton[1] ait réellement fait paraître cette célèbre petite annonce dans les colonnes du *Times* avant son expédition en Antarctique, il n'en demeure pas moins que seules certaines personnes sont à même de relever le défi que constituent de telles aventures. Sur l'ascension d'un 8 000, vous évoluez un mois durant en compagnie de quasi-inconnus, la plupart du temps dans un des environnements les plus isolés de la

---

1. Explorateur britannique (1874-1922).

planète, sur un terrain dangereux et dans des conditions météo imprévisibles. On attend de vous que vous ayez l'esprit d'équipe, mais en définitive, c'est à vous, et à personne d'autre, de vous débrouiller pour redescendre sain et sauf de la montagne. Vous devez collaborer mais savoir tout gérer par vous-même.

Sur le Manaslu, pour l'ultime ascension de sa mission des 14 sans assistance, Charles nous a, à chacun, personnellement, proposé de se joindre à lui. Nous avons tous répondu présents afin de le soutenir, à notre façon propre – mécénat, réseaux sociaux, film, article.

Mon interview de mes équipiers Zachary Mitchell, 42 ans, et Grant Miles-Peterson, 29 ans, se déroule au campement d'une équipe concurrente, sur un promontoire surnommé le mont Wifi car c'est manifestement le seul endroit où il est possible d'accéder à Internet. La connexion est au mieux intermittente, mise à mal par ces mêmes vents violents et cette même pluie qui empêchent les hélicoptères de s'envoler et retardent l'arrivée de Charles.

CECILY : Merci à tous les deux de répondre à mes questions. Je serais ravie d'en savoir un peu plus sur les circonstances qui vous ont conduits sur cette expédition.

ZAK : TalkForward est le principal sponsor de la mission des 14 sans assistance. En tant que P-DG, j'ai tenu à être aux premières loges, au cœur de l'action. Notre raison d'être, la technologie sans limites, correspond parfaitement aux objectifs de Charles, dont l'ambition est également sans limites.

GRANT : Zak incarne l'aspect financier de l'affaire, et moi je la filme. J'ai vu notre ami Charlie sur l'Everest, même si j'ai simplement filmé des clients au camp de base. Par la suite, j'ai pris part à l'ascension du Cho en suivant la tentative d'un autre gars, un type venu d'Arabie Saoudite. Charles était également présent, évidemment, et j'ai été ravi de vraiment faire sa connaissance cette fois. Je connais une foule de réalisateurs qui ont tenté de l'approcher, ils veulent tous réaliser le film de sa mission. Quant à moi, j'espère vendre mes images à Netflix, mais beaucoup de réseaux vont les vouloir. La concurrence est rude. C'est probablement la même chose avec ton article, Cecily ?

CECILY : C'est vrai que ce sera l'article d'une vie pour moi.

GRANT : J'étais prêt à tout pour obtenir cette place. Il se trouve que, sur le Cho, j'étais au bon endroit au bon moment pour le convaincre.

CECILY : Tu as certainement une grande expérience derrière la caméra. Comment as-tu débuté dans ce domaine ?

GRANT : Je me suis lancé en postant des prises de vue de cascades et de canulars sur YouTube, ce genre de choses, mais j'ai laissé tomber ces gamineries depuis. Aujourd'hui, je filme aux quatre coins du monde, partout où je peux faire impression.

CECILY : Et toi, Zak ? Comment as-tu fait la connaissance de Charles ?

ZAK : Un jour, je me suis rendu à une soirée de récolte de fonds à San Francisco, persuadé que j'allais profondément m'y ennuyer. C'est sans doute la partie de mon job que je déteste le plus. C'est si difficile de dénicher des projets qui correspondent à l'esprit de TalkForward. On nous propose sans cesse des idées très variées dont la plupart ne nous conviennent pas du tout. Ce qui fait perdre du temps à tout le monde.

Mais ce jour-là, j'ai vu ce type grimper sur scène et dominer l'assemblée, vraiment. Jamais je n'avais vu un conférencier captiver son public à ce point. Durant sa présentation, il nous a montré une photo du K2 et nous a expliqué son concept des 14 sans assistance. Ça paraissait impossible. Après une brève réflexion, je me suis dit que j'avais trouvé le bonhomme idéal. Si j'avais eu à coller le logo de TalkForward sur un seul individu sur cette planète, ça aurait forcément été lui. Il incarnait à la perfection l'état d'esprit sans limites cher à TalkForward. Tu n'as pas idée des batailles que j'ai dû livrer avec mes assureurs, mais bon, j'ai fini par avoir le dernier mot.

CECILY : Charles sait s'y prendre pour impressionner son monde.

ZAK : J'imagine que j'ai été d'autant plus fasciné parce que je rêvais moi-même de vaincre le point culminant des sept continents. Alors, quand Charles m'est apparu, ce soir-là... j'ai eu le sentiment que le destin l'avait placé sur mon chemin. J'ai immédiatement eu envie de grimper avec lui, d'apprendre aux côtés du meilleur alpiniste au monde. Mon business et mes objectifs personnels s'alignaient, c'était le rêve. Et pour moi, il justifie les risques qui vont avec. Nous vivons une page d'histoire de l'alpinisme. Sans Charles...

Un bruit assourdissant, si violent qu'il fit trembler le sol, les interrompit.

Zak se leva d'un bond, renversant sa chaise.

— Qu'est-ce que c'est que ça, bon sang ?

— Incroyable, pas vrai ? dit Galden, qui contemplait la montagne dressée sur l'arête rocailleuse.

— C'est un tremblement de terre ? demanda Cecily, avancée sur le bord de son tabouret, prête à s'enfuir à toutes jambes.

— Ce n'est qu'une avalanche, ne vous inquiétez pas, les rassura le sherpa.

Un autre craquement se produisit, pareil à un coup de feu. Zak poussa un hurlement en voyant un mélange de neige et de glace se détacher d'une falaise toute proche.

— Merde, où est mon matos ? brailla Grant, farfouillant autour de lui.

Il attrapa son appareil photo reflex numérique, qu'il avait laissé sur un rocher, puis s'approcha de Galden. Marmonnant qu'il aurait dû changer d'objectif, il filma le panache de poudreuse qui enflait en fendant la roche.

Ils restèrent un moment côte à côte à observer la scène, tandis que l'avalanche s'estompait peu à peu. Fascinée, Cecily fut la dernière à en détacher le regard.

— C'était fantastique ! dit-elle à Galden quand il fut évident qu'ils n'avaient pas à redouter d'être touchés par des débris. Dis-moi, tu serais d'accord pour que je t'interviewe, pour mon article ? J'aimerais beaucoup en savoir un peu plus sur les raisons qui te poussent à gravir des montagnes, et sur la façon dont tu as rencontré Charles.

— Avec plaisir, mais nous ferions mieux de rentrer au campement, répondit le sherpa. Le temps va bientôt se gâter, on dirait.

Et de désigner des nuages noirs apparus à l'horizon, au-dessus de Samagaun.

Une nouvelle vérification confirma qu'aucun réseau n'était disponible, Michelle devrait patienter. Malgré l'article de James pour le compte de *National Geographic*, Cecily gardait à l'esprit que l'interview de Charles restait leur but ultime à tous ; pour l'obtenir, elle devait rester focalisée sur cet objectif.

— La vache ! beugla Zak quand un autre bloc de glace se détacha du glacier, produisant un fracas qui se répercuta dans la vallée.

Après la *puja* de la veille, ces avalanches faisaient l'effet d'avertissements, songea Cecily. Peut-être la montagne avait-elle rejeté leurs prières.

— Ne te fais pas de souci, dit Galden, comme s'il avait lu dans ses pensées. C'est une bonne chose que ces avalanches se produisent maintenant. Nous avons tout intérêt à ce que les couches de neige instables se désagrègent.

— Pourquoi donc ?

— Parce que demain, nous marcherons là-haut.

– 23 –

Le wifi ne s'étant jamais rétabli – les liaisons satellite ne fonctionnaient pas non plus –, Cecily n'avait pas été en mesure d'envoyer son travail à Michelle. Ce qui s'ajoutait à la liste de choses dont elle devait se soucier : l'identité du siffleur, comment en savoir davantage quant aux allégations de tricherie concernant Charles, le tempérament imprévisible de Doug…

Et bien sûr, un léger détail : gravir la montagne.

Mingma ayant annoncé la veille au soir, pendant le dîner, qu'ils débuteraient la routine d'acclimatation ce matin, Cecily, à son réveil, prépara son sac à dos de soixante litres en vue de la longue marche à destination du camp 1.

De nombreuses équipes se préparaient également. Cecily suivait du regard les files indiennes passant à hauteur de leur campement, en direction des sentiers rocailleux en surplomb, avec les montagnes en toile de fond. De petites chutes d'eau perçaient les falaises, ruisselant sur la roche.

— Je t'ai gardé un des meilleurs parfums, Cecily !

Elle fit volte-face et vit Zak lui lancer un sachet de nourriture lyophilisée.

— Je les ai tous testés avant de venir ici, et le seul qui soit mangeable est le « spaghettis bolognaise ».

Non sans une légère appréhension – son fardeau était déjà bien rempli –, elle ouvrit son sac et y glissa les spaghettis. Elle chancela lorsqu'elle voulut ensuite le soulever.

— Attends, je vais t'aider, intervint Galden.

Il soupesa le sac de Cecily puis en détacha le gros sac de couchage fixé sur le côté.

— Non, c'est bon, Galden, je peux le porter.

— Ne t'en fais pas, *didi*, je m'en occupe.

Galden s'agenouilla sur le sac de compression, jusqu'à le réduire au maximum. L'ajout du sac de couchage de Cecily donnait l'impression comique que le sac à dos du sherpa était trop serré dans ses sangles. Galden le cala sur son dos, ce qui eut pour effet de le grandir de près de un mètre. Mingma fixa ensuite une bâche en plastique sur le sac afin de le protéger de la pluie.

— Merci, dit Cecily, une main sur le cœur.

Galden lui répondit d'un sourire espiègle.

— Ça doit être sympa d'être une femme, grommela Grant derrière elle.

Son sac était également énorme, mais surtout parce qu'il l'avait rempli de façon curieuse, à en juger par le renflement central qui le déséquilibrait. Peut-être s'agissait-il de son matériel de prise de vue ; elle l'avait vu glisser son disque dur externe orange dans sa veste.

Zak avait fière allure dans sa veste ajustée faite sur mesure, le genre de vêtement hors de prix dont Cecily devait se contenter de rêver.

Bien que soulagée de son sac de couchage, elle avait le cou tiré par le poids de son fardeau. Mais l'heure n'était pas aux plaintes. Les mains au fond de ses poches, Doug prit la tête du groupe et passa à hauteur du site de la *puja* avant de se diriger vers le Manaslu à proprement parler.

Il bruinait à présent, et Cecily avait rabattu sa capuche sur son crâne. Ils se montraient très prudents lorsqu'ils franchissaient des passages rocheux sur lesquels ruisselait de l'eau ; ces minuscules torrents se frayaient un chemin jusqu'au lac Birendra Tal.

Au terme d'une heure et demie de marche et de franchissements de gros rochers, manœuvres délicates dans leurs bottes faites pour évoluer à huit mille mètres d'altitude, ils rejoignirent un autre groupe qui s'accordait une pause. Assis à même le sol, ces grimpeurs se restauraient. Des bidons bleu vif hermétiquement fermés étaient disposés en cet endroit. Un peu plus loin se présentait une vaste étendue de neige s'élevant en pente douce vers la cascade de glace. Ils avaient atteint le glacier.

— OK, c'est ici qu'on s'équipe pour la suite, dit Doug. On fait une pause. Avalez quelque chose et fixez vos crampons. On passera le reste de la journée sur la neige.

Quand il était en mode guide, Doug était l'incarnation même du meneur cool, calme, efficace, sans aucun signe trahissant la rage bouillonnant en lui. Puisqu'il était la personne la plus proche de Charles sur sa mission, Cecily aurait dû lui demander son opinion au sujet des allégations proférées par Dario, cependant cela lui posait deux problèmes ; non seulement elle risquait de déclencher sa colère s'il était aussi versatile que le prétendaient James et Dario, mais en plus il était fort possible qu'il ne lui dise pas la vérité à propos de Charles. Peut-être lui était-il redevable, s'il avait été renvoyé de façon spectaculaire et n'avait par la suite eut d'autre choix que de fonder son propre organisme... Élise avait fait allusion à ce point, sur le chemin du retour, après leur journée d'entraînement sur la paroi.

Cecily s'assit lourdement sur le rocher le plus proche, reconnaissante d'avoir enfin la possibilité de soulager ses épaules douloureuses de la pression des sangles de son sac à dos et d'offrir un temps de repos à son esprit en ébullition.

— Tu veux un bonbon ?

Cecily se retourna et se retrouva face à une femme portant d'élégantes lunettes de soleil et dont les cheveux blonds décolorés étaient attachés par un chouchou. Elle lui tendait un sachet ouvert.

— Oh ! Irina ! sourit-elle, piochant avec plaisir une friandise. Tu t'es remise des émotions de la *puja* ?

— On s'est bien éclatés !

Irina avait une mine assez dure, sa peau hâlée tirée sur ses traits osseux. Quoique membre de l'équipe russe, elle s'exprimait avec un léger accent londonien.

— Tu habites en Angleterre ? lui demanda Cecily.

— Oui, dans le centre de Londres. Je travaille dans la mode désormais. C'est un job barbant mais qui finance mes escapades dans l'Himalaya ! s'esclaffa Irina. Tu as entendu parler de la voie qui vient après le camp 1 ? C'est la grande foule en arrivant au crux. Ce passage est très difficile cette année, apparemment, mais ça ira, ça ira...

Cecily eut la sensation que la Russe cherchait à se convaincre elle-même en prononçant ces derniers mots. Alors qu'elle s'apprêtait à lui demander des détails, l'équipe Elbrouz Élite se remit en marche. Voyant cela, Irina se leva.

— Tu peux garder les bonbons.
— Non, merci... déclina Cecily.

Mais Irina avait déjà lâché le sachet dans ses mains et s'éloignait. Elle prit tout de même le temps de souffler de loin un baiser en direction de Grant.

Cecily fourra les friandises dans la poche latérale de son sac à dos et acheva de fixer ses crampons. Doug réclama l'attention de sa troupe :

— Tout le monde est prêt ? On repart.

Ils s'engagèrent sur une plaine enneigée qui respirait la sérénité et s'élevait légèrement. Cecily effectuait enfin ses premiers pas sur le Manaslu au sens strict du terme. Pleine d'enthousiasme et revigorée par la brève pause et le casse-croûte avalé, elle prêtait une attention particulière à chaque instant, écoutant notamment le crissement de la neige sous ses pas et le bruit de sa respiration dans l'air piquant de la montagne.

— Le camp 1 se trouve là-haut, dit Galden en passant à sa hauteur.

Elle suivit du regard la direction indiquée par le bras tendu du jeune homme, sans distinguer quoi que ce soit. Quoique... N'y avait-il pas comme des taches orange et jaunes au sommet de la pente ? Étaient-ce les tentes ? Quoi qu'il en soit, si le camp 1 était en vue, cela impliquait qu'il n'était pas trop éloigné. Elle se raccrocha à cette pensée ; elle pouvait le faire.

Cecily avait à peine effectué quelques pas quand se présenta la première corde fixe, serpent bleu vif se détachant sur la neige.

— Tout le monde s'attache, ordonna Doug. On pourrait croire que cette marche est enfantine et que s'attacher et se détacher tous les dix ou vingt pas est fastidieux, mais ce glacier est truffé de crevasses très profondes. Par ailleurs, ça vous fera un bon exercice. Les gestes que nous assimilons aujourd'hui seront demain des réflexes.

Tous acquiescèrent mais, après seulement quelques accrochages et décrochages, Grant soupira, clairement agacé. Il est vrai que cette prudence semblait quelque peu excessive, vu que la piste était pour l'heure plate, dégagée et marquée de multiples traces de pas.

Malgré cela, Cecily préféra ne prendre aucun risque. Deux mousquetons étaient fixés sur son baudrier, chacun relié au pontet par une corde d'une longueur de bras. Il était indispensable d'accrocher ces deux mousquetons à la corde fixe, de façon à toujours y rester attaché par au moins un lien quand on passait d'une portion à la suivante. La règle d'or, en montagne, était de ne jamais se désolidariser de la corde.

Une routine des plus monotones s'établit rapidement et se prolongea plusieurs heures : progresser de quelques pas, s'approcher d'un point d'ancrage, s'attacher à la corde suivante, se détacher de la précédente, reprendre sa marche. Cecily devait chaque fois s'assurer que ses mousquetons étaient correctement vissés – malgré la finesse de ses gants, il lui fallait produire un effort pour y parvenir. Elle s'efforçait de tenir un certain rythme mais ces mouvements étaient peu naturels pour elle.

Chaque fois qu'elle peinait à s'accrocher, un embouteillage se formait derrière elle. Certains demandèrent même à la doubler. Serrant les dents et ravalant sa frustration, elle les laissa la contourner, soulagée que son tour de cou remonté jusque sur ses joues dissimule sa honte.

Ils marchèrent si longtemps que Cecily sombra dans une forme d'hébétement, alors que le camp 1 ne semblait pas se rapprocher. Progressant en zigzag sur le glacier, ils ne s'élevaient que lentement. Les pas de Cecily s'étaient calés sur le rythme des cliquetis des mousquetons. Marcher, se pencher, attacher, détacher, marcher... Grant avait quant à lui totalement renoncé à ces procédures.

Les bras croisés, Doug attendit que tous l'aient rejoint.

— Qu'est-ce que j'ai dit à propos des cordes ? lança-t-il à Grant sans ciller et sur un ton qui fit frémir Cecily.

— Allez, c'est bon, mec. On marche sur de la neige tassée, c'est tout. J'ai connu ce type de terrain sur le Cho, et tout s'est bien passé.

— Ah oui ? Tu crois ça ?

Doug abattit le pied juste devant lui, ce qui produisit un son creux. Et soudain, le sol se déroba. Il s'agrippa à la corde et recula d'un pas.

Une crevasse béante était apparue à ses pieds.

Si Grant avait poursuivi sa marche, il y aurait été happé jusqu'aux cuisses. Rien ne permettait d'affirmer que ce trou soit assez large pour l'engloutir en totalité, mais les suivants le seraient peut-être.

— Putain... jura-t-il, avant d'accrocher fébrilement sa ligne de sécurité à la corde fixe.

— C'était un pont de neige, expliqua Doug. Ils font partie des dangers les plus terrifiants que l'on peut croiser en montagne. Il est impossible de les anticiper. Alors attachez-vous.

Cecily déglutit péniblement. Doug franchit la crevasse d'un grand pas. Grant l'imita, puis Élise et Zak. Vint ensuite le tour de Cecily.

Lorsqu'elle se pencha pour y jeter un coup d'œil, elle ne vit que des ténèbres. Elle prit une profonde inspiration, fit un petit bond et se réceptionna de l'autre côté sur un sol résistant. Elle serra discrètement le poing pour fêter sa réussite.

Après ce premier épisode, les crevasses se firent de plus en plus fréquentes, voire banales. Si la plupart pouvaient être enjambées, les cordes fixes les évitaient autant que possible, ce qui expliquait l'allure tortueuse de l'itinéraire. Puis se présenta la première échelle.

Cecily se sentit submergée d'un mélange d'impatience et de frayeur.

Tout document ou film tourné sur l'Everest comprenait une séquence épique d'alpinistes passant à l'aplomb d'une crevasse béante, juchés sur une échelle fragile vaguement calée de chaque côté sur une épaisseur de glace susceptible de céder à tout moment. En cas de chute, l'alpiniste se retrouvait suspendu dans le trou, uniquement retenu par la corde fixe, dont il fallait espérer qu'elle soit suffisamment solidement ancrée dans la glace pour supporter son poids.

Il s'agissait là d'un risque réel, spectaculaire, un de ces moments que l'on raconterait à d'innombrables reprises une fois de retour chez soi... du moins si l'on s'en sortait vivant.

— Vas-y, Cecily, lança Doug alors qu'aucun de ses équipiers n'avait encore franchi le gouffre.

Tandis que Galden, déjà posté de l'autre côté, s'était agenouillé et maintenait l'échelle en place, Mingma s'approcha de Cecily et lui prit la main pour la guider et l'aider à effectuer ses premiers pas hésitants. Pourquoi Doug l'avait-il appelée la première ? Peut-être pour s'assurer qu'elle était capable de franchir cet obstacle – et également pour montrer aux autres que si elle le pouvait, alors eux aussi.

Elle s'accrocha à la corde fixe et l'empoigna des deux mains, puis elle posa le pied sur le premier barreau, entre ses crampons avant et arrière. Elle progressa ainsi pas à pas, soulevant lentement le pied pour ensuite le reposer avec une extrême prudence. Néanmoins, chaque fois que ses crampons agrippaient le barreau suivant, faisant trembler l'échelle, son cœur s'emballait et sa gorge se serrait.

À un moment donné, elle sentit un crampon résister lorsqu'elle voulut soulever le pied. Par réflexe, elle baissa les yeux... mais au lieu de se focaliser sur l'échelle, elle ne vit que la crevasse. On aurait dit une blessure dans la neige, une entaille bleu foncé tranchant avec le blanc infini des alentours. Le fond de ce gouffre plongeant dans les entrailles de la terre était indiscernable.

Il était illusoire d'espérer en ressortir en cas de chute.

— 24 —

Les fanions Manners Mountaineering voletaient dans le vent. Le camp 1, enfin. L'émotion qui s'était emparée de Cecily en parvenant au but était si intense qu'elle était à deux doigts de s'effondrer à genoux. Exténuée, elle avait les joues ruisselantes de larmes. Durant la dernière heure de marche, elle avait fait appel à toute sa volonté, se demandant combien de pas elle tiendrait encore avant que ses jambes ne cessent de fonctionner, tout simplement.

Elle entra en titubant dans la tente la plus volumineuse, qui empestait l'essence mais où un feu dispensait une agréable chaleur.

Penché sur son téléphone, Doug lui tournait le dos. Alors qu'elle s'apprêtait à l'interroger, décidée à lui offrir l'occasion de lui expliquer ce qui s'était produit lors de sa dernière expédition, Mingma glissa la tête dans la tente.

— Ah ! Cecily, tu es arrivée. Je te montre où tu dors cette nuit ?

Elle jeta un regard en coin à Doug, qui s'était quelque peu éloigné vers le fond de la tente, où il discutait d'un point quelconque avec Phemba. Elle grimaça, frustrée de voir s'envoler cette occasion de s'entretenir avec lui.

— Je veux bien, merci, répondit-elle tout de même à Mingma. Je te suis.

Elle rejoignit Mingma à l'extérieur, retrouvant la neige. Il était environ 16 heures ; il avait donc fallu six bonnes heures à Cecily pour atteindre le camp 1. Des nuages étaient solidement accrochés au relief environnant, masquant la vue. Elle salua d'un geste Irina, qui sirotait du thé devant sa tente en compagnie de ses équipiers du groupe Elbrouz Élite, à seulement quelques mètres de la grappe de tentes Manners Mountaineering. Un peu plus loin on devinait le fanion Summit Extreme. Elle tendit le cou, cherchant Dario, sans succès.

— Ta tente est par ici. Élise s'y est déjà installée, mais il te reste certainement encore toute la place nécessaire.

— Merci, Mingma.

Cecily se glissa dans la tente.

C'était sa première nuit en haute montagne. Après avoir avalé une grosse portion de riz frit, bu du thé et entendu dire que le réveil serait très matinal le lendemain, Cecily était si épuisée qu'elle s'endormit comme une masse sans se soucier de quoi que ce soit, pas même du mystérieux siffleur.

Le lendemain matin, elle s'éveilla avec le nez bouché et l'esprit quelque peu vaseux, ainsi que des courbatures dans tout le corps. Serrant les dents, elle avala des antidouleurs dans l'espoir de dissiper les élancements qui la tiraillaient un peu partout. Elle ne se sentait absolument pas en état de se mesurer au crux de l'ascension, à ce monstrueux mur de glace à propos duquel elle avait entendu et lu tant de choses.

Elle considéra Élise, qui se préparait pour l'étape suivante de l'ascension avec un entrain qui lui parut presque anormal. Son rouge à lèvres parfaitement appliqué même à près de six mille mètres d'altitude, l'influenceuse rassemblait ses affaires deux fois plus rapidement que Cecily, illustrant la différence criante entre les deux jeunes femmes. Élise s'appuyait sur une riche expérience, tandis que Cecily en était totalement dépourvue.

Quand elle sortit de la tente, Cecily trouva Zak lui aussi déjà prêt à s'élancer, baudrier enfilé et crampons fixés sur ses bottes. Il n'avait guère apprécié de partager sa tente avec Grant.

— Ce mec étale son bordel partout, marmonna-t-il en passant à sa hauteur. Je n'ai jamais vu quelqu'un prendre autant de place. J'ai à peine dormi.

— Mon pauvre, le plaignit Cecily. Dormir en altitude est déjà assez pénible comme ça.

— Et je ne te parle pas de ses ronflements...

Il se dirigea vers la zone des toilettes en secouant la tête. Tandis que des grognements se faisaient entendre dans la tente, Cecily s'éloigna en trottinant.

Galden remplit les Nalgene de Cecily d'eau chaude, puis celle-ci y ajouta des comprimés énergétiques qui pétillèrent aussitôt. Elle glissa les gourdes dans leurs protections isolantes et les fourra dans son sac à dos. Elle vérifia ensuite pour la seconde fois les attaches de ses crampons et l'ajustement de son baudrier, s'assurant qu'il était convenablement positionné et que les sangles des cuisses n'étaient pas entortillées. Tout devait être impeccable, jusque dans les moindres détails, pour affronter le crux.

— Regarde là-haut, lui dit Galden. C'est par là qu'on va passer.

Suivant la direction indiquée, Cecily distingua des membres du groupe Summit Extreme en route pour le camp 2.

Doug, en se rendant à la tente de Grant et Zak, passa à leur hauteur d'un pas lourd.

— Allez-y, si vous êtes prêts. Ne restez pas là à ne rien faire.

Cecily se tourna vers Galden, étonnée.

— Qu'est-ce qui lui prend ?

— Il a horreur du retard, et Grant n'a pas encore donné signe de vie.

De retour, Zak écarquilla les yeux en découvrant quelque chose par-dessus l'épaule de Cecily.

— Hé ! Tu veux un coup de main, mec ?

Tenzing venait de soulever une énorme échelle et à présent la calait à l'horizontale sur son dos, presque plié en deux par l'effort.

— Mon Dieu, qu'est-ce que tu fais avec ça ? s'exclama Cecily.

— Une échelle est brisée un peu plus haut, détruite par la chute d'un sérac, expliqua le sherpa. J'en apporte une autre.

Il resta immobile quelques instants, le temps de s'assurer que les cordes passées autour de ses bras et maintenant l'échelle en place tenaient bon, puis il se mit en marche avec autant d'aisance que s'il n'était lesté que d'un sac à dos ordinaire.

Cecily n'avait jusqu'alors jamais réfléchi à la façon dont on transportait les échelles en montagne. Elle le suivit du regard, impressionnée. Bien que ne faisant pas partie de l'équipe chargée d'installer les cordes fixes, les sherpas accompagnant les alpinistes ne ménageaient pas leur peine pour entretenir la route. À vrai dire, on avait tendance à considérer les nombreux efforts qu'ils fournissaient comme allant de soi. Cecily n'avait pas une seconde songé qu'il fallait bien désigner des personnes pour porter puis installer les échelles qui permettaient de franchir les crevasses. Or elle avait à présent sous les yeux un homme chargé d'une de ces échelles progressant à six mille mètres au-dessus du niveau de la mer, franchissant des crevasses et gravissant des pentes raides. Voilà qui remettait à leur place ses plaintes quant au poids de son sac à dos.

La marche se révéla immédiatement très différente de celle de la veille, ne serait-ce que par la pente, nettement plus marquée que jusque-là. Cecily dut faire appel à toutes les compétences acquises au cours de son entraînement, à commencer par l'emploi de sa poignée bloquante sur les cordes fixes.

Cette nouvelle façon d'évoluer demandait autant de réflexion que d'efforts physiques, ce qui convenait parfaitement à Cecily, qui n'avait ainsi plus le loisir de ruminer ses inquiétudes ni de trop penser à la distance restant à couvrir.

— Qu'est-ce que c'est que ce cirque ? lâcha soudain Zak derrière elle, ayant marché à la même cadence qu'elle toute la matinée.

Elle pivota vers son compagnon, qui lui désigna de son piolet quelque chose devant eux.

Elle avait si longtemps gardé les yeux rivés sur le sol – et sur la corde – qu'elle n'avait pas remarqué ce qui se passait un peu plus loin. Une quinzaine de personnes patientaient en file indienne, accrochées à la corde fixe. Cet embouteillage s'expliquait par le monumental mur de glace qui se dressait face à elles.

Le fameux crux.

Elle avait lu sur Internet que cette portion était surnommée le Sablier ; se présentant à son pied, elle en saisissait pleinement la raison. Le mur se rétrécissait en son milieu, point par lequel passaient les deux cordes suspendues – une pour grimper, l'autre pour descendre en rappel. Cette paroi était beaucoup plus impressionnante que celle sur laquelle elle s'était entraînée.

Elle avala sa salive et reprit sa progression jusqu'à rejoindre Galden derrière la file d'alpinistes contraints de patienter.

— Pourquoi ce passage prend-il tant de temps ? s'étonna Zak.

— On ne peut y laisser passer qu'une personne à la fois, expliqua Galden. Et d'autres équipes descendent sur l'autre corde. Comme il y a à peine la place de passer, tout ça prend du temps.

— Bon sang, on ne va quand même pas attendre des heures, pesta Zak. Ça va être comme ça jusqu'au sommet ?

Galden haussa les épaules.

— Aucune idée.

— Je comprends maintenant pourquoi les gars sur l'Everest se plaignaient. On se croirait dans les bouchons de San Francisco.

— Ou en train de faire la queue à la caisse d'un supermarché le soir de Noël, s'esclaffa Cecily.

— Ne restez pas plantés là à râler, intervint Doug, surgi dans leur dos sans que Cecily l'ait senti approcher. Exploitez au mieux ce temps mort. Est-ce qu'il vous manque quelque chose ? Avez-vous besoin de quelque chose ?

Comme pour illustrer ses propos, il sortit une Thermos d'une poche latérale de son sac à dos et but.

Il avait raison. Ce contretemps était l'occasion idéale non seulement de se reposer, mais également de reprendre son souffle, de s'hydrater et de s'alimenter. Cela étant, rien ne l'obligeait à grogner pour le signifier.

Ils avançaient de quelques mètres toutes les trois ou quatre minutes, se rapprochant du mur de glace. Voir d'autres alpinistes lutter pour le franchir étant peu encourageant, Cecily préférait rester assise sur son sac à dos et conserver un maximum d'énergie.

Ne levant les yeux que lorsqu'elle fut la prochaine à passer, elle constata que la paroi était en partie érodée ; on devinait comme des marches grossières creusées par des centaines de coups de crampons.

Avant de s'attaquer au mur, il fallait franchir une ultime crevasse, dans les profondeurs de laquelle les restes d'une échelle brisée étaient visibles sous celle apportée par Tenzing et mise en place. C'était là un rappel que la glace était en mouvement permanent, coulant comme une rivière ; le passage ouvert ce jour pouvait tout à fait être impraticable dès le lendemain.

La corde se détendit et un cri annonça que l'alpiniste qui précédait Cecily s'était fixé au point d'ancrage suivant. Elle accrocha sa poignée bloquante à la corde et fit quelques pas hésitants en direction du mur.

— Écarte-toi, Cecily ! hurla soudain Doug.

Elle eut tout juste le temps de réagir, elle fit un grand bond sur le côté et s'effondra dans la neige, ses genoux percutant douloureusement un bloc de glace.

Un courant d'air la frôla dans le dos, puis un nouveau cri résonna. Se retournant, elle vit une forme orange vif percuter le sol... et disparaître dans la crevasse.

– 25 –

Dans le gouffre de glace, l'alpiniste, sur le dos, agitait furieusement les bras et les jambes. Bien qu'ayant chuté dans la crevasse, il était encore en vie et ne devait son salut qu'à la taille de son sac à dos, qui s'était coincé entre les parois du trou.

Galden et Doug réagirent avec une efficacité robotique ; Doug décrocha le rouleau de corde qu'il portait autour de son torse et en lança une extrémité au blessé, qui l'accrocha à son baudrier, les doigts tremblants. Ils tentèrent ensuite de le hisser, en vain car le sac à dos restait bloqué. Son paquetage lui avait sauvé la vie mais l'empêchait à présent de regagner la surface. Il n'avait d'autre choix que de s'en délester.

Difficulté supplémentaire, cet individu ne parlait pas anglais. Apercevant l'insigne cousu sur sa veste, au niveau du torse, Cecily devina qu'il était membre d'une équipe chinoise, or personne ne parlait mandarin dans les environs immédiats. Ne maîtrisant elle-même que quelques mots de cette langue, elle ne sut que lui demander, non sans hésitation, s'il n'était pas blessé. Ses connaissances n'allaient pas plus loin.

Visiblement réconforté par ce modeste effort de la part de Cecily, le Chinois inspira posément pour la première fois depuis sa chute. Doug capta le regard de Cecily et, d'un signe de la tête, approuva son intervention, mais elle ne s'en féliciterait que lorsque le malheureux serait en sécurité.

Ce dernier dégagea ses bras des sangles de son sac, puis tenta tout de même de tirer dessus, espérant conserver son matériel. Le sac lui échappa, hélas, et disparut dans les profondeurs.

Ce qui mettait un terme à son ascension. Quand il eut été hissé hors du trou, Mingma lui offrit à boire afin de l'aider à se remettre du choc. Il avait l'air défait, mais au moins il était vivant.

— À ton tour, Cecily ! cria Doug. Grimpe ce machin !

Peut-être pouvait-elle tirer profit de l'afflux d'adrénaline dans ses veines pour s'attaquer à la paroi, qui lui semblait encore plus haute à présent.

Elle éleva sa poignée bloquante aussi haut que possible et entama son escalade. À chaque pas, elle prit le temps de planter ses crampons dans la glace jusqu'à être certaine de la solidité de la prise. Malgré cela et l'aide de la poignée bloquante, cet exercice se révéla beaucoup plus ardu qu'elle ne l'avait anticipé. La poignée bloquante n'étant pas conçue pour supporter tout le poids d'un alpiniste sur une paroi verticale, ses dents ne cessaient de glisser sur la corde.

Par ailleurs, de la neige et des morceaux de glace pleuvaient sur Cecily, débris dont la chute était provoquée par la personne qui la précédait.

Parvenue sur une saillie de glace, elle s'accorda une pause.

— Ne t'arrête pas ! lui cria Doug.

Facile à dire pour lui...

Certaines marches étaient par endroits beaucoup plus hautes que ce qu'elle avait cru voir avant de s'élancer. Au moment d'aborder l'une d'elles, elle leva le pied jusqu'à l'entaille, son genou frottant contre sa poitrine ; se hisser sur une telle hauteur semblait impossible. Malgré cela, elle fit une tentative en tirant sur la corde, hélas son pied glissa.

Les dents de la poignée bloquante mordirent la corde, enrayant sa chute, mais elle perdit tout contrôle et se retrouva tournoyant et luttant pour reprendre appui sur la paroi. Le souffle court, elle se stabilisa tant bien que mal puis remua tour à tour chacun de ses membres ; elle n'était pas blessée.

Seule sa dignité avait été mise à mal.

Elle n'osait pas baisser les yeux sur ses compagnons, de peur de lire leur piètre estime d'elle sur leurs visages. Son piolet étant encore sanglé sur son sac à dos, inutile, il lui était impossible de s'en servir pour s'aider à gravir le mur. Elle ne disposait que de ses mains, de sa poignée bloquante et de ses crampons. Elle ferma les yeux et prit une longue inspiration. Elle évoluait si près de la paroi que son nez effleura la neige ; elle sentit de la glace lui chatouiller le fond de la gorge.

— Merde ! grogna-t-elle.

Elle se trouvait à peu de chose près dans la même situation que sur le mont Snowdon, à savoir bloquée, perchée sur une minuscule saillie, sans aucune échappatoire, que ce soit vers le haut ou vers le bas. Clignant des yeux, elle eut la sensation d'être transportée dans le passé, sur l'arête Crib Goch.

— *Je m'appelle Carrie Halloran. Et toi, tu t'appelles comment ?*

Dans ses pensées avait surgi la voix de celle qui l'avait secourue ce jour-là. Si cool, si assurée, Carrie avait insufflé le calme en Cecily au moment où celle-ci s'embourbait dans sa panique. Elle se remémora ses traits : les quelques taches de rousseur disséminées sur le nez, les paillettes dorées dans ses yeux noisette, les mèches roux foncé s'échappant de sa capuche imperméable. En ces terrifiants instants, elle s'était focalisée sur ces détails pour apaiser son cœur qui battait à tout rompre.

— *Ce... Cecily*, avait-elle répondu.

— *Ne t'inquiète pas, Cecily. Tu es accompagnée par quelqu'un ?*

— *Oui, mon compagnon, mais il est sans doute déjà au sommet. Je suis désolée. Je ne peux plus bouger.*

Son visage était inondé de larmes. Chaque fois qu'elle tentait de bouger un bras ou une jambe pour reprendre son escalade et ne pas devoir être hélitreuillée, ses muscles tremblaient. Elle ne les contrôlait plus.

— *Je comprends. Je vais prévenir les secours. Tu n'es pas obligée de bouger ni même de parler. Tout va bien. Contente-toi de m'écouter.*

— *Le réseau ne passe pas par ici ! J'ai déjà essayé d'appeler.*

— *J'envoie un appel d'urgence et j'attends avec toi qu'on vienne t'aider.*

L'inconnue sortit un coupe-vent étanche de rechange de son sac à dos et le tendit à Cecily, qui, reconnaissante, s'en couvrit, par-dessus son poncho acheté en supermarché. Tandis qu'elles attendaient les secours, cette femme ne cessa pas un instant de lui parler, lui changeant les idées avec mille histoires vécues en Galles du Nord – ses footings sur les immenses plages d'Anglesey, son bivouac de nuit sur le mont Snowdon avant le défi des 3 000 des Galles, les détours nécessaires pour éviter des moutons turbulents dans la campagne... Elle lui confia notamment qu'elle se rendait chaque semaine dans le massif Snowdonia afin d'escalader diverses crêtes et se mesurer au terrain, par tous les temps.

— *Où trouves-tu la force de faire ça si régulièrement ?* lui demanda Cecily, qui claquait des dents.

— *Pour gravir des montagnes ?*

Cecily hocha la tête.

— *J'ai ça dans le sang. Mais pour être franche, j'adore relever des défis. Cet environnement te met autant de bâtons dans les roues que possible, il met tes facultés à l'épreuve. Avec les années, j'ai appris à ne pas seulement survivre dans de telles conditions, mais également à m'y épanouir. Ici, je me sens puissante.*

— *Comment tu fais pour en arriver là ?*

— *En restant en permanence aux aguets et en mesurant les risques que je prends. Mon père me répétait toujours la même phrase : « Ne néglige aucun détail. » Cette phrase est devenue mon mantra quand je grimpe. Ne sois pas négligente et vérifie ton matériel. Range toujours ton baume à lèvres dans la même poche, afin de toujours savoir où le trouver. Refais tes lacets dès l'instant où tu remarques qu'ils ne sont plus tout à fait serrés. La fatigue, tant mentale que physique, incite fréquemment à négliger certains détails, lesquels ont vite fait de se métamorphoser en dangers mortels en montagne. Dès l'instant où tu te montres négligente, tu perds ta capacité à évoluer en montagne.*

Ces paroles avaient distrait l'esprit de Cecily de l'épouvantable situation dans laquelle elle était coincée, tandis que la pluie la trempait malgré le coupe-vent et que le vent lui giflait le dos.

Voilà qu'elle se retrouvait sur une minuscule saillie, alors que des gens, au-dessus et en contrebas, attendaient qu'elle se bouge, sans que quiconque songe à l'encourager. Des débris de glace continuaient de pleuvoir sur son crâne, se glissant dans son col et la faisant frissonner.

Elle s'efforça de se concentrer sur la marche suivante. Cette fois, elle devait réussir. *Fais-le pour Carrie !* s'intima-t-elle.

Elle mordit dans ses grosses moufles et tira pour s'en libérer, puis les laissa suspendues à ses poignets par leurs attaches. Elle retira ensuite ses gants plus fins en laine mérinos, qu'elle avait enfilés pour combattre le froid, et les fourra dans une poche. Elle avait besoin de toute sa dextérité, et pour ce faire elle devait avoir les mains nues. C'était la seule façon pour elle de poursuivre sa progression.

Elle agrippa la poignée bloquante, non sans grimacer au contact du métal glacé, et la poussa de nouveau vers le haut, le plus loin possible. De l'autre main, elle s'accrocha à une minuscule prise dans la glace, puis elle leva le pied, comme précédemment, et plongea ses crampons dans la marche. Les muscles déjà tremblants et les poumons déjà brûlants à la suite de ce bref effort, Cecily comprit qu'elle n'aurait droit qu'à une seule tentative. Elle devait à tout prix réussir du premier coup, sans quoi elle n'irait pas plus loin.

Or elle voulait pouvoir dire qu'elle avait atteint le sommet du Manaslu.

Elle voulait l'interview exclusive de Charles.

Elle n'allait tout de même pas renoncer avant même d'être parvenue au camp 2.

Ça passe ou ça casse...

Poussée par ces pensées, elle se hissa contre la paroi, faisant appel à toute sa force et priant pour que ses crampons ne cèdent pas. Malgré la sensation familière d'un pied qui commençait à glisser, elle serra les dents et poussa encore plus haut sa poignée bloquante, lui ordonnant de ne pas lâcher la corde. De l'autre main, elle plongea de nouveau les ongles dans la glace, priant pour que celle-ci ne cède pas.

Cet effort fut tout juste suffisant. Elle trouva la force de poser le genou à côté du pied avant que celui-ci ne glisse, ce qui lui permit de conclure son mouvement. Haletante, elle demeura un instant sur la saillie supérieure. Elle avait réussi.

Après s'être accordé une pause de quelques secondes pour fêter cette victoire, Cecily reprit son ascension malgré ses jambes cotonneuses, sous la pression des nombreuses personnes qui attendaient leur tour au pied du mur. Elle enchaîna encore quelques efforts et parvint enfin au sommet du mur.

Elle avait franchi le crux.

– 26 –

Elle fut accueillie par un petit groupe de personnes aussi exténuées qu'elle. Affalée dans la neige, Irina, qui mâchonnait une barre de céréales, leva le bras, proposant un check à Cecily. Celle-ci fit claquer sa main sur celle de la Russe, ultime effort qui eut raison de ses forces ; elle se laissa tomber à genoux puis sur les fesses.

Irina l'aida à s'asseoir en douceur, puis Cecily, après deux longues inspirations, trouva en elle l'énergie de se défaire de son sac à dos et d'en sortir quelques barres énergétiques.

— C'était un sacré crux, dit Irina quand Cecily se fut suffisamment remise pour converser. Beaucoup plus difficile que sur les autres montagnes. Félicitations.

— C'est bon à savoir, se rassura Cecily. J'avais l'impression d'être nulle !

— Non, pas du tout ! s'esclaffa Irina. Cette portion est très ardue. Les sherpas l'ont surnommée le « Gibet ».

Ce terme fit frissonner Cecily.

— Je croyais qu'on l'appelait plutôt le Sablier ?

— Oui, aussi. Enfin, quel que soit le nom qu'on lui donne, je suis terrifiée à l'idée de devoir de nouveau gravir ce mur d'ici quelques jours. Je ne suis pas certaine d'en avoir la force. C'est la grande difficulté de l'acclimatation : on ne cesse de monter et redescendre les mêmes voies en sachant à quel point on va en baver.

Cecily écarquilla les yeux, n'ayant pas un instant songé à ce détail. Chaque fois qu'elle s'élancerait à l'assaut de la montagne, elle devrait franchir le crux.

— Je n'y repasserai peut-être qu'une seule fois, ajouta Irina. Notre groupe prévoit de gagner le camp 3 demain. Et vous ?

— *Idem*.

— Il y a des gens qui grimpent sans oxygène supplémentaire dans ton équipe ?

— En dehors de Charles ? Seulement Élise.

— Impressionnant. J'en serais incapable. Mais ça fait plaisir de voir une femme repousser les limites communément admises.

— Franchement, partager la tente d'Élise revient à suivre un cours particulier d'alpinisme. J'ai hâte que Charles nous rejoigne, pour le voir grimper sans cordes fixes.

Cecily eut alors la surprise de voir Irina plisser le nez.

— Tu n'es pas impressionnée par ses exploits ?

— Si, bien sûr, mais les ego masculins sont si développés dans notre sport. À l'époque où seuls des hommes s'y adonnaient, atteindre un sommet avec des cordes fixes, des sherpas et de l'oxygène supplémentaire était considéré comme un exploit, mais depuis que les femmes s'y sont mises, ce n'est plus suffisant. Maintenant, il faut grimper en style alpin pour être un authentique alpiniste. Qu'ils aillent tous se faire foutre. Nous avons autant qu'eux notre place sur ces pentes.

— J'apprécie ta façon de voir les choses, renchérit Cecily avec un petit sourire.

Elle fit tinter sa Thermos contre celle de la Russe avant de longuement se désaltérer.

La tête rejetée en arrière, elle aperçut un énorme sérac suspendu au-dessus de leur itinéraire. Troublée par cette vision, elle sentit un frisson se propager le long de sa colonne vertébrale. Cette monstrueuse sculpture glacée était toutefois indéniablement splendide ; on aurait dit un ours qui dansait, dressé sur ses membres postérieurs, une patte tendue vers le ciel. Plus loin se présentait une autre formation de glace évoquant le bord tordu d'un chapeau de sorcière. Cecily imaginait des formes, comme quand on contemple les nuages, si ce n'est qu'elle les devinait sur de dangereux blocs de glace susceptibles de se décrocher sans signe avant-coureur.

Soudain impatiente de se remettre en route, elle se rendit compte qu'aucun membre de son équipe, à l'exception de Tenzing, qui s'était élancé avant elle, n'était encore parvenu au sommet du mur. Ce n'était peut-être pas un mal, car elle n'avait aucune envie d'atteindre le camp suivant la dernière, comme précédemment.

— Je crois que je vais repartir sans attendre, dit-elle à Irina. La route est encore longue, et j'avance comme une tortue. Tu peux prévenir mes équipiers que j'ai continué ?

— Bien sûr. Lentement mais sûrement, c'est parfait. Ne laisse personne te déstabiliser, te donner l'impression que tu n'es pas à ta place.

Cecily remercia Irina d'un signe de la tête pour ce conseil, puis reprit sa marche. Adoptant un rythme régulier, elle dut franchir quelques autres parois nécessitant l'aide de sa poignée bloquante, mais rien de comparable au Gibet – ce surnom lui semblait plus évident que le Sablier.

Elle parvint au camp 2 au terme d'un effort nettement moins long – seulement quatre heures – que celui qu'elle avait dû fournir pour atteindre le camp 1. Elle accéléra l'allure à l'approche des petites grappes de tentes jaunes ; elle disposerait du reste de l'après-midi pour se reposer.

Première de son équipe à atteindre le camp 2 après Tenzing, elle aida ce dernier à préparer le repas, notamment en remplissant un grand sachet de neige fraîche et propre qu'ils feraient bouillir pour le thé et la cuisson des aliments. Se rendre utile lui procura une grande joie.

Elle était également ravie d'avoir le temps de profiter du panorama, qui se déployait sur des kilomètres. S'étant hissée au-dessus de la couverture nuageuse qui à présent formait un tapis blanchâtre en contrebas, elle apercevait dans le lointain les cimes d'autres chaînes de montagnes et avait peine à croire qu'elle grimperait encore plus haut très bientôt. Presque prise de vertiges en prenant conscience de l'ampleur de ce qu'elle avait accompli pour en arriver là, elle ne s'étonnait plus que des gens comme James, Ben et Charles soient accros à de tels défis. En cet instant, Cecily avait la sensation que rien ne pouvait l'arrêter.

Les campements des diverses équipes étaient ici plus éparpillés qu'au camp 1. Les tentes Manners Mountaineering étaient dressées sur une longue saillie à peine plus large que l'équivalent de deux tentes, les Russes étant le seul autre groupe installé dans les environs immédiats.

Irina fut la suivante à apparaître. Cecily se précipita à sa rencontre. Visiblement exténuée, la Russe eut à peine l'énergie de lui rendre son salut et se dirigea d'un pas traînant vers une tente Elbrouz Élite, dans laquelle elle s'effondra. Cecily s'attarda un moment sur place, soucieuse de la voir si épuisée.

— Tu veux que je t'apporte un peu de thé ? lui proposa-t-elle à travers la paroi de plastique.

La Russe répondit par un grognement qu'elle ne sut interpréter. Dans le doute, elle posa un gobelet métallique fumant devant la tente, espérant que ce geste ne la dérangerait pas. Elle se détendit quand elle vit Andrej arriver et rejoindre Irina.

Élise apparut ensuite à l'entrée du camp, aisément reconnaissable dans sa tenue aux couleurs vives. Mingma la suivait de près.

— J'ai de l'eau chaude, si tu veux du thé ! lui proposa Cecily.

— Merci ! Je te prends quand tu veux avec moi pour une ascension en duo !

Venant d'Élise, le compliment était de taille. Les deux jeunes femmes se délassèrent devant la tente de Tenzing, sirotant du thé et dégustant du chocolat. Sous un grand ciel bleu et profitant de la chaleur du soleil, elles se prélassèrent un moment, riant et papotant. En poussant son corps jusqu'à ses limites, Cecily avait laissé au camp de base ses craintes à propos du siffleur. Ils étaient à présent si haut, si loin de tout, si coupés du monde qu'elle avait la sensation que rien ni personne ne pouvait les atteindre.

Zak les rejoignit peu après, suivi de Doug et des autres sherpas, Grant fermant la marche. Doug semblait fou de rage. Cecily se redressa, se demandant ce qui s'était passé.

Le guide se dirigea vers Mingma. Faisant mine de se rendre au coin toilettes, Cecily s'approcha d'eux et tendit l'oreille.

— Quel culot, ce mec ! gronda Doug. J'ai cru que Galden allait le balancer dans le vide, quand il a osé lui demander de porter son sac, alors qu'il est évidemment déjà chargé du sien. Quelle honte !

Mingma, d'ordinaire la personne la plus calme et posée qui soit en montagne, réprima tout juste un juron.

— Sérieux ?

— Je lui ai dit d'aller se faire foutre. Il était hors de question que je tolère une chose pareille. Je lui ai dit que s'il n'était pas capable de porter son propre équipement, il n'avait rien à faire en montagne.

Si elle ignorait de qui parlaient les deux hommes, Cecily estima que la colère de Doug était justifiée. Se rappelant combien elle s'était montrée dure avec elle-même lors de sa glissade sur le Gibet, elle songea qu'au moins elle n'avait jamais demandé à Galden de porter son sac.

— C'est la dernière fois que je laisse passer une telle attitude de la part de Grant, décréta Doug. Il nous a déjà gonflés avec l'oxygène supplémentaire, et maintenant ça... Je ne voulais pas de lui dans le groupe, mais ce foutu Charles a insisté...

La voix d'Élise résonna :

— Cecily ? Quelle est notre tente ?

Doug et Mingma se rendirent compte que Cecily était tout près d'eux et se turent aussitôt. Cette dernière se hâta de gagner sa tente, la gorge nouée. La demande de Grant avait de quoi surprendre ceux qui, comme elle, l'avaient si fréquemment entendu se vanter d'être résistant. Cependant, il se comportait comme si la montagne lui appartenait, et ce depuis le début, il n'était donc pas si étonnant qu'il ait traité les sherpas de cette façon.

Galden lui porta son dîner, qui se résuma à un sachet de nourriture réhydratée – Zak avait vu juste à propos des spaghettis bolognaise, qui se révélèrent succulents. Malgré cela, elle prit le temps de bien mâcher, son estomac étant fragile en haute altitude, à tel point qu'elle avait du mal à garder ce qu'elle avalait.

Elle fut toutefois rassurée en voyant Élise avaler ses aliments réhydratés mais également s'empiffrer de cochonneries telles que chips, chocolat et friandises.

— Nous aurons besoin de toute notre énergie pour atteindre le camp 3, dit la Canadienne en lui proposant une poignée de cacahuètes.

Tout en se rassasiant ensemble, elles s'attelèrent à leurs obligations professionnelles ; Cecily résuma la journée sur son calepin, en vue d'un prochain billet de blog, tandis qu'Élise, penchée sur son smartphone, travaillait les photos qu'elle avait prises. Elle maniait son appareil avec le talent d'une experte, ses doigts pianotant si vite que Cecily était incapable de les suivre du regard ; recadrant, réglant la luminosité, ajustant la saturation et le contraste, elle affinait ses clichés de façon à les poster dès l'instant où un réseau serait capté.

Élise était extrêmement concentrée, la langue légèrement sortie sur le côté. Si les influenceurs étaient fréquemment raillés par certaines personnes, la quantité de travail fournie par Élise pour assurer le succès de sa tribune numérique était impressionnante.

Alors que la pénombre s'installait, Cecily se blottit dans son sac de couchage, prête à dormir. Les autres alpinistes, dans les nombreuses tentes disséminées sur la montagne, éprouvaient-ils les mêmes sensations qu'elle ? Avaient-ils également du mal à avaler quoi que ce soit ? Étaient-ils épuisés ? Souffraient-ils comme elle d'un nez encombré et d'un mal de crâne lancinant ? En tout cas, elle entendait Élise renifler à côté d'elle.

C'est alors qu'elle se rendit compte que son esprit était monopolisé par ces détails – s'endormir, se nourrir, respirer – et qu'elle ne se souciait plus du mystérieux siffleur ni de quelque individu dangereux présent sur la montagne. Elle ne s'inquiétait pas davantage à propos de sa carrière, ni de la monstrueuse dette qu'elle trouverait à son retour, ni même du fait qu'elle n'aurait alors nulle part où loger.

La survie avait pris le pas sur tout le reste.

Peut-être était-ce pour cette raison que Charles tenait à ce qu'elle expérimente cette ascension.

Elle repensa au Gibet ; sans sa poignée bloquante pour la retenir lorsqu'elle avait glissé, elle se serait sérieusement blessée. Elle ne s'imaginait pas un instant grimper sans cordes fixes, alors qu'elle avait seulement atteint le camp 2 pour l'heure. Cela donnait une tout autre dimension à la décision de Charles de se priver de cette aide.

Enfin, uniquement s'il dit vrai quand il affirme ne pas toucher aux cordes fixes, songea-t-elle.

Elle ouvrit les yeux dans les ténèbres. Le cadran de sa montre à affichage numérique brillait : 2 heures du matin. Elle considéra le toit de sa tente en plastique, suivant du regard son souffle qui s'élevait, puis elle remonta le haut de son sac de couchage jusque sur son nez – la température était glaciale.

À côté d'elle, la respiration d'Élise était calme et régulière ; elle dormait. Mais quelque chose avait réveillé Cecily. Un sifflement. *Le* sifflement.

Gagnée par une terreur sans nom, elle frémit, soudain tendue, sur le qui-vive. Elle redoutait d'entendre à nouveau ces quelques notes dissonantes, mais le silence était revenu.

À présent éveillée, elle ne pouvait ignorer un besoin pressant. Non sans une immense réticence, elle s'extirpa de son sac de couchage et tenta sans grand succès d'enfiler simultanément sa veste. Instantanément saisie par le froid, elle laissa échapper un petit cri. Élise grogna sans se réveiller.

Cecily enfila ensuite ses bottes et se glissa dehors, dans l'obscurité. Alors qu'elle peinait à allumer sa lampe frontale, maudissant ses doigts engourdis par le froid et le sommeil, elle perçut des voix.

— Fous le camp ! disait une femme.

— Tu n'étais pas contre, l'autre nuit, répliqua un homme. Allez…

— On était bourrés. Tu me plais, mais on ne peut pas faire ça ici.

— Personne n'en saura rien.

Cecily s'accroupit et s'approcha des voix. Une de ces deux personnes tenait une lampe torche dans la main, ses doigts masquant presque entièrement le faisceau lumineux, mais Cecily reconnut Irina. Quant à l'homme…

Grant. Cela ne faisait cette fois aucun doute.

— Tu ne comprends pas ce que je dis ou quoi ? s'agaça la Russe. On est en haute montagne, j'ai besoin de rester focalisée sur mon objectif. Laisse-moi tranquille sinon je hurle, et tout le monde saura que tu n'es qu'un gros porc. Gruik ! Gruik !

Elle rejeta la tête en arrière en riant.

Grant recula. S'il se retournait, il ne manquerait pas d'apercevoir Cecily, or celle-ci ne tenait pas à se trouver sur son chemin après ce rejet brutal.

Aucunement calmée, Irina poussait toujours des bruits de cochon dans la nuit.

— Tu es devenu cinglée, lâcha Grant.

Cecily ne pouvait qu'abonder dans ce sens ; sous l'éclairage intermittent de la lampe torche, la Russe semblait possédée. Cela étant, si Grant avait tenté de s'imposer dans sa tente, Cecily aurait certainement également réagi avec excès.

Le silence revenu, elle fit un tour aux toilettes et ensuite retrouva le confort de sa tente. Elle crut entendre un craquement et un nouveau gloussement d'Irina, mais enfouit tout cela au fond de son esprit.

La Russe était parfaitement capable de se défendre seule.

– 27 –

Élise était levée et prête à repartir lorsque le réveil de Cecily sonna.

— On monte jusqu'au camp 3 ? s'enquit cette dernière, quelque peu vaseuse après son expédition nocturne.

La Québécoise secoua la tête.

— Mingma m'a annoncé à l'instant que du mauvais temps approchait. Mieux vaut éviter de prendre le risque de se retrouver coincés en haute montagne ; sans oxygène supplémentaire et sans beaucoup de nourriture, on serait dans de sales draps.

— Je suis contente qu'on redescende, dans ce cas, dit Cecily.

— J'espère au moins m'être suffisamment acclimatée, dit Élise en se mordillant un ongle.

C'était la première fois que Cecily la voyait nerveuse, mais c'était compréhensible : l'acclimatation était essentielle pour elle puisqu'elle comptait effectuer son ascension sans oxygène supplémentaire.

— Doug fera tout pour que tu sois prête, lui assura Cecily en lui prenant la main.

Les deux jeunes femmes sorties, Cecily s'étonna de voir d'autres alpinistes poursuivre leur ascension. L'un d'eux les salua d'un geste de la main – c'était Andrej. Irina était probablement une des silhouettes emmitouflées qui le suivaient, mais Cecily fut incapable de la repérer.

— Et eux, ils montent encore ?

— Chaque équipe fait ses propres choix, répondit Élise. Moi, je fais confiance à Doug et Mingma. Ils m'ont fait voir les prévisions météo, d'ailleurs, et je suis de leur avis : redescendre est plus prudent, malheureusement.

Cecily suivit du regard la progression des Russes jusqu'à ce qu'ils disparaissent sur la portion supérieure de la cascade de glace.

— Vous pouvez y aller dès maintenant, toutes les deux, si vous voulez, lança Doug dans leur dos.

Un cri de rage attira alors leur attention ; Grant émergea de sa tente, le regard noir et les poings serrés le long du corps. Le nez et les joues affreusement brûlés par le soleil, il avait en outre les yeux cernés en raison du manque de sommeil. Ce qui n'avait rien d'étonnant.

— Tout va bien, Grant ? s'enquit Élise, les mains sur les hanches.

L'intéressé n'émit qu'un grognement et, ignorant l'influenceuse, se précipita vers Doug. Il avait en main son disque dur externe orange, qui présentait une énorme fissure.

— Regarde ce qu'on m'a fait ! hurla-t-il au guide.

Élise jeta un coup d'œil dans la tente de l'Américain et revint vers Cecily, visiblement étonnée.

— On jurerait qu'une bombe a explosé là-dedans.

Cecily l'imita et découvrit un bazar monstrueux : le sac de couchage de Grant débordait de son sac de compression, des emballages de nourriture et des mouchoirs en papier usagés jonchaient les lieux un peu partout. En outre, son équipement d'escalade était éparpillé dans la tente, tout comme son matériel vidéo, dont certains éléments étaient brisés. Elle songea à la scène qu'elle avait surprise la nuit précédente ; Grant avait apparemment très mal accepté d'être rejeté par Irina.

— Tu as violemment chuté sur la glace hier, rappela Doug à Grant.

— Et j'aurais tout cassé ? Sûrement pas. Non, quelqu'un a saccagé mon matériel !

— Mettons-nous en route, Cecily, suggéra Élise, la prenant par le coude. Laissons les hommes se chicaner entre eux. J'aimerais être de retour au camp de base cet après-midi. Depuis qu'on a commencé à grimper, je rêve à chaque seconde des bons repas de Dawa.

Elle enfila ses lunettes teintées à monture épaisse.

Cecily eut un instant d'hésitation, tiraillée entre son envie de connaître l'issue de la conversation entre Grant et Doug et sa hâte de redescendre. Puis, en voyant Grant envoyer valser un tabouret pliant d'un coup de pied, elle songea qu'il valait mieux éviter de se trouver sur son chemin. Elle suivit donc Élise vers les cordes fixes.

— Plus jamais je n'avalerai de la pizza au thon ou de la soupe de légumes sans pleinement les savourer, lui dit-elle.

— Tu m'étonnes !

Bien que nettement moins bonne alpiniste que la Canadienne, Cecily parvint à la suivre. Élise lui indiqua comment progresser avec la corde fixe enroulée autour des bras, technique plus sûre qu'en la tenant des deux mains et plus rapide que la descente en rappel.

Elle se sentait assurément plus proche de sa cadette, à présent, partager la même tente ayant contribué à renforcer le lien qui les unissait. Cependant, une tout autre raison expliquait peut-être également cet état de fait : la montagne, déjà dangereuse pour tout le monde, l'était encore un peu plus, tel un nappage supplémentaire, pour les femmes. La scène dont Cecily avait été témoin en pleine nuit le confirmait. Ce genre d'expédition réveillait les instincts primaires de l'être humain évoluant constamment entre la vie et la mort, en pleine nature, le corps gorgé d'adrénaline. En ces lieux, tout semblait accentué. Cecily avait remarqué les regards appuyés des hommes d'autres équipes, comme s'ils cherchaient à déterminer entre eux lequel se jetterait sur elle. Elle avait passé tant de temps à ne songer qu'à affûter son physique en vue de la haute montagne qu'elle n'avait pas réfléchi une seconde à la meilleure façon de parer les avances malvenues en altitude. Cela ne figurait dans aucun manuel d'alpinisme.

Parce qu'ils ont tous été rédigés par des hommes et pour des hommes.

Alors que la routine d'accrochages et décrochages se poursuivait, Cecily s'adressa à Élise :

— J'ai eu droit à une scène intéressante, cette nuit. J'ai surpris une dispute entre Irina et Grant, qui s'est comporté comme un connard.

— Tu ne l'apprécies pas, on dirait ! pouffa l'influenceuse.

— C'est un pauvre mec, un cas typique de sale gosse privilégié issu des écoles privées anglaises. Il m'a mise mal à l'aise dès le premier jour.

— C'est un homme en montagne, tout simplement. Je sais à quoi m'attendre, crois-moi.

— Tu ne trouves pas ça difficile à gérer ?

— Si un type a un comportement déplacé envers moi, je lui explique que la vie que je mène n'est pas idéale pour avoir un chéri. Je sais être ferme avec les mecs.

— Je doute fort que tu aies du mal à te trouver un copain, s'étonna Cecily, haussant les sourcils.

— Trouver un bonhomme, ça va, c'est le garder qui est plus compliqué ! Je passe trop de temps en montagne, je suis sans cesse en déplacement ici ou là, loin de chez moi. Les mecs croient adorer ce genre de fille – ils sont persuadés de rêver d'être avec une aventurière –, mais en fin de compte ils préfèrent une femme sage qu'ils retrouvent quand ils rentrent à la maison et qui s'extasie en les écoutant raconter leurs aventures.

— Vraiment ? Même d'autres alpinistes ?

— Je suis sortie avec quelques alpinistes, et nous avons sans doute été heureux ensemble un moment – peut-être même qu'ils me soutenaient dans mes projets –, mais nos objectifs ont chaque fois fini par nous emporter dans des directions différentes, et nous ne nous sommes plus revus. (Elle haussa les épaules.) C'est la vie... Je préfère la montagne à l'amour. La montagne est mon véritable amour.

Et d'insister, en criant aux séracs :

— La montagne est mon amour !

Enchantée par l'énergie contagieuse et vivifiante d'Élise, Cecily rit à gorge déployée. Elle était fière de suivre le rythme de son amie, en direction du camp de base. Une graine de confiance en elle germait peu à peu.

Si seulement James avait pu la voir en cet instant.

— Et toi, tu as un chéri à la maison ? s'enquit Élise.

— Carrément pas... marmonna Cecily en secouant la tête, sur un ton plus amer qu'elle ne l'aurait voulu.

Élise écarquilla les yeux.

— Houlà, on dirait qu'il y a eu du grabuge...

— C'est drôle, mon ex correspond assez bien aux garçons dont tu parlais tout à l'heure. Il a toujours été plus aventurier que moi, avec toujours une tonne d'histoires hallucinantes à me raconter. Il est également journaliste, mais il signe des articles dans *Wild Outdoors* depuis beaucoup plus longtemps que moi. Je crois qu'il s'attendait à être choisi pour cette mission.

Cecily repensa à cette fameuse soirée donnée à la Royal Geographic Society, après qu'elle eut pour la première fois entendu Charles. Elle se souvenait encore de sa proposition, au mot près, de cet instant où James avait failli s'étouffer avec son champagne : « *Ce n'est pas par hasard que je vous propose de m'accompagner : vous êtes "l'héroïne du Snowdon", certes, mais aussi l'auteure de "Mise en échec", que j'ai lu. Je dois dire que j'ai été très impressionné par votre courage.* »

Cecily avait rougi en serrant la main tendue que lui offrait Charles : « *Oh, vraiment... ? Je me sens un peu gênée, ce que j'ai fait n'est rien du tout, comparé à vos exploits.* »

Charles avait souri. « *Vraiment.* »

Cecily relata cet épisode à Élise, concluant par le moment où Charles avait décrété qu'elle serait l'unique journaliste à obtenir une interview exclusive de sa part.

— Je parie que ton ex n'a pas été enchanté, devina Élise en riant.

— C'est le moins qu'on puisse dire. Nous avons rompu quelques jours plus tard.

Cecily se prépara à encaisser, la gorge serrée, l'habituelle tristesse quand elle songeait à sa rupture, mais en présence d'Élise, elle prit conscience de l'absurdité de la situation. Avoir été ainsi mise à la porte restait douloureux, bien entendu, mais elle se surprit à sourire.

— Tu vois, j'avais raison, reprit Élise. Les hommes ne supportent pas d'être en couple avec une femme plus aventurière qu'eux.

— Franchement, je ne pensais pas accepter la proposition de Charles. James était sous le choc.

— Ah non, ne lui trouve pas d'excuses. Au fait… pourquoi ?

— Pourquoi quoi ?

— Tu m'as expliqué comment tu en es arrivée à gravir le Manaslu, mais pas la raison qui t'a incitée à accepter l'offre de Charles.

— Tu ferais une meilleure journaliste que moi, gloussa Cecily. Je devrais prendre des notes pour m'inspirer de toi ! Et toi, d'ailleurs, pourquoi tu reviens toujours à la montagne ?

Élise resta silencieuse un moment.

— Comment pourrais-je ne pas le faire ? dit-elle enfin, écartant les bras pour désigner la vue.

Elle avait choisi l'instant idéal : la couverture nuageuse persistante s'était brièvement trouée, laissant entrevoir une zone bleu cobalt. De leur point de vue, le regard portait jusqu'à la vallée et Samagaun, dans le lointain. Plus loin encore, d'autres cimes perçaient les cieux.

— C'est drôle, Charles a dit quelque chose de similaire pendant sa conférence à la Royal Geographic Society. Il nous a raconté que la question qu'on lui posait le plus souvent était : « Pourquoi pratiquez-vous l'alpinisme ? » Ce qui rappelle la célèbre réplique de George Mallory, qui a en son temps déclaré vouloir s'attaquer à l'Everest « parce qu'il est là ». Charles a eu une réponse similaire : « Parce que j'en suis capable. »

Elles avancèrent de quelques pas sans ajouter un mot, puis Élise reprit la parole :

— Je crois que la motivation de Charles ne se limite pas à ça.

— C'est-à-dire ?

La Canadienne s'immobilisa au sommet du Gibet.

— Ici, c'est la montagne qui décide qui survit et qui meurt, qui atteint le sommet et qui doit faire demi-tour. Certains respectent cela, quand d'autres y voient un défi à relever, un objectif à conquérir.

— Qu'en penses-tu ?

— J'ai vu suffisamment de bons amis – dont certains comptaient parmi les meilleurs alpinistes de la planète – ne pas redescendre pour savoir que rien n'est acquis en montagne.

Élise s'agenouilla et examina le point d'ancrage de la paroi, auquel deux cordes étaient fixées. Elle tira sur chacune. Et d'ajouter :

— Dis donc, tu m'as bien eue : je n'ai pas entendu ta réponse à ma question, il me semble !

Cecily était sur le point de réagir lorsqu'elle vit l'expression d'Élise changer du tout au tout.

— Quelque chose ne va pas ? s'inquiéta-t-elle.

— La corde de rappel est coincée, on dirait, répondit la plus jeune des deux femmes, qui se pencha par-dessus le rebord et éleva la voix. Ohé ! Il y a quelqu'un accroché à la corde de rappel ?

Pour faire bonne mesure, elle tira sur celle-ci, de façon à indiquer à celui ou celle qui descendait qu'elles attendaient leur tour au sommet de la paroi.

— Qu'est-ce qu'on fait ? s'enquit Cecily.

— On attend.

— D'accord.

Cecily posa son sac à dos dans la neige pour s'asseoir dessus. Elle en sortit une barre de céréales et de l'eau, et toutes deux profitèrent d'un agréable moment de silence en refaisant le plein d'énergie.

Quelques minutes plus tard, Élise tira de nouveau sur la corde, qui se révéla toujours tendue, ce qui la fit tiquer.

— Elle doit être coincée, estima-t-elle. Ça arrive parfois.

Elle appela de nouveau dans le vide, sans recevoir de réponse, puis haussa les épaules.

— Il n'y a personne, à mon avis.

D'un regard par-dessus son épaule, Cecily aperçut Doug et Mingma qui approchaient ; ils les auraient rejointes d'ici quelques minutes. *Ils ne seront pas ravis de devoir patienter*, songea-t-elle.

— Il y a une autre corde de rappel ici, dit Élise. Je m'y accroche et je descends. Tu passeras ensuite.

— Attends... dit Cecily, qui se mordilla la lèvre inférieure et posa la main sur le bras d'Élise. Ça ne te dérange pas que je passe la première ? Ça te permettrait de vérifier que je suis correctement attachée. Je n'ai pas envie de le demander à Doug...

— Bien sûr, pas de souci.

Cecily se saisit de la corde, qu'elle glissa dans son descendeur en huit sous l'œil vigilant d'Élise. Il lui fallut quelques essais pour y parvenir de façon satisfaisante, mais la Québécoise finit par lever les pouces.

Loin d'être aussi entaillée par les crampons que celle qui servait à l'ascension, cette portion du Gibet était une paroi verticale lisse, avec un léger replat à mi-hauteur, avant de s'incliner de nouveau. La corde filait sans heurts dans le descendeur en huit de Cecily, se faufilant tel un serpent entre les boucles métalliques, ce qui produisait un effet presque hypnotique.

Elle parvint au replat sans incident. En contrebas, la crevasse béante dans laquelle le Chinois avait chuté était à présent visible. Elle raffermit sa prise sur la corde, recula vers le rebord de la saillie... et soudain découvrit pourquoi l'autre corde de rappel était bloquée.

Elle hurla.

— Mon Dieu, Cecily ! s'écria Élise, depuis le sommet du mur. Tout va bien ?

Cecily l'entendit à peine, tant ses oreilles bourdonnaient, et fut incapable de répondre. La corde glissa dans sa main droite et lui échappa, ce qui la fit basculer en arrière. Elle fut près de se rétablir, malheureusement ses jambes en coton refusèrent de la soutenir. Par bonheur, le pied de la paroi était à présent tout proche.

Quand enfin elle s'y affala, elle roula sur le ventre et vomit dans la crevasse.

Elle resta quelques instants agenouillée, tremblant de tous ses membres et refusant de se retourner, car sachant pertinemment ce qu'elle verrait.

Mais il le fallait. Elle leva la tête.

Un corps était suspendu à la paroi.

Il s'agissait d'une femme, dont le visage était masqué par une queue-de-cheval blonde. La corde enroulée autour du cou lui cisaillait la peau, et elle avait les bras ballants, ses mains gantées inertes, sans vie, tandis qu'une épaule faisait saillie selon un angle peu naturel. Une horreur indicible s'empara de Cecily lorsqu'elle crut reconnaître la malheureuse. Espérant de toute son âme qu'elle se trompait, elle hurla à pleins poumons :

— Au secours ! Il y a une femme coincée sur l'autre corde ! Elle a besoin d'aide, c'est urgent !

La corde dont elle s'était servie pour descendre s'agita ; quelqu'un était certainement en train de s'y attacher.

La voix profonde de Doug résonna :

— Attention à toi, Cecily ! On lance une autre corde pour aller voir ce qui se passe.

Elle s'écarta autant que le lui permettait sa ligne de sécurité accrochée au point d'ancrage, puis s'accroupit derrière un petit monticule de neige. Plus bas se présentait la crevasse, mais il était hors de question qu'elle se lance sans aide sur l'échelle permettant de la franchir tant que ses jambes trembleraient ainsi. Une autre corde heurta violemment le sol, puis Doug et Mingma apparurent au sommet du mur.

Doug fut le premier à se porter à hauteur de la femme en situation délicate. La bouche réduite à un trait crispé, il attira l'inconnue à lui, mais la corde tendue résistait. Avec l'aide de Mingma, il attacha la malheureuse à son baudrier, après quoi il se saisit de son couteau et trancha la corde bloquée. Mingma l'aida à soutenir le poids mort.

Lentement, ils descendirent jusqu'au pied du Gibet, où, juste à côté de Cecily, ils pratiquèrent aussitôt les gestes de premiers secours. Après l'avoir dégagée de la corde qui l'entravait, ils tentèrent de réanimer cette personne, de la ramener à la vie. Mingma contacta le camp de base et le camp 1 par radio, et réclama de l'aide.

Cecily laissa échapper un cri lorsque Doug écarta les cheveux du visage de la femme inanimée :

— Mon Dieu, c'est Irina…

– 28 –

L'ambiance était des plus sombres lorsque le groupe retrouva le camp de base. Les membres de l'équipe russe restés là-bas avaient rapidement rejoint le lieu du drame pour aider à transporter le corps d'Irina. Élise avait éloigné Cecily, de façon que celle-ci ne voie pas le cadavre glissé dans une housse puis porté comme un sac-poubelle.

Hébétée durant la totalité du trajet, Cecily avait encore un mal fou à réfléchir correctement quand elles entrèrent dans la tente-réfectoire. Élise l'incita à se nourrir, à piocher dans le festin concocté par Dawa, un repas de fête, en principe, préparé pour célébrer le succès de la première rotation en haute montagne.

Dans les faits, Cecily fut saisie de haut-le-cœur dès l'instant où son regard se posa sur la nourriture. Les mains tremblantes, elle tenta tout de même d'avaler un peu de thé sucré. L'horreur était encore trop récente.

— La pauvre, mon Dieu…

C'étaient là ses premiers mots depuis le Gibet.

Élise lui frotta le dos pour la réconforter.

— Je suis désolée que tu l'aies découverte.

— Ne le sois pas, c'est moi qui ai demandé à descendre la première, on ne pouvait pas deviner ce qui nous attendait. Je ne parviens toujours pas à y croire. Je la croyais partie en direction du camp 3 avec son équipe.

— C'est une vraie tragédie.

La bouche aussi sèche qu'une plaine désertique, Cecily, ne trouvant aucune explication à l'accident et songeant qu'une alpiniste plus expérimentée pourrait l'éclairer à ce sujet, se tourna vers Élise :

— Que s'est-il passé, d'après toi ?

— Je ne sais pas, je n'ai pas vu grand-chose depuis le haut de la paroi, mais elle a sans doute glissé et s'est retrouvée coincée dans la corde de rappel, répondit l'influenceuse, tripotant son pendentif. Il est possible qu'elle ait été épuisée, l'esprit embrouillé. Peut-être souffrait-elle de l'altitude, ce qui expliquerait qu'elle ait décidé de redescendre.

— Mais… Oh mon Dieu ! s'écria Cecily, une main sur la bouche.

— Quoi ?

— Je repense à la dispute entre Grant et Irina.

— Pourquoi ils se sont pris le bec, au fait ?

— Il voulait la rejoindre dans sa tente.

— Tu plaisantes ? grimaça Élise. Il voulait baiser au camp 2 ?

— Elle l'a repoussé, la scène a été assez violente, à vrai dire. Elle a réagi de façon très sèche. Grant pourrait être impliqué dans la mort d'Irina, d'après toi ?

— Merde… lâcha Élise, tapotant de ses ongles vernis le bord de la nappe blanche. Non, il était avec nous ce matin, au camp 2. Je l'ai observé grimper hier ;

je ne l'imagine pas un instant capable de descendre seul au pied du Gib… (elle grimaça) du crux et en remonter en pleine nuit. Tu n'as pas assisté à sa chute mais je peux te dire qu'elle a été violente. C'est peut-être un gros con, mais rien de plus. D'après ce que tu me racontes, Irina a plus ou moins pété un câble cette nuit, c'est ça ? Il arrive que l'altitude provoque ce genre de choses, modifie le comportement des alpinistes, jusqu'à les rendre fous. Elle a peut-être été victime d'un œdème cérébral de haute altitude.

— Elle n'aurait pas dû se sentir mieux en redescendant ? Et surtout, pourquoi a-t-elle fait demi-tour seule ? s'étonna Cecily, dont le malaise persistait.

Élise haussa les épaules. Tant de questions resteraient sans réponse tant que Doug ne les aurait pas rejointes.

Quelques heures plus tard, Zak et Grant firent leur entrée dans le réfectoire, la tête basse. Grant se précipita sur la nourriture, et Zak se laissa tomber sur une chaise, se frottant le front du bout des doigts.

— Quel cirque ! dit-il. On est restés une éternité coincés dans un embouteillage, au-dessus du mur. Le descendre nous a pris encore plus de temps que le gravir à l'aller. Vous savez ce qui s'est passé là-bas, peut-être ?

Élise jeta un regard à Cecily avant de répondre :

— Une femme est morte en descendant le crux en rappel.

— Merde ! Sérieux ?

— Et on la connaît, ajouta Cecily, levant la tête afin de guetter la réaction de son compatriote. C'est Irina, Grant…

— Irina est morte ? éructa-t-il, lâchant son sandwich déjà entamé sur son assiette.

Cecily plissa les yeux ; s'il semblait réellement choqué, elle ne discerna guère de tristesse dans sa réaction, mais plutôt de l'agacement.

— Qu'est-ce que c'est que ces conneries ? reprit-il. J'avais à lui parler...

Doug fit son entrée dans la tente. Son regard noir se posa aussitôt sur Cecily.

— Ça va ?

— Franchement, non, pas trop, avoua-t-elle, les poings serrés pour empêcher ses mains de trembler. Je... n'avais encore jamais vu une telle horreur...

— C'est normal, c'est un véritable choc, la rassura Doug en empoignant le dossier d'une chaise. J'ai envoyé Galden vers le camp 3 pour qu'il prévienne Andrej, que je ne parvenais pas à joindre par radio, et il vient tout juste de rentrer. Il m'a appris qu'Irina souffrait du mal des montagnes au camp 2 et avait décidé de redescendre. Comme dans leur groupe ils n'ont qu'un sherpa pour deux alpinistes, elle a dû rebrousser chemin seule.

— Quel malheur... Que s'est-il passé, d'après eux ? s'enquit Zak.

— On estime que son mal et sa fatigue ont provoqué un accident lors de sa descente en rappel. Il semblerait que son descendeur en huit ait fait pression sur son mousqueton, qui s'est ouvert. Elle a perdu tout contrôle et percuté le replat avant d'être étranglée par la corde. C'est hélas dans cette position que Cecily l'a découverte. La plupart des décès en montagne sont dus à des erreurs humaines. Au moment où je vous parle, le responsable du camp de base de l'équipe Elbrouz

Élite se charge de prévenir sa famille et d'organiser l'évacuation du corps par hélicoptère, qui se fera dès que les conditions météo s'amélioreront.

— Son équipe a été mise au courant ? demanda Cecily.

— C'est à Andrej d'en décider. Ils sont au camp 3, pour s'acclimater, et ils risquent d'y rester coincés cette nuit, vu le mauvais temps annoncé.

— Ils vont rentrer chez eux, eux aussi ?

Élise lui prit la main sous la table, et Doug toussota.

— Ce décès est triste, évidemment, mais cette femme était une alpiniste chevronnée. Elle aurait refusé que son équipe renonce à son rêve à cause d'elle. Ainsi va la vie en haute montagne, des accidents se produisent de temps à autre.

Cecily resta muette, l'esprit vidé et le corps glacé.

— Je vais jeter un coup d'œil à mon matériel vidéo, déclara Grant. Il faut que j'évalue les dégâts.

— Je me demande comment tu fais pour rester si calme, étant donné que tu es sans doute la dernière personne à avoir vu Irina vivante, lâcha Cecily.

— Quoi ? lança Doug, ses sourcils broussailleux froncés, avant de tourner la tête vers Grant. Qu'est-ce que ça veut dire ?

— Je ne sais pas de quoi elle parle, affirma Grant sans oser croiser le regard de quiconque.

Le visage rougi et enflé, il pelait déjà du nez.

Cecily se leva.

— Je t'ai vu essayer d'entrer dans sa tente cette nuit !

— N'importe quoi. Je n'ai pas quitté ma tente.

Cecily s'adressa à Zak :

— Tu ne l'as pas vu sortir cette nuit ?

— Ah non, j'ai demandé à avoir ma propre tente, après la nuit blanche au camp 1, répondit l'Américain, les mains levées.

Cecily cligna des yeux.

— Vous n'avez pas dormi ensemble, alors, tous les deux ?

— Non.

— Peu importe, dit Grant. Bon, d'accord, j'ai peut-être bavardé avec Irina, mais seulement un instant, en me rendant aux toilettes. C'est justement à mon retour que j'ai découvert mes affaires saccagées – je vous en ai parlé ce matin. Elle a pété les plombs, Doug. Elle m'a ruiné si mes images sont perdues. Regarde l'état de mon disque dur.

Il sortit de sa poche le disque dur externe, qui semblait encore plus explosé que le matin même au camp 2, avec une énorme fissure, comme si un marteau s'était abattu dessus.

Ou un piolet.

— Tu accuses Irina d'avoir détruit ton matériel ? s'emporta Cecily, les joues brûlantes. Tu délires !

— Ça suffit ! intervint Doug. Grant, on a déjà parlé de ça : ton disque dur a été amoché quand tu as chuté sur le crux. Cecily, aucun membre de l'équipe n'est lié à la mort d'Irina.

— Oui, enfin, je me sens un peu concernée, vu que c'est moi qui l'ai trouvée, marmonna Cecily, soudain au bord de la perte de connaissance, vaincue par l'épuisement. Il faut que je sorte d'ici.

— Mingma va t'accompagner.

— Non, ça ira. Je veux seulement me reposer dans ma tente. Je préfère rester seule un moment.

Consciente des regards braqués dans son dos, elle sortit du réfectoire et retrouva le grand air et la luminosité faiblissante de la fin de l'après-midi.

Le front étant arrivé, d'épais flocons tombaient. Elle se tourna vers le Manaslu mais fut incapable d'en distinguer le sommet, déjà nimbé de gris. Saisie d'un frisson dû au froid qui se glissait dans sa veste, elle pensa à Irina.

Un deuxième décès. Déjà.

On mettait forcément sa vie en jeu en s'aventurant à cette altitude, dans une nature si hostile. C'était inévitable, quelle que soit son expérience, tout alpiniste risquait la mort au moindre faux mouvement, à la moindre glissade. La montagne était suffisamment mortelle, nul humain ne pouvait rivaliser avec elle.

Elle reprit sa marche à pas prudents.

Parvenue à sa tente, elle découvrit un bout de papier épinglé sur le rabat de l'entrée, vers le bas. Elle s'agenouilla et le détacha. Quelques mots y étaient écrits :

« UN TUEUR RÔDE DANS LA MONTAGNE. FICHE LE CAMP D'ICI. »

– 29 –

Elle plongea littéralement dans sa tente et fourra toutes ses affaires dans son sac. C'en était trop : il était hors de question qu'elle reste plus longtemps sur cette montagne.

Elle tira sur la *khata* accrochée à l'armature de la tente, mais l'écharpe résista.

— Allez ! s'agaça Cecily, dépassée par sa terreur et sa frustration.

Quand enfin la *khata* céda et tomba sur ses genoux, elle fit glisser le tissu orange entre ses mains. *Pas très efficace, ce porte-bonheur*, songea-t-elle. Deux personnes avaient trouvé la mort, deux personnes qu'elle avait connues, à qui elle avait parlé. Peut-être même était-elle la dernière à les avoir vues vivantes l'une et l'autre. Sa poisse du Snowdon l'avait suivie jusqu'ici. C'était peut-être elle, le problème, après tout.

Elle ferma les yeux et, caressant le tissu soyeux, s'efforça de respirer plus calmement.

Le message. Quelqu'un l'a laissé à ton intention. Quelqu'un veut que tu aies peur. Qui ?

Elle ouvrit les yeux et sortit de la tente, à la recherche du bout de papier qu'elle avait lâché aussitôt après l'avoir lu. Elle le retrouva, les caractères s'effaçant à mesure que la neige imprégnait la feuille. Elle le récupéra et regagna son abri.

« UN TUEUR RÔDE DANS LA MONTAGNE. FICHE LE CAMP D'ICI. »

Elle s'efforça de réfléchir avec logique.

L'auteur de ce mot ne l'avait pas signé, désirant rester anonyme, ce qui signifiait peut-être qu'il n'émettait qu'une supposition. Par ailleurs, à moins que ses équipiers aient eu droit à la même surprise, ce message lui était personnellement destiné. Pourquoi ? Était-ce un avertissement... ou une menace ?

Une voix retentit à l'extérieur :

— Cecily ?

— Zak ? s'écria-t-elle en plaquant le billet contre sa poitrine. Que se passe-t-il ?

Il glissa la tête dans la tente.

— Tu as reçu un message, toi aussi ?

— Quoi ? Non, mais tu ferais bien de nous rejoindre. Ce mec, Dario, a du nouveau, et ça m'a l'air grave.

— J'arrive.

Elle glissa le bout de papier dans sa poche et sortit. Il neigeait à gros flocons à présent, si bien que sa veste fut rapidement saupoudrée de blanc.

— Tu es pâle, constata Zak, une main sur l'épaule de Cecily. Quel choc ça a dû être pour toi de découvrir Irina.

— C'était épouvantable, mais...

Elle se figea, peu avant le réfectoire.

— Tu crois vraiment que c'est un accident ?

— Tu as les mêmes doutes que concernant Alain ?

Cecily jeta un regard à la ronde, afin de s'assurer que nul ne risquait de les entendre.

— Il y a peut-être quelqu'un de dangereux parmi nous.

— Tu crois ? À mon avis, tu penses trop au délire de Ben. Même s'il y avait un type à craindre dans les parages – ce qui semble un peu tiré par les cheveux –, on est en équipe. Aucun membre du groupe ne sera jamais seul, comme l'était Irina quand elle est redescendue. On dormait tous quand elle est morte. Tu ne crains rien avec nous.

— On dormait tous... sauf Grant.

— Je ne suis pas un grand fan de ce type, tu le sais bien, c'est un jeune con, mais je ne pense pas qu'il soit dangereux. Jamais il n'aurait été capable de faire ce dont tu le soupçonnes. Reviens sur terre, gamine.

Il passa un bras autour des épaules de Cecily et l'attira contre lui.

— Allez, rentrons au chaud.

Il écarta le rabat de la tente-réfectoire.

Dario faisait les cent pas le long de la paroi du fond. Voir un individu précédemment si sûr de lui nerveux à ce point déclencha des fourmillements dans la nuque de Cecily ; sa présence était à coup sûr liée au message qu'elle avait reçu.

Élise les rejoignit, avec Doug dans son sillage, qui apostropha aussitôt Dario :

— Qu'est-ce que tu fiches ici ?

— Notre campement a été cambriolé pendant notre acclimatation, révéla Dario, les dents serrées. Quelqu'un a fouillé dans nos sacs et volé l'argent destiné aux pourboires.

— Tu plaisantes ? dit Élise, les yeux écarquillés.

— J'aimerais bien. D'abord la Russe, qui meurt d'une façon plus que douteuse, et maintenant mes clients qui perdent plusieurs milliers de dollars. On nous a également volé du matériel. On n'est pas sur une petite colline, on est censés tous se faire confiance, ici. Il faudra que j'arme mes sherpas la prochaine fois, peut-être ?

— Du calme, Dario, dit Doug. Tu es certain que ce fric n'a pas été égaré ?

— Ne dis pas n'importe quoi. Tu traites mes clients de menteurs ? répliqua Dario.

Il se dressa de toute sa taille. Une tension à couper au couteau s'imposa dans la tente – Dario s'était aventuré sur le territoire de Doug – et Mingma et Galden se levèrent. Voyant cela, Dario recula d'un pas.

— Ton équipe est descendue avant nous, pas vrai ? poursuivit-il. Ils étaient tous avec toi ?

— Tu ferais mieux de t'en aller, maintenant, souffla Doug, à peine audible mais sur un ton inflexible.

— Je pose simplement la question, se défendit Dario, les mains levées. Si le coupable ne fait pas partie de ton équipe – et je ne prétends rien de tel –, alors il y a quelqu'un d'autre qui sévit dans le camp de base. On aura de meilleures chances de l'attraper en unissant nos forces.

— Au fait, vous avez vérifié si votre liquide est toujours à sa place ? lança Zak à ses compagnons.

— Allez tous vous assurer que votre argent et vos objets de valeur sont encore là, ordonna Doug.

Cecily avait le cœur lourd en approchant de sa tente. Son regard se posa malgré elle sur l'amas de rochers et au-delà, et soudain elle songea à la tente solitaire aperçue sur le plateau, au domaine du mystérieux siffleur. L'individu installé là-bas, à l'écart, n'avait eu qu'à attendre le bon moment, à savoir qu'ils soient tous partis vers le camp 1, pour explorer leurs tentes.

Cette pensée renforça sa décision de renoncer à l'ascension et filer d'ici. Ses sacs étaient calés près de l'entrée, pleins à craquer car elle les avait remplis à la va-vite. Elle conservait l'argent qu'elle destinait à son sherpa dans une enveloppe kraft fourrée au fond de son plus gros sac. Sans être vraiment dissimulée, elle était calée sous des pochettes étanches dont elle ne s'était pas encore servie, des sachets de friandises, des livres et des calepins.

Elle trouva l'enveloppe, pour son plus grand soulagement, mais se rendit aussitôt compte qu'elle était trop fine, trop légère. Elle l'ouvrit et sa crainte fut confirmée : elle était vide.

S'il n'y avait pas nécessairement un assassin au camp de base, il y avait au moins un voleur, c'était une certitude.

– 30 –

— Qu'est-ce qu'on fait ? demanda Dario à Doug quand ils furent tous de retour dans le réfectoire.

— Quelle merde ! râla Grant, qui abattit son poing sur la table. D'abord mon matos vidéo, et maintenant mon fric pour les pourboires ! C'est une blague, ou quoi ?

— Dawa n'a rien remarqué de particulier ? chuchota Doug à Mingma, dont il s'était rapproché.

Zak était penché sur son café et Élise semblait au bord des larmes. Quant à Cecily, elle était en proie à des nausées ; on lui avait dérobé toute sa fortune. Elle avait prévu de la consacrer aux pourboires que l'on remettait traditionnellement aux sherpas au terme de l'ascension, mais à présent elle n'avait plus de quoi se payer une place à bord d'un hélicoptère à destination de Katmandou pour fuir cet enfer.

À cela s'ajoutait la sensation d'avoir subi une intrusion dans son intimité. Quelqu'un s'était glissé dans sa tente et avait fouillé dans ses affaires. Sans l'intervention de Dario, elle ne s'en serait même pas encore rendu compte.

— Dawa n'a rien vu, mais il s'est absenté le temps de rendre visite à des amis au campement de Seven Summit quand nous étions au camp 2, dit Mingma.

Des tics nerveux agitaient les lèvres de Doug ; il était clairement fou de rage. Leur campement avait été laissé sans surveillance, offert aux maraudeurs.

— Il faudrait contacter les autres guides et leur demander s'ils ont subi des vols, eux aussi, proposa Dario.

— Entendu, convint Doug, qui, se pinçant l'arête du nez, prit un long moment pour réfléchir avant de poursuivre. Rassemblons tout le monde demain à la première heure. Ce genre de choses ne devrait jamais se produire en montagne. Il va falloir prévenir le policier de Samagaun, pour qu'il monte jusqu'ici. Il ne va pas sauter de joie, mais il est indispensable qu'il nous rejoigne avant que tout ne parte en vrille.

Les deux guides partis, Cecily considéra ses équipiers, croyant à peine les déboires qui leur étaient tombés dessus.

— Les sherpas méritent cet argent, se lamenta Élise, dévastée. Si je n'ai plus rien à leur donner, je ne vais pas plus loin, c'est aussi simple que ça.

— Tu plaisantes ? s'étrangla Zak, atterré.

— Ce n'est pas si évident pour moi, figure-toi ! Je ne peux pas sortir mille dollars de ma poche d'un claquement de doigts !

Elle se tourna vers Cecily.

— Ou grâce aux honoraires d'un article, comme toi !

Les lèvres tremblantes, la jeune femme tripotait la chaîne de son pendentif comme si c'était un chapelet.

— Nous trouverons une solution à notre retour à Katmandou, Élise, promit Cecily. Ne t'en fais pas, nous ne te laisserons pas tomber. Je t'aiderai si c'est dans mes moyens. Nous formons une équipe.

Elle n'osa pas avouer qu'il lui était impossible de lui prêter le moindre billet.

— Je crois que je vais retourner dans ma tente et revérifier que rien d'autre n'a disparu, dit Élise, qui, juste avant de sortir, se retourna vers le groupe. Je suis jeune, je sais, mais ça fait dix ans que je grimpe un peu partout dans le monde ; jamais, mais vraiment jamais je n'ai vu une chose pareille. Je ne comprends pas. Quel genre d'alpiniste peut voler de l'argent destiné à ceux qui sont là pour nous aider ?

Trahie par ses jambes en coton, Cecily s'effondra sur une chaise. Le cambriolage, la mort d'Alain, celle d'Irina... Cette expédition semblait maudite.

— J'espère que tout ça ne va pas annuler notre ascension, dit Zak. J'ai craché une tonne de fric pour être là.

— Charles ne le permettra pas, le rassura Grant. On s'élancera vers le sommet dès qu'il sera là, je te le garantis.

Écœurée d'entendre ces deux hommes visiblement peu touchés par leur perte financière évoquer leur envie de vaincre le Manaslu, Cecily fut saisie d'un besoin impératif de s'en aller.

De retour dans sa tente, elle inspira profondément avant de remplir pour la deuxième fois ses sacs des affaires laissées en pagaille après sa recherche frénétique de l'enveloppe dans laquelle elle avait conservé son argent.

Un toussotement sec se fit entendre à l'extérieur, et Doug apparut, accroupi à l'entrée de la tente.

— Rien d'autre n'a disparu ?

Elle s'assit en tailleur sur son matelas et, les mains inertes sur les genoux, poussa un soupir :

— Je n'ai pas tout vérifié à fond, mais non, je ne crois pas. Il faut dire que j'avais la plupart de mes appareils électroniques sur moi pendant la rotation. Tu as une idée de l'identité du voleur ?

— Pas encore. La police sera là demain mais je n'en attends pas grand-chose – et je m'en excuse d'avance.

— Le voleur n'a tué personne, au moins... dit Cecily, qui resta muette quelques secondes, pensant à Irina, à Alain et au message anonyme.

Elle aurait aimé parler de tout cela à Doug, mais vu sa réaction à ses théories précédentes, elle craignait que cela ne tourne mal. Qui plus est, un léger doute la titillait, en raison d'une phrase d'Élise que Zak avait par la suite plus ou moins confirmée, à savoir que Grant n'aurait physiquement pas eu la possibilité de tuer Irina sur le Gibet ni de regagner le camp 2 en si peu de temps.

Or si un autre membre du groupe était assez costaud et compétent pour assassiner Irina et rejoindre à temps le campement en pleine nuit, c'était Doug.

— C'est justement de ça que je suis venu te parler, dit ce dernier, qui, reportant son poids sur l'autre jambe, entra un peu plus dans la tente. Je voulais te parler en toute discrétion... Comment te sens-tu, après ce qui est arrivé à Irina ?

Cecily cligna des yeux, étonnée tant par la question que par la bienveillance dans la voix du guide. Mais pouvait-elle s'y fier ?

— Je ne sais pas trop, pour le moment, en toute franchise, répondit-elle.

Doug hocha la tête.

— Il est normal que tu sois déstabilisée, entre ce drame et le cambriolage. Mais Dario et moi, on va arranger tout ça.

— Ce n'est pas gênant pour toi de collaborer avec lui ?

— Pourquoi y aurait-il un problème ?

— C'est juste que... vu ce qui s'est passé entre Summit Extreme et toi...

Doug soupira et plongea ses doigts dans sa chevelure argentée.

— Nous avons eu des désaccords quant aux priorités du métier de guide. Eux tiennent avant tout à satisfaire le client, alors que moi je respecte la sécurité du client et la montagne. L'argent vient bien après.

— Au point de frapper un client ?

Il la regarda un moment.

— Tu as entendu parler de cette histoire ?

— Tu avais certainement une bonne raison de réagir comme ça.

— Non, même pas. J'ai pété un câble. Mais ça ne se reproduira plus. Je tiens par-dessus tout à ce que les membres de mes expéditions ne subissent aucun dommage physique. Je suis prêt à tout faire – n'importe quoi – pour éviter ça.

Il avait asséné ces derniers mots d'une voix calme mais déterminée.

Un cri sonore et furieux attira leur attention, suivi d'un grognement plus discret. Quelqu'un se faisait-il enguirlander ?

— Bon Dieu, c'est pas vrai... pesta Doug, plaquant les mains sur les genoux. Qu'est-ce qui se passe, encore ?

— Je t'accompagne, décréta Cecily, qui se faufila hors de la tente.

La nuit était tombée mais de nombreuses lueurs de lampes frontales s'agitaient un peu plus loin. Doug se précipita dans cette direction. Cecily retrouva Zak qui sortait du réfectoire.

— Que se passe-t-il ? lui demanda-t-elle.

— Je crois qu'ils ont mis la main sur le voleur. Les sherpas sont furieux car il a dérobé l'argent qui leur était destiné. Et personne n'a intérêt à affronter un sherpa en colère.

Cecily serra les pans de sa veste pour se réchauffer.

— Qu'est-ce qui va se passer maintenant, à ton avis ?

— Aucune idée, mais j'ai vu quelqu'un – Galden, peut-être – passer avec un piolet. Ils vont peut-être appliquer une sorte de justice sherpa.

— Mon Dieu, tu es sérieux ? Mais la police, alors ?

Zak haussa les épaules.

— Ne restons pas ici les bras ballants. Allons voir ce qui se passe.

Il s'élança au trot vers l'agitation.

Bien que peu désireuse d'en faire autant, Cecily devait à tout prix connaître l'identité du voleur, sans compter qu'un témoin de plus dissuaderait peut-être les sherpas de commettre quelque bêtise irréversible.

Une guirlande de points lumineux éclairait les lieux, il y avait vraiment foule. Ils se dirigèrent vers l'entrée du camp de base, où de nombreuses personnes s'étaient rassemblées.

En approchant, Cecily découvrit un homme agenouillé. Ligoté avec d'épaisses cordes d'escalade, il était cerné par les sherpas. Dario dominait le prisonnier de toute sa taille, la mâchoire crispée de rage.

C'était Ben.

Et face à lui, un gros tas de billets.

— 31 —

— Mon Dieu, Ben ! Que se passe-t-il ? s'écria Cecily, qui joua des coudes pour fendre la foule et s'agenouilla près du prisonnier.

Celui-ci s'agitait tant, cherchant à se libérer, qu'elle eut un mouvement de recul.

— Ce n'est pas moi qui ai volé votre argent ! protestait Ben. On m'a piégé !

— Menteur ! cracha Dario. On t'a surpris en train de filer en douce avec ce fric.

Il donna un coup de pied dans la terre, projetant des cailloux sur Ben.

Cecily grimaça en le voyant se protéger la tête des deux mains. Percevant la tension grandissante dans la foule, palpitant comme un cœur qui s'emballait, elle estima que la situation risquait de rapidement déraper. Elle s'adressa à Dario :

— Écoutons au moins ce qu'il a à dire, je t'en prie ! Je le connais, il y a forcément une explication.

— Cet argent est à moi, déclara Ben, quand la poussière fut retombée. Ma femme m'a appelé pour m'avertir que notre fille était malade, il faut que je rentre en urgence. J'ai consulté la météo : une accalmie est prévue demain. Il fallait que je parte immédiatement, c'était ma seule chance de rentrer chez moi au plus vite.

— Il ment ! hurla quelqu'un.

— Je pourrais le tuer sur place ! gronda Dario, les poings serrés, son agitation à son comble. C'est ce guignol qu'on a viré parce qu'il refusait de régler ses frais d'inscription. Apparemment, au lieu de foutre le camp, il a volé d'autres équipes pour survivre.

Une fureur évidente dans le regard, Dario avait clairement envie de tabasser Ben. Cependant, même si celui-ci avait peut-être transmis des infos à son ex, cherchant à lui piquer son exclusivité – et même si maintenant il semblait qu'il lui ait également volé son argent –, Cecily refusait qu'il soit blessé par ses accusateurs.

— C'est faux ! protesta Ben.

— Je sais comment prouver s'il ment ou non ! intervint Zak en les rejoignant. Je marque tous mes billets. Si dans ce tas il y en a qui portent un trait rouge d'un côté, ce sont les miens.

— Tu marques tes billets ? s'étonna Cecily.

— Bien sûr, précisément pour régler ce genre de situation.

— Ça ne te dérange pas qu'on vérifie, Ben ? cracha Dario, plus agressif que jamais.

Ben baissa la tête, n'ayant d'autre choix que d'accepter.

Sous les yeux de toute l'assistance, le sherpa en chef de Dario s'agenouilla et épluca les liasses posées dans la neige. Les nombreuses lampes frontales toutes braquées sur lui, il y faisait clair comme en plein jour.

Alors que tous les regards étaient fixés sur l'argent – aucun trait rouge n'était apparu pour l'instant –, Cecily s'attarda sur Ben... et devina la vérité avant même que le premier billet marqué n'apparaisse : sa mâchoire crispée et son regard dur indiquaient clairement qu'il était coupable. Il se savait sur le point d'être démasqué.

— Pourquoi, Ben... ? lui demanda-t-elle.

Plusieurs têtes se tournèrent vers elle. Soudain, Dario poussa un hurlement ; il se pencha et attrapa un billet de vingt dollars américains marqué de rouge.

Ben détourna le regard, luttant pour se défaire de ses liens. Ce qui n'aurait servi à rien, étant donné que la totalité des occupants du camp de base ne le quittaient plus des yeux.

Voyant Dario s'approcher de lui, Ben eut le réflexe de s'en écarter.

— Bon, d'accord, j'avoue. Mais je n'avais pas le choix, je devais m'emparer de cet argent. Je devais m'enfuir de cette montagne.

— Arrête avec tes excuses ! lança Dario, les poings brandis.

Cecily tenta de s'interposer entre les deux hommes.

— Il dit devoir rentrer chez lui en urgence pour s'occuper de sa fille. Il a agi par désespoir, il n'avait plus toute sa tête. C'est bien ça, Ben ?

L'intéressé secoua la tête, pour la plus grande consternation de Cecily.

— Je devais filer d'ici à cause de la femme qui est morte.

Les yeux grands ouverts et injectés de sang, Ben avait en outre le teint cireux et les joues creusées, comme s'il n'avait rien avalé depuis des jours. Il avait l'air malade, à vrai dire. On avait déjà vu des gens souffrir d'œdèmes cérébraux à des altitudes aussi faibles que celle du camp de base.

— Ce n'était pas un accident, précisa-t-il. Elle a été tuée.

— N'importe quoi... grogna Doug.

— J'ai été témoin du meurtre ! jura Ben.

— Qu'as-tu vu, exactement ? le pressa Cecily, le cœur battant.

— Il faisait trop sombre, je n'ai pas distingué le visage du tueur. Tout le monde a la même allure, avec son équipement sur le dos. Mais je l'ai vu la pousser. Un tueur rôde dans la montagne. Je voulais foutre le camp avant d'être pris pour cible à mon tour.

— Il dit des conneries ! brailla un membre du groupe Summit Extreme. Allez, on lui casse la gueule !

Un sherpa s'avança, le poing levé. Galden se trouvait à côté de lui.

— Non ! cria Cecily.

Peu lui importaient les raisons ayant poussé Ben à voler l'argent, elle avait la certitude qu'il ne méritait pas d'être réduit en masse sanguinolente, voire pire, à en juger par la colère générale.

Son regard croisa celui de Galden, et son soulagement fut infini lorsqu'elle le vit empêcher son collègue de passer à l'action.

Doug retira son bonnet en laine et s'essuya le front.

— On va te redescendre à Samagaun, les autorités s'occuperont de toi là-bas.

— Ils vont me suivre et me tabasser ! protesta Ben, désignant Dario et les sherpas.

Doug considéra le groupe.

— Tenzing, raccompagne-le.

Cecily fut soulagée que Tenzing, aussi doux que respecté, soit chargé d'assurer la sécurité de Ben. Personne n'oserait s'en prendre à ce dernier sous l'œil vigilant de Tenzing.

L'aîné des sherpas détacha un couteau de sa ceinture et trancha les liens du prisonnier, puis Dario récupéra l'argent (s'ensuivrait la tâche peu enviable de le redistribuer, que Cecily laissait volontiers aux guides), et enfin l'attroupement d'alpinistes furieux se dispersa. Assommée par le contrecoup de la montée d'adrénaline, Cecily resta un moment pétrifiée, suivant des yeux Tenzing et Ben qui disparaissaient peu à peu dans les ténèbres.

— Allons dormir, dit Doug.

Cecily suivit ses équipiers en silence, accablée par un poids sur les épaules et incapable de chasser de son esprit une certaine phrase prononcée par Ben.

Un tueur rôde dans la montagne.

Celle-là même qui figurait sur le message anonyme. Au mot près.

– 32 –

Il était encore tôt, le lendemain matin, quand Cecily vérifia une dernière fois qu'elle avait tout ce dont elle aurait besoin : de la nourriture, de l'eau, son appareil photo, son ordinateur portable, son téléphone et ses chargeurs. Elle empocha également son passeport et son portefeuille.

En partant dès à présent, elle avait encore une chance d'atteindre Samagaun avant que Ben ne soit transféré à Katmandou.

— Galden ? chuchota-t-elle devant la tente du sherpa de façon que lui seul l'entende.

Des bruissements se manifestèrent dans la tente, puis le jeune homme apparut.

— *Didi* ? Tu as besoin de quelque chose ?

— Je voulais juste te prévenir que je descends à Samagaun, j'ai besoin d'une connexion à Internet pour envoyer quelques e-mails à ma rédactrice en chef, sans quoi elle...

— Je t'accompagne, dit Galden sans la moindre hésitation.

— Non, c'est inutile. La piste est facile à suivre, je n'en ai pas pour longtemps.
— Je devrais demander l'accord de Doug...
— Je lui ai demandé la permission hier soir.

Elle se sentait coupable de mentir ainsi, surtout à Galden, qui s'était toujours montré si gentil avec elle, mais elle avait une bonne raison pour cela. En effet, elle devinait que Doug refuserait de la laisser partir, et il l'avait précédemment avertie qu'il lui demanderait de quitter définitivement le groupe si sa paranoïa s'amplifiait.

Ce qui était bel et bien le cas.

— Il est d'accord, poursuivit-elle. J'aurais voulu lui signaler mon départ, mais impossible de le trouver ce matin, c'est pour ça que je te préviens.

Peu désireuse de discuter plus longtemps avec Galden, car il risquait de trouver une bonne raison pour qu'elle retarde son départ, elle se mit en marche, priant pour qu'il ne la suive pas.

Elle s'élança sur les moraines rocailleuses, suivant les petits drapeaux marquant la piste menant au village. Certaines portions rocheuses étaient glissantes en raison de la pluie, voire verglacées. À cette heure très matinale, un silence presque total régnait dans le camp de base. Elle se retrouva seule en abordant la piste proprement dite.

Elle commençait à regretter sa décision ; peut-être aurait-elle dû accepter que Galden l'accompagne.

Même sur ces contreforts de la montagne, elle sentait le danger prêt à surgir à tout instant, et pas uniquement du fait des roches instables sous ses pieds susceptibles de provoquer une glissade ou une chute. La montagne avait tendance à modifier les comportements. Elle mettait les facultés de chacun à l'épreuve, l'adversité et la souffrance mettant à nu les émotions. Cecily avait été choquée en découvrant Ben, la veille au soir ; elle avait à peine reconnu l'homme qu'elle avait côtoyé en Angleterre.

Son malaise soudain s'expliquait également par un bruit étrange apparu depuis quelques instants. Elle s'accroupit, appuyée contre un rocher, et leva la tête juste à temps pour voir un drone passer très haut à sa verticale.

Quelqu'un avait-il décidé de filmer une séquence panoramique spectaculaire ? Ou ce drone était-il lancé à sa recherche ?

L'engin s'attarda un moment, bourdonnant comme un insecte – elle aurait donné cher pour pouvoir l'écraser.

Elle n'allait tout de même pas rester statufiée ainsi, paralysée par l'apparition de cette caméra volante ? Les mains sur les oreilles, elle reprit sa marche sur la moraine.

Le drone demeura en surplace.

Parvenue au village, elle se dirigea vers l'auberge dans laquelle l'équipe avait logé. Shashi se trouvait dans la salle à manger, occupée à débarrasser les reliefs du petit déjeuner. Sans la horde d'alpinistes, l'atmosphère de l'endroit était beaucoup plus calme, presque propice à la méditation.

— Cecily ! s'exclama la maîtresse des lieux. Tu es blessée ?

— Non, tout va bien. En fait, j'ai besoin de ton aide : je cherche Tenzing. Il a dû raccompagner un autre alpiniste un peu plus tôt ce matin.

Le visage de Shashi se voila, la chaleur de son accueil aussi sûrement étouffée que le feu dans la cheminée de la salle.

— Mauvaise histoire, ça.
— Je sais, mais il faut absolument que je lui parle.
— Ils attendent à l'hélistation.
— Merci.
— Je peux t'offrir un thé ? proposa Shashi.

Déjà ressortie, Cecily se mit à courir, paniquée à l'idée que Ben reparte avant qu'elle ait l'occasion de l'interroger.

Par chance, en approchant de l'aire dédiée aux hélicoptères, elle aperçut Ben assis à même le sol, la tête dans les mains. Posté à quelques mètres de lui, Tenzing le surveillait, tandis que toutes les personnes présentes prenaient soin de ne pas l'approcher.

À la lueur du jour, Ben était dans un état nettement plus alarmant que de nuit. Combien de kilos avait-il perdus en une semaine, depuis leur rencontre à Samagaun ? Le visage brûlé par le soleil et pelé de toutes parts, il avait le regard d'un fou.

Cecily se mordit la lèvre ; peut-être avait-elle commis une erreur. Vu sa condition physique, il était forcément désespéré. Or les gens désespérés mentaient facilement. Alors qu'elle s'apprêtait à faire demi-tour, il leva la tête et croisa son regard. Elle s'arma de courage et s'approcha de lui.

— Cecily ?

Le son de la voix de Ben alerta le sherpa, qui se retourna.

— Bonjour, Tenzing, lui lança Cecily. Je peux parler à Ben un instant ? Je n'ai pas l'intention de lui faire du mal, promis. J'ai seulement quelques questions à lui poser. C'est un ami d'Angleterre.

Tenzing l'examina quelques secondes de ses yeux noirs avant de hocher la tête. Avant tout chargé de faire monter Ben dans un hélicoptère, et non d'empêcher les journalistes fouineurs d'approcher, il estimait que la présence de Cecily n'était pas un souci. Reconnaissante, celle-ci s'agenouilla.

— Comment tu te sens, Ben ?

Cecily dut fournir un réel effort pour ne pas grimacer ; il avait les lèvres couvertes de saletés jaunâtres – probablement du fait de sa déshydratation –, les yeux gonflés et il empestait la sueur macérée.

— Ça me fait du bien de te voir, déjà. Je suis terrifié. Il faut à tout prix que je m'éloigne de cette montagne.

— Ne t'en fais pas, l'hélicoptère sera bientôt là.

— Je suis désolé d'avoir pris cet argent...

— C'était stupide, Ben, dit Cecily, avec douceur. Mais justement, je suis là pour en parler.

Elle déglutit et posa la question qui la tourmentait :

— Qu'est-il arrivé à Irina ?

— Quelqu'un l'a tuée, répondit Ben en retirant un peu de terre de sous ses ongles.

Cecily eut de nouveau l'estomac noué en entendant ces mots à haute voix.

— Reprends depuis le début, se força-t-elle à articuler. Que fichais-tu là-haut, déjà ? Dario ne t'avait pas ordonné de quitter l'expédition ?

— Ouais, j'ai été viré du groupe Summit Extreme, confirma Ben, oscillant d'avant en arrière. Ça fait un bon moment que je suis très limite, niveau finances, et je n'ai pas pu rassembler à temps de quoi régler mes frais d'inscription. Mais après avoir fait tout ce chemin, je tenais à tenter l'ascension. Je me suis caché dans la montagne et j'ai attendu que tout le monde se lance dans l'acclimatation. J'ai pensé qu'en me mettant en route suffisamment tôt, avant le lever du jour, j'avais mes chances de franchir le crux avant qu'un embouteillage s'y forme et d'atteindre le camp 2. Personne ne se serait jamais aperçu de ma présence. Je me serais acclimaté, puis je serais redescendu et j'aurais attendu que mon chèque mensuel me parvienne. Alors, j'aurais peut-être su convaincre l'équipe de me réintégrer...

Ben s'était donc terré dans la montagne. Était-ce lui que Cecily avait aperçu près de sa tente ? Assimilant ses révélations, elle lui offrit un peu d'eau, et il s'en octroya une gorgée.

— Et ensuite ? le relança-t-elle.

— Tout s'est bien passé, dans un premier temps. Je suis arrivé au pied du Gibet aux alentours de 4 heures du matin. Je me suis accordé une pause en étudiant la paroi, à la recherche de la meilleure façon de l'escalader. C'est alors que j'ai remarqué la lueur d'une lampe frontale au sommet. Quelqu'un s'attachait à une corde de rappel – du moins c'est ce que j'ai cru. Ce qui m'a étonné car il faisait encore nuit noire et je ne m'attendais pas du tout à croiser quelqu'un. Puis j'ai remarqué un autre point lumineux. Ces deux lueurs se comportaient bizarrement, comme si elles... dansaient. Une seconde plus tard, l'une s'est éteinte. Aussitôt après, une masse est tombée le long du mur de glace. J'ai allumé ma lampe et je l'ai vue ; malheureusement, elle était hors de portée pour moi, il m'était impossible de la secourir.

Ébranlé par ce souvenir, il remua les jambes, comme pour reproduire les derniers spasmes d'Irina.

Cecily grimaça mais resta attentive.

— J'ai paniqué, enchaîna Ben. Je me suis dit qu'il fallait que je fiche le camp, aussi loin que possible.

— Pourquoi ? Pourquoi ne pas avoir prévenu tes anciens équipiers ?

— À cause de l'autre point lumineux. Il y avait quelqu'un d'autre au sommet de la paroi, qui, totalement immobile, regardait la femme prisonnière de la corde. Soudain, le faisceau lumineux m'a éclairé ; j'ai pris mes jambes à mon cou.

— C'était qui ?

— Aucune idée, il faisait trop sombre. Je n'ai vu que l'éclat de la frontale. Mais qui que soit cette personne, elle m'avait repéré. D'où mon envie de déguerpir.

Cecily déglutit avec peine. Une deuxième lampe frontale… C'était un détail non négligeable… ou un effet de l'imagination troublée de Ben. Il n'en demeurait pas moins que l'expédition était à présent entachée de deux décès – Irina et Alain. Cecily ne pouvait plus ignorer l'hypothèse qu'un individu dangereux les ait suivis. Dario lui-même avait jugé la mort d'Irina douteuse…

La pression atmosphérique chuta soudain en raison de l'approche d'un hélicoptère. Cecily sentit son ventre secoué au rythme du son grave du rotor de l'appareil. Elle se baissa et le regarda décrire un cercle avant de se poser sur l'hélisurface. Elle se protégea la tête des deux bras pour éviter d'être blessée par les débris qui volèrent sous le souffle des pales.

— C'est celui de Ben ! cria Tenzing, dominant le vacarme de l'hélicoptère.

Un homme en uniforme sauta de l'habitacle et s'approcha de Ben, puis il l'empoigna par le biceps et l'entraîna vers l'appareil. Cecily suivit les deux hommes en trottinant.

— Viens avec moi, Cecily ! cria Ben. Tu ne devrais pas rester ici, toi non plus. Tu ne peux faire confiance à personne, là-haut. Tu seras plus en sécurité à Katmandou.

— Mais qui est l'assassin, d'après toi ?

— Quelle importance ? Si tu restes ici, tu te mets en danger.

Il avait raison. Le tueur pouvait être n'importe qui, et par conséquent elle ne serait nulle part en sécurité en haute montagne. Elle posa le pied sur le patin de l'hélicoptère ; une occasion de fuir la montagne s'offrait à elle, ce qui lui permettrait ensuite de rentrer à Londres.

— Aucun article ne justifie que tu risques ta vie, ajouta Ben.

S'aidant de la poignée intérieure de la porte, elle se hissa dans l'habitacle.

— Allez, filons d'ici, dit Ben en l'aidant à embarquer.

Considérant le visage de ce dernier, Cecily y vit le reflet de son propre échec. En l'accompagnant, elle renonçait, et tous les sacrifices consentis pour cette interview n'auraient servi à rien. Quant au message anonyme, si ce n'était pas une menace mais un avertissement, il fallait qu'elle reste. Il fallait que quelqu'un découvre la vérité à propos de la mort d'Irina.

— Non, Ben, je ne peux pas te suivre. Je dois rester ici.

Elle se dégagea et recula d'un pas hésitant.

Ben se pencha vivement vers elle, plus vif qu'elle ne l'aurait imaginé, et lui agrippa le haut du bras pour l'attirer contre lui. Elle tourna la tête, écœurée par son haleine pestilentielle.

— Sois prudente, lui dit-il. Tu pourrais être la prochaine victime.

Le policier l'empoigna et l'attacha sur son siège, puis le pilote cria à Cecily de s'écarter. Dès qu'elle se fut éloignée à une distance suffisante, l'hélicoptère s'envola, emportant Ben vers le destin qui l'attendait à Katmandou.

Une voix s'éleva dans son dos :

— Tu étais sur le point de jeter l'éponge ?

Cecily fit volte-face et se retrouva nez à nez avec Charles McVeigh.

– 33 –

L'hélicoptère décrivit une boucle au-dessus d'eux avant de filer vers la capitale. Cecily avait la bouche sèche mais Ben avait emporté sa bouteille d'eau.

— Charles ! Tu as réussi à nous rejoindre !

— Je suis arrivé ce matin. Je devais retrouver Doug à l'auberge quand je t'ai aperçue.

Il désigna l'hélicoptère.

— Qu'est-ce que ça veut dire, ça ?

— Oh... Ben Danforth, l'homme que le policier est venu chercher... En fait, je le connaissais avant de venir ici. Il a volé l'argent destiné aux pourboires. Je voulais lui donner une chance de s'expliquer.

— Sérieux ? dit Charles, soudain très intéressé, considérant l'appareil.

— Tenzing l'a accompagné jusqu'ici. Des événements très graves sont survenus là-haut, Charles. Je suis heureuse que tu sois là...

Cecily fondit en larmes et plongea la tête dans les mains. Elle avait été à deux doigts de faire demi-tour, de rentrer chez elle, elle avait déjà un pied dans l'hélicoptère, mais elle était encore là. Avec toujours la montagne à affronter.

— Dis-moi tout... lui murmura Charles en lui tapotant l'épaule.

Elle inspira à pleins poumons.

— Une femme est morte hier, peu avant le camp 2, et c'est moi qui ai trouvé son corps.

— Quelle horreur, Cecily, compatit Charles en secouant la tête. Que s'est-il passé ?

— D'après Doug, elle s'est emmêlée dans sa corde de rappel. Un terrible accident. Mais Ben pense qu'il s'agit d'autre chose.

Charles plissa les yeux.

— C'est-à-dire ?

— Il est convaincu qu'elle a été tuée. Il prétend avoir assisté à sa chute, et apparemment elle n'était pas seule. Quelqu'un l'aurait poussée dans le vide du haut du mur. Ben a ensuite fichu le camp car il craignait d'être tué à son tour.

Elle sortit de sa poche le message anonyme.

— Je pense que c'est lui qui m'a laissé ce bout de papier, pour m'avertir.

Charles lut les quelques mots, la mâchoire crispée.

— Il a peut-être raison...

— Quoi ? s'étrangla Cecily, les yeux écarquillés. Tu veux dire que...

— Où un tueur peut-il mieux se cacher qu'en un lieu surnommé la zone de la mort ?

Cecily se figea. Comment Charles pouvait-il être au courant ? Ses propos confirmaient les pires craintes de la jeune femme, alors qu'il venait seulement d'arriver...

Il se retourna quand il se rendit compte qu'elle ne le suivait pas, puis il leva les yeux vers le sommet. Très loin au-dessus d'eux se dressait le Manaslu, aussi silencieux qu'une sentinelle.

— J'ai vu des hommes perdre la tête en haute altitude, Cecily. Des individus parmi les plus rationnels, dotés d'un esprit cartésien, d'un physique digne d'athlètes olympiques et de capacités de survie affûtées dans les environnements les plus hostiles de la planète. J'ai vu de telles personnes être laminées par les plus hauts pics, péter un câble, prendre de mauvaises décisions, avoir des hallucinations. Et moi aussi, j'ai vu le tueur sur la montagne. Il est en nous tous. Il est là-dedans.

Il se tapota la tempe.

— Ce tueur a pris cette femme, comme il a pris Ben, mais il ne nous aura pas. Nous formons une équipe, et nous veillerons les uns sur les autres.

Un nœud dans la gorge, Cecily sentit sa respiration s'apaiser à mesure qu'elle saisissait ce à quoi Charles faisait allusion. Le mal des montagnes. Ce qui n'avait rien de rassurant pour autant. Cela impliquait que tout le monde – n'importe qui – pouvait devenir dangereux.

— Que ferons-nous si un membre de notre équipe en est victime ? s'enquit-elle.

— Je suis là, avec vous tous. J'ai affronté ce tueur à de nombreuses reprises et j'ai toujours pris le dessus sur lui. Si quoi que ce soit va de travers, je me porterai à ton secours.

Arrachant son regard de la montagne, Cecily considéra cet homme, lui-même une montagne humaine tant il en imposait, et sentit un immense soulagement se répandre en elle.

— Si seulement j'avais le centième de ton assurance...

— J'ai une longue expérience derrière moi, sourit Charles, et elle en fit autant, puis il passa un bras sur ses épaules. Allons retrouver Doug. La montagne lui a pris beaucoup de monde, pourtant il y revient toujours. Tu auras tôt fait de comprendre ce que nous savons déjà, à savoir que si le danger est en permanence tapi là-haut, on y trouve également une beauté inimaginable. Je l'ai cherchée en d'autres lieux, sans succès. La haute montagne mérite les efforts qu'on consent pour l'atteindre.

Ils gagnèrent à petits pas l'auberge, un temps ralentis par un groupe d'écoliers surgis de leur salle de classe en voyant Charles passer. Ils l'agrippèrent par les manches, réclamant des autographes et des photos. Cecily rassembla tout ce monde près d'un mur et prit une photo de groupe avec Charles au centre. Quand enfin ils parvinrent à l'auberge, ils y trouvèrent Doug et Mingma, qui patientaient en compagnie de Tenzing à l'extérieur de l'établissement.

— Regardez sur qui je suis tombé en arrivant, plaisanta Charles, désignant Cecily.

— Qu'est-ce que tu fiches ici ? grogna Doug à l'intention de la journaliste.

Celle-ci tressaillit, prête à subir les foudres du guide, mais soudain elle se sentit enhardie par l'arrivée de Charles.

— Je suis venue discuter avec Ben.

— Et ? lâcha Doug, les lèvres serrées.

— Il n'est clairement pas en forme, répondit-elle avec un regard vers Charles. Il est en route pour Katmandou.

— Oublions tout ça, proposa ce dernier, gratifiant Doug d'une bourrade dans le dos. Concentrons-nous sur la tâche qui nous attend. Quelle est la situation, là-haut ?

Cecily était une fois de plus impressionnée par Charles. Sa grande taille et ses membres interminables lui conféraient une allure imposante, autoritaire, compensée par un sourire détendu et un regard bleu pétillant. Cecily était comme attirée dans l'orbite de cet homme, incapable d'en détourner le regard. Il avait pour habitude de se tenir les jambes légèrement écartées, les bras croisés et le dos droit, tel un militaire. Il donnait un tel sentiment d'intégrité que Cecily avait un mal fou à l'imaginer commettant un acte aussi ridicule et scandaleux que profiter de cordes fixes en jurant que tel n'était pas le cas. Ceux qui propageaient cette rumeur étaient jaloux, réaction bien compréhensible tant Charles dégageait une impression de magnificence.

Doug se gratta la tempe.

— Une fenêtre météo favorable se présente et les cordes fixes sont en place jusqu'au sommet. On devrait pouvoir s'élancer d'ici quelques jours.

Cecily tira nerveusement sur sa tresse, n'ayant pas imaginé qu'ils tenteraient si tôt de gagner le sommet.

— Super nouvelle, apprécia Charles. On dirait que je suis arrivé juste à temps !

Il lança un clin d'œil à Cecily, qui lui offrit un sourire timide.

— J'aimerais retrouver le reste de l'équipe sans trop tarder, allons-y.

Il invita Cecily à ouvrir la marche.

— Attends... Je voudrais envoyer quelques e-mails.

Charles rajusta sa casquette.

— Nous avons perdu assez de temps ici. Allez, l'ultime ascension est proche, tu as tout intérêt à ne pas te laisser distraire par d'autres soucis.

— J'ai surtout intérêt à être payée !

— Il faut que tu te focalises sur la mission, Cecily. Si tu t'inquiètes de ce que pensent ta rédactrice en chef, ta famille et tes amis… tu ne seras pas dans l'état d'esprit idéal. On se concentre, d'accord ?

La voyant encore hésiter, il soupira.

— À ton avis, ta rédactrice en chef préférera recevoir un billet de blog ordinaire tout de suite ou une longue interview de moi plus tard ?

— L'interview !

— Alors en route.

Il se mit en marche, fermant la porte à tout débat supplémentaire, et Cecily se plia à sa volonté.

— Tu as obtenu les autorisations et réglé les tracas administratifs, à Katmandou ? lui demanda-t-elle tandis qu'ils s'engageaient sur le sentier menant au camp de base.

Celui-ci lui semblait moins ardu que quelques jours plus tôt, mais elle n'aurait su dire si elle devait cette sensation à sa condition physique renforcée ou à une confiance en elle retrouvée grâce à la présence de Charles.

— Oui, c'est bon, mes ascensions ont toutes été confirmées. Il n'y avait aucun doute sur la question, évidemment, mais il était important que ce soit officiellement établi. J'ai enregistré tous les positionnements GPS et envoyé mes photos, preuves que j'ai atteint ces sommets sans m'aider des cordes fixes.

— Quel parcours du combattant, ces paperasses !
— Je tiens à ce qu'il n'y ait pas le moindre doute.
— Oui, bien sûr...

Cecily songea à évoquer les propos de Dario, puis estima que ce n'était pas le moment pour cela, l'ambiance s'étant nettement détendue. Elle aurait tout le temps de poser des questions plus graves.

— Tu auras donc établi ton record dès l'instant où tu atteindras le sommet du Manaslu ! dit-elle.
— Exact, mais n'en dis pas plus, ça porte la poisse ! s'esclaffa Charles.

Évoluer en pleine nature en compagnie des guides était comme une leçon. Plongé dans ses pensées, Doug ouvrait la marche avec Tenzing. Bien qu'ayant clairement l'esprit ailleurs, il progressait d'un pas sûr, sans jamais vaciller. Il aurait certainement été capable d'atteindre le sommet les yeux fermés plus rapidement que Cecily en conditions normales.

Mingma semblait effleurer la montagne, grimpant avec autant d'agilité que de grâce, marquant à peine le sol malgré sa charge qui doublait son poids. À l'inverse, Charles était une bête. Il donnait l'impression d'écraser sous ses pas la montagne, laquelle craquait, se soumettait. Il était façonné du même bois que les légendaires explorateurs d'autrefois qui avaient arpenté les recoins les plus froids et les plus inhospitaliers de la planète, simplement protégés par des épaisseurs de fourrure et des bottes de cuir fourrées de paille. Charles semblait surgi d'une autre époque.

Il neigeait à gros flocons lorsqu'ils doublèrent la tente marquant l'entrée du camp de base. Malgré la faible visibilité, l'arrivée de Charles ne passa pas inaperçue.

Des alpinistes apparurent pour lui serrer la main, au point que Cecily se fit l'effet d'être une groupie plutôt qu'un membre d'une équipe en route pour le sommet, mais elle se reprit et redressa la tête ; Charles lui-même l'avait invitée à le suivre.

— Charles ! Qu'est-ce que ça donne, cette saison, sur le Shish et le Cho ? lui demanda un homme en veste vert fluo.

— Le Shishapangma a la réputation d'être abordable mais j'ai eu de la neige jusqu'à la taille, répondit Charles. Franchement, je n'étais pas certain d'atteindre le sommet. Quant au Cho... vous savez tous ce qui s'est passé là-bas.

— Quelle a été l'ascension la plus difficile, jusqu'à maintenant ?

— J'aurais imaginé que ce serait celle du K2, voire celle de l'Annapurna, mais figure-toi que le Dhaulagiri m'en a fait voir de toutes les couleurs cette année, avec une météo épouvantable. C'est un des premiers pics que j'ai gravis au cours de ma mission, mais il reste l'un des plus difficiles jusqu'à présent.

— Le Manaslu, ce sera du gâteau, au moins.

— Ce serait une erreur de le sous-estimer. D'après ce que j'ai entendu dire, il ne se laisse pas apprivoiser facilement pour l'instant.

Voyant Charles prendre le temps de répondre à tous ceux qui s'intéressaient à lui, Cecily se demanda combien de ces personnes étaient attirées par curiosité et combien d'autres par jalousie. Elle constata par ailleurs que Dario était invisible, ce qui n'avait rien de surprenant, étant donné qu'il faisait partie de ceux qui accusaient Charles de s'être aidé de cordes fixes. Elle donnerait à ce dernier l'occasion de se défendre, évidemment, d'autant plus qu'elle doutait soudain un peu plus des insinuations de Dario, puisque celui-ci n'était pas présent pour dire en face à Charles ce qu'il pensait.

Partout, elle sentait des regards masculins se poser sur elle, ce qui l'incita à serrer le col de sa veste, comme pour s'y réfugier, et lui fit prendre conscience que le campement Manners Mountaineering, un peu plus haut, était comme une bulle, avec Élise pour compagne de route. Comme toujours, elle prit note du faible nombre de femmes présentes.

— Charles, *dai*, mieux vaut ne pas s'attarder. Évitons de rater le déjeuner, dit Mingma.

Charles hocha la tête et s'adressa à ses admirateurs :

— Je meurs de faim, il faut que je vous laisse, lança-t-il à la cantonade. En route !

Quand le fanion MANNERS MOUNTAINEERING apparut dans la brume, Cecily se rendit compte avec stupeur qu'elle était nettement moins essoufflée qu'une semaine auparavant. L'acclimatation était efficace.

Elle n'était pourtant pas folle de joie de retrouver le campement. Malgré les propos de Charles, qui avait affirmé que Ben et Irina avaient été victimes d'hypoxie, elle sentait sa paranoïa se réveiller, revenue avec la brume qui s'éternisait sur la montagne, telle une couverture.

Ou un linceul.

Elle se posa la même question chaque fois qu'un membre de l'équipe les rejoignit dans le réfectoire : *Où étais-tu quand Irina est morte ?*

Puis son regard dériva sur Charles, la légende de la montagne. Ne faisait-il pas erreur ? Ne fallait-il pas craindre la présence d'un dangereux individu dans les parages ?

Peut-être même faisait-il partie de l'équipe ?

Élise n'avait pas quitté de la nuit la tente qu'elle partageait avec elle, c'était une certitude.

Zak avait dormi seul, mais sa société était pleinement impliquée dans l'expédition ; Cecily l'imaginait difficilement ruiner tous ses efforts.

Un sherpa ? Certainement pas. C'était leur gagne-pain. Elle avait été témoin de leur colère quand Ben avait volé l'argent qui leur était destiné. Assassiner des clients n'aurait pas été très futé.

Doug, avec ses problèmes de maîtrise de son tempérament fougueux, avait une bonne tête de suspect. Il était en outre évidemment assez bon alpiniste pour avoir pu mettre en place la macabre mise en scène. Néanmoins, Cecily l'avait vu à de nombreuses reprises s'accrocher à ses valeurs – respect de la montagne, sécurité des alpinistes – comme une bernique à son rocher.

Restait Grant, qui avait eu un mobile, l'occasion de passer à l'acte et les aptitudes pour ce faire, quoi qu'en dise Élise. En effet, il ne devait pas être difficile de simuler incompétence et faiblesse physique.

Cependant, Grant lui-même ne serait pas stupide au point de tenter quelque autre méfait, à présent que Charles les avait rejoints. Personne, d'ailleurs, n'aurait une telle audace.

– 34 –

Le réfectoire était plein à craquer. Doug rôdait à l'écart, les bras croisés, la foule massée l'empêchant de s'adresser à son équipe. Les admirateurs de Charles étaient si nombreux que Cecily avait dû se résoudre à se percher sur un tabouret, les chaises étant toutes prises.

Dario brillait toujours par son absence.

Après avoir tenu salon toute la journée, Charles continuait de divertir sa cour en se restaurant, dominant l'assemblée de sa place en bout de table.

— On avait de la neige jusqu'à la taille, dit-il avec un geste de la main à hauteur de la ceinture, répétant le récit de son ascension du Shishapangma. J'ai vraiment cru qu'on n'y arriverait pas. Je n'ai jamais été si épuisé de ma vie. La couche de neige était si épaisse que j'ai zappé deux camps.

— C'est fou, ça ! Et tu as réussi ?

— Oui. J'ai atteint le véritable sommet après avoir franchi l'arête finale, aussi étroite qu'une lame de rasoir, quasiment à cheval dessus. Mes ascensions n'ont pas toutes été très sexy ! Enfin, je suis ravi d'être arrivé ici à temps pour vaincre l'ultime pic du projet avec mon équipe.

— La dernière ligne droite ! ajouta Zak.

Charles sourit, les mains calées sur la nuque.

— Ce n'est pas terminé tant qu'on n'a pas franchi la ligne d'arrivée, mais je le sens bien.

— Raconte-nous le sauvetage sur le Dhaulagiri, le pressa un membre de l'équipe Elbrouz Élite.

— Vous avez tous déjà entendu ce récit, rappela la star des montagnes, les mains légèrement levées.

— Non, vas-y, je t'en prie, s'écria Cecily, dominant les autres voix. Cette histoire m'intrigue énormément. Que s'est-il passé, exactement ?

Si les sauvetages effectués par Charles avaient été mille fois relatés dans les médias, elle tenait à entendre sa version des faits face à un auditoire de pairs.

Il changea de position sur sa chaise et baissa les yeux sur ses mains. C'était la première fois que Cecily le voyait afficher une certaine humilité. Un étonnant silence s'imposa, la totalité de l'assistance tendant l'oreille, fascinée.

— J'étais seul, ce jour-là, raconta-t-il. Je voulais en finir au plus vite, pas trop chargé. Après avoir quitté le camp de base en soirée, j'ai grimpé toute la nuit et atteint le sommet vers midi le lendemain. C'était fantastique. En redescendant, j'ai croisé deux gars en difficulté. Ils étaient affalés dans la neige. J'ai instantanément compris qu'ils étaient dans de sales draps. Esprit confus, hypoxie... L'un d'eux, Leonardo, était blessé à la jambe. Ils avaient tenté de mettre en place une attelle, mais il était incapable de marcher sans aide.

— Merde... laissa échapper Zak.

Arrachant son regard de Charles, Cecily constata que personne ne le quittait des yeux : l'attention générale était fixée sur l'audacieux aventurier. Enfin, pas tout à fait. Doug semblait fasciné par ses propres mains, qui s'agitaient sur ses genoux.

— Ils avaient besoin d'oxygène mais je n'en avais pas sur moi. J'ai lancé un appel par radio mais personne ne m'a répondu.

Il se pencha en avant, les avant-bras calés sur la table.

— Il fallait à tout prix qu'ils redescendent, malheureusement Leo n'avait plus la force de marcher. Marco, lui, était tout juste capable de rester assis sans s'effondrer. J'ai attendu avec eux aussi longtemps que possible, jusqu'au moment où j'ai jugé que, sans oxygène supplémentaire, je risquais d'être à mon tour touché par ce mal.

Il se carra contre son dossier et croisa les bras, puis il se frotta le front entre ses épais sourcils.

— Seul Marco semblait avoir encore assez d'énergie en lui. C'est la décision la plus difficile que j'aie jamais eue à prendre... Quelque chose dans son regard me disait qu'il avait envie de vivre. Quant à son frère... je n'ai vu que la défaite dans ses yeux. Nous étions encore largement au-dessus de huit mille mètres d'altitude. J'ai passé le bras de Marco autour de mon cou et je l'ai aidé à se relever. Je faiblissais moi aussi à vue d'œil, sans oxygène supplémentaire, mais j'ai réussi à regagner le camp 3 en le portant sur mon dos.

— Bon sang... souffla Zak. Je t'avais déjà entendu raconter cette histoire, ça me prend aux tripes chaque fois. Tu devais être exténué.

Charles lui jeta un regard d'acier.

— Quand je grimpe à ces altitudes, je suis si concentré que je ne ressens ni fatigue, ni peur, ni douleur. Je suis en mode agressif, déterminé à accomplir ma mission quoi qu'il advienne. Mais dès que je vois quelqu'un en difficulté, c'est comme si un interrupteur était actionné dans mon esprit : quelqu'un a besoin de moi, j'y vais. Je puise alors dans mes réserves d'énergie tapies au plus profond de moi et que je conserve précisément pour de telles situations. Du camp 3, nous avons transporté Marco au camp de base, d'où il a été évacué par hélicoptère. J'ai ensuite aidé Doug à organiser l'expédition de sauvetage pour secourir Leo. Quand je suis remonté au camp 3, un groupe était prêt à partir, mais il fallait que je précise l'endroit où se trouvait l'alpiniste en détresse. C'est bien ça, Doug ?

Le guide grogna en guise de réponse.

— Devinant que de simples indications de ma part n'auraient pas suffi pour que les sauveteurs localisent Leo, j'ai attrapé un masque à oxygène et une bouteille, ainsi qu'un peu de nourriture et un Coca-Cola, puis, avec l'équipe de secours, nous sommes remontés vers l'endroit où j'avais laissé le blessé. Hélas, il était mort quand on l'a retrouvé.

— Mon Dieu, c'est épouvantable, commenta Cecily.

— Personne ne survit longtemps dans la zone de la mort. Je suis vraiment navré de ne pas avoir réussi à les sauver tous les deux.

Terrifiée, Cecily se fit la réflexion que la mort était presque banale en haute montagne. Et sans Charles, il y aurait eu davantage de victimes à déplorer cette saison.

Tandis que la discussion se poursuivait, elle se leva pour remplir sa bouteille d'eau ; quelqu'un en profita pour s'asseoir sur son tabouret. Elle envisagea un instant de réclamer sa place, puis, sujette à une légère claustrophobie parmi cette foule, elle préféra finalement sortir. Elle aurait très bientôt tout le loisir d'interroger Charles en tête à tête, sans personne pour les écouter. C'était merveilleux de l'entendre relater ses aventures à tout un groupe, bien sûr, mais elle tenait à s'entretenir seule avec lui, afin de creuser davantage, de lui arracher les détails qui donneraient du relief à son article. Sortie de la tente, elle serra les pans de sa veste ; il neigeait toujours abondamment.

Des rires et une lumière chaude attirèrent son attention du côté de la cuisine. Elle s'y dirigea.

— Entre, *didi* ! l'accueillit Galden, qui se leva et attrapa une assiette métallique sur une haute pile. Tu as faim ?

— Non merci, Galden, ça ira, répondit Cecily, à la fois reconnaissante et touchée par la prévenance du jeune homme à son égard. Il y a juste un peu trop de monde au réfectoire.

— Tout le monde veut parler à M. Charles.

— Oui, eh bien moi je préfère parler avec toi, sourit-elle. Je suis contente de te trouver ici…

Galden se raidit et l'interrompit :

— Attends… Avant tout, je dois te présenter mes excuses pour la façon dont j'ai agi hier soir, *didi*, mais j'avoue que ce genre de comportement me rend fou de rage. Pour nous, la montagne est comme un dieu. Il nous appartient d'y faire régner la justice.

— Tu parles de Ben ? dit Cecily, clignant des yeux. Oui, je sais bien que ce qu'il a fait est mal. Je ne pouvais pas le laisser se faire frapper... mais tu sais, il est aux mains des autorités maintenant. Justice sera faite, n'aie crainte.

Galden hocha la tête.

— Accepterais-tu de répondre à quelques questions, pour mon article ? lui demanda-t-elle en lui effleurant le bras.

— Bien sûr, *didi*.

Il attrapa un tabouret pliant derrière une table et le tendit à Cecily pour qu'elle s'y asseye. Il lui servit ensuite une boisson chaude, puis Dawa déposa entre eux un bol de pommes de terre vapeur et une assiette de sel chili. L'interview débuta.

Extrait des notes de Cecily

Interview de Galden Sonam Sherpa
12 septembre

Sans les sherpas, il n'y aurait aucune industrie de l'alpinisme au Népal. C'est aussi simple que cela. Autrefois relégués au rang de figurants dans les livres d'histoire de ce sport, ils occupent aujourd'hui toute la lumière, légitimement considérés comme faisant partie des meilleurs grimpeurs au monde.

Désignant un groupe ethnique spécifique issu de la vallée du Khumbu, située très haut dans le massif de l'Himalaya, le terme « sherpa » est devenu synonyme de « guide d'alpinisme en haute altitude ». Les sherpas de l'équipe de Charles sont tous originaires de cette région. Il les a personnellement sélectionnés, exactement comme il l'a fait avec les membres payants de l'équipe. Nous en avons quatre : Mingma Lapka Sherpa, l'associé de Doug et responsable des sherpas,

Tenzing Kasang Sherpa, Phemba Tenji Sherpa et Galden Sonam Sherpa. Par fidélité à la tradition culturelle locale, leurs prénoms sont inspirés des jours de la semaine ou des écritures bouddhiques.

Si le peuple sherpa est célèbre dans le monde entier pour son excellence sur les plus hautes cimes, ses représentants courent des risques immenses et ont déploré de nombreuses tragédies. Chaque année, des centaines de familles se retrouvent privées de ressources quand un sherpa trouve la mort en faisant son métier. Cela étant, l'argent qu'ils gagnent durant les deux mois de la haute saison sur l'Everest, par exemple, change radicalement leur existence. Et donc ils y reviennent tous les ans.

Âgé de vingt-quatre ans, Galden est originaire du village de Tengboche. Quand il était enfant, il se rendait à l'école à pied dans l'ombre de Sagarmatha, alias le mont Everest. C'est le guide dont je me suis le plus rapprochée au fil de l'expédition ; le fait qu'il me surnomme sa « grande sœur » depuis le premier jour et qu'il ne laisse jamais passer une heure sans s'assurer que j'ai une boisson chaude dans les mains n'est sans doute pas étranger à cela. Ce jeune homme est des plus calmes et réfléchis, tout en étant animé d'un sens de l'honneur et de la justice extrêmement développé.

J'ai la certitude que je serai en sécurité tant qu'il restera à mes côtés sur cette ascension.

CECILY : J'aimerais savoir comment tu t'es retrouvé dans l'univers de l'alpinisme.

GALDEN : J'ai eu de la chance. Mon oncle était guide de haute montagne, il m'a intégré dans le métier alors que j'étais encore très jeune. Puis j'ai gravi ma première montagne – le pic oriental du Lobuche. J'ai ensuite atteint le sommet de l'Everest à dix-huit ans. On dit qu'une fois qu'on a accompli ça, on peut se considérer comme un authentique guide de haute montagne. Tenzing travaillait également avec mon oncle ; il est d'ailleurs comme un oncle, justement, pour moi. C'est un homme merveilleux, très fort en haute montagne.

CECILY : C'est une affaire de famille, en somme !

GALDEN : Mon père, mon frère et moi réunis avons plus de quarante sommets de l'Everest à notre actif, et bien plus d'autres 8 000.

CECILY : Incroyable. Tu prends pourtant chaque fois des risques considérables. Tu n'as jamais eu envie de gagner ta vie autrement ?

GALDEN : C'est la façon la plus efficace de rapporter de l'argent à ma famille. Même si l'alpinisme est de plus en plus populaire et la demande très élevée, les plus jeunes membres de ma famille ont toujours du mal à s'en sortir. Trop de personnes se font passer pour des « sherpas » alors qu'elles n'ont que peu d'expérience en montagne. Pour nous, il est important que la réputation d'excellence et de sécurité du Népal en matière d'alpinisme soit préservée.

CECILY : Que penses-tu des alpinistes que tu accompagnes ? De ces clients qui se déplacent de loin jusqu'ici et qui dépensent des fortunes dans le seul but de gravir des montagnes ?

GALDEN : Certains deviennent pour moi comme des membres de ma famille - comme toi, *didi*.

CECILY : J'en suis honorée, Galden, mais j'imagine que tu ne les apprécies pas tous…

GALDEN : Si ces personnes ne venaient pas grimper chez nous, nous n'aurions pas de travail et je ne pourrais pas m'occuper de ma femme. Leur présence contribue au développement de notre pays. Je suis donc reconnaissant envers tous les alpinistes qui se présentent ici. Et nous faisons de notre mieux pour assurer votre sécurité à tous.

CECILY : Tu es un fin diplomate, Galden. Ça doit tout de même être difficile de risquer sa vie en permanence ?

GALDEN : C'est mon choix.

CECILY : Mais… ?

GALDEN : Certains n'ont pas conscience des risques. Ils nous mettent en danger, ce qui me rend furieux. Heureusement, Doug ne tolère pas de tels comportements. C'est pour ça que je suis ravi de travailler pour lui.

CECILY : Tes paroles sont rassurantes. Tu as donc une épouse ? Comment s'appelle-t-elle ?

GALDEN : Nima Doma. Elle est enceinte.

CECILY : Oh ! Félicitations !

GALDEN : C'est dur pour moi d'être loin d'elle en ce moment, mais la haute saison sera bientôt terminée. Je pourrai rentrer à la maison et découvrir mon fils ou ma fille.

CECILY : C'est merveilleux ! Tes enfants grimperont-ils aussi vers les sommets, d'après toi ?

GALDEN : En toute franchise, j'espère qu'ils n'y seront pas contraints. C'est trop dangereux. J'espère qu'ils bénéficieront d'une bonne instruction et n'auront pas besoin d'en arriver là.

CECILY : Je l'espère aussi, mon ami. Sinon, que penses-tu de la mission de Charles et de sa tentative de record ? Ne crois-tu pas qu'il serait plus logique qu'un sherpa accomplisse ce genre d'exploit, sous les yeux du monde entier ?

GALDEN : Nous sommes tous très heureux pour Charles, *dai*. C'est un excellent alpiniste. C'est dans la nature de la culture bouddhiste d'être heureux pour autrui. Mon plus jeune frère suit une formation pour devenir moine. Il y a un magnifique monastère à Tengboche, mon village. J'aimerais te le faire découvrir un jour.

CECILY : J'en serais ravie. Ma grand-mère était bouddhiste.

GALDEN : Elle serait fière de toi si elle te voyait. Tu as des dons pour l'alpinisme, Cecily. La montagne te protégera. Nous prions pour cela.

De vives acclamations s'élevèrent dans le réfectoire, interrompant leur discussion. L'estomac rempli de pommes de terre et de thé, Cecily bâilla à s'en décrocher la mâchoire. L'aller et retour à Samagaun, la peur déclenchée par son échange avec Ben et l'excitation due à l'arrivée de Charles... Tout cela l'avait éreintée.

— Je te raccompagne à ta tente, dit Galden.

— Merci.

Les paupières lourdes, elle enfila sa veste et remplit son mug de thé pour l'emporter dans sa tente. Galden et elle marchèrent ensuite un moment en silence sous une neige qui à présent tombait moins violemment.

— Je peux te poser une dernière question ?

— Bien sûr, *didi*, tout ce que tu voudras.

— Pourquoi Doug a-t-il été renvoyé de Summit Extreme ? Tu faisais partie de l'équipe, je crois. Je sais seulement qu'il a frappé quelqu'un.

Galden resta silencieux quelques pas avant de répondre :

— Lors d'une expédition d'automne sur l'Everest, il s'est très violemment disputé avec un client très riche et influent. Un énorme sérac menaçant de se fracasser sur notre chemin, il a refusé de nous faire traverser la cascade de glace du Khumbu. Nous autres sherpas soutenions sa décision, notamment parce que nous avons perdu beaucoup de compagnons lors d'une chute de sérac en 2012. Depuis ce jour, nous refusons de prendre un tel risque. Or ce client a tenté de nous forcer à traverser la cascade de glace. Doug a refusé, et ils en sont venus aux mains.

— Ah oui, quand même...

— Et donc, Summit Extreme l'a renvoyé.

— C'était habituel de réagir si violemment, de sa part ?

— Je ne l'avais jamais vu agresser quiconque, mais le truc, c'est que ce jour-là, il avait reçu des nouvelles d'Angleterre qui l'avaient fortement touché. Un problème familial, il me semble, mais il ne nous en a jamais parlé. Charles et Doug ont ensuite grimpé ensemble un certain temps. J'ai été ravi lorsque j'ai appris que Charles montait une équipe pour gravir le Manaslu ; ça a été pour moi l'occasion de retravailler avec Doug.

— Tu le respectes, donc.

— Oui, bien sûr. Doug Manners est le meilleur guide de haute montagne qui soit. Il a le plus profond respect pour la montagne.

– 35 –

Cecily dormit très mal cette nuit-là, se retournant sans cesse dans son sac de couchage, avec la sensation que le froid avait investi ses os alors que pourtant son crâne était en feu. Les muscles douloureux, elle se sentait nauséeuse et ses rêves étaient emplis de ténèbres. Elle passa mille fois du sommeil à l'éveil, et un coup d'œil à sa montre en chacune de ces occasions lui indiquait qu'il lui restait encore plusieurs heures avant le lever du soleil.

Elle entendait encore les craquements de la corde et voyait le corps d'Irina se balançant doucement contre la paroi de glace. Avec en fond sonore l'éternel sifflement dissonant.

Quand enfin elle fut réellement éveillée, elle eut la sensation d'être blottie dans un cocon. Les sons étaient tous étouffés, et même si le soleil était sans aucun doute levé, la lueur filtrant par les pans de tissu de sa tente jaune paraissait atténuée. L'air lui-même semblait plus lourd, lui donnant l'impression d'être emmitouflée sous une couette de coton géante jetée sur le monde. Elle ouvrit sa tente et glissa la tête dehors.

Le spectacle qu'elle découvrit lui coupa le souffle.

Près de cinquante centimètres de neige étaient tombés pendant la nuit, couvrant le sol d'un doux tapis blanc, avec lequel le ciel, d'un bleu plus pur que jamais depuis son arrivée, formait un contraste saisissant.

Elle aperçut Galden et Mingma non loin de là, occupés à dégager la neige accumulée sur les tentes. Elle comprenait à présent la chaleur inhabituelle dans la sienne ; elle avait bénéficié d'une couche isolante supplémentaire, une couverture de neige d'un poids presque inquiétant, à en juger par l'affaissement de certaines tentes. Quelques visages encore endormis émergeaient ici ou là.

— Que faites-vous, tous les deux ? lança-t-elle à Mingma, qui avec Galden déblayait la tente de Zak.

— La neige, si elle s'entasse trop, peut mettre les tentes à rude épreuve. Il a énormément neigé cette nuit. Dawa a eu un souci, tu es au courant ?

— Ah non, que s'est-il passé ?

— Sa tente s'est effondrée.

— Mon Dieu, c'est épouvantable ! s'exclama Cecily, stupéfaite. Il n'est pas blessé ?

— On l'a sorti à temps, mais c'était juste.

— Tant mieux... C'est fou, quand même, j'étais loin d'imaginer que ce genre de chose risquait de se produire.

Mingma hocha la tête et se dirigea vers la tente suivante.

L'atmosphère du camp de base était modifiée du tout au tout par le manteau blanc, qui donnait à présent à l'endroit une allure réellement hivernale. Éblouie par tant de blancheur, Cecily enfila ses lunettes de soleil et sortit son appareil photo de sa veste. Le manteau neigeux était d'une pureté inouïe, pas encore marqué de traces de pas humains.

Elle s'aventura vers la cuisine afin d'évaluer les dégâts. Comme le lui avait annoncé Mingma, la tente était effondrée, un poteau brisé en deux, sa pointe métallique dressée vers le ciel. Le cuistot fumait non loin de là.

— Ça va, Dawa ? s'enquit-elle.

— Regarde ce que la neige a fait ! Ils ont dû creuser pour me dégager !

— Tu n'es pas blessé ? À part ça, bien sûr...

Elle désigna le front du cuisinier, sur lequel un pansement recouvrait une légère entaille. Des taches de sang séché étaient encore visibles sur un sourcil.

— J'ai du matériel médical dans ma trousse de secours. Je peux te donner un pansement plus épais, si tu veux, proposa-t-elle.

— Non, non, ça ira, déclina Dawa, une main sur sa blessure. Tu veux de l'eau chaude ?

— Non, je crois que je vais retourner me reposer un peu.

Cecily ne put réprimer un frémissement lorsque son regard s'attarda sur les débris de la tente de Dawa ; dire que n'importe quel membre de l'équipe aurait pu subir une telle mésaventure... Être enterré sous un tas de neige ou empalé par un pieu brisé dans son sommeil n'avait rien de réjouissant.

La montagne était capable de tuer de bien plus de façons que Cecily ne l'avait soupçonné.

Incapable de se rendormir, elle profita tout de même d'un relatif repos dans sa tente, frissonnant dans son sac de couchage. Le temps s'écoula peu à peu, et il fut bientôt 8 heures. Son estomac gargouillait.

— Quel temps ! lui lança Zak, sorti de sa tente au même instant qu'elle en s'étirant. En route pour le petit déjeuner ?

— Oui, j'ai besoin de café. De beaucoup de café !

Un bourdonnement peu discret se fit entendre au-dessus d'eux ; il s'agissait du drone de Grant, qui filmait le campement depuis les airs. Le voyant le diriger, cette fois, Cecily n'éprouva pas la moindre frayeur. Pour tout dire, elle se fit la réflexion que cette séquence serait très spectaculaire, assurément la scène la plus cinématographique de son documentaire.

Grant manipulait la télécommande torse nu, sa chemise nouée autour de la taille, exhibant ses pectoraux bien dessinés. Son pantalon était glissé dans les guêtres de ses bottes de haute altitude, les lacets défaits et la languette avant bâillant. Voyant cela, Cecily résista au réflexe de lever les yeux au ciel et entra dans le réfectoire.

Les vestiges de la fiesta de la veille au soir avaient déjà disparu. Installée à une table, Élise, le menton calé dans les mains, étudiait une carte en compagnie de Charles. Celui-ci lui désignait l'itinéraire qu'il projetait de suivre, parallèle aux cordes fixes – qu'il ne toucherait jamais, bien entendu.

Cecily se dirigea droit vers la machine à café. Elle avait tout juste remué son breuvage, auquel elle avait ajouté de généreuses cuillerées de sucre et de lait en poudre, quand Doug fit son apparition, l'air grave.

— Tout le monde est là ?

— Grant est dehors, répondit Élise. Il filme.

— Bon, ça ira. J'ai du nouveau. Même s'il fait beau ce matin, le mauvais temps présent en altitude va se maintenir encore un bon moment.

Il leur montra les prévisions météo affichées sur son téléphone : de la neige, de la neige et encore de la neige.

— Nous serons coincés ici encore quelques jours.

Zak grogna, mais la suite donna raison à Doug. La neige fit son retour pendant le petit déjeuner et ne cessa pas un instant de tomber de la journée, réduisant à néant tout espoir de bénéficier d'un réseau. Cecily avait rédigé deux billets de blog et des interviews qu'elle était prête à envoyer mais qui hélas ne valaient rien sans connexion.

Zak ne cessait de tapoter sur ses divers appareils, alternant entre sa tablette, son téléphone et son ordinateur.

— Quelque chose cloche aussi avec la liaison satellite ? s'agaça-t-il. Ça fait une éternité que je n'ai pas pu télécharger les séquences de ma caméra.

— Elle ne fonctionne que de façon intermittente, reconnut Doug.

— Trouve une solution, Doug, intervint Charles. Ils ont tous besoin d'une connexion.

Il fit craquer les jointures de ses doigts puis se tourna vers Élise.

— Tu dis que Grant est dehors ?

La Canadienne confirma. Charles sortit de la tente, rapidement imité par Doug.

— Bon sang, je suis ravi que Charles nous ait rejoints, dit Zak. Les choses vont peut-être enfin aller mieux.

— Tu n'étais pas satisfait jusqu'à maintenant ? s'étonna Cecily, la tête inclinée.

— Tu plaisantes ? Pas d'Internet, pas la moindre fenêtre météo en vue pour gagner le sommet, un cambriolage... Doug m'a habitué à mieux. J'ai versé une fortune pour être ici.

— Quelqu'un sait jouer au Président ? lança Élise, qui, ayant cessé d'étudier leur itinéraire, mélangeait à présent un jeu de cartes.

Cecily ne connaissait pas ce jeu mais en assimila rapidement les règles ; il était essentiellement question de hiérarchie et de chance, et tout était fait pour pénaliser le joueur le moins bien placé, qui devait céder ses deux meilleures cartes à celui qui menait. Le jeu idéal pour faire passer une journée sans pouvoir s'échapper du camp de base.

Mingma et Galden se joignirent à eux. Après plus de vingt parties, au terme desquelles Zak s'était assuré une solide position de Président, ils se lassèrent des cartes. Galden apprit à Cecily à faire des grues en papier, talent qu'il devait à ses nièces.

— Tu seras un merveilleux papa, Galden, dit-elle.

— Merci, *didi*.

— Je n'en peux plus de rester assis à ne rien faire, grogna Zak. Je vais faire un tour au mont Wifi, histoire de voir si on capte quelque chose. Qui vient avec moi ?

— J'arrive, dit Cecily.

Même s'ils ne trouvaient aucun réseau, elle avait besoin de marcher un peu pour chasser les courbatures dues à sa longue marche de la veille. Ils suivirent la piste descendant vers le campement Summit Extreme.

Zak attira son attention d'un léger coup de coude.

— Au fait, j'ai pensé à un truc ; j'ai pris quelques photos au camp 2. Ces images en ultra-haute définition sont certainement d'une bien meilleure qualité que celles que tu as pu prendre avec ton appareil photo numérique. Ta rédactrice en chef pourrait en poster quelques-unes pour illustrer tes articles – à condition de me citer, ainsi que TalkForward, évidemment.

— Elle en sera ravie, j'en suis sûre ! Comment peut-elle les télécharger ?

— Je te donnerai un lien pour ça. Le mot de passe est le nom de ma montagne préférée : « Rainier ». Je t'aurais bien prêté une caméra de qualité mais je n'en ai apporté que deux. J'ai confié l'autre à Élise.

— Pas de souci, je ne suis pas jalouse ! Je n'ai pas un bon œil de photographe.

— En revanche, tu as du flair pour dénicher de bons sujets d'articles.

— Oui, j'imagine ! gloussa Cecily.

— Tu as eu de la matière, à ce propos, depuis le début de l'expédition.

— C'est si évident ?

— Je me demande ce que les lamas ont dit à la montagne pendant la *puja*, enchaîna Zak. Sans doute quelque chose comme : « Faites en sorte que ces connards fassent demi-tour et rentrent chez eux sans avoir atteint le sommet. » Doug ne les a peut-être pas assez payés pour qu'ils nous offrent une bénédiction efficace.

Surprise par un frisson, Cecily serra sa capuche sous son menton.

— Il neige fort, dis donc, fit remarquer Zak. Je me demande à quel point ça risque de perturber notre programme.

— Tu es sûr qu'on se dirige bien vers le campement Summit Extreme, au moins ? douta Cecily.

En effet, il neigeait à présent violemment, comme en plein blizzard. Cecily sentit la peur germer au creux de son estomac ; ils avaient marché un bon moment depuis leurs tentes et, en se retournant, elle était incapable de préciser la direction d'où ils venaient. Malgré son air stoïque et concentré, Zak ne lui semblait pas moins perdu qu'elle. Leurs traces de pas disparaissaient en quelques instants sous la neige, et tout autour d'eux les nuages s'étaient accumulés, comme pour les envelopper et les isoler du monde extérieur.

Cecily se rapprocha de Zak et agrippa la manche de sa veste. Celui-ci se redressa légèrement à ce contact, sans pour autant cesser de regarder frénétiquement de tous côtés, cherchant à déterminer la direction à suivre.

— Par là, dit-il enfin.

Ils effectuèrent quelques pas hésitants, Cecily glissant plus ou moins sur la roche enneigée. Soudain, des bruits de pas sourds se firent entendre dans leur dos. Ils firent volte-face mais ne distinguèrent rien dans la brume mêlée aux nuages.

— Qui est là ? cria Zak.

Pas de réponse.

Les pas se poursuivirent, puis ils perçurent un roulement de pierres tout près d'eux. Cecily tendait l'oreille mais aurait été incapable de préciser de quelle direction venait le bruit de pas. Les muscles crispés et la bouche sèche, elle était prête à s'enfuir en courant…

Enfin, le brouillard se dissipa, laissant entrevoir le guide de Summit Extreme. Cecily poussa un soupir de soulagement en découvrant ce visage familier.

Malgré cela, son malaise demeura.

— Qu'est-ce que vous fichez là, tous les deux ? leur demanda Dario.

— On voulait profiter du wifi… mais j'imagine qu'on ne doit pas capter grand-chose par ce temps, expliqua Cecily avec un rire nerveux dû à sa frayeur précédente.

— Je confirme. On ne reçoit aucun réseau. Nous tentons de faire venir un technicien mais personne ne comprend ce qui se passe. Vous vous êtes un peu égarés. Venez donc prendre une tasse de thé avec moi en attendant que le temps s'améliore.

Sur ces mots, Dario se mit en marche vers son campement. Cecily échangea un regard avec Zak, qui haussa les épaules et suivit le guide. Elle dut trottiner un instant pour rattraper les deux hommes.

— Tu n'as vu personne trifouiller l'antenne ? demanda Zak à Dario, qui secoua la tête. J'ai réfléchi, il est possible que quelqu'un ait installé un brouilleur de signal. On en trouve pour trente dollars sur Internet de nos jours.

— Ça ressemblerait à quoi ?

— Ça varie, mais en général c'est une petite boîte noire avec plusieurs antennes d'un côté.

— On n'a rien trouvé de ce genre, mais j'ouvrirai l'œil. Tout le monde a besoin de communiquer avec le monde extérieur en montagne. Je ne vois pas qui aurait intérêt à faire une chose pareille.

— Dommage que je ne puisse pas faire intervenir mes gars, ils résoudraient le problème en un rien de temps, dit Zak. C'est peut-être ce type, Ben, qui a posé un brouilleur ? Pour t'empêcher d'alerter la police, quelque chose comme ça ?

Les épaules de Dario se crispèrent à la mention de Ben.

Pressant l'allure, Cecily se porta à hauteur de Dario.

— Je peux te poser une question, Dario ? Tu es convaincu que Ben est un menteur, je sais, mais vous avez tous les deux émis des doutes sur la mort d'Irina. Qu'as-tu voulu dire, exactement, quand tu as prétendu qu'elle était morte d'une façon « plus que douteuse » ?

Le guide se figea et dévisagea Cecily.

— Irina était une alpiniste très expérimentée, et les alpinistes expérimentés ne s'étranglent pas avec leur corde quand ils descendent en rappel, pas même s'ils glissent et perdent leurs appuis.

— Quoi ? intervint Zak. Je croyais que c'était un accident !

— Que s'est-il passé, d'après toi, Dario ? insista Cecily.

Ils s'engouffrèrent dans le réfectoire Summit Extreme. Dario prépara du thé et versa dans sa tasse une montagne de sucre.

— Je n'en sais rien, répondit-il enfin. Quand mon équipe est arrivée au Gibet, il y avait déjà une multitude de traces de pas... Il était impossible de déduire ce qui s'était passé, si Irina était accompagnée ou non. J'ai interrogé un cuisinier de l'équipe russe ; il m'a dit n'avoir vu qu'une seule personne redescendre très tôt ce matin-là – mais il n'a pas su préciser à quelle équipe elle appartenait.

— C'était sûrement Ben.

— Qu'est-ce qui te fait dire ça ?

— J'ai discuté avec lui hier, juste avant l'envol de son hélicoptère, expliqua Cecily, quelque peu gênée. Il m'a avoué qu'il avait campé seul en montagne. Or, il y a environ une semaine, j'ai vu une tente isolée dressée un peu plus loin que notre campement, qui n'appartenait à aucune des équipes présentes. J'ai mis Doug au courant, il ne sait pas qui ça peut être.

— Bon sang, Cecily ! Pourquoi tu ne nous en as pas parlé ? s'exclama Zak.

— Doug a vu la tente ? voulut savoir Dario.

— Non. Quand je l'ai conduit sur le site, le lendemain matin, elle avait disparu.

— Décris-la-moi.

— Elle était rouge... avec des parements plus sombres, nettement plus petite que nos tentes du camp de base.

— *Scheiße*... lâcha Dario en faisant claquer ses dents. C'est une de nos tentes – enfin, c'était. Lors du dernier inventaire, on a constaté la disparition d'une tente de haute altitude. Dorje – notre responsable au camp de base – a suggéré qu'on s'était peut-être trompés dans notre comptage, mais Ben a dû nous en piquer une.

— Quel cauchemar... se lamenta Zak.

— Et maintenant, mon équipe est plus stressée que jamais, avec cette foutue météo. Apparemment, on risque d'être coincés ici pour encore deux semaines, voire davantage... Il n'y aura peut-être pas de sommet pour nous cette année.

— Sérieux ? s'exclama Cecily, sidérée. Pourquoi pas ? On ne peut pas attendre une fenêtre favorable ?

— Il fait trop froid et la neige est trop instable à partir du mois d'octobre. Faire grimper des clients devient dangereux.

— Si tôt en automne ? Et la mission de Charles, alors ?

— Lui peut rester ici aussi longtemps qu'il le voudra, et ce ne serait peut-être pas une mauvaise chose qu'on en arrive là. Il vaudrait mieux que Charles soit seul sur la montagne, crois-moi.

— Pourquoi tu dis ça ?

Il soupira :

— Il y a l'arrogance, il y a l'ego surdimensionné, et un peu plus haut il y a Charles McVeigh.

La crainte que quelqu'un ait brouillé les communications, hypothèse qu'elle n'avait pas un instant envisagée jusque-là, fit frissonner Cecily. Dario, en revanche, ne semblait guère surpris. Par ailleurs, chaque fois qu'elle s'entretenait avec lui, il trouvait le moyen d'émettre un doute concernant Charles.

— Il faut que je parle à mon équipe, dit le guide. Prenez le temps de finir vos boissons. Vous saurez retrouver le chemin jusqu'à votre campement ?

— Oui, pas de problème, assura Zak.

Dario posa sa tasse et serra les poings, clairement tendu à l'extrême. En sortant de la tente, il laissa échapper un son qui pétrifia Cecily.

Un sifflement.

Extrait du blog de Cecily Wong

Au cœur de la mission des 14 sans assistance

18 septembre
Camp de base du Manaslu
4 800 mètres

Après ce qui m'a paru des semaines de nuages sombres et de chutes de neige massives (cinq jours, en réalité), nous avons eu droit à une heureuse surprise ce matin au réveil : un grand ciel bleu et un soleil éclatant ! Enfin ! En sortant, j'ai eu l'impression que tout le camp de base s'était levé plus tôt que d'ordinaire pour en profiter.

L'expression « grand ciel bleu » ne rend pas justice au splendide spectacle qui s'offre à nous. À cette altitude, l'air est raréfié mais également plus translucide, ce qui laisse mieux filtrer le noir de l'espace. Par conséquent, le ciel est ici d'un bleu outremer beaucoup plus foncé et plus intense que celui qu'on observe au niveau de la mer.

Ce phénomène est décrit par la diffusion de Rayleigh.

Quant à moi, je n'ai pas de mots pour exprimer ce que je ressens.

Pour nous autres alpinistes, cette météo clémente est une bonne nouvelle : nous allons sous peu nous élancer vers le sommet.

J'ai l'esprit embrouillé. Même si je me suis renforcée physiquement, grâce à l'acclimatation et à ces quelques jours de repos, je traverse une passe difficile, mentalement parlant. Les multiples dangers de la tâche qui nous attend ne cessent de hanter mes pensées. La montagne a beau paraître sereine en cet instant, encadrée de ciel bleu, je sais trop à quoi m'en tenir pour me détendre. Contrairement aux autres pics, le Manaslu n'offre aucun endroit où l'on peut camper en toute sécurité.

Je songe en permanence à 2012, une des saisons les plus dévastatrices sur le Manaslu. Cette année-là, un monstrueux sérac s'est détaché de la cascade de glace qui surplombe le camp 3, provoquant une avalanche qui a balayé les tentes des alpinistes endormis. Onze personnes ont trouvé la mort. Voilà pourquoi le taux de mortalité est plus élevé sur le Manaslu que sur la plupart des autres points culminants de la planète.

Cette statistique nous a été cruellement rappelée la semaine dernière. Une alpiniste est décédée au cours de notre routine d'acclimatation - c'est la deuxième tragédie de l'expédition. Elle s'appelait Irina Popova et grimpait au sein de l'équipe Elbrouz Élite. J'adresse mes pensées et mes condoléances à ses amis et sa famille, au Népal, à Londres, en Russie et ailleurs.

Qu'elle repose en paix.

Je n'écris pas cela en guise de thérapie, ni pour inquiéter mes amis et ma famille, pas plus que pour me donner de fausses excuses. À mesure que passent les semaines, je réfléchis de plus en plus aux raisons qui nous incitent à gravir ces montagnes. Est-ce simplement pour atteindre le sommet ? Est-ce là l'unique justification de ce long périple ? Bien sûr que non. À ceux d'entre vous qui pensent : « Elle dit ça mais serait déçue de ne pas aller jusqu'au bout », je répondrais que j'aurais peut-être été de cet avis avant l'expédition. Mais être ici change tout. Chaque moment que je passe en montagne, chaque pas supplémentaire, équivaut à une victoire. Une énorme victoire. Chaque jour, je repousse mes limites un peu plus loin – physiquement, mentalement, émotionnellement. Et je suis toujours dans la course.

S'il est vrai que je suis le membre le moins expérimenté de l'équipe, chaque pas n'étant qu'un minuscule cran en plus, je n'en continue pas moins d'aller de l'avant. Aussi, si je n'atteins pas le sommet, ne soyez pas déçus pour moi ; j'ai déjà accompli beaucoup plus que je ne l'aurais cru possible.

– 36 –

Cecily éteignit son ordinateur et se laissa aller, les yeux fermés, prenant le temps d'apprécier la chaleur du soleil sur son visage. Si rédiger ses billets de blog, coucher ses pensées par écrit, avait des vertus thérapeutiques, elle aurait aimé se sentir aussi optimiste et détendue qu'elle s'efforçait de le faire croire à ses lecteurs.

Seules d'infimes traces des doutes et des craintes bouillonnant en elle se devinaient dans ses textes alors qu'elle restait ébranlée par ce qui s'était produit au campement Summit Extreme quelques jours auparavant. Elle avait tendu l'oreille, prête à reconnaître la mélodie dissonante dans le sifflement de Dario, mais Zak avait dit quelque chose et ce léger bruit s'était noyé dans la brume.

Par ailleurs, Cecily n'avait toujours pas eu la possibilité d'envoyer ses comptes rendus à Michelle. Elle allait au-devant de gros problèmes, elle en avait conscience ; il ne lui restait plus qu'à lui remettre un article complet qui ferait oublier tout cela.

— Tout le monde au réfectoire, ordonna Doug.

Un nœud se forma dans l'estomac de Cecily, il allait annoncer le grand départ qu'ils attendaient tous, c'était évident.

Zak entra dans la tente d'un pas peu stable, pas tout à fait réveillé après une sieste au soleil, mais il ne faisait pas figure d'exception ; tous s'étaient laissé bercer par le temps radieux.

Les sherpas étaient tous présents, alignés contre la paroi du fond.

— Qu'est-ce qui se passe, encore ? râla Grant, avachi sur une chaise, les pieds sur une table, portant un gobelet métallique à ses lèvres.

Il n'était plus le même depuis la mort d'Irina et la destruction de son matériel. Les longues journées sous la neige ayant rendu tout exercice impossible, il s'était moins investi dans les jeux et les conversations, l'air maussade, ruminant de sombres pensées. L'arrivée de Charles l'avait quelque peu sorti de sa léthargie ; dès que c'était possible, il filmait des plans panoramiques autour du camp de base. Ces moments mis à part, il semblait déprimé.

Élise apparut peu après, hochant la tête au rythme de la musique dans ses oreillettes, visiblement aucunement troublée par l'interminable attente.

Enfin, Doug fit son entrée dans la tente, accompagné de Charles. Il s'appuya sur le dossier d'une chaise et Charles se positionna à l'écart, les bras croisés. Doug toussota et prit la parole :

— Le grand moment est enfin arrivé. D'après les dernières prévisions météo, ce soleil radieux devrait persister durant les deux prochains jours, après quoi le temps se gâtera de nouveau. Nous nous élancerons dès demain vers le sommet.

De vives acclamations s'élevèrent dans la tente. Charles afficha un grand sourire – jamais Cecily ne l'avait vu si heureux – et les sherpas applaudirent. Doug, quant à lui, ne se départit pas de son air sombre.

Tout comme Cecily.

Telle était la raison de vivre de ces fous de la montagne ; l'impatience, le fait de savoir que leur entraînement et leur attente étaient enfin récompensés, que tout ce qu'ils avaient préparé et envisagé serait enfin mis à l'épreuve. Le verdict tomberait d'ici quelques jours : soit ils réussiraient, soit ils échoueraient.

Cependant, Cecily restait hantée par la vision du cadavre d'Irina. Les dangers semblaient si concrets.

Mingma prit le relais :

— Vous évoluerez chacun en binôme avec un sherpa, et vous grimperez ensemble, à deux. Il portera votre oxygène supplémentaire – sauf pour toi, Élise, évidemment. Nos sherpas sont extrêmement compétents et expérimentés, avec une multitude de 8 000 à leur actif ; vous serez donc entre de bonnes mains. Nous avons préparé des provisions, assurez-vous d'emporter au moins trois petits déjeuners, trois déjeuners et trois dîners. Zak, tu grimperas avec Tenzing, Élise avec Phemba. Grant, tu seras avec moi. Quant à toi, Cecily, tu auras Galden à tes côtés.

Cecily croisa le regard de Galden et lui sourit, ravie de lui être associée. Ce solide jeune homme était plus sérieux que Phemba et plus énergique que Tenzing. De surcroît, il n'avait pas à gérer les soucis inhérents à la bonne marche du groupe, qui était l'affaire de Mingma. Et surtout, ils étaient devenus amis.

Un bruit de chaise raclée se fit entendre du côté de Grant, qui se tournait déjà vers les sacs remplis de nourriture déshydratée. Doug l'arrêta d'un geste.

— Un instant, nous avons encore quelques détails à voir. Avant le départ, vous vous entraînerez à enfiler les masques à oxygène. Et n'oubliez pas la règle la plus importante : là-haut, c'est moi qui commande. Si je vous dis de redescendre, vous redescendez. Sans poser de question. Je me fiche que vous soyez déjà au camp 3 ou à seulement un pas du sommet. C'est compris ?

Cecily marmonna son accord, ainsi qu'Élise. Doug posa son regard intransigeant sur les deux hommes, qui étaient restés muets. Cecily donna un petit coup de coude dans les côtes de Zak, qui lui lança un regard noir avant de réagir :

— Ouais, ouais…

— Et toi, Grant, c'est enregistré ? insista le guide. Je ne plaisante pas.

— Tu n'auras pas à me demander de faire demi-tour, alors peu importe.

Il arrêta Doug d'un geste quand celui-ci voulut protester.

— D'accord, d'accord, c'est noté.

— Bien. Votre sherpa personnel est mon second direct dans la hiérarchie. Si c'est lui qui vous somme de faire demi-tour, vous obéissez. Atteindre le sommet est un immense exploit mais la montagne ne va pas s'envoler. Redescendre en sécurité – et en vie – est la priorité absolue.

— J'aimerais ajouter un mot, intervint Charles, se positionnant en bout de table.

Tous les yeux se posèrent sur lui, et il regarda tour à tour chaque membre de l'équipe. Quand il la fixa, Cecily se raidit sur sa chaise. Il la rassura d'un sourire et hocha la tête.

— Nous y sommes, reprit-il. Nous allons grimper côte à côte jusqu'au sommet, c'est ce que vous attendez impatiemment depuis si longtemps. Attention, gardez à l'esprit que cela ne se résume pas à poser un pied devant l'autre. Vous devez être convaincus que vous êtes capables d'aller plus loin.

Il laissa passer quelques secondes avant de poursuivre :

— Je n'en ai parlé à personne jusqu'à aujourd'hui, mais sachez que j'ai été près de renoncer lors de ma première ascension de l'Everest, qui s'est révélée beaucoup plus difficile que ce à quoi je m'attendais. Et je ne parle pas d'un point de vue technique – j'avais déjà vaincu des sommets autrement plus ardus. En revanche, mentalement, s'attaquer à un 8 000 ne ressemble à rien d'autre. Je m'en souviens comme si c'était hier. Je m'étais laissé tomber à genoux, songeant que Hillary[1] était passé là avant moi. Il faisait encore nuit, et d'autres alpinistes me doublaient sur la corde fixe. Franchement, je pense qu'ils me voyaient déjà mort. En toute objectivité, j'avais conscience qu'il m'était impossible d'espérer de l'aide si je ne me bougeais pas. Je ne m'étais pas offert les services d'un sherpa et je n'avais pas

---

1. Edmund Hillary (1919-2008) fut le premier, avec son sherpa Tenzing Norgay, à parvenir au sommet de l'Everest, en 1953.

souscrit de bonne assurance – même si les assurances ne servent plus à grand-chose quand on évolue dans la zone de la mort. Jamais je n'avais éprouvé une telle sensation de vide en moi, une telle indifférence quant à ma propre existence. Alors que je pensais que tout était fichu pour moi, le soleil est apparu et ses rayons m'ont frappé de plein fouet. Sa chaleur s'est propagée dans mes doigts, ma vision s'est faite plus nette et j'ai compris que j'avais encore de nombreuses années à vivre. J'avais passé ma vie à rêver des montagnes, à me demander ce qu'on ressentait tout là-haut ; je n'avais que quelques pas supplémentaires à effectuer pour enfin découvrir l'effet que cela faisait de ne plus rien avoir au-dessus de moi. De ne plus pouvoir monter plus haut. De me dresser un instant sur le point culminant de la planète. Quel privilège... Je me suis repris et j'ai atteint le sommet. Et là, j'ai su qui j'étais. C'est la montagne qui a fait de moi celui que je suis. C'est cela qui rend ces 8 000 si particuliers, ces sommets de la Terre. S'y hisser vous met à l'épreuve, vous impose d'être la meilleure version de vous-même. Donnez tout ce que vous avez en vous pour réussir, pour profiter à fond de ces moments, pour vaincre la montagne. Car en cas de succès, votre sacrifice sera récompensé par le plus formidable des cadeaux, croyez-moi, et nul ne pourra jamais vous l'arracher : vous saurez qui vous êtes vraiment. Appréciez-le à sa juste valeur. Vous aurez votre place dans les livres d'histoire, aux côtés des héros les plus vaillants de ce monde.

— 37 —

Après le dîner, les autres désertèrent le réfectoire afin de se préparer. Bien que consciente de devoir elle aussi s'occuper de son sac, Cecily traîna encore un moment, sirotant un thé chaud au citron.

À la fois enthousiasmée et terrifiée par le discours de Charles, elle comprenait mieux ce qui faisait de lui une légende vivante. La volonté de cet homme avait quelque chose de surnaturel, et elle voulait s'en imprégner.

Néanmoins, elle ignorait qui elle était réellement et si elle avait la capacité de se lancer dans l'ascension. Par ailleurs, et elle ne pouvait rien contre cela, elle restait minée par sa paranoïa, par une angoisse qui tournait en rond dans son estomac, tel un fauve dans sa cage. Elle devait à tout prix l'empêcher de rugir, de montrer les dents, car dans ce cas elle serait réduite à l'état d'épave tremblante incapable d'esquisser le moindre geste. Comme sur le mont Snowdon. Elle la contenait plus ou moins jusqu'à présent, mais elle la sentait qui rôdait, prête à bondir.

— Tout va bien, Cecily ? s'inquiéta Élise, de retour.

Voyant sa jeune équipière lui ouvrir les bras, Cecily accueillit avec plaisir cette étreinte, consciente de la force de cette dernière quand elle plaqua ses bras dans son dos.

— Je... je ne suis pas certaine d'être prête, répondit-elle simplement.

Élise croirait en effet à coup sûr qu'elle perdait les pédales si elle se lançait dans un monologue mêlant ses craintes et ses théories de complot.

— Tu as fait le maximum. Maintenant, c'est à la montagne de décider de notre sort.

— Elle n'a pas été très cool avec nous jusqu'ici. Tant de choses sont allées de travers...

— N'y pense plus. Il suffit que tout aille bien pendant deux jours. Ensuite, on sera de retour à Katmandou, et on s'offrira toutes les deux un massage bien mérité dans un spa.

— Sérieux ?

— Bien sûr. Je suis ravie d'avoir fait ta connaissance, Cecily, tu es quelqu'un de bien. Une amie précieuse.

— Moi aussi, je suis heureuse de t'avoir rencontrée. Tu es mon roc sur cette montagne.

Elles s'étreignirent de nouveau. Cecily soupira ; elle devait à tout prix se ressaisir. Quand enfin elle trouva le courage de sortir de la tente, elle eut l'agréable surprise de découvrir un ciel clair et empli d'étoiles.

Elle s'éloigna de quelques pas du gros réservoir d'eau où l'on se brossait les dents et s'installa dans un recoin, suffisamment à l'écart des éclairages pour admirer la voûte nocturne. Elle ne priait presque jamais au quotidien, mais elle n'avait pas pour habitude d'être cernée de dangers réels. Elle était sur le point de confier sa vie à la montagne et à ses deux pieds. Cela l'incita à adresser une prière à l'ensemble des dieux, divinités, ancêtres et étoiles filantes susceptibles de la soutenir au cours de son périple.

Faites que j'atteigne le sommet, je vous en prie.
Et faites que j'en redescende sans souci.

Après avoir éprouvé plusieurs semaines durant la sensation déchirante de vaciller entre angoisse et détermination, entre peur et courage, désireuse de rester mais aussi de s'en aller, Cecily avait à présent davantage de certitudes. Elle faisait partie de cette équipe et, en poursuivant son ascension, elle rendrait hommage à la mémoire d'Alain et d'Irina. S'ils n'avaient été victimes que de tragiques accidents, ils n'auraient certainement pas souhaité qu'elle renonce. Et s'ils avaient été assassinés, alors Cecily était peut-être la seule personne du groupe déterminée à faire la lumière sur ces crimes. Elle n'avait pas le droit de faire demi-tour.

L'ambition s'était emparée d'elle et s'agrippait à son cœur, elle ne pouvait que se l'avouer, et pas uniquement concernant le sommet, même si elle imaginait sa déception en cas d'échec et son euphorie, sa fierté, en cas de succès. Son autre ambition avait trait à son article : la véritable histoire lui échappait encore, mais elle se sentait de plus en plus près de la saisir pleinement.

Elle leva la tête et reconnut la constellation d'Orion, presque exactement à la verticale du pic. En cet instant, Cecily savait où elle allait. Elle progressait sur une voie qu'Alain et Irina n'emprunteraient plus. Elle leur devait de poursuivre.

Le vent soufflait, l'enveloppait, s'infiltrant par l'interstice entre la peau exposée de son cou et le col de sa veste, ainsi qu'au niveau de ses poignets et sous sa taille. Le froid se propageant jusqu'à sa colonne vertébrale, elle plongea les mains dans ses poches et courut se réfugier dans sa tente. Ses terreurs restaient toujours tapies non loin dans son sillage, même quand elle tentait de se convaincre qu'elle était en sécurité.

Elle rassembla ses affaires en vue du départ du lendemain, puis se blottit dans son sac de couchage, non sans se dire que la prochaine fois qu'elle dormirait en ce lieu, elle aurait effectué ses derniers pas en haute montagne. Elle avait tout intérêt à profiter au maximum de cette nuit de sommeil, du moins si c'était possible.

Manaslu, me voici.

Brouillon 3

Accumulation de morts douteuses sur les plus hauts sommets

Par Cecily Wong

En 2012, malgré la terrible avalanche qui avait tué onze personnes, plus de cinquante alpinistes lancés à l'assaut du Manaslu ont décidé de poursuivre leur ascension. Bon nombre d'entre eux ont atteint le sommet. La mort, même quand elle prend beaucoup de vies d'un coup, est un risque accepté dans ce sport. « Garde ton calme et continue de grimper » est l'attitude privilégiée. Mais est-elle justifiée ?

Si elle avait certainement rayonné sur les podiums en tant que Miss Russie, c'est en haute montagne qu'Irina Popova se sentait le plus dans son élément. Elle avait bouclé le défi du Léopard des neiges - qui consiste à gravir les cinq plus hauts sommets de l'ex-Union soviétique, culminant tous à plus de sept mille mètres - avant son trentième anniversaire, puis atteint son premier 8 000, le Makalu, en 2014. En haute montagne, Irina avait toujours sur elle des bonbons gélifiés à offrir à quiconque lui paraissait épuisé.

Alain Flaubert était quant à lui un guide respecté à Chamonix, ville où les alpinistes de talent pullulent. Toujours en quête d'aventure, il avait à son actif de nombreuses ouvertures de voies dans le massif du Karakoram. Il aimait nager en eau libre, ne faire qu'un avec la nature. Il rêvait de déposer au sommet du Manaslu un fanion en hommage à un ami décédé sur l'Everest.

Ces deux alpinistes étaient largement assez expérimentés pour relever un défi tel que le Manaslu, pourtant ils ont tous deux perdu la vie au pied de la montagne. Le danger étant accepté par tous, nul ne pose de questions. Les preuves se perdent et la difficulté du terrain endosse toutes les responsabilités. Aucune enquête n'est menée.

Le fait que les risques inhérents à l'alpinisme soient si naturellement admis permet-il de commettre des crimes sans que quiconque s'en rende compte ? Après tout, en l'absence de forces de l'ordre, les montagnes restent très sauvages. Sont-elles également le terrain de jeu idéal pour un assassin ?

– 38 –

Cecily ferma les yeux et cessa de pianoter sur son ordinateur, prenant seulement conscience de l'heure tardive. Il fallait qu'elle dorme. Ces quelques mots l'avaient titillée toute la soirée ; ce n'est qu'en les écrivant qu'elle avait compris l'étendue de sa paranoïa.
Le terrain de jeu idéal pour un assassin ?
Elle n'avait pas l'ombre d'une preuve, seulement les paroles d'un homme aux prises avec le mal des montagnes et la persistance d'un nœud dans ses tripes, dans sa gorge – sans oublier la vision rémanente d'Irina suspendue à la corde.
Si son instinct voyait juste, elle enquêterait à son retour du sommet. Pour l'heure, il était essentiel qu'elle se focalise sur la tâche qui se dressait face à elle.
Deux notes graves, une plus aiguë, une grave...
Non, pas ça...
Voilà que ça recommençait. Le sifflement lugubre accompagné de pas pesants. Ce n'était certainement pas Ben, reparti à Katmandou. Dario, alors ? Grant ? Ou un inconnu, qu'elle était à mille lieues de soupçonner...
L'intrus contourna sa tente.

Elle agrippa le bord de son sac de couchage et le tira jusque sous son menton. La nuque trempée de sueur glacée, elle plaqua les coudes contre son torse et se recroquevilla dans son cocon.

Le sifflement s'éloigna, mais ses épaules restèrent crispées.

Soudain, une ombre se dessina sur le rabat de l'entrée de la tente, plongeant celle-ci dans une obscurité encore plus intense. C'en était trop. Elle écarta son ordinateur, enfila ses bottes et attrapa sa lampe frontale dans la poche de rangement.

— Laissez-moi tranquille ! cria-t-elle en écartant le rabat de la tente pour sortir dans l'obscurité.

Il y avait là un homme, penché en avant.

— Ce n'est pas ma tente ? dit-il.

C'était Grant. Il avança vers elle en titubant.

— Tu as besoin d'aide, on dirait, constata Cecily en s'écartant de lui. Ta tente est par là-bas.

— Il y a encore un peu de place dans la tienne, peut-être ? balbutia-t-il, crachant une haleine épouvantable qui fit reculer la jeune femme.

— Tu es bourré...

Cecily vit là une occasion unique ; ainsi désinhibé, Grant lui livrerait peut-être des réponses. Et d'enchaîner :

— Où étais-tu le matin de la mort d'Irina ?

— Dans ma tente... répondit-il en agitant les bras au-dessus de la tête.

— Tu aurais facilement pu la suivre jusqu'au Gibet et en remonter avant le matin. Je l'ai entendue te traiter de porc. Tu as dû mal le prendre.

— Elle l'a bien cherché, cette salope ! cracha-t-il, avec un éclair dans le regard. Elle avait perdu la tête.

Le cœur de Cecily s'emballa, mais il lui fallait être certaine de son fait.

— Et au lac ! C'est toi qui as croisé Alain, pas vrai ?

— Ce type était cinglé. Il jetait des cailloux sur mon drone.

— Mon Dieu...

C'était donc Grant. C'était lui l'assassin sur la montagne. Bouche bée et terrifiée, Cecily se rendit soudain compte combien elle était vulnérable. La priorité était de s'éloigner de Grant et de prévenir Doug.

Espérant contourner l'individu, elle s'élança mais il tenta de l'intercepter. Elle hurla. En voulant se rapprocher d'elle, il trébucha sur une des cordes de la tente et s'affala de tout son long, arrachant quelques sardines dans sa chute.

— C'est quoi, ce bordel ? hurla Zak, surgi de sa tente, à quelques mètres de là.

Doug accourut peu après.

— Rien ! Je me suis perdu, je ne savais plus quelle était ma tente, mentit Grant, qui roula sur le côté et se releva tant bien que mal.

— Tu rôdes autour de ma tente chaque nuit ! l'accusa Cecily. Je t'ai entendu ! Doug, c'est lui qui me harcèle, je t'en ai parlé.

— Et alors ? J'ai voulu m'amuser un peu avant de grimper vers le sommet, il n'y a pas de quoi en faire un drame.

Doug les considéra tous les deux.

— Je refuse d'être dans la même équipe que ce type ! gronda Cecily. Il est dangereux. Il avait de bonnes raisons de tuer Irina et Alain...

Un silence de plomb s'abattit sur le petit groupe médusé, et tous les regards se posèrent sur Grant. Celui-ci leva les yeux au ciel et réagit aussitôt, soudain plus sobre :

— N'importe quoi, putain... J'ai seulement dit qu'Irina l'avait bien cherché. Je ne l'ai pas tuée. Tu deviens aussi cinglée qu'elle, on dirait, et ça ne m'étonne pas. Tu n'es pas taillée pour la montagne. Si quelqu'un est dangereux parmi nous, c'est toi. Tu es faible, Cecily.

Il la détaillait de la tête aux pieds tout en parlant, ce qui la fit frissonner. Malgré ses yeux vitreux, Grant semblait y voir clair dans le cœur de Cecily.

— Bon, ça suffit, suis-moi, ordonna Doug, avec un signe de la tête à l'intention de Grant.

Il s'éloigna d'un pas lourd, sans un seul regard pour Cecily.

— Quel connard, commenta Zak en s'approchant d'elle. N'écoute pas ses conneries. Ça va aller ?

— Oui, c'est bon... répondit Cecily, les bras serrés contre sa poitrine.

Un remue-ménage se fit entendre dans la tente de Grant.

— C'est quoi, tout ça ? s'écria Doug, qui en ressortit traînant un sac contenant manifestement des bouteilles. On a déjà parlé de ça. J'ai dit : pas d'alcool après la *puja*.

— J'ai seulement pris quelques bières pour me détendre avant l'ascension vers le sommet, se défendit Grant. Rien de violent.

— C'est ça, rien de violent, répéta Doug, extirpant du sac un certain nombre de bouteilles de whisky.

— Ce n'est pas à moi, ça ! s'écria Grant, livide.
Doug secoua la tête.

— Grant, prépare tes affaires. Tu dégages demain à la première heure.

Cecily entendit des hoquets de stupeur dans son dos. Tout le groupe Manners Mountaineering suivait l'altercation opposant Grant à Doug ; Élise était apparue, ainsi que les sherpas.

Charles lui-même était là et observait les deux hommes.

— Quoi ? protesta Grant. Tu plaisantes ? Parce que j'ai un peu bu ? Je te dis que ces bouteilles de whisky ne sont pas à moi ! Je n'ai pas bu à ce point, c'est ridicule. Charles, dis-lui qu'il ne peut pas me virer.

— Ce n'est pas lui qu'il faut regarder, c'est moi, dit Doug. C'est moi le chef de l'équipe, pas lui. Mingma, assure-toi que Grant quitte le camp demain matin.

— Entendu, Doug.

— Et notre film ? insista Grant, le regard noir, orientant toujours ses questions et son énergie vers Charles.

Celui-ci croisa les bras, les jambes légèrement écartées, et déclara, pour le plus grand soulagement de Cecily :

— C'est Doug qui commande.

— Non ! Tu sais pertinemment pourquoi tu as besoin de moi dans l'équipe !

Charles s'approcha de quelques pas de Grant, qui eut un mouvement de recul.

— Cette question ne se pose plus, il me semble, dit-il. Je te suggère de rassembler tes affaires avant de vraiment m'énerver.

— Vous n'avez pas le droit de me traiter de cette façon ! brailla Grant, considérant Charles puis l'ensemble du groupe. Ce mec est un imposteur ! Les sauvetages dont il est si fier... ne sont que des simulations ! J'en ai la preuve en vidéo !

— Vraiment ? Montre-nous donc ces images, répliqua Charles sur un ton glacial. Vas-y, on t'attend. Je n'ai rien à cacher.

— Impossible, gronda Grant, les poings serrés. L'autre folle a détruit mon disque dur externe au camp 2.

— Il est hors de question que je te laisse lancer des accusations sans preuves, intervint Doug. Tu ne passeras pas une nuit de plus ici. Tu redescends à Samagaun dès maintenant. Mingma va t'accompagner.

— Bas les pattes ! cria Grant lorsque Mingma fit mine de l'agripper. On est en plein spectacle et Charles en est la star, c'est ça ? Je suis sûr que c'est toi qui as demandé à la Russe de détruire mes images. Vous êtes tous complices dans cette histoire.

Il désigna Doug, les membres de l'équipe et les sherpas, puis il attrapa un sac à dos et sortit du campement.

Quoique soulagée, Cecily était comme saisie de vertiges à la suite des accusations lancées par Grant. Elle se reprit : ce type était violent, versatile, c'était un ivrogne, un menteur. Il avait tenté de contre-attaquer là où il pensait provoquer le plus de dégâts, prêt à tout pour détourner l'attention de sa personne.

— C'est bon, il est parti, dit Zak, étreignant Cecily. Tu n'as plus rien à craindre.

Galden aida Cecily à redresser sa tente écrasée par la chute de Grant. Elle dormirait l'esprit apaisé, au moins, et s'élancerait le lendemain vers le sommet sans un regard en arrière, sans plus se soucier de Grant.

Elle releva le rabat de sa tente... et poussa un cri.

— Charles ! Mon Dieu, tu m'as fichu la frousse ! Que fais-tu là ?

Alors seulement elle se rendit compte qu'il avait les yeux rivés sur l'écran de son ordinateur.

— Je voulais te donner quelque chose, mais... Qu'est-ce que c'est que ça ?

Elle s'agenouilla, espérant récupérer son ordinateur, mais Charles le fit glisser hors de sa portée.

Le souffle court, Cecily eut soudain les oreilles bourdonnantes. Ses mots étaient tout son monde, et ils étaient tous contenus dans cet ordinateur.

Elle n'avait jamais eu l'intention de faire lire à quiconque ses réflexions, du moins pas dans l'immédiat. Ce n'étaient que des brouillons, des premiers jets aucunement édulcorés.

— Ce n'est qu'un travail préliminaire... bredouilla-t-elle, la gorge sèche.

Charles fronça les sourcils.

— De notre interview ?

— Non, de *mon* article, rectifia Cecily, qui, se ressaisissant, récupéra son ordinateur.

Charles ne l'en empêcha pas, cette fois. Elle rabattit l'écran.

— J'écris ce que je vois, c'est tout.

— Le « terrain de jeu idéal pour un assassin » ?

— Tu sais bien que je suis préoccupée. Prendre note de tout ce dont je suis témoin est mon devoir en tant que journaliste. Je me félicite de l'avoir fait, d'ailleurs ; en considérant tout ça avec recul, je pense que Ben nous a dit la vérité. Il était terrifié. Il craignait pour sa vie après avoir vu l'assassin d'Irina. Et vu ce qui s'est passé ce soir, je suis plus que jamais convaincue que c'est Grant qui l'a tuée. Depuis le début, il se pavane dans le camp, beaucoup trop sûr de lui. J'ai entendu Irina l'insulter, l'autre nuit. Par ailleurs, il se trouvait près du lac au moment où Alain est mort. Ce soir, il a cherché à s'en prendre à moi.

Elle s'interrompit un instant, passant en revue les diverses hypothèses.

— J'ignore pour quelles raisons il tient tant à te filmer, mais elles sont forcément douteuses. Il a prétendu que tu... avais simulé tes sauvetages ?

— Il ne sait même pas de quoi il parle. Il pensait avoir quelque chose contre moi, c'est clair, mais je ne vois pas comment il détiendrait ce genre de preuve.

— Oui, évidemment. Mais bon, Alain et Irina...

Charles soupira et rejeta la tête en arrière, braquant le faisceau de sa lampe frontale vers le toit de la tente.

— Je craignais quelque chose dans ce genre...

— Comment ça ? dit Cecily, son flot de pensées soudain interrompu.

— Tu m'inquiètes. Doug m'a dit que tu montrais des signes de paranoïa de haute altitude.

— Quoi ? Mais non, pas du tout !

— Nous en avons déjà discuté.

Il désigna l'ordinateur, qu'elle avait plaqué contre sa poitrine.

— Alain et Irina ont été victimes d'accidents. Grant est un sale type, je suis d'accord, mais ce que tu insinues... c'est de la folie.

Cecily avala péniblement sa salive et prit le temps d'observer Charles installé sur son sac de couchage, au milieu de ses affaires, dominant l'espace réduit de sa présence.

— Pourquoi es-tu entré dans ma tente, Charles ? lui demanda-t-elle de nouveau, à mi-voix.

Il brandit un carnet fermé par une sangle en cuir.

— Je voulais te prêter ceci. Ce sont mes notes des expéditions précédentes. Je pensais qu'elles t'aideraient à rédiger ton article. Mais maintenant que j'ai vu ce que tu as écrit sur ton ordinateur... Je suis navré, Cecily. Je t'en ai peut-être trop demandé.

Il remisa le carnet dans la poche de sa veste et poursuivit, toujours avec douceur :

— Si certaines personnes échouent en montagne, c'est parce qu'elles se laissent distraire par les événements extérieurs, par d'autres personnes, par les conflits et les complots. Pour connaître le succès en haute altitude, il est essentiel d'avoir un état d'esprit irréprochable. Une concentration totale. Il faut savoir oublier les petits tracas de la vie quotidienne car la montagne en proposera toujours de plus imposants, plus pressants. Ici, il est question de vie et de mort. Peut-on imaginer question plus importante ?

Cecily secoua la tête.

— Ça aussi, c'est la vie et la mort. Si Irina a été assassinée, c'est un événement important, pas un petit tracas.

— Dans ce cas, tu n'es pas la plume que je croyais.

Charles se dirigea vers le rabat de la tente, où il se retourna, le temps de lui lancer un dernier regard qui la bouleversa. Elle y lut de la… pitié et de la déception. Comme si elle avait d'ores et déjà trahi ses attentes.

— Tu es toujours d'accord pour m'accorder une interview au sommet, j'espère ? lui lança-t-elle.

Il cilla. Éblouie par sa lampe frontale, elle fut tout de même en mesure de décrypter l'expression, toute de douceur, affichée par Charles.

— Bien sûr, répondit-il. Du moins si tu l'atteins. Et pour tout te dire, tu n'y parviendras qu'à condition d'oublier tes soupçons.

– 39 –

À son réveil, Cecily découvrit le camp baigné d'un merveilleux calme. Le soleil était déjà haut dans le ciel lorsqu'elle s'équipa de ses appareils électroniques et se rendit sur le mont Wifi, dans l'espoir d'enfin envoyer ses billets de blog à Michelle et lui annoncer qu'elle s'élançait en direction du sommet et n'aurait donc aucun moyen de communiquer avec elle durant quelques jours. Il fallait également qu'elle envoie un petit mot à Rachel.

Elle était rongée par un sentiment de culpabilité ; alors qu'elle avait promis de donner des nouvelles, elle avait été happée par les événements survenus au camp de base, à tel point qu'elle n'avait plus un instant pensé à sa meilleure amie. La montagne imposait un univers qui lui était propre. En altitude, il était très difficile de se souvenir de la vie de tous les jours. Cecily imagina Rachel se rendant au boulot dans le métro bondé, achetant un café et un sandwich pour le déjeuner. Elle se sentait si éloignée de cette vie, qui pourtant était encore la sienne moins de un mois auparavant.

Il n'y avait personne sur le mont Wifi. Elle se laissa tomber sur une chaise pliante et ouvrit son ordinateur.

— Alors ? lança quelqu'un.

Elle leva les yeux et vit Dario approcher, coiffé d'un bonnet Summit Extreme. Elle secoua la tête et changea de position, soudain pleinement consciente qu'il n'y avait personne d'autre en vue. Quoique à peu près certaine que Grant était l'assassin, elle ne parvenait pas à se débarrasser d'un léger doute concernant le guide.

— Que c'est frustrant... marmonna ce dernier. Ça fait plusieurs jours que ça dure. Je n'ai jamais connu une si longue coupure. Il va falloir que je descende à Samagaun aujourd'hui pour obtenir des prévisions météo pour mon équipe. Même mes appareils avec liaison satellite ne fonctionnent pas correctement.

— Zak m'a dit la même chose. Comment est-ce possible ? Tu as trouvé des brouilleurs ?

— Non, rien qui ressemble à ce que nous a décrit ton ami. Ce n'est vraiment pas normal...

— Heureusement pour nous, Doug a récupéré des prévisions. On se lance dans l'ascension aujourd'hui.

Le guide de Summit Extreme se crispa et leva la tête vers les cimes.

— Vraiment ? Vous partez vers le sommet aujourd'hui ? Non, je n'y crois pas.

— Doug et Mingma nous l'ont annoncé hier soir, confia Cecily, qui se mordilla un ongle, troublée par la réaction de Dario.

— Après ce qui est arrivé hier soir ? douta Dario.

— Tu es au courant ?

— Le monde de la montagne est minuscule.

Il considéra de nouveau le ciel et secoua la tête.

— J'ai de gros doutes concernant les prévisions dont tu parles. Si je devais me prononcer, je dirais qu'il vaut mieux attendre encore au moins quelques jours, et même plutôt une semaine.

Cecily percevait comme une tension dans l'air, quelque chose d'électrique, mais elle se dit que c'était son angoisse qui faisait encore des siennes.

— En tout cas, je suis contente de te voir. Concernant Irina, je…

— Cecily ?

Surgi de nulle part, Doug s'immobilisa à quelques pas de là et lui demanda de le rejoindre d'un geste du doigt.

— Sois très prudente là-haut, je t'en conjure, souffla Dario. Ne reste jamais seule…

Le guide avait quasiment sifflé ses derniers mots, tandis que Cecily rejoignait Doug.

Celui-ci l'accueillit les bras croisés.

— Si peu de temps avant le départ pour le sommet, il faut éviter de côtoyer les membres des autres équipes ; c'est comme ça qu'on se transmet des virus – et des renseignements.

— Je voulais simplement voir si j'avais reçu des messages de ma famille. C'est lui qui m'a rejointe. On ne capte toujours aucun réseau.

— L'équipe doit être ta priorité.

— Je comprends, mais Dario m'a dit qu'il n'a pas réussi à obtenir de prévisions météo depuis un bon moment ; il va devoir descendre à Samagaun. D'après lui, le temps ne convient pas pour grimper jusqu'au sommet.

— Vois par toi-même, dit Doug, les lèvres pincées.

Il lui tendit son téléphone. Sur l'écran, Cecily découvrit une rangée de minuscules soleils alignés sur les jours à venir, accompagnés de vents faibles et de températures avoisinant les vingt degrés en dessous de zéro au sommet. Tout cela correspondait exactement à la fenêtre météo qu'ils attendaient. Cecily se sentit rougir.

— Ça te convient, ou tu préfères rester ici ?

— Non, ce n'est pas ça, c'est juste que…

Il la fit taire, ce qui lui donna l'impression d'être réprimandée, telle une enfant.

— La force d'une équipe se mesure à l'aune de son élément le plus faible.

— Je comprends. C'est bon, pas de souci, je suis là et concentrée sur notre objectif.

— Bien.

Cecily hocha la tête, devinant que jamais Doug n'aurait fait preuve d'incompétence dès lors qu'il était question de la logistique de la mission de Charles ; elle devait lui faire confiance. Et ce même si elle doutait encore de certains membres de l'équipe. Enfin, en prenant soin de rester auprès de Galden, suivant ainsi le conseil de Dario, qui avait insisté pour qu'elle ne se trouve jamais seule, le risque méritait d'être pris.

Par ailleurs, elle était à présent plongée dans son projet d'article, et elle tenait à aller jusqu'au bout.

— L'équipe prend son petit déjeuner, ajouta Doug. Tu devrais en faire autant, tu en auras besoin.

Après avoir englouti des œufs au bacon, sachant que c'était là son dernier repas digne de ce nom avant longtemps, Cecily récupéra son sac à dos dans sa tente. Chacun se préparant activement, il régnait dans l'air une excitation palpable. Élise bavardait avec Phemba

– il était question de réglage des baudriers et de la nourriture qu'ils emportaient.

Zak traînant du côté du réfectoire, Cecily le rejoignit et lui donna une brève accolade. Elle sentit qu'il était tendu, comme tout le monde, impatient de se lancer à l'assaut du Manaslu.

Mingma leur signifia d'un geste qu'ils pouvaient d'ores et déjà se mettre en marche s'ils le souhaitaient. Ce qu'ils firent. En passant à hauteur du site où s'était déroulée la *puja*, Cecily perçut un parfum de genévrier brûlé. Elle s'immobilisa le temps d'inspirer profondément, puis elle prit une poignée de riz dans un des petits bols en cuivre et la jeta dans les airs, en guise d'ultime offrande pour s'assurer un séjour sûr en haute montagne. Un peu plus haut, les drapeaux de prière s'agitaient mollement dans la brise.

C'était une matinée idéale pour grimper.

Charles s'était lui aussi mis en route, chargé d'un énorme sac à dos qui le dépassait nettement. Il portait en effet sa propre tente, ses provisions, sa combinaison, des cordages – tout ce dont il aurait besoin pour survivre sans assistance en haute montagne. Malgré cela, il marchait avec aisance, comme si son fardeau ne pesait rien du tout. Cela semblait enfantin pour lui.

Quel effet cela faisait-il de se sentir si à l'aise dans un environnement si hostile ? De progresser à grandes enjambées entre la vie et la mort, plutôt que sur la pointe des pieds ? Cecily s'imagina surprise par une terrifiante avalanche et unique survivante de son équipe. C'était là une des questions les plus importantes qu'elle comptait poser à Charles ; elle voulait comprendre cet homme si différent de ses semblables.

Si différent de ses semblables... Peut-être était-ce trop beau pour être vrai. Dario l'avait accusé de s'aider de cordes fixes. Grant l'avait accusé de simuler ses sauvetages. Les mythes que Charles avait bâtis autour de sa personne étaient-ils fondés ? Ou Cecily avait-elle été aveuglée par l'adoration que vouait James à son héros, par l'estime que semblaient avoir les sherpas à son égard ? Par la fidélité sans faille de Doug ? Si c'était à Charles qu'elle devait d'être ici, c'était Michelle qui lui verserait son salaire (du moins si elle lui proposait un article digne d'être payé). Par conséquent, Cecily devait à ses lecteurs de découvrir la vérité.

Charles était à la fois fascinant, charismatique, difficile à cerner et complexe. La seule façon d'aller au fond du récit qu'elle avait pour l'heure à peine ébauché consistait à discuter avec lui, à l'inciter à lui livrer ses motivations, à creuser dans son passé.

Cecily avait pour objectif de rédiger l'article le plus captivant qui soit, centré sur la vérité. Et à chacun de ses pas vers le sommet, elle comprenait un peu plus qu'elle ne découvrirait celle-ci que sur la montagne.

— 40 —

Ils marchaient vers le camp 1 sous un soleil radieux, à tel point que Cecily ôta sa veste étanche et remonta au-dessus des coudes les manches de son maillot de corps en laine mérinos, sans oublier d'étaler de la crème solaire sur ses avant-bras.

À présent qu'elle était acclimatée, sa progression lui semblait incroyablement plus facile que précédemment. Consciente de son corps plus affûté, elle bondissait avec confiance par-dessus les petites crevasses, enchaînant les décrochages et les accrochages aux cordes fixes. Malgré tout, ce début d'ascension exigeait un certain effort mental qui lui imposait de rester concentrée sur l'instant présent.

Ce que confirma un incident, sur une échelle. Alors qu'elle était perdue dans ses pensées, se demandant comment Charles pouvait franchir ces crevasses sans s'aider des échelles disposées par les sherpas, elle en était arrivée à estimer qu'il était très improbable qu'il ne triche *pas*.

Cette réflexion lui fit perdre sa concentration ; au lieu de correctement positionner sa botte sur un barreau de l'échelle, elle l'agrippa d'un crampon et perdit l'équilibre. Elle chuta à genoux sur l'échelle, qui, sous le choc, trembla un moment contre la glace.

L'écho de la vibration métallique résonna longuement dans ses oreilles, tandis qu'elle se stabilisait à quatre pattes, les doigts serrés sur un barreau gelé. Grinçant des dents, elle se releva avec hésitation.

Elle ne retrouva une respiration plus normale qu'une fois en sécurité de l'autre côté de la crevasse.

Une fraction de seconde. Un instant d'inattention.

Il n'en fallait pas davantage.

Elle fit l'effort de ne plus penser à quoi que ce soit d'autre que sa marche jusqu'à son terme.

Parvenue au camp, elle fut accueillie par une vue on ne peut plus différente de celle à laquelle elle avait eu droit la première fois. La brume précédemment omniprésente avait disparu, remplacée par un grand ciel bleu. Tout autour de Cecily se dressaient d'autres pics, une multitude de sommets se découpant sur l'horizon, et dans le lointain se devinaient les vastes plaines tibétaines. Les alpinistes se trouvaient à une telle altitude que les sommets formant le profil déchiqueté du toit du monde ne les dominaient plus.

Les prévisions météo fournies par Doug semblaient se vérifier, le beau temps tenait bon. Cependant, les équipes présentes au camp 1 étaient peu nombreuses et s'apprêtaient manifestement à redescendre dans la vallée.

Elle se tourna vers Zak, qui avait grimpé juste derrière elle tout du long.

— Tu as déjà vu un spectacle aussi extraordinaire ?

Elle eut alors la surprise de le voir la tête basse, les épaules voûtées. Il semblait avoir toutes les peines du monde à lever les pieds pour marcher. Ils n'avaient que très peu parlé au cours du trajet, mais Cecily avait supposé que c'était parce qu'ils étaient tous deux concentrés sur leur effort. Peut-être subissait-il davantage qu'elle ne l'avait cru les effets de l'altitude. Elle le prit par le bras et l'aida à gagner sa tente, puis elle alla lui chercher une tasse de thé pour lui redonner des forces. Il la remercia d'un grognement avant de disparaître dans sa tente.

Cecily déposa ensuite son sac à dos dans celle qu'elle partagerait avec Élise et en sortit son appareil photo. Puis elle se rendit en bordure du camp pour admirer la vue une fois encore. Elle ferma les yeux, inspirant l'air léger, puis les rouvrit pour assimiler au maximum le spectacle qui s'offrait à elle, pour enregistrer au mieux ce souvenir qui resterait gravé dans sa mémoire jusqu'à la fin de son existence.

Ensuite seulement elle prit quelques photos. Le ciel changeait déjà de couleur à l'approche du crépuscule, à présent nuancé de traînées orange vif et rouges. Quelques nuages avaient fait leur apparition, accrochés à des sommets lointains, mais la vue était encore dégagée. Cecily aurait pu admirer le ciel toute une journée sans se lasser.

S'éloignant quelque peu du camp, elle prit des photos sous autant d'angles que possible, par sécurité, au cas où Zak ne lui fournirait pas celles qu'il lui avait promises. Quelques tentes étaient vides, attendant les équipes qui avaient pour l'heure préféré rester au camp de base ; ces habitations fantômes émettaient une symphonie dérangeante, leur toile de plastique malmenée par le vent.

Cecily atteignit une couche de neige plus dure dans laquelle ses bottes s'enfoncèrent en craquant, créant une nouvelle piste. Quand parfois ses bottes plongeaient presque entièrement dans la poudre blanche, elle se figeait, le cœur battant, redoutant de poser le pied au pas suivant sur une corniche instable susceptible de se dérober sous son poids et la précipiter dans le vide.

Saisie d'un frisson, elle s'écarta de l'à-pic.

Elle avait tout de même la sensation d'ouvrir une piste, à son modeste niveau, faisant mine d'évoluer en style alpin l'espace de quelques instants.

Elle se jucha sur un affleurement rocheux, d'où elle leva les yeux sur l'itinéraire prévu pour le lendemain, s'imaginant là-haut aussi forte qu'aujourd'hui.

Soudain, elle aperçut quelque chose qui la stupéfia.

Une tente. Rouge à parements bleu marine.

Elle était dressée de l'autre côté du gouffre au bord duquel elle se trouvait, sur un petit plateau, un peu plus loin sur la montagne. Y accéder était inconcevable pour elle. Elle patienta un moment, espérant voir son occupant se montrer.

Envahie de frissons, elle serra les pans de sa veste.

La nuit tombant rapidement, elle sentit son cœur s'emballer lorsqu'elle se rappela qu'elle n'avait pas emporté sa lampe frontale. Elle devait rentrer sans délai, sans quoi elle risquait de se perdre et de faire une chute mortelle – et personne ne retrouverait jamais son corps.

À contrecœur, elle fit demi-tour et suivit ses propres traces de pas jusqu'à apercevoir le fanion Manners

Mountaineering, vision rassurante. Elle se glissa dans sa tente.

— Ah ! Te voilà, je m'inquiétais ! dit Élise en lui prenant la main. Qu'y a-t-il ? On dirait que tu as vu un fantôme.

— J'ai vu... Je ne sais pas. Une tente isolée. De l'autre côté d'une crevasse, à l'écart du camp.

— Ah oui ?

— Elle ressemblait à celle que j'ai vue au camp de base, mais je pensais que c'était celle de Ben.

— Le type qui a volé l'argent ? Mais il est reparti à Katmandou...

— Exactement. Qui est là, alors ?

— Charles, peut-être ?

— J'ai pensé à lui, mais il ne nous avait pas encore rejoints la première fois que j'ai vu cette tente.

Élise haussa les épaules.

— Bon, eh bien c'est quelqu'un d'autre, alors.

Peu après, Galden « frappa » sur le rabat de la tente, chargé d'un bol de riz frit couvert. Quand elle souleva le couvercle, Cecily découvrit un plat encore fumant.

Le jeune homme se glissa dans la tente et, tandis que Cecily se restaurait, Phemba, le sherpa d'Élise, se joignit à eux, avec le dîner de celle-ci. Doug les rejoignit peu après, si bien qu'ils se retrouvèrent entassés à cinq dans ce volume réduit.

— Alors, comment vous sentez-vous, toutes les deux ? leur demanda-t-il.

— Super bien ! répondit Élise avec entrain.

— Ravi de l'entendre. Et toi, Cecily ?

— Le camp 1, c'est fait ; plus que trois ! répondit-elle avec un rire légèrement forcé.

En réalité, elle restait mal à l'aise, songeant encore à la mystérieuse tente. De qui s'agissait-il ?

— J'ai malheureusement dû modifier notre plan d'action, annonça Doug. La fenêtre météo est très serrée, nous avons tout intérêt à ne pas trop traîner sur la montagne. Par conséquent, pas de nuit au camp 2 demain soir ; nous filerons directement au camp 3. Nous dormirons là-bas, et le lendemain nous grimperons jusqu'au camp 4. Après un court repos, nous nous élancerons vers le sommet en pleine nuit. Nous devrions donc être de retour au camp de base dans trois jours. Qu'en pensez-vous ?

— Ça me convient, répondit Élise. Zapper une nuit de repos réduira d'autant mon temps d'ascension sans oxygène supplémentaire.

Cecily se mordilla un ongle, déjà nerveuse en songeant aux efforts du lendemain, parmi lesquels l'escalade du Gibet – qui l'avait épuisée, elle ne l'avait évidemment pas oublié, même si ce souvenir était à présent recouvert par celui de la mort d'Irina.

Quoi qu'il en soit, la modification apportée au plan lui imposerait de prolonger son ascension de plusieurs heures afin d'atteindre le camp 3.

Or le camp 3 était celui qu'elle redoutait le plus. Ils y parviendraient donc exténués, très tard dans la soirée, possiblement en pleine nuit. La gorge parcheminée, elle lécha ses lèvres craquelées.

— Ce n'est pas le camp 3 qui est le plus dangereux ? Ce n'est pas là que s'est produite… l'avalanche ?

— Les tentes ne sont plus dressées au même endroit qu'à l'époque, la rassura Doug. Bien entendu, je ne peux pas te garantir à cent pour cent que nous y serons en totale sécurité. S'attaquer au Manaslu revient à prendre des risques.

Elle hésita un instant, mais avait-elle vraiment le choix ?

— Je te fais confiance, dit-elle enfin.

C'est alors qu'un cri retentit.

Cecily sentit son sang se glacer dans ses veines : cette voix ne lui était pas inconnue.

— Qu'est-ce que c'est que ce raffut ? s'étonna Élise.

— Je vais jeter un coup d'œil, dit Doug, se faufilant vers l'entrée de la tente.

Tenant à savoir qui avait crié – et surtout priant pour que ses doutes soient démentis –, Cecily posa son bol et enfila ses bottes en un instant.

— Cecily ! intervint Galden. Attends, *didi*, il faut que tu manges !

Déterminée à en avoir le cœur net, elle sortit à son tour dans la semi-pénombre, luttant pour fixer sa lampe frontale. Doug masquait le mystérieux individu, mais plus elle l'entendait brailler, plus elle se sentait gagnée par la panique. Enfin, Doug s'écarta, permettant à Cecily d'éclairer l'intrus.

Grant.

Le visage rougi tant il avait beuglé, il avait visiblement été surpris en train de rôder près de la tente muni d'une caméra. Tenzing le maintenant par un bras, il se dégagea de l'emprise du sherpa.

— Qu'est-ce que tu fiches ici ? gronda Doug, les épaules crispées et les doigts remuants, ce qui fit comprendre à Cecily qu'il était tout aussi surpris qu'elle de voir Grant. Je t'avais dit de redescendre dans la vallée.

— Écoute, mec, les vidéos que j'ai prises sur le Cho Oyu ont été détruites et tu m'as viré. Il faut bien que je trouve un moyen de me faire du fric. Il y avait une place dispo chez Summit Extreme, ils me l'ont proposée. Je vais pouvoir – encore une fois – filmer Charles simulant un sauvetage. Je parie que certaines chaînes de télé seront très intéressées par mon reportage.

— Tu ne peux pas nous foutre la paix ? s'emporta Cecily.

— Toi, tu es là pour tenir le rôle de la victime suivante secourue par Charles, pas vrai ? C'est la seule raison qui puisse expliquer la présence de quelqu'un comme toi sur cette expédition.

— Tu l'as vraiment pris avec toi, Dario ? lança Doug.

Cecily n'avait pas remarqué que l'autre guide était posté derrière Grant.

— Oui, je confirme, répondit Dario. On l'a invité à nous rejoindre quand on l'a vu passer à hauteur de nos tentes, avec tout son matériel.

— Tu étais censé partir pour le sommet la semaine prochaine.

— Exact, mais Cecily m'a dit que vous vous élanciez aujourd'hui... Vu qu'on ne capte toujours aucun réseau, j'ai pensé qu'on pouvait en faire autant.

— Tu devrais le faire redescendre, Dario ! intervint Cecily. Ce type est dangereux. Il est même possible qu'il soit impliqué dans la mort d'Irina.

— Retourne dans ta tente, l'interrompit Doug. Je me charge de régler cette affaire.

— Mais...

— J'ai dit : rentre dans ta tente ! Tu préfères redescendre, peut-être ?

En haute montagne, les paroles de Doug avaient force de loi. Cecily en avait de toute façon assez vu ; elle avait noté le changement dans l'expression de Dario. Peut-être suivrait-il son conseil et chasserait-il Grant, après tout. Elle regagna sa tente d'un pas lourd.

— Grant a intégré une autre équipe ? lui demanda Élise quand elle l'eut rejointe à l'intérieur.

— Oui, Summit Extreme. Mon Dieu, le savoir tout près me donne envie de vomir. Franchement, je me sentais enfin en sécurité depuis son départ.

— Tu n'as rien à craindre avec nous, affirma la Canadienne. Grant est un électron libre, c'est vrai, mais il restera avec sa nouvelle équipe, et nous, entre nous. Tout ira bien.

Cecily ouvrit la bouche, décidée à défendre son point de vue, puis la referma. Élise ne partageait pas le moins du monde ses doutes à propos de certaines personnes de leur entourage, focalisée à cent pour cent sur les dangers naturels de la montagne.

Elle lui tapota le genou.

— Prenons un selfie ! Pour notre première nuit de l'ascension jusqu'au sommet.

— D'accord, vas-y ! dit Cecily, qui se pencha en avant et ajusta son bonnet.

Élise leva son appareil photo au-dessus d'elles et prit une photo.

Elles se glissèrent chacune dans son sac de couchage. Le réveil était prévu à 5 heures du matin, avec en perspective une interminable journée pour atteindre le camp 3.

Or l'esprit de Cecily refusait de lui accorder le sommeil que son corps réclamait, ressassant les mystères qui se succédaient. Entre l'inconnu qui avait dressé sa tente non loin de là et Grant présent à seulement quelques mètres... Le sommeil se ferait longuement désirer.

– 41 –

Le lendemain matin, Cecily resta aussi longtemps que possible dans sa tente, jusqu'à être certaine que Grant et l'équipe Summit Extreme étaient déjà repartis.

La marche en direction du camp 2 se révéla plus aisée que la fois précédente, notamment du fait des meilleures conditions météo, mais le nœud qui s'était formé dans l'estomac de Cecily s'amplifia à l'approche du Gibet. Verrait-elle en pensée Irina suspendue, le visage bleui et froissé de douleur ?

Galden lui tapota l'épaule et désigna quelque chose, plus haut sur la montagne. Elle leva la tête et se figea, bouche bée.

Charles. C'était la première fois qu'elle le voyait grimper. La plupart du temps, il suivait sa propre route sur la cascade de glace, hors de vue depuis les cordes fixes. Ce type se serait sorti de n'importe quel labyrinthe.

— Comment fait-il ? demanda Cecily.
— Que veux-tu dire, exactement ?

Elle resta un moment muette, tandis qu'un million de questions défilaient dans son esprit, puis se décida pour l'obstacle qui l'avait le plus tourmentée.

— Les crevasses, par exemple. Comment fait-il pour les franchir sans échelle ?

— C'est très difficile ! convint Galden en riant. Bien souvent, il doit les contourner, ce qui lui prend beaucoup plus de temps. Il n'est pas rare qu'un alpiniste voie sa route barrée net par une crevasse trop large pour être franchie. Cela dit, le style alpin n'interdit pas l'usage de cordes ; Charles doit simplement ne s'aider que de celles qu'il porte et les fixer lui-même. Ce qui lui permet de venir à bout de la plupart des pièges qui se présentent sur son chemin.

Cecily avait la sensation de voir une créature inhumaine dotée d'une capacité surnaturelle à lire la montagne. Il se déplaçait en souplesse sur des corniches terriblement pentues, se servant de son piolet comme d'un membre supplémentaire. Jusque-là, elle avait pensé que cet homme dominait la montagne, mais en réalité il était davantage question de grâce que de domination.

De surcroît, Charles progressait à vive allure. Contrairement à eux, qui, attachés aux cordes, attendaient leur tour de grimper, lui évoluait en toute liberté, agile mais avec l'assurance d'un alpiniste en cordée, même si Cecily voyait clairement qu'il n'était pas attaché. Il eut tôt fait de disparaître de leur vue, comme avalé par d'énormes éclats de glace.

À l'approche du Gibet, Cecily se sentait étrangement engourdie. Malgré cela, elle se rendit compte que la paroi n'offrait plus l'aspect qu'elle lui avait connu lors de son premier passage, empruntée depuis par tant d'alpinistes que des marches s'étaient formées à des intervalles moins grands, facilitant d'autant l'escalade. Par ailleurs, la section où Irina était morte avait été fermée, la corde de rappel décalée de façon à obliger à redescendre par une autre voie.

Parvenue au pied du mur, Cecily avala péniblement sa salive, puis s'étonna de ne pas voir surgir la peur à laquelle elle s'attendait. Grâce aux nouvelles encoches dans la glace, elle entama son escalade au prix de nettement moins d'efforts que précédemment. Néanmoins, cette relative facilité permit à son esprit de vagabonder davantage.

Est-ce en cet endroit précis qu'Irina a rendu son dernier souffle ?

Quelle terreur elle a dû éprouver...

Son assassin a-t-il enroulé la corde autour de son cou avant de la pousser pour ensuite la laisser mourir, seule et paniquée ?

La corde rouge et noire entre ses doigts, elle eut soudain la sensation de voir du sang couler sur ses mains et dut contenir le cri qui ne demandait qu'à sortir. Cette frayeur passagère fut toutefois accompagnée d'un afflux d'adrénaline grâce auquel Cecily se retrouva rapidement au sommet du mur. Elle avait franchi le crux de l'ascension pour la deuxième fois.

Cet obstacle surmonté, seules deux autres menaces subsistaient, à savoir les séracs – l'ours dansant et le chapeau de sorcière, les deux sentinelles glacées et bleutées du Manaslu montant la garde en surplomb du Gibet. Cecily inclina la tête un instant, en mémoire d'Irina, puis poursuivit sa progression, peu désireuse de s'attarder.

Ils firent halte au camp 2 pour déjeuner et se réhydrater. Bien droite, les mains sur les hanches, Élise ne souriait pas et ne disait pas un mot, pour une fois, économisant son énergie pour la suite de l'ascension. Zak, à l'inverse, n'hésita pas à s'affaler sur son sac à dos, puis soupira peu discrètement lorsque Doug annonça que la pause était terminée. Mingma lui tendit une bouteille de Coca-Cola.

— Il va bien ? s'inquiéta Cecily à mi-voix, s'adressant à Galden.

— C'est l'altitude, répondit le sherpa en haussant les épaules.

— Ce n'est pourtant pas la première fois qu'il grimpe si haut. En plus de notre routine d'acclimatation, il a gravi le Denali…

— Même les alpinistes expérimentés sont parfois sensibles à l'altitude.

Elle aurait voulu encourager Zak mais ne tenait pas à attirer l'attention générale sur la passe difficile qu'il traversait. Celui-ci, percevant son regard, leva un pouce tremblant et brandit sa gourde dans sa direction, comme pour la saluer, en réaction à quoi elle hocha la tête, rassurée quant à la suite des événements. D'autant plus que Tenzing lui demanderait de faire demi-tour si l'ascension devenait trop ardue pour lui, c'était une évidence.

Cecily évoluait désormais en territoire inconnu, s'élevant plus haut que jamais jusque-là. Il neigeait à gros flocons à présent, ce qui l'obligea à enfiler un coupe-vent étanche. La température avait en outre nettement chuté, malheureusement sa combinaison était pliée dans son sac ; elle devrait attendre le camp 3 pour s'en vêtir.

Pour l'heure, la seule façon de combattre le froid consistait à avancer.

Tandis qu'il neigeait de plus en plus fort, le groupe se trouva de nouveau séparé et Cecily se vit bientôt seule avec Galden. Elle était si focalisée sur le simple fait de poser un pied devant l'autre, de s'assurer qu'elle restait en permanence accrochée aux cordes fixes, qu'elle ne levait presque plus la tête pour observer les alentours.

Songeant qu'elle ne revivrait pas de tels moments de sitôt, elle s'offrit une pause et en profita pour contempler le panorama. Si le rideau de neige obstruait la vue dans le lointain, le Manaslu dévoilait toutes ses merveilles. D'étranges formes se dressaient sous la faible luminosité, les séracs pareils à des géants fantomatiques endormis. En franchissant la cascade de glace, Cecily aperçut une tache orange vif dépassant d'un flanc de montagne enneigé et comprit qu'il s'agissait d'une tente d'un ancien campement balayée et enfouie sous la neige, victime d'une des nombreuses avalanches survenues sur ces pentes. La vue de ces débris, des poteaux débordant du manteau blanc, lui perça le cœur.

Galden lui donna un petit coup de coude.

— Allez, Cecily, on continue. Mieux vaut ne pas s'arrêter trop longtemps.

— À qui appartenait cette tente ? demanda-t-elle, incapable d'arracher son regard du triste spectacle.

— Je n'en sais rien, *didi*.

— Ces gens sont morts ?

Galden resta muet. Cecily ne tenait de toute façon pas vraiment à entendre sa réponse à haute voix, craignant que cela ne trouble sa détermination. Elle se força à regarder ailleurs et reprit sa marche.

Les flocons restaient accrochés sur ses cils, mais le ciel était trop sombre pour permettre le port de lunettes de soleil, tandis que son masque de ski était enfoui au plus profond de son sac à dos. Elle s'essuya le visage de ses mains gantées puis se concentra de nouveau sur sa progression. Se présenta bientôt un nouveau mur de glace, pas aussi élevé que le Gibet mais tout de même impressionnant.

Elle poussa sa poignée bloquante un peu plus haut sur la corde couverte de neige et avança de quelques pas, puis elle plongea son piolet dans la glace, au-dessus de sa tête, et tira dessus tout en poussant de nouveau sa poignée un peu plus haut.

C'est alors que survint un imprévu.

La poignée bloquante glissa. Cecily perdit l'équilibre et chuta en arrière. Retenue par le point d'ancrage, sa corde de sécurité enraya sa chute, mais le choc fut si violent qu'elle lâcha son piolet.

— Cecily ! Tu n'es pas blessée ?

Le piolet de la jeune femme se détacha de la glace.

— Attention, Galden ! cria-t-elle.

Les mains sur la tête pour se protéger, elle sentit un courant d'air lorsque le piolet la frôla, puis elle entendit un bruit sourd.

– 42 –

— Tu n'es pas blessé ? s'inquiéta Cecily après avoir entendu un grognement de douleur.

Galden se massait l'épaule, et le piolet était planté dans la pente, quelques mètres plus bas.

— Non, ça va. Ton piolet a rebondi sur mon bras.
— Je suis vraiment désolée, Galden.
— Que s'est-il passé ?
— Je ne sais pas. Ma poignée bloquante...

Non sans s'être assurée de sa stabilité, Cecily fit glisser l'outil, le détacha de la corde et le tendit à Galden, qui le retourna. Le mécanisme était totalement obstrué de neige et de glace.

Tandis que Cecily récupérait son piolet, Galden frappa vivement la poignée bloquante défectueuse avec le dos d'un mousqueton, faisant gicler des morceaux de glace.

— Il faut faire ça de temps en temps, expliqua-t-il. Avant chaque portion d'escalade, assure-toi que ta poignée bloquante accroche correctement la corde, d'accord ? Et tu peux peut-être ranger ton piolet, tu dois pouvoir t'en passer pour grimper.

Cecily hocha la tête, pas très fière, comprenant qu'elle aurait pu sérieusement blesser son compagnon. De son bras non commotionné, celui-ci attacha le piolet sur le sac à dos de la jeune femme et lui enjoignit de reprendre son escalade. Si cette paroi était moins haute que d'autres déjà franchies ce jour, Cecily était à présent nettement plus fatiguée, sans compter sa nervosité à la suite de l'incident survenu avec la poignée bloquante.

Sans piolet, Cecily dut davantage s'aider de ses mains, ce qui lui fit regretter de ne pas s'être davantage entraînée sur le mur d'escalade, mais elle se hissa sans autre souci au sommet de l'obstacle. La poignée bloquante glissa de nouveau deux ou trois fois mais, désormais au fait de ce défaut, Cecily ne s'y suspendait plus totalement, ce qui lui permit en chacune de ces occasions de se rattraper sans se faire de mal – ni blesser Galden.

Néanmoins, elle était exténuée quand enfin elle parvint au sommet de la paroi, à tel point qu'elle avait la sensation de ne plus y voir clair. En se retournant, elle aperçut Galden, qui visiblement grimpait avec aisance. L'incident aurait pu avoir des conséquences autrement plus graves. Ils avaient eu de la chance, pour cette fois.

Le trajet entre le camp 2 et le camp 3 était le plus vallonné de l'ascension, si bien que parfois, dans une cuvette entre deux parois, Cecily avait l'impression que Galden et elle étaient les deux seules personnes aux prises avec la montagne, telles deux fourmis glissant sur la surface gelée d'une mare et priant pour qu'elle ne cède pas. La bande sonore de ce périple était constituée des cliquetis réguliers des mousquetons, tous les autres sons étant étouffés par la neige. Sous le ciel gris pâle, la montagne retenait son souffle ; un monstre sommeillait, et ils devaient tout faire pour ne pas le réveiller.

Chaque paroi lui faisait l'effet d'un sommet miniature qui, dès lors qu'elle l'avait franchi, se révélait suivi d'un autre, ce qui donnait à l'ascension un caractère monotone, interminable. De plus, l'air s'appauvrissait en oxygène à mesure qu'ils gagnaient en altitude, comme en témoignait la respiration de Cecily, de plus en plus laborieuse, et son pouls de plus en plus rythmé.

Après quelques heures de marche et d'escalade, ils s'offrirent une pause. Galden lui offrit un quartier de pomme qui ne calma guère les gargouillis de son estomac.

— Je n'y arriverai pas, se lamenta-t-elle, la tête dans les mains.

— Tu t'en sors très bien, *didi*, lui assura Galden sur le ton zen typique et quelque peu exaspérant des sherpas. Nous ne sommes plus très loin du but. Tu résistes bien, nous progressons rapidement.

— Vraiment ?

Galden s'octroya une nouvelle gorgée de thé et tendit la Thermos à Cecily. Elle releva la tête vers la montagne.

Des colonnes de glace tordues s'élevaient au-dessus d'eux, évoquant les ruines d'un temple grec, et face à eux se dressait un sérac massif qui laissait entrevoir un infime aperçu du bleu glacial et étincelant de son intérieur. Attirée par cette nuance, Cecily avait presque envie de se glisser dans la fissure pour toucher ce bleu tellement plus lumineux que le gris qui les entourait, comme pour franchir un portail donnant sur un autre monde.

Peut-être devait-elle cette sensation irréelle à une légère hypoxie. Ils avaient nettement dépassé les six mille mètres d'altitude, et il restait encore plus de mille mètres à gravir au cours des deux jours à venir.

Galden inclina la tête, jugeant toute parole inutile. Cecily comprit qu'il lui demandait de se remettre en route. Elle se leva et s'étira, puis ils enfilèrent tous deux une dernière épaisseur – sa veste, dans le cas de Cecily – pour lutter contre le froid de plus en plus vif.

On n'est plus très loin. On n'est plus très loin...

Ces mots devinrent son mantra, sa promesse. À bout d'énergie, elle en était réduite à compter ses pas, s'autorisant une mini-pause tous les dix pas. Dix pas, un arrêt. Dix pas, un arrêt. Plus très loin. Plus très loin. Très loin. Très loin. *Tréloin.* Les mots avaient perdu leur sens.

Alors qu'elle pensait ne plus avoir la force de faire un pas de plus, elle leva la tête et aperçut une grappe de tentes jaunes à demi enfouies dans la neige fraîche. Elle était si épuisée et si frigorifiée qu'elle n'apprécia aucunement le panorama extraordinaire. Les lèvres sèches et craquelées, elle aurait juré que ses doigts étaient gelés dans ses moufles.

Galden la conduisit à sa tente, dans laquelle elle se laissa tomber. Chaque mouvement demandait à Cecily deux, voire trois fois plus de temps que d'ordinaire, tant son cerveau fonctionnait au ralenti pour donner des ordres à ses membres. Elle avait beau précisément savoir ce qu'il fallait faire – retirer ses couches de vêtements et enfiler sa combinaison le plus vite possible –, elle devait réfléchir à chaque geste. Baisser la fermeture Éclair de la veste. Retirer un bras. Retirer l'autre bras. Son corps luttait contre son cerveau, refusant le confort de la combinaison et préférant la chaleur des vêtements qu'elle portait, lui ordonnant de se blottir dans son sac de couchage et de ne plus en ressortir.

Quand enfin elle eut retiré toutes ses couches imperméables, elle se retrouva en vêtements thermiques. Frissonnant, elle sortit en toute hâte sa combinaison orange vif flambant neuve de son sac. Elle aurait dû commencer par là, bien sûr, mais elle n'était plus capable de réfléchir correctement. Elle eut à peine la force de l'extirper du sac, alors que sa température corporelle chutait rapidement.

Quand ce fut fait, elle prit une profonde inspiration pour préparer son corps à un nouvel effort.

Elle glissa les jambes dans la combinaison, qu'elle remonta sur ses fesses puis sur ses épaules. Une nouvelle inspiration fut nécessaire, imposée par les effets désormais intenses de l'altitude.

Elle cligna des yeux à plusieurs reprises, puis remonta la fermeture Éclair jusqu'au menton. Et enfin, elle eut l'agréable sensation d'être emmitouflée sous une couette. Jamais elle ne retirerait sa combinaison, et jamais elle ne bougerait d'ici. Soudain, une voix se fit entendre à l'extérieur :

— Cecily ? Tu veux boire quelque chose de chaud ?
— Oui, Galden, une seconde.

Baissant les yeux sur sa montre, elle constata qu'enfiler sa combinaison lui avait pris près de vingt minutes. Comment était-ce possible ?

Elle roula sur le côté et rampa jusqu'à l'entrée de la tente, où elle prit le thé offert par Galden, un *masala chai* sucré, épicé et légèrement poivré. Elle se sentit redevenir humaine quand la chaleur du breuvage se propagea en elle. Et enfin elle fut en mesure de sortir pour apprécier le décor, qui se révéla spectaculaire... et terrifiant. Une paroi de glace striée se dressait derrière eux, menaçante, avec d'immenses blocs suspendus telles des chauves-souris dans une grotte, tandis que face à eux se présentait une pente incroyablement raide. Les tentes étaient ici nettement moins nombreuses qu'aux camps précédents.

Cecily était ravie que le camp 3 ait été déplacé ; ils ne dormiraient donc pas sur un cimetière d'alpinistes. Ils ne gravissaient pas l'Everest, après tout, où passer à hauteur de corps gelés faisait presque partie de l'expérience. Elle en avait tout de même déjà vu un et espérait qu'il n'y en aurait pas d'autre.

Elle déglutit, rattrapée par sa paranoïa, puis fit quelques pas en prenant des photos.

— Ne t'éloigne pas trop, l'avertit Galden, toujours aussi calme, ce qui ne fit qu'accentuer son angoisse.

Alors qu'elle approchait de la bordure du camp, elle entendit des voix furieuses approcher. Elle se dissimula derrière un monticule de neige et vit apparaître Dario et Élise.

— Laisse-le tranquille ! s'agaça cette dernière.

— Tu veux me faire croire que tu lui fais confiance, maintenant ?

— Oui. Fiche-lui la paix.

— Pourtant, ce qui s'est passé sur le Broad Peak...

— Je souffrais d'hypoxie. En réalité, tu es incapable d'accepter qu'il est meilleur alpiniste que toi !

— Tu sais parfaitement que là n'est pas la question.

Dario se pencha et caressa la joue d'Élise, qui inclina la tête pour accompagner ce geste ; Cecily assistait visiblement à une dispute entre amoureux. Elle se sentit rougir et regagna sa tente en toute hâte comme si elle n'avait rien surpris.

Peu après, Élise la rejoignit. Cecily se tourna pour lui accorder un peu d'intimité, le temps qu'elle enfile une combinaison rose vif, puis elle eut un choc en se retournant : jamais elle n'avait vu son équipière si démoralisée.

— Qu'est-ce qui ne va pas, Élise ?

La Québécoise essuya une larme.

— Non, ce n'est rien.

Cecily mourait d'envie de l'interroger. Était-elle en couple avec Dario ? Dans ce cas, pourquoi ne faisait-elle pas partie de son équipe ? Que s'était-il passé sur le Broad Peak ? Manifestement, Dario avait également confié ses doutes à propos de Charles à Élise, qui n'y croyait pas davantage.

L'influenceuse sortit son téléphone et parcourut les photos du jour en soupirant, puis elle se détourna de Cecily, qui, saisissant le message, décida de se taire.

Galden et Phemba se présentèrent peu après, leur apportant du poulet au curry réhydraté. Tandis qu'Élise dévorait sa portion, Cecily ne fut dans un premier temps pas même capable de poser les yeux sur son bol. Elle se força tout de même à en glisser une cuillerée dans sa bouche mais laissa un moment sur sa langue la masse durcie et tiédasse. Après s'être forcée à l'avaler, elle dut plaquer les mains sur sa bouche pour ne pas tout régurgiter. Elle n'avalerait pas un gramme de plus de cette mixture. Elle fourra le bol dans un sachet et attrapa une poignée de noix et du chocolat, aliments peut-être pas suffisamment caloriques mais qui avaient au moins l'avantage de ne pas lui donner envie de vomir.

Élise se glissa dans son sac de couchage et s'endormit instantanément, ce qui n'étonna guère Cecily ; la jeune femme était certainement exténuée.

Cecily, en revanche, eut un mal fou à trouver le sommeil, revoyant en pensée les événements de la journée – le passage du Gibet, l'épuisement de Zak, la glissade de sa poignée bloquante, le cri étouffé de Galden. Dans un tel environnement, il était si facile de commettre des erreurs – potentiellement fatales. La respiration rauque et le nez encombré, elle devait inspirer par la bouche, ce qui desséchait ses lèvres. Au bout d'un moment, renonçant à tout espoir de s'endormir, elle sortit son calepin et son stylo. Autant être productive plutôt que de ne rien faire.

À mesure qu'elle couchait sur le papier ses expériences du jour à la lueur de sa lampe frontale, son esprit s'apaisa. Il n'existait qu'une façon d'atteindre le sommet : poser un pied devant l'autre et recommencer. Par ailleurs, avoir une attitude positive ne pouvait pas faire de mal.

Voilà pourquoi il lui était nécessaire d'écrire tout cela, notamment les mots « Tu t'en sors très bien » prononcés par Galden. Elle avait besoin de visualiser son objectif en lettres d'encre, de voir les phrases se dérouler sous ses yeux pour pleinement comprendre que telle était la vérité.

Son article serait formidable car elle était une alpiniste doublée d'une rédactrice. Courageuse et vulnérable. Ces traits ne devaient pas s'opposer mais plutôt se compléter, chacun apportant son poids, de même que la main droite est le reflet de la gauche. Elle pouvait être les deux à la fois.

Encore deux nuits avant le sommet, après quoi cette aventure serait terminée. Elle n'aurait plus à craindre la mort, qu'elle soit accidentelle ou délibérée, involontaire ou préméditée.

Elle tiendrait jusque-là.

– 43 –

Cecily était terrifiée sans savoir pourquoi. Puis le son se reproduisit, un rugissement qui lui donna l'impression qu'elle se trouvait près d'un avion à réaction. La tente était malmenée par de violentes rafales. Élise poussa un grognement à peine perceptible, noyé sous le vacarme.

— Qu'est-ce qui se passe, bon sang ? s'écria Cecily.
— Une tempête de folie. On n'ira nulle part aujourd'hui.

Cecily se recroquevilla dans son sac de couchage. Les poteaux de la tente s'étaient inclinés sous la force du vent, et elle ne put retenir un glapissement lorsque la toile de plastique claqua furieusement sur sa tête.

— Ce n'était pas prévu ! On est en sécurité, au moins ?

Élise avala une gorgée d'eau.

— Oui, mais il faudra bien qu'on se ravitaille en nourriture et en eau. Comme j'aimerais avoir mon réchaud !

Elles n'en avaient pas emporté et devraient donc s'en passer jusqu'à ce que quelqu'un leur rende visite. Cecily faisait de son mieux pour afficher le même calme que son équipière, mais ses muscles restaient contractés par la tempête assourdissante. À la première accalmie, elles entendirent quelqu'un approcher.

— On peut entrer, les filles ?

Élise se pencha et ouvrit le rabat.

— Faites-nous une petite place ! cria la voix.

Cecily se glissa au fond de la tente, les genoux contre la poitrine, et écarta la masse de son sac de couchage. C'était Charles, suivi de Doug et Zak, tous trois couverts de neige.

— Charles, tu es là ! s'écria Cecily. Tout va bien ?

— On ne peut rien faire d'autre qu'attendre que le vent se calme. Nous aurons plus chaud en restant ensemble.

— Ce n'est pas un problème pour toi d'être ici, par rapport à ta mission ?

— Ce n'est pas parce que je passe quelques heures dans une tente avec mon équipe pendant qu'une tempête fait rage que mon ascension ne se fait plus en style alpin. Je ne prends aucun risque de ce côté, crois-moi.

— Tant mieux, dit Cecily, qui se sentait beaucoup plus en sécurité à présent que Charles s'était joint à eux.

— La situation est grave ? demanda Élise à Doug, qui hocha la tête.

— Il est possible que notre ascension s'arrête là.

— Quoi ? Tu ne m'avais pas prévenu ! protesta Zak. Et toi, Charles ? Tu ne vas pas renoncer, quand même ? Si tu continues, on devrait en faire autant.

— Ce sera à moi d'en décider, rappela Doug.

Recroquevillé sur lui-même tel un ours en hibernation, Charles occupait toute l'entrée de la tente.

— Cette tempête ne figurait pas sur les prévisions météo, fit-il remarquer avec un regard noir en direction de Doug, qui resta sans réaction. Je me demande comment une erreur si stupide a pu être commise.

Il se secoua, ce qui fit tomber de la neige du toit de la tente.

— Mais bon, ça va se calmer, j'en suis sûr.

Charles avait beau être une légende de la montagne, il n'avait pas le pouvoir de contrôler le temps, si forte soit sa volonté, songea Cecily, la gorge nouée. S'il n'atteignait pas le sommet, elle n'aurait plus aucune matière pour son article.

Doug posa devant lui son sac à dos et ôta la neige qui le recouvrait, puis il en extirpa deux grosses Thermos, qu'il tendit à Élise pour qu'elle fasse le service. Il sortit ensuite des sachets de nourriture déshydratée.

Il n'y avait pas grand-chose d'autre à faire que se nourrir, boire et patienter. Cecily avait le visage plaqué contre la toile de plastique jaune et les jambes coincées sous le sac de Doug. Élise et Zak se trouvaient face à elle, et Charles à l'entrée. La conversation – du moins quand ils pouvaient s'entendre – dériva vers Grant.

— Je n'ai jamais apprécié ce mec, déclara Zak. C'est certainement un excellent réalisateur, si tu l'as choisi, Charles, mais j'ai du mal à comprendre ce qui t'a incité à l'inclure dans l'équipe.

Charles fourra une poignée de noix grillées dans sa bouche et les croqua.

— Grant a exagéré son talent quand il m'a vendu son projet. C'est comme ça. J'ai toujours été plus doué pour appréhender la montagne que pour juger mes semblables.

La tente fut de nouveau fouettée par une rafale, puis un craquement se fit entendre, si violent que c'était peut-être le tonnerre – ou une tente détruite, ou encore un bloc de glace se détachant d'une saillie. Cecily poussa un cri, et ils se blottirent les uns contre les autres, tandis que la toile de plastique état malmenée par le vent qui hurlait autour d'eux.

— Ça ne s'arrange pas dehors, lâcha Zak, euphémisme auquel il ajouta un rire nerveux.

— En effet, abonda Doug, qui sortit son téléphone. J'ai bien peur que notre ascension touche à sa fin...

Charles s'empara du mobile de Doug et en consulta l'écran, qui n'évolua pas malgré sa colère.

— Putain, mais c'est une capture d'écran, Doug ! Où sont les prévisions en direct ?

— Je n'ai pas pu obtenir de mise à jour, répondit calmement le guide. Mingma essaie lui aussi d'avoir des prévisions plus récentes dans sa tente. Mais regarde, une fenêtre se profile d'ici deux jours. Ce sera trop tard pour l'équipe, mais toi tu pourras poursuivre.

— Ça veut dire qu'on redescend ? intervint Zak, les yeux écarquillés.

— Affirmatif. Dès que la tempête se calme.

Cecily se prépara à encaisser une émotion quelconque, soulagement ou frustration, voire tristesse, mais rien ne vint. Elle se sentait vidée, ses réserves d'énergie à sec.

La voyant la tête basse, Élise posa la main sur son genou.

— Ce n'est pas grave, ça ne t'empêche pas d'écrire ton article.

— La suite de « Mise en échec », ajouta Zak.

— Oh, je ne sais pas trop… dit Cecily, qui jeta un bref regard en direction de Charles, espérant lire quelque chose sur son visage.

S'il ne changeait pas d'avis concernant les conditions de l'interview promise, une suite du texte qui l'avait fait connaître serait peut-être en effet tout ce qui lui resterait.

Charles se gratta la barbe, les lèvres pincées, son regard bleu acier braqué sur Cecily.

— On a encore le temps de voir comment la situation évolue, dit-il d'une voix posée. En montagne, tout reste possible tant qu'on n'en a pas terminé. De toute façon, l'échec n'est pas toujours le pire à craindre, n'est-ce pas, Cecily ? Si tu nous racontais ce qui s'est vraiment passé sur le Snowdon ?

Cecily déglutit avant de répondre :

— Qu'est-ce que tu veux dire, exactement ?

— Je pense que ça te ferait du bien d'en parler.

— Oui, raconte-nous cet épisode, s'il te plaît, renchérit Élise. J'ai adoré ton article, je te l'ai dit.

Doug changea de position en grimaçant. Zak l'encouragea d'un sourire mais elle se sentit faiblir sous l'intensité du regard de Charles. Elle n'avait nulle part où s'enfuir.

— D'accord, céda-t-elle après s'être accordé une gorgée de thé. Le Snowdon, donc…

Le simple fait de prononcer ce mot lui valut un haut-le-cœur, qu'une rafale de vent l'aida à dissimuler. Elle laissa passer quelques secondes, espérant que la tempête s'accentue pour l'empêcher de parler, mais le Manaslu lui-même tenait à entendre son récit, aussi le vent eut-il tôt fait de s'apaiser.

— Je participais au défi des Trois Pics avec James, mon ex, dit-elle, avant d'ajouter une précision pour Zak. Ça consiste à enchaîner l'ascension des points culminants respectifs d'Écosse, d'Angleterre et du pays de Galles en vingt-quatre heures. En tant que guide de montagne diplômé, il m'ouvrait la voie, naturellement. Ce défi est très populaire.

— Il est même devenu à la mode, c'est stupide, marmonna Doug.

— C'est vrai, car les gens ont tendance à le sous-estimer. Ça a été mon cas. C'était en octobre dernier, juste après l'annonce de ta mission, Charles. C'est bizarre de me dire que c'était la première fois que j'entendais parler de toi, et que maintenant je suis là.

— Un enchaînement d'événements heureux, convint Charles. Vas-y, continue ton histoire.

— J'étais exténuée en arrivant au Snowdon, non seulement parce que j'avais tout juste gravi le Ben Nevis et le Scafell, mais aussi après une nuit sur la route sans dormir, serrée à l'arrière de la voiture et sans avoir pu avaler un repas correct. Les prévisions météo, sans être effroyables, n'étaient pas réjouissantes sur le mont Snowdon – mais bon, à quoi d'autre s'attendre au pays de Galles ? Mes chaussures de randonnée étant trempées depuis le Lake District, en Angleterre, James m'avait conseillé d'enfiler mes baskets à la place. Il ne nous restait que trois heures pour atteindre le sommet du Snowdon dans les temps et boucler le parcours en moins de vingt-quatre heures. Malgré ma fatigue, James était plutôt optimiste. Quand nous sommes arrivés à hauteur du panneau indiquant la voie menant au Crib Goch, il l'a prise, m'expliquant que passer par là donnerait un peu plus de prestige à notre exploit.

— Le Crib Goch ? releva Zak. Qu'est-ce que c'est que ça ?

— C'est un célèbre itinéraire qui permet d'accéder au sommet, à condition de franchir des passages en escalade et une crête étroite, expliqua Charles. Il n'est pas insurmontable dans des conditions ordinaires, mais il peut être piégeux par mauvais temps. Je ne t'apprends rien, Doug ?

Cecily se tourna vers leur guide : il avait la mâchoire crispée et les muscles du cou agités de tics nerveux. Quelque peu étonnée, elle fronça les sourcils mais poursuivit :

— Exactement. Et justement, le temps s'était sérieusement dégradé quand nous avons atteint cette crête, il pleuvait des cordes et le vent soufflait violemment, avec même des averses de grêle. C'était la première fois que je randonnais dans de telles conditions et, comme je l'ai dit, j'étais en baskets légères peu adhérentes. James marchant beaucoup plus vite que moi, je lui ai dit de continuer, préférant quant à moi faire demi-tour. Je ne voulais pas qu'il échoue dans sa tentative. J'ai fait de mon mieux pour rebrousser chemin mais j'étais épuisée. Je me suis retrouvée coincée dans une position où je ne pouvais plus monter ni descendre. Bloquée.

Le fracas du vent sur la toile de la tente la transportait dans le passé, sur cette arête du mont Snowdon. Elle ferma les yeux un instant, puis considéra ses mains, la tête baissée.

— J'étais figée, pétrifiée. J'avais les paumes rouge vif, à force de m'agripper à la roche, et la saillie sur laquelle je me trouvais était moins large que mon pied. J'étais plus ou moins en équilibre sur la pointe des pieds. Tous mes muscles tremblaient, je ne pouvais plus faire le moindre geste, j'étais paralysée de peur. Chuter, c'était la mort assurée. Je ne captais aucun réseau sur mon téléphone et personne n'entendait mes cris à cause du vent.

— Qu'as-tu fait, finalement ? demanda Zak.

Cecily ne répondit pas immédiatement. La plupart du temps, lorsqu'elle relatait ce terrible épisode, elle accélérait son récit, occultant les ultimes événements. Mais là, sous la tente, en compagnie de véritables alpinistes, elle comprit qu'était venu le moment pour elle de dire la vérité. Toute la vérité.

— J'ai eu de la chance. Dieu soit loué, une autre randonneuse est apparue. Dès qu'elle m'a vue, elle s'est approchée de moi. Quand elle a compris que j'étais en panique, elle est restée près de moi et a envoyé un texto d'urgence à l'équipe de secours. Je ne savais même pas qu'on pouvait envoyer un message d'urgence, c'est vous dire à quel point j'étais mal préparée. Elle m'a ensuite prêté son coupe-vent de rechange et a attendu avec moi l'arrivée des secours. Elle m'a parlé pendant des heures, notamment d'alpinisme, et elle m'a raconté sa vie au pays de Galles du Nord. Elle a su me calmer, j'ai beaucoup appris d'elle. Malheureusement, les conditions météo ont empiré, alors que la nuit approchait. De plus en plus soucieuse, elle a fini par trouver une voie par laquelle j'avais de bonnes chances de me sortir de la saillie. Elle m'a donné des instructions claires et simples, puis elle a changé de position et m'a tendu la main. Elle m'a demandé de faire un pas sur ma droite… mais j'en ai été incapable. Alors elle a décidé de combler elle-même l'espace qui nous séparait. C'est à ce moment qu'elle…

Cecily inspira profondément, les mains tremblantes. La brume apparue dans son esprit du fait de sa fatigue fut percée par ses émotions : tristesse, culpabilité, regrets… mais également soulagement d'avoir enfin trouvé la force de raconter ce drame en intégralité. Elle devait à Carrie d'aller jusqu'au bout. Abrités au camp 3, ils auraient aussi bien pu être les derniers êtres humains survivants sur Terre. Elle avait besoin de cracher ces mots, de livrer cette confession.

— Cecily, tu te sens bien ? s'inquiéta Élise en se penchant vers elle.

Elle s'écarta d'un mouvement vif, refusant le réconfort du contact d'autrui. Du moins pour l'instant.

— C'est à ce moment que la roche s'est dérobée sous ses pieds. J'étais à un mètre d'elle, mais je n'ai rien pu faire.

Cecily avait alors entendu le cri. Déséquilibrée, celle qui était venue à son secours n'avait plus aucune chance d'échapper à son destin. Le bruit écœurant du corps de Carrie se fracassant au sol hanterait Cecily jusqu'à la fin de ses jours.

Elle n'avait qu'à effectuer un pas, un seul pas, mais elle était restée bloquée…

— Elle est morte sur le coup. Sous le choc, j'ai été secouée par un violent afflux d'adrénaline qui m'a donné l'énergie de bouger, de redescendre par la voie qu'elle m'avait indiquée, et sans aucune difficulté, qui plus est. J'aurais pu le faire depuis le début. J'ai trouvé un sifflet dans la poche du coupe-vent qu'elle m'avait prêté, j'ai soufflé dedans à n'en plus finir, ne voyant pas quoi faire d'autre. C'est ce qui a permis à l'équipe de secouristes de nous localiser. James a écrit un article sur cette tragédie, en me présentant comme une héroïne restée près de la victime et ayant alerté les secours pour leur permettre de récupérer le corps.

Cecily baissa la tête, honteuse.

— Il était loin de se douter que c'était à cause de moi qu'elle était morte. Je… je l'ai tuée.

Elle plongea la tête dans ses mains. Il y avait bel et bien une créature meurtrière sur la montagne.

C'était elle.

— 44 —

— Elle s'appelait Carrie, reprit Cecily, la respiration saccadée. Carrie Halloran. C'est elle, l'héroïne de cette histoire. Je ne sais pas ce que je serais devenue sans elle. Je ne serais pas ici, en tout cas. Elle a été une inspiration pour moi.

— Bon sang, Cecily, je n'en reviens pas que tu aies vécu une chose pareille, dit Zak, incrédule.

Les poings serrés, Doug prit la parole d'une voix aussi dure que de l'acier :

— Si j'ai bien compris, ton copain soi-disant guide et toi, vous avez décidé de gravir le Snowdon par l'itinéraire le plus difficile alors que vous étiez épuisés, en retard, mal chaussés et par mauvais temps.

— Oui, je sais, c'était stupide de notre part...

— Vous n'avez pas respecté la montagne ! s'emporta le guide, les traits déformés par la douleur.

Il attrapa son sac, qui était plus ou moins coincé sous les jambes de Cecily, et tira sèchement, ce qui la fit basculer en arrière. Le temps qu'elle se redresse, Doug avait chassé sa colère et n'affichait plus qu'un détachement glacial.

— Je vais voir où en sont les sherpas, dit-il.
— Attends, Doug...

Se déplaçant plus vite qu'elle ne l'aurait cru possible dans cet espace confiné, il ouvrit le rabat et disparut.

S'essuyant le visage avec ses moufles, Cecily s'en voulait. Doug avait vu clair en elle, il avait compris combien elle était une alpiniste lamentable. Elle n'avait pas sa place ici, quelles que soient les occasions ou les inspirations lui ayant permis d'intégrer l'équipe. Elle partait en vrille, ses doutes jaillissant à la surface de son esprit, si violents qu'elle en avait les mains tremblantes.

Charles les prit et les serra dans les siennes.

— Tu as bien fait de tout nous dire, Cecily. Carrie savait les risques qu'elle prenait quand elle s'est lancée à l'assaut de cette montagne. Nous l'avons tous appris un jour, certains d'une façon plus brutale que d'autres. Ne laisse pas ce souvenir te traumatiser. Ce qui est fait est fait, l'important est d'aller de l'avant. Tu atteindras le sommet du Manaslu, Cecily. C'est pour cette raison que je t'ai choisie pour écrire mon histoire au sommet : tu sais ce que c'est de connaître des hauts... et des bas.

Cecily hocha la tête, subjuguée, les yeux grands ouverts. Charles libéra ses mains et reprit :

— Je vais retrouver Doug et je vous envoie un sherpa avec de l'eau. Il est important que vous restiez correctement hydratés cette nuit.

Il se volatilisa en un instant, les laissant seuls tous les trois.

— Quelle mouche a piqué Doug ? s'étonna Zak.

Cecily secoua la tête, comme engourdie. Bien que soulagée de s'être confessée, elle restait décontenancée par la réaction du guide.

— Aucune idée.

— Je suis navrée que tu aies enduré tout ça, compatit Élise, qui afficha ensuite un air réprobateur. Mais à mon avis, c'est ton ex le responsable de ce malheur. Il était censé être ton guide, non ? Et il te fait grimper là-haut par mauvais temps et en baskets ?

Elle frissonna pour illustrer son propos.

— Non, Élise, tout est ma faute.

— Ce n'est la faute de personne quand quelqu'un glisse. Moi, en tout cas, je suis fière de toi. Tu es ici, parfaitement préparée, et tu affrontes tes peurs. Décider de tenter ta chance une nouvelle fois en montagne n'est certainement pas un échec, que tu atteignes le sommet ou non.

— Tu n'as pas idée combien ça me touche, venant de toi, dit Cecily, au bord des larmes. Mais… je n'arrive pas à croire qu'on doive faire demi-tour.

Élise haussa les épaules.

— La montagne ne va pas s'envoler. Tu pourras toujours t'y mesurer une autre fois.

Cecily enviait le calme de sa jeune amie, songeant que pour elle-même les choses n'étaient pas si simples. Elle se mordilla la lèvre.

— Si je n'atteins pas le sommet, Charles ne m'accordera pas d'interview. C'est sa condition depuis le départ.

— Comme si tu étais responsable du fait qu'on rebrousse chemin à cause d'une tempête ! Si le temps ne s'améliore pas, lui non plus n'ira pas plus loin.

— Dans ce cas, je n'aurai même pas de matière pour mon article.

— Quelle importance ? dit Zak. Ce n'est qu'un article parmi d'autres. Tu es une journaliste à succès. Moi, par contre, j'aurai jeté par la fenêtre tout l'argent que j'ai investi dans cette opération de sponsoring.

— Je suis loin d'être une journaliste à succès, je n'ai jamais rédigé d'article aussi important que celui-ci. C'est Charles qui a demandé que je m'en charge, pas *Wild Outdoors*. Si je n'écris rien, ma rédactrice en chef ne me confiera plus rien. Et si je ne suis pas payée, je n'aurai plus de boulot. Je n'aurai même plus de toit, à vrai dire. Je me suis endettée jusqu'au cou pour être ici...

— Tu plaisantes ? souffla Zak. Et tu ne nous as rien dit ?

Il passa son bras autour des épaules de Cecily.

— Ça va s'arranger, j'en suis sûr.

— Ouais...

Elle lui offrit un sourire faiblard et tira son sac de couchage jusque sous son menton, regrettant de ne pas partager sa confiance en l'avenir.

— C'est moi ou le temps s'améliore ? reprit Zak. C'est peut-être pour ça que Doug est parti, d'ailleurs. Il avait peut-être vraiment besoin de faire le point avec les sherpas, après tout.

L'expression décelée sur le visage de Doug disait tout à fait autre chose, songea Cecily, qui y avait lu une authentique souffrance, un air torturé qu'elle n'oublierait pas de sitôt.

Cependant, Zak n'avait pas tort au sujet de la tempête. Les rafales à présent calmées, d'autres sons se firent entendre : des échos de bagarre ponctués de cris et d'injures.

— Qu'est-ce que c'est que ça ? s'écria Cecily.

— Je vais voir, dit Zak.

— Attends ! Le vent...

— Je ne m'éloigne pas.

Zak enfila ses bottes et sortit de la tente sans laisser à Cecily le temps de protester davantage. Élise et elle échangèrent un regard, se demandant si elles devaient lui emboîter le pas, mais le visage de Zak fit rapidement sa réapparition à l'entrée de la tente.

— Vous n'allez pas le croire, mais Grant pète un câble, dit-il en les rejoignant. Il souffre d'un mal des montagnes aigu, apparemment. Il insulte tout le monde, refuse de rester dans sa tente. Il a retiré sa veste et jeté ses moufles dans le vide. Ils veulent le faire redescendre mais doutent que ce soit possible, vu son état. Il va peut-être falloir l'attacher.

— C'est une blague ? s'exclama Élise.

Mingma glissa la tête par l'ouverture de la tente.

— Restez calmes, tout le monde, s'il vous plaît.

Son visage d'ordinaire souriant était froissé sous l'effet de la tension.

— Ce n'est pas dangereux de rester près d'un type dans un tel état ? s'inquiéta Cecily, les yeux grands ouverts. Et s'il s'en prend à nous en pleine nuit ?

Mingma secoua la tête, projetant au passage quelques flocons sur le sac de couchage de Cecily.

— Ne t'inquiète pas, Dario le renvoie au camp de base. Il ne participera pas à la dernière étape, jusqu'au sommet. À ce propos, nous pensons être en mesure de reprendre notre ascension demain. Il faudra être prêts. D'ici peu, vos sherpas vous apporteront un repas. Ensuite, reposez-vous. Ne pensez plus à Grant, il n'est plus un souci pour nous.

Malgré ces mots, Cecily crut surprendre une vague inquiétude sur le visage du sherpa. Un tel individu sévissant en haute montagne, alors qu'ils évoluaient tous non loin les uns des autres, constituait un danger pour tout le monde.

— 45 —

La chaleur corporelle et l'haleine des occupants se condensant avant de geler sur la toile, de minuscules stalactites s'étaient formées à l'intérieur de la tente. Remuant tandis qu'elle s'extirpait du sommeil, Cecily en fit tomber quelques-unes sur son sac de couchage. Le vent avait cessé de hurler, c'était toujours ça de gagné. Son visage fut soudain fouetté par un courant d'air glacial ; quelqu'un avait écarté le rabat de la tente.

— Qu'est-ce qui se passe ? souffla-t-elle, paniquée et encore ensommeillée.

N'était-ce pas Grant déterminé à les agresser ?

Elle trouva à tâtons son piolet, prête à se jeter sur son assaillant, puis reconnut Galden.

— Tout va bien ? s'enquit Élise, se redressant.

— C'est déjà le matin ? grogna Zak.

— Il faut partir sans tarder, annonça le sherpa, manifestement soucieux.

— On redescend ? demanda Cecily, redoutant la réponse à cette question.

— Non, on monte vers le camp 4, mais...

Le sherpa s'interrompit, visiblement peu désireux d'en dire davantage.

— Tenez, avalez en vitesse votre petit déjeuner.

Il leur tendit à chacun un bol et disparut.

— Bizarre... jugea Zak en s'attaquant au porridge.

Son bol de flanc à la pomme dans les mains, Cecily n'était aucunement tentée par cette bouillasse peu appétissante. Elle en fourra tout de même une cuillerée dans sa bouche ; son estomac se contracta, déclenchant une nausée. Elle repoussa aussitôt la mixture et opta pour une barre de céréales.

Quand ils émergèrent de la tente, vêtus et équipés, Mingma les attendait mais Doug était absent.

— Il y a du nouveau, annonça le sherpa.

— On redescend ? grogna Zak. Le temps s'est calmé, pourtant.

En effet, le soleil brillait dans un air frais et clair, et les violentes rafales de la veille avaient cédé la place à une légère brise. Les conditions semblaient idéales pour poursuivre l'ascension.

— Non, on continue, mais la situation a évolué, dit Mingma, qui fit signe au trio d'approcher. C'est à propos de Grant.

— Que s'est-il passé ? s'angoissa Cecily.

— Il a disparu. Il s'est rendu aux toilettes cette nuit, mais il n'a pas regagné sa tente. Les autres sont à sa recherche.

Cecily tendit le cou en direction du campement Summit Extreme.

— Où peut-il être allé ? Nous sommes au camp 3 !

— C'est un choc, j'en ai conscience, mais il est essentiel que nous restions parfaitement concentrés.

Je tenais tout de même à vous avertir, afin que vous ouvriez l'œil.

— Il est redescendu ? hasarda Zak.

— Certainement pas tout seul, estima Cecily, frissonnant malgré le soleil.

Grant rôdait encore dans les parages, quelque part…

— Personne ne le surveillait ? s'étonna Zak, le regard tourné vers les tentes de Summit Extreme, comme s'il s'attendait à voir Grant surgir d'un instant à l'autre.

— Aucune idée, ils le cherchent. Et j'imagine que Doug les aide. Quant à nous, nous ne pouvons rien faire d'autre que rester focalisés sur notre propre sécurité. Vos masques à oxygène sont prêts ? Je vais les relier à vos bouteilles et les ouvrir.

Où donc était passé Grant ?

Les lanières du masque trop serrées sur ses joues, Cecily était gênée par la pression du caoutchouc sur l'arête de son nez. Elle ne pouvait plus respirer. Garder cette chose, cette griffe, sur le visage était hors de question

Elle l'arracha et prit une longue bouffée d'air frais. Même si le masque lui offrait une meilleure concentration en oxygène que l'air ambiant, elle avait la sensation de mieux respirer sans cet accessoire.

Elle se pencha en avant, les mains sur les genoux, alors qu'elle n'avait effectué que quelques pas, puis commit une seconde erreur en levant la tête. Au-delà des tentes, en cette splendide journée ensoleillée, sans congères de neige pour lui obstruer la vue comme à son arrivée, Cecily distinguait à présent l'itinéraire à suivre pour gagner le camp 4.

Impossible. Une ascension d'une longueur infinie.

Elle se tourna vers sa tente. Elle n'avait qu'une envie : s'y réfugier et attendre que l'équipe gagne le sommet et en redescende. Sa détermination s'était envolée, avait fondu aussi sûrement que la neige sous le soleil.

Un bras se posa sur son épaule : Galden.

Il repositionna le masque de Cecily sur son visage.

— Inspire à pleins poumons.

Elle secoua la tête. *Je n'y arriverai pas !* aurait-elle voulu lui dire si elle avait pu s'exprimer.

Devinant ce qu'elle éprouvait, il la rassura :

— Bien sûr que si. Respire calmement, doucement.

Le cœur battant et l'estomac retourné, Cecily se sentait au bord de la nausée. *Est-ce ça que tu veux que je décrive dans mon article, Charles ? Est-ce cela, la joie de la montagne ?*

Quelle joie ? Survivre là où d'autres ne s'en sortaient pas ? Or Cecily n'était pas encore tirée d'affaire, c'était le problème. Elle n'en était qu'à mi-ascension et se dirigeait à présent vers la portion la plus dangereuse de la montagne, la zone de la mort. Comme l'avait dit Charles après le départ de Ben, le « tueur interne » qu'elle portait en elle risquait de prendre le dessus.

Il était possible qu'elle y laisse sa peau si elle n'apprenait pas à respirer dans le masque, si elle changeait de direction et se perdait dans la montagne, si elle oubliait de s'accrocher, si elle n'avait plus assez à boire, si sa poignée bloquante glissait, si un crampon se prenait dans sa botte, si elle réfléchissait trop, si la tempête faisait son retour sur la montagne et la précipitait dans le vide... ou encore si Grant était tapi quelque part, prêt à l'agresser. Ces nombreux « si » avaient tous potentiellement des conséquences fatales.

Le front perlé de gouttelettes de sueur sous l'effet des rayons du soleil reflétés par la neige, elle leva les yeux sur la pente qui se dressait face à eux, sur le dos de la bête qu'il fallait dompter. Des alpinistes redescendaient, minuscules fourmis. Les épaules cisaillées par le poids de la bouteille d'oxygène glissée dans son sac à dos, elle se sentit bientôt cuire dans sa combinaison. Elle ouvrit les aérations situées sur les flancs et sous les bras afin de permettre à de l'air frais de s'y engouffrer.

— Allez, on y va, décréta Galden. Un pas après l'autre.

En le voyant se mettre en marche, Cecily se rendit compte qu'il maintenait son bras – celui qu'elle avait touché par accident en laissant échapper son piolet – étrangement près du corps. Elle aurait voulu lui demander s'il ne souffrait pas trop mais son masque l'empêchait d'articuler quoi que ce soit.

Elle se mit en route à son tour. Même si cette portion de l'ascension n'était que peu exigeante techniquement, ce fut une de celles où ils progressèrent le plus lentement. Tous étaient épuisés, et la chaleur leur pompait également de l'énergie.

Suivant Cecily, Élise tenait sa caméra fixée au bout d'une perche à selfie tout en commentant leur ascension. La voyant filmer une tache minuscule sur la montagne, plus haut qu'eux et sur leur gauche, Cecily plissa les yeux et constata que ce point grimpait également. C'était Charles, qui progressait en rythme et avec une aisance fluide.

Même si son effort était impressionnant à voir, ce d'autant plus que tous les autres alpinistes devaient faire appel à toutes leurs forces pour effectuer le moindre pas tout en étant attachés aux cordes fixes, Cecily dut rapidement s'en désintéresser pour se focaliser sur sa propre ascension. Elle ramassa de la neige et l'étala sur ses poignets et sur sa nuque. Bien qu'évoluant sur un flanc de montagne enneigé et approchant les sept mille mètres au-dessus du niveau de la mer, elle avait la sensation de fondre, plus étouffée encore par la chaleur que sur une plage d'Ibiza. Sa combinaison était trop efficace. Sans aller jusqu'à oser retirer son masque à oxygène, elle avait ouvert en grand ses fermetures Éclair, si bien que sa combinaison était comme suspendue à elle. Ses vêtements thermiques noirs en laine mérinos étaient presque brûlants. Chaque fois qu'elle écartait son masque pour boire, elle devait avant cela essuyer une quantité ahurissante de sueur accumulée sur ses lèvres et son nez.

La poignée bloquante tenait bon, en tout cas, et elle n'avait plus à craindre de dévaler la pente qu'elle gravissait. Si celle-ci était de plus en plus raide, elle ne comprenait pas de murs à franchir, la principale cascade de glace étant à présent derrière eux. Le risque majeur était désormais constitué par les épaisses congères qui les cernaient, raison pour laquelle Cecily suivait scrupuleusement la voie tracée par l'équipe qui avait fixé les cordes. La moindre déviation risquait de troubler la masse blanche et déclencher une avalanche.

Élise s'était laissé décrocher, mais Zak ne s'était guère éloigné de Cecily depuis le début de la journée. Dans sa combinaison argentée sur mesure de première qualité, il évoquait davantage un astronaute qu'un alpiniste.

Au sommet de la pente, mais encore à des heures de marche du camp 4, ils s'offrirent une pause et se restaurèrent. Assis dans la neige, ils considérèrent le chemin gravi ; la vue était époustouflante jusqu'au camp 3, et même jusqu'au camp 1, dont les tentes n'étaient plus que de minuscules taches lointaines. Les mots étant inutiles, ils se contentèrent de contempler le spectacle en reprenant leur souffle.

Ils se remirent en marche peu après, d'un commun accord. Le temps se dégrada au cours de la quatrième heure d'ascension, puis la température chuta dès l'instant où le soleil disparut derrière un gros nuage. La combinaison de Cecily, dont les fermetures Éclair étaient à présent toutes fermées, se révélait désormais indispensable. Malheureusement, le port du masque ne s'en trouvait pas moins gênant ; au lieu de devoir essuyer les gouttelettes de sueur sur sa lèvre supérieure, Cecily devait retirer la glace qui se formait dans son cou, le col de sa combinaison orange étant à présent nappé d'une croûte blanche. Elle avait remonté son tour de cou jusqu'au masque, tenant à tout prix à ne pas laisser le moindre centimètre carré de peau exposée – ayant jusqu'à présent craint les coups de soleil, elle redoutait maintenant les gelures. La diversité des conditions météo potentiellement mortelles à gérer était étourdissante.

Au terme d'une nouvelle heure d'ascension, Cecily distingua les tentes jaunes du camp 4, dont la toile claquait dans le vent. Il leur restait une nuit à passer ici, puis ils s'élanceraient vers le sommet. Il était environ 15 heures, et le départ était programmé à minuit. Si tout se déroulait conformément à ce qui était prévu, Cecily serait de retour au camp de base le lendemain à la même heure.

Soudain, Zak, qui ouvrait la marche, s'arrêta si brusquement que Cecily manqua de peu de le percuter.

— Que se passe-t-il ? s'enquit-elle en abaissant son masque.

— Tu entends ça ?

Elle tendit l'oreille : des cris leur parvenaient depuis les tentes. Des cris à plus de sept mille mètres ? Elle songea aussitôt à Grant. L'avait-on retrouvé ? Faisait-il encore des siennes ?

— On dirait la voix de Doug, dit Zak. C'est déjà une bonne chose qu'il soit là...

Ils se consultèrent du regard, tout de même soucieux, puis accélérèrent l'allure. S'il leur avait été possible de courir les crampons aux pieds, le masque sur le visage et attachés à la corde fixe, ils ne s'en seraient pas privés.

Dario, face à Doug et Mingma, semblait très agité.

En approchant du camp, Zak et Cecily comprirent ce qui avait provoqué sa fureur : les tentes de Summit Extreme étaient largement éventrées, les pans de plastique ballottés par les rafales. Quelqu'un les avait détruites.

– 46 –

Quelques mètres plus loin, les tentes de Manners Mountaineering étaient intactes. Au soulagement de Cecily se mêlait le choc éprouvé en découvrant ce qu'avait subi le groupe de Dario. Qui avait commis un tel acte ? Quel genre de criminel fallait-il être pour réduire à néant les efforts de toute une équipe ? Pour mettre des vies en danger ?

— Vous avez foutu en l'air notre ascension ! braillait Dario. Vous êtes désespérés au point de vous en prendre à des innocents ?

— Calme-toi, Dario, on n'y est pour rien, se défendit Doug.

— Comment tu expliques ça, alors ? gronda Dario, désignant de nouveau ses tentes.

— Comment veux-tu que je le sache ? Le vent a soufflé fort ces derniers jours.

Dario leva les mains, agacé.

— Le vent ? C'est ça, il a décidé de ne détruire que nos tentes. Vous devriez être au courant de ce qui s'est passé, il me semble, vu que vous êtes les seuls à être arrivés ici avant nous.

— Ne me cherche pas, Dario, grogna Doug, les yeux réduits à des fentes. Mon équipe n'est pas la seule sur la montagne.

— Pourquoi, tu comptes me frapper, en plus ? Ça signerait la fin de ta boîte, quoi que Charles fasse pour te soutenir.

Derrière Dario, les clients de Summit Extreme étaient abattus, la tête dans les mains. Cecily ne pouvait pas leur reprocher une telle réaction ; après avoir fourni l'effort de monter jusqu'au camp 4, ils découvraient leurs tentes inutilisables, ce qui faisait s'envoler leurs espoirs d'atteindre le sommet.

— On peut préparer de la nourriture pour ton équipe, proposa Mingma.

— Vous comptez poursuivre votre ascension, après ça ? s'exclama Dario avec un mouvement de recul. Il y a clairement un individu très dangereux qui rôde dans les parages. La liaison satellite étant hors service, on n'a pas de prévisions météo. Continuer vers le sommet serait une folie ! Vous devez redescendre au camp 3 avec nous. Tu sais pertinemment que tu n'as pas le choix, Doug ; tu es le type le plus soucieux de la sécurité que je connaisse !

Redescendre au camp 3 ? Après tous les efforts consentis pour arriver jusqu'ici ? C'était impensable. De toute façon, Cecily était certaine de ne pas avoir l'énergie nécessaire pour rebrousser chemin.

— Redescends si tu veux, Dario, mais nos tentes sont en bon état, dit Doug. Nous restons ici.

Dario le dévisagea un moment, incrédule.

— Ouf... souffla Zak en retirant son masque. Pendant une seconde, j'ai cru que notre ascension était terminée.

Cecily prit une longue inspiration de l'oxygène dispensé par son masque, afin de calmer son cœur déchaîné. Dario avait raison. Doug était le guide le plus à cheval sur la sécurité qui soit, or il leur demandait de ne rien changer à leur programme alors qu'une tempête venait de frapper, que des tentes avaient été sabotées et qu'un fou errait peut-être dans les environs.

Elle tenait à atteindre le sommet, bien sûr, mais cela ne semblait pas la bonne décision à prendre.

Quand il fut évident que Doug et Mingma resteraient inflexibles, Dario les abandonna en secouant la tête.

Comptant lui demander s'il avait du nouveau concernant Grant, Cecily eut la surprise de voir Doug s'éloigner dès qu'il la vit approcher.

D'épais flocons avaient fait leur réapparition, soufflés par de fortes rafales. Voyant cela, Cecily se prit à espérer de toutes ses forces qu'ils ne signalaient pas le retour du front qui les avait contraints à rester tapis dans leurs tentes au camp 3.

Lorsque Galden se matérialisa près d'eux en leur faisant signe de le suivre, Zak et Cecily lui emboîtèrent le pas. Les poings serrés dans ses épaisses moufles, Cecily s'efforça de ne pas regarder les tentes Summit Extreme afin de ne pas nourrir la sensation déstabilisante qui se développait dans le creux de son estomac.

— Entrez, leur enjoignit Galden après les avoir guidés jusqu'à une tente.

Sans poser la moindre question, Zak et Cecily s'y glissèrent et s'y effondrèrent. Le sherpa les rejoignit aussitôt.

— Vous dormirez encore tous les trois ensemble cette nuit, avec Élise. Ça vous aidera à avoir plus chaud.

Cecily acquiesça, n'ayant même plus assez d'énergie pour parler.

Élise se présenta peu après, alors qu'ils avaient disposé sacs de couchage et matelas.

— J'ai croisé des membres de l'équipe Summit Extreme qui redescendaient. Ils m'ont expliqué ce qui est arrivé à leurs tentes. C'est épouvantable.

— Dario pense que c'est un acte de vandalisme, dit Zak.

— Non, non, c'est n'est pas possible... siffla la Canadienne, contredite par son expression horrifiée.

Le rabat de leur tente s'ouvrit.

— Élise ? appela une voix teintée d'un fort accent autrichien.

— Hé ! Qu'est-ce que tu fais ici ?

— Redescends avec moi, je t'en prie, supplia Dario, le regard chargé de terreur, en tendant une main gantée vers Élise. Je dois raccompagner mon équipe mais je ne peux pas t'abandonner ici.

Le guide jeta un bref coup d'œil à Zak et Cecily avant de revenir à elle.

— Allons-y, ce n'est pas prudent de rester ici.

— Dario, non... répliqua Élise en se dégageant.

Une main s'abattit sur l'épaule de Dario.

— Laisse-la tranquille. C'est mon équipe, c'est moi qui décide.

Les deux hommes s'interpellèrent encore sèchement à l'extérieur, puis Dario appela une dernière fois Élise avant de s'en aller. Doug glissa la tête dans l'ouverture de la tente et posa un regard noir sur l'influenceuse.

— J'ignorais que tu étais avec lui. Tu ne m'en as jamais parlé.

L'intéressée détourna le regard, ce qui fit grogner le guide.

— Bref, vous allez chacun dormir seul dans une tente.

— Quoi ? Tu te fous de nous ? s'écria Zak.

— C'est la meilleure façon de procéder. Nous avons largement assez de tentes disponibles. Cecily et toi dormirez mieux avec de l'oxygène supplémentaire, or Élise tient à effectuer la totalité de son ascension sans assistance respiratoire. En ne passant pas la nuit avec vous, elle ne pourra pas être ensuite accusée d'avoir triché.

Élise baissa les yeux, tripotant son pendentif. Elle semblait terrifiée par l'intervention de Dario, ce que Cecily pouvait difficilement lui reprocher, étant elle-même au bord de la panique.

L'effroi d'Élise était contagieux, Cecily le sentait s'infiltrer en elle sous la forme d'une grosse boule dans la gorge. Elle songea à l'avertissement de Dario, au camp de base : « *Ne reste jamais seule.* » Et voilà qu'on lui donnait l'ordre de dormir seule dans une tente, où elle serait exposée au danger, isolée. Mais ils faisaient tous les trois partie de l'équipe de Doug, qui avait clairement fait comprendre que sa parole avait force de loi en altitude.

— Suis-moi, Zak, dit le guide.

— Bon, d'accord, céda l'Américain.

Il eut tôt fait de rassembler ses effets, puisqu'ils ne quitteraient plus leurs combinaisons, puis il sortit de la tente.

— Je reviens m'occuper de toi dans une minute, dit Doug à Cecily, ce qui la fit frissonner.

Dès que les deux jeunes femmes furent seules, Élise prit la main de Cecily.

— Sois prudente, je t'en prie. Dario a peut-être raison. Il y a quelque chose qui cloche par ici.

— Pourquoi tu n'es pas redescendue avec lui, dans ce cas ?

— Le sommet...

Si elle n'avait pas vraiment songé à cela jusque-là, Cecily se fit la réflexion qu'Élise, même si elle répétait volontiers que la montagne ne s'envolerait pas, était soumise à une pression considérable par ses followers et ses sponsors, qui attendaient d'elle qu'elle aille au bout de l'aventure. Cecily n'était pas la seule à être aussi terrifiée à l'idée de redescendre qu'à la perspective de poursuivre l'ascension.

— Je n'aime pas la façon dont Doug se comporte en ce moment, souffla Élise. Tu es au courant de ses sautes d'humeur ? Mais ce n'est pas tout, Cecily. Je n'ai pas été tout à fait franche avec toi à propos de la véritable raison de ma présence ici.

— Comment ça ? Tu n'es pas dans le groupe pour faire parler de Charles sur les réseaux sociaux ?

— Si, officiellement, mais en réalité... Et merde...

Elle expira bruyamment.

— C'est moi qui ai révélé à Dario avoir vu Charles s'aider de cordes fixes sur le Broad Peak. Ma GoPro était hors service ce jour-là, malheureusement, ce qui m'a empêchée de le filmer. Mais je suis à peu près certaine de l'avoir vu tricher.

— Sérieux ? Pourquoi tu dis ça ?

Élise hésita un instant.

— Parce que je grimpais sans oxygène supplémentaire. Je progressais très lentement – même Phemba m'avait distancée, je ne le voyais plus. Il y avait énormément de neige, cette année, et le risque d'avalanche était immense. Je ne peux donc pas reprocher à Phemba d'avoir accéléré l'allure. À un moment, alors que je m'étais accrochée à un point d'ancrage pour me reposer, j'ai vu se réaliser ma pire crainte : mes derniers pas ont déclenché une avalanche. Je n'avais rien à craindre, mais j'ai crié pour prévenir d'éventuels autres alpinistes évoluant plus bas. Il n'y avait personne, me semblait-il, mais soudain j'ai aperçu une combinaison rouge foncé, et j'ai compris, paniquée, que c'était Charles. Quand la neige soufflée est retombée, j'ai vu qu'il était toujours là, plaqué contre le flanc de montagne, sain et sauf. D'abord soulagée, j'ai ensuite cru voir notre corde fixe enroulée autour de son bras, mais j'étais trop éloignée pour en être certaine. J'en ai parlé à Dario, qui s'est indigné.

— Même si Charles n'a attrapé cette corde que pour ne pas mourir emporté par l'avalanche ?

— Oui. Il en fait tellement des tonnes à propos de sa mission que même un tel détail a son importance. De plus, ce n'était pas la première fois que Dario avait vent d'une telle rumeur... Alors, nous avons mis en place un plan pour obtenir une preuve, cette fois. Le Manaslu était notre dernière chance de le prendre sur le fait. Dario m'a demandé d'intégrer l'équipe de Charles et de le surprendre en train de tricher.

Cecily cligna des yeux à plusieurs reprises, à peine capable d'assimiler les révélations d'Élise, puis se reprit, se rappelant que Doug pouvait surgir à tout moment. Elle devait en apprendre davantage.

— Dario et toi, vous êtes donc...

— En couple, oui.

— Pourquoi vous vous êtes disputés hier ?
— Tu nous as vus ?
— Oui...
— On se disputait parce que je n'ai rien surpris de louche depuis que je grimpe aux côtés de Charles, soupira Élise. Je ne crois pas qu'il triche, j'ai dû me tromper. Et je pense que Dario est jaloux. J'avais peur qu'il sabote la mission de Charles.

Elle se prit la tête à deux mains.

— Mais maintenant, quand je vois Doug fou furieux, j'ai peur...
— Que veux-tu dire, exactement ? lui demanda Cecily, une main sur son épaule.

Élise releva la tête et soutint son regard.

— Je redoute sa réaction, maintenant qu'il sait que je suis là pour ruiner la mission de Charles.
— Comment pourrait-il le savoir ?
— Je lui ai tout avoué ce matin, au camp 3, alors que tout le monde dormait encore. Je lui ai tout dit parce que je m'étais trompée et je tenais à m'en excuser. Il s'est aussitôt éloigné de moi, si vite que je n'ai pas pu le rattraper. Et maintenant, les tentes de Summit Extreme sont détruites...
— Tu crois que c'est Doug qui a fait ça ?
— Il n'y a pas d'autre explication.
— Mon Dieu... Moi qui pensais être la responsable de l'humeur de chien de Doug, avec mon histoire du Snowdon... Mais Charles, lui, n'est pas au courant de la véritable raison de ta présence ?

Élise secoua la tête, les lèvres pincées. Son rouge à lèvres avait bavé, laissant une traînée bleutée sur son menton.

— Je tenais à en parler à quelqu'un d'autre, dit-elle. Sois très prudente, je t'en supplie. Au cas où…

— À ton tour, Cecily, lança une voix bourrue.

Celle-ci sursauta dans son sac de couchage, surprise par le retour du guide – la neige étouffait tous les sons.

— Bonne chance, dit-elle à Élise, quand elle eut rassemblé ses effets.

— À toi aussi, répondit la Canadienne, serrant son pendentif. Je suis certaine que tout se passera bien.

Cecily suivit Doug dans la nuit. L'obscurité était totale et il neigeait, si bien qu'elle dut faire appel à toute sa concentration pour suivre le faisceau de la lampe frontale du guide jusqu'à une autre tente. Il en souleva le rabat pour qu'elle s'y glisse. Totalement impuissante, elle n'avait d'autre choix que de lui faire confiance.

Doug se baissa dans l'entrée de la tente.

— Je te réveille à minuit, et il faudra partir sans tarder. Ne t'embête pas à emporter ton sac de couchage et ton matelas, ne mets dans ton sac que ce dont tu auras besoin jusqu'au sommet : de la nourriture, de l'eau et des moufles de rechange. Voyage léger.

— Galden sera avec moi ?

Doug soupira, puis se frotta le front, entre les sourcils.

— C'était vraiment stupide de ta part de participer à cette expédition, Cecily…

— Quoi ?

— Après ce qui t'est arrivé sur le Snowdon, tu n'as plus ta place en haute montagne. Si j'avais été au courant à l'époque, j'aurais refusé que tu intègres le groupe. Tu es mal préparée et imprudente, et tu manques de volonté. Mais puisque tu es là, c'est à moi de m'occuper de toi. Je ferai en sorte qu'il ne t'arrive rien. Je n'ai jamais perdu de client sous ma responsabilité.

La bouche aussi sèche qu'un parchemin, Cecily ne retrouva l'usage de la parole qu'au moment où Doug se retourna pour la laisser.

— C'est toi qui as fait ça ?

Un silence se prolongea, puis le rabat se rouvrit.

— De quoi tu parles ? demanda Doug.

— C'est toi qui as détruit les tentes Summit Extreme pour qu'ils soient obligés de redescendre ?

Il tendit le bras et positionna le masque de Cecily sur son visage.

— Repose-toi, lui dit-il avec douceur avant de l'abandonner dans les ténèbres.

Sans Élise auprès d'elle, Cecily se sentit aussitôt terriblement seule. Tandis que le vent s'acharnait sur la tente, quoique pas aussi violemment que la veille, elle se pelotonna dans son sac de couchage.

Le camp 4, donc... Elle n'était plus qu'à quelques heures du dernier effort pour atteindre le sommet. Elle avait déjà tant accompli et surmonté tant d'obstacles pour parvenir jusqu'ici. Le sommeil la fuyait.

Demain serait le jour qu'elle attendait depuis si longtemps, qu'elle avait mille fois imaginé. Elle décida de compartimenter la tâche qui s'annonçait, afin de la rendre plus abordable. Premièrement, dormir – quatre heures au mieux, l'alarme de sa montre étant déjà réglée à minuit. Puis enfiler ses bottes et ses crampons, remplir ses gourdes d'eau et avaler quelque chose.

Trouver Galden. Marcher dans la nuit. Suivre les cordes fixes huit heures durant à pas prudents. Enfin, arpenter une étroite crête jusqu'au sommet proprement dit.

L'esprit en ébullition, elle aurait donné cher pour n'avoir d'autre préoccupation que le sommet, hélas elle était harcelée par mille questions à propos de Grant, de Dario... et de Doug.

Soudain en proie à une envie pressante, elle retira son masque et sortit de sa tente, non sans réticence. Elle fila vers la bordure du camp et dénicha, quelques pas plus loin, un recoin où se soulager. Il lui faudrait faire vite dans cet air glacial où, sans oxygène supplémentaire, elle sentait clairement que chacune de ses inspirations était plus brève et moins profonde. Les jambes pareilles à des poids morts, elle eut tout juste la force d'effectuer ses derniers pas avant de s'accroupir. Où Élise et Charles puisaient-ils l'énergie nécessaire pour accomplir l'ascension complète sans oxygène supplémentaire ? C'était inconcevable.

Quand elle en eut terminé et se redressa, le ciel d'un noir d'encre était dégagé ; il ne neigeait plus, ce qui tendait à indiquer que Doug avait vu juste depuis le début. Charles serait en mesure d'achever sa mission, c'était déjà ça.

Son attention fut soudain attirée par autre chose.

Le sifflement. Encore. C'était forcément un effet de son imagination, se dit-elle. Sans doute souffrait-elle d'hypoxie, ce qui provoquait cette hallucination sonore.

À moins que Grant ne traîne tout près d'ici ?

— Cecily ?

Entendre son prénom prononcé dans les ténèbres lui flanqua une frousse de tous les diables. Une silhouette se dessinait dans la nuit, près de sa tente. C'était Charles – qui fumait, ce qui ne manqua pas de la surprendre.

— Tu ferais mieux de te reposer, lui dit-il. Nous aurons tous besoin d'un maximum d'énergie pour affronter ce qui nous attend demain.

— Et toi, tu ne dors pas ?

— Je me livre à mon rituel d'avant-sommet. Une cigarette.

Il inspira une longue bouffée.

— Tu peux en parler dans ton article, si tu veux.

— Tu as dressé ta tente dans le coin ?

Elle n'avait pas encore vu la tente de Charles, puisque au camp 3 il l'avait repliée avant qu'elle ait eu l'occasion de l'apercevoir. Curieuse de savoir si sa tente conçue pour le style alpin différait des leurs, elle s'apprêtait à lui poser la question quand il lui répondit :

— Juste là. Il n'y a pas beaucoup d'autres endroits sûrs par ici. Mais je ne comprends pas : où sont les autres ?

— Comment ça ?

— L'équipe de Dario, celle des Russes... Ils ne sont pas là. Il n'y a que notre groupe.

— Les tentes de Summit Extreme ont été vandalisées, ils ont dû redescendre. Concernant Elbrouz Élite, je ne sais pas.

— C'est vrai ? s'exclama Charles.

Il tourna la tête vers les tentes Summit Extreme et souffla longuement, puis il lâcha son mégot et l'écrasa dans la neige.

— Et vous... comptez tout de même vous élancer vers le sommet ? s'enquit-il.

— Oui. Je pars à minuit.

— Bien, bien...

— Et toi... tu... repars... quand ?

Ayant besoin de reprendre son souffle entre chaque mot, Cecily mit un temps fou à conclure sa phrase, ce qui fit tiquer Charles. Il avait raison, elle avait besoin de repos.

— Bientôt, répondit-il. Avant toi, très probablement. On se verra peut-être là-haut.

— Charles...

Elle hésita un instant à lui confier qu'elle soupçonnait Doug d'être celui qui avait détruit les tentes, mais quelque chose en elle l'en dissuada.

— Bonne nuit, dit-elle simplement.

— Bonne nuit, Cecily.

Elle regagna sa tente en toute hâte. Juste avant de s'y engouffrer, elle jeta un regard par-dessus son épaule ; l'éclat de la lampe de Charles était toujours visible dans le lointain.

Cecily comprit qu'elle tenait là une chance unique de jeter un coup d'œil à la tente de Charles. Elle se baissa et, tout en gardant une main sur sa tente pour ne pas se perdre, elle en fit lentement le tour, se guidant grâce aux cordages ancrés dans le sol.

Conformément à ce que lui avait dit Charles, elle aperçut les contours d'une autre tente juste derrière la sienne. Elle était rouge à parements bleu marine. Deux bandes de ruban adhésif formaient un X dans un coin, indiquant qu'elle avait bien servi.

Cecily réprima un cri de stupeur et éteignit sa frontale. Le cœur battant à tout rompre, elle se précipita dans sa tente puis dans son sac de couchage. Sans perdre une seconde, elle enfila son masque et inspira profondément jusqu'à retrouver son calme.

C'était donc la tente de Charles qu'elle avait vue au camp de base.

Il leur avait menti.

Il était sur la montagne depuis beaucoup plus longtemps qu'on ne le croyait.

– 47 –

Minuit, au camp 4.

Cecily fut réveillée par l'alarme de sa montre, son étouffé par l'épaisseur du bonnet qu'elle avait rabattu sur ses oreilles.

Sa première pensée fut de refuser de bouger, puis elle s'étonna d'avoir dormi après sa découverte de la veille au soir, se demandant presque si elle n'avait pas été victime d'une hallucination due à l'altitude, de quelque rêve tordu. La réalité, le fait que Charles leur ait menti, était nettement plus terrifiante. Pourquoi avait-il agi ainsi ?

Tu es journaliste, Cecily. Quand tu seras de retour au camp de base, tu poseras tes questions, tu exigeras des réponses. Mais pour l'heure, au camp 4, elle n'avait aucun moyen d'éclaircir ce mystère.

L'ascension finale vers le sommet.

Depuis le temps qu'elle attendait ce moment…

La situation n'était plus la même que sur le Snowdon ; elle avait travaillé dur, elle s'était préparée, entraînée. Elle s'apprêtait à conquérir un des plus hauts pics de la planète.

Que représentaient les quelques pas encore à effectuer au regard de tout ce qu'elle avait accompli jusque-là ?

Elle se redressa, soudain paniquée : *Qu'est-ce que c'est que ce truc sur mon visage ?*

Sous le masque à oxygène, elle avait la bouche et le menton imprégnés de condensation. Elle s'essuya avec son sac de couchage, puis elle vida son sac de tout ce dont elle n'aurait pas besoin au sommet, ne conservant que quelques barres de céréales, deux gourdes d'eau d'un demi-litre, des comprimés énergétiques, ses moufles, quelques chauffe-mains artificiels, son fanion improvisé, sa bouteille d'oxygène, son appareil photo, son téléphone et des batteries de rechange. Tout autre effet aurait été superflu. Elle se glissa hors de sa tente et planta son piolet dans le sol glacé.

Elle aperçut Doug qui approchait.

— Tu es levée, parfait. Changement de programme.

— Encore ? bafouilla-t-elle, l'esprit encore quelque peu embrumé, en abaissant son masque à oxygène. Que se passe-t-il ?

Le guide ne répondit pas immédiatement.

— Il va te falloir de l'eau, passe-moi tes gourdes.

Il les remplit d'eau chaude, puis Cecily y ajouta des comprimés énergétiques qui la firent pétiller. Elle fourra ensuite une des gourdes dans la poche avant de sa combinaison, avec son appareil photo et son téléphone ; les batteries seraient ainsi maintenues au chaud.

— Où est Galden ? s'enquit-elle, espérant retrouver un esprit plus clair dès lors qu'elle se serait mise en route.

Un instant distraite par ses gourdes, son masque et son mal de crâne, elle se rendit compte que Doug lui parlait ; elle s'efforça de secouer son esprit endormi.

— ... te suivra de près. Tu ferais bien de te dépêcher ; la tempête sera bientôt de retour. Suis les cordes fixes et tout ira bien.

— Attends, Doug...

Cecily s'interrompit, le temps d'inspirer, de tenter de retrouver son souffle, tant articuler quelques mots était pénible. Néanmoins, elle devait à tout prix poser la question qu'elle avait en tête :

— A-t-on des nouvelles de Grant ?

— Non, pas encore, mais ne te fais pas de souci à propos de lui...

— Au fait, Charles est sur la montagne depuis le début ! dit-elle dans la foulée pour parer à toute hésitation. Tu le savais ?

Le regard de Doug se fit légèrement plus intense.

— Bien sûr que j'étais au courant, répondit-il d'une voix posée. Je t'expliquerai tout plus tard. On aura une discussion au camp de base.

Elle hocha la tête et repositionna son masque. Galden la suivrait et elle obtiendrait des réponses à ses questions. Doug plongea la main dans son sac à dos et remplaça la bouteille d'oxygène par une neuve, dont il ajusta le débit. Elle en avait terminé avec les portions d'escalade techniques ; tant qu'elle aurait la force de poser un pied devant l'autre, elle garderait espoir d'atteindre le sommet.

Elle alluma sa lampe frontale, et Doug lui désigna la direction des cordes fixes.

— Sois prudente, on se retrouve en bas.

Incapable de répondre avec son masque, elle leva les pouces à travers ses énormes moufles. Progressant dans la neige, elle se dirigea vers les cordes fixes, puis parvint au point d'ancrage, où deux cordes étaient fixées. L'une menait vers le sommet, l'autre vers le camp 3. Elle s'accrocha à la première.

Un regard à sa montre lui indiqua qu'il était minuit et demi. Sa lampe frontale n'éclairant qu'un mètre devant elle, elle se mit en marche à un rythme régulier, guidée par la corde. S'autorisant une pause le temps de boire un peu, elle considéra le ciel étoilé.

Orion étant suspendue au-dessus de son objectif, elle avait la sensation de grimper vers cette constellation, comme si elle se hissait à hauteur des dieux. En cet instant, Cecily était une des personnes les plus haut perchées au monde, aucune autre équipe n'étant ces jours-ci lancée à l'assaut d'un autre 8 000. Elle était aussi proche des cieux que possible pour un être humain arpentant la surface de la planète.

Elle se sentait forte, plus forte que jamais depuis qu'elle s'était lancée dans cette ascension, à tel point qu'elle craignait de progresser trop rapidement. Galden ne l'avait pas encore rejointe. Aucune lueur n'annonçant un lever de soleil à venir à l'horizon, elle songea que pas un instant elle n'avait imaginé vaincre sa première montagne dans l'obscurité.

Elle se retourna, espérant apercevoir la lueur caractéristique d'une lampe frontale approchant, potentiellement celle de Galden ou d'un de ses équipiers, mais elle ne vit rien de tel. Sa vision était si réduite que seule la corde lui permettait d'avancer. Le moindre faux pas risquait de la faire chuter, ce qui, si elle n'était attachée, aurait des conséquences mortelles. Malgré tout cela, sa peur s'était tapie dans un recoin de son esprit, réduite à un point minuscule. N'éprouvant plus aucune émotion,

Cecily avait simplement la conscience intellectuelle du danger tout proche. Il était là, tout près, pourtant elle ne s'en inquiétait pas.

Cette apathie était-elle un symptôme du mal aigu des montagnes ? Quelle étrange sensation, en tout cas...

Cette interminable marche lui offrait l'occasion de méditer sur les événements survenus la veille au soir. Pourquoi Charles avait-il prétendu être arrivé sur le Manaslu après tout le monde ? L'explication la plus simple était qu'il souhaitait passer un peu de temps seul en montagne, sans son équipe. Doug étant au courant, peut-être Charles avait-il eu besoin de temps pour réfléchir à son itinéraire sur la cascade de glace et les crevasses, de façon à ensuite pouvoir s'y lancer à toute allure en donnant l'impression de ne produire aucun effort.

Mais que penser du message ? Alain et Irina étaient morts. Si leurs décès n'étaient pas accidentels, comme Cecily le soupçonnait, cela voulait dire qu'un dangereux individu rôdait sur la montagne. Or Grant avait disparu... Peut-être constituait-il encore une menace.

Pose un pied devant l'autre, Cecily, et cesse de craindre la mort.

Elle avait un mal fou à penser à autre chose qu'à la mort. Nul organisme ne survivait longtemps à de telles altitudes. Le simple fait d'oser respirer sur ces pentes était comme un défi lancé à la nature.

Portant une main à son visage, elle se rendit compte qu'elle avait abaissé son masque pour quelque raison. Oh ! Et il fallait boire, aussi. Elle chercha à tâtons la gourde glissée dans la poche intérieure de sa combinaison, ses énormes moufles rendant difficiles les gestes les plus anodins. Le filet d'eau tiède qui se déversa dans sa gorge sèche eut un goût de paradis, mais elle ne tarda pas à frissonner. Elle remisa la gourde vide dans sa poche et referma sa combinaison. Quelle idiote de l'avoir laissée ouverte le temps de se désaltérer ! Le froid s'était engouffré en elle aussi sûrement que de l'eau.

Probablement victime d'hypoxie, elle n'était plus en mesure de prendre de bonnes décisions. Le temps semblait filer sans qu'elle s'en rende compte. Elle n'avait qu'une certitude, celle de marcher vers le sommet. Un pas, un pas, un pas...

Le ciel s'était éclairci. Le lever de soleil était splendide ; jamais elle n'en avait vu de tel. Une lumière dorée baignait le manteau neigeux, métamorphosant le décor terrifiant en un pays des merveilles.

Elle contemplait l'immense étendue, partout autour d'elle, ainsi que les nuages évoquant du papier bulle opaque, loin en contrebas, et distinguait des pics lointains orangés sous l'éclat de l'aube naissante. Elle sentait également les petits flocons qui s'accumulaient sur ses cils. Ici, tout était gigantesque ou minuscule. Les moyennes et les équilibres n'avaient pas leur place à cette altitude où l'on ne trouvait que des extrêmes. Galden grimpait non loin derrière elle, c'était certain, la rattrapant à son pas mesuré, la respiration régulière et son regard noir fixé sur elle comme pour l'encourager à continuer, encore et encore. Bien que pas assez approvisionné en oxygène, son cerveau savait que prolonger sa pause revenait à mettre la vie du sherpa en danger, en plus de la sienne. Cela les tuerait tous les deux. Ayant davantage que sa seule vie entre les mains, elle retrouva sa concentration et la volonté de reprendre sa progression. Elle leva un pied, qui lui parut incroyablement lourd dans sa botte triple épaisseur.

Elle passa sa langue sur ses lèvres sèches. En y réfléchissant, elle se rendit compte que sa gorge était de nouveau parcheminée. Déjà ? Alors qu'elle avait tout juste marqué une pause afin de se désaltérer ? Le fond de sa gourde ne lui avait pas suffi. En avait-elle emporté une autre ? Peut-être dans son sac à dos. Pouvait-elle se donner la peine de la sortir ? Elle risquait fort de ne pas avoir l'énergie suffisante pour la remettre à sa place.

Elle rajusta son masque et inspira profondément.

Puis elle se remit en marche.

Soudain, un claquement se fit entendre, suivi d'un sifflement typique d'une fuite de gaz. Elle se figea et plaqua le masque sur son visage, puis tripota le tuyau de l'autre main, espérant boucher la fuite d'une façon ou d'une autre. Comme si un tel réflexe pouvait être efficace… Quelque chose clochait dans sa bouteille d'oxygène. Le cauchemar devenait réalité. Était-elle responsable de ce dysfonctionnement ? Elle ne l'avait pourtant pas touchée depuis le camp 4, pas plus que le tuyau…

Une seule personne s'en était approchée.

Doug.

— Galden ! hurla-t-elle malgré le masque qui étouffait ses mots.

Il était forcément tout près. Elle avait besoin de son aide. Or elle ne sentit pas de tape rassurante sur son épaule. Sa vision périphérique étant fortement réduite par son masque de ski et sa capuche, elle dut se retourner pour jeter un regard vers le bas de la pente.

Galden n'était pas là.

Cecily était totalement seule sur la montagne.

– 48 –

Elle aurait dû faire demi-tour. Sa bouteille d'oxygène était hors service. Désormais, son corps se détériorait un peu plus à chaque pas. Ses cellules mouraient peu à peu, tandis que son cerveau et ses poumons réclamaient davantage d'oxygène. Elle déclinerait rapidement. Mais elle était si près du but…

Elle apercevait la cime. Personne… Seulement les drapeaux de prière colorés marquant le sommet, voletant dans le vent. Vu la quantité d'alpinistes présents au camp de base, elle avait presque imaginé devoir faire la queue. Mais non.

Son esprit lui jouait-il des tours ? Elle avança d'un pas, inspira. Encore quelques pas comme celui-ci et peut-être parviendrait-elle là-haut…

La voie menant au sommet passait par une crête raide, tout juste de la largeur de ses bottes, avec un à-pic de chaque côté. Elle attendit la venue de la panique, mais la peur n'avait plus sa place en elle. Elle se sentait détachée, comme si son corps se déplaçait de lui-même. Son cerveau reprit le dessus et convint que ses jambes avaient raison de continuer : elle était allée trop loin pour renoncer. Elle s'accrocha à la corde fixe suivante et s'aida de la poignée bloquante pour combler les derniers mètres. Un pas à la fois.

Un pas. Un pas.

Et enfin, elle se hissa au sommet de la montagne, parmi les drapeaux de prière emmêlés. Trois semaines après son départ d'Angleterre, et seulement trois mois après avoir accepté d'intégrer cette expédition, elle avait réussi.

Soulagement, joie, incrédulité... Noyée sous mille émotions, elle s'émerveilla du panorama. Dominant largement la couche nuageuse, elle avait la sensation de vivre dans un conte de fées, dans un château flottant surplombant le monde. La voie qu'elle avait suivie était déserte, pas âme qui vive.

Elle sortit son téléphone de sa poche et, soulagée de constater que sa batterie n'était pas morte, tendit le bras pour se prendre en selfie – ce qui n'eut rien d'évident, vu l'épaisseur de sa combinaison et le poids de sa bouteille d'oxygène inutile.

Elle parvint à prendre une photo – mais on la reconnaissait à peine, à cause de son énorme masque de ski. Elle le remonta sur son front, retira ses moufles afin de mieux tenir le téléphone, puis prit un autre selfie.

Alors qu'elle remisait son téléphone dans sa combinaison, elle fut frappée par une rafale soudaine qui manqua de peu de la faire chuter. De minuscules braises de peur furent instantanément ravivées en elle ; seule sur l'étroit plateau du sommet, elle était exposée au danger. Des nuages noirs grossissaient à l'horizon, annonçant peut-être le retour de la tempête. Frigorifiée jusqu'aux os, Cecily souffrait à présent en outre de crampes dans les doigts. C'est alors qu'elle se rendit compte qu'elle était restée mains nues après avoir pris sa photo. Elle enfila aussitôt ses moufles et glissa les mains dans sa combinaison, serrant les poings et remuant les doigts pour y activer la circulation du sang.

Elle avait presque oublié son fanion à déposer au sommet. Elle fouilla dans sa poche et en sortit son drapeau britannique, qu'elle étala sur les autres, puis elle s'agenouilla pour l'attacher. Il faisait partie de la montagne, désormais. Elle posa la main dessus et ferma les yeux.

Merci...

Elle se sentit désorientée quand elle les rouvrit. Avait-elle cligné un instant ou laissé passer un long moment ?

C'est alors qu'une voix se fit entendre :

— Caroline...

Les mains plaquées sur le cœur, elle se retourna et vit Doug se hisser sur le plateau du sommet, plantant son piolet dans la neige à chaque pas.

— Doug ! Je ne m'étais pas rendu compte que tu me suivais de si près ! Je ne voyais personne derrière moi, pourtant.

Les mots de Cecily sortaient par à-coups. Il est vrai qu'elle évoluait en pleine zone de la mort depuis... depuis un certain temps, elle n'aurait su être plus précise, mais trop longtemps, c'était sûr, étant donné qu'elle ne disposait plus d'oxygène supplémentaire.

— J'ai atteint le sommet ! s'écria-t-elle, titubant légèrement en arrière. C'est fou, non ? J'ai réussi ! J'ai vraiment réussi !

— Tu ne devrais pas être ici, dit Doug, affligé. Je t'avais pourtant demandé de redescendre avec le reste de l'équipe et les sherpas. Quand je me suis rendu compte que tu avais pris la direction du sommet, je t'ai suivie. Il fallait que je vienne te chercher.

— Tu m'as dit ça ? s'étonna Cecily, les sourcils froncés.

Elle n'avait aucun souvenir d'un tel ordre. Certaines de ses paroles lui avaient échappé, certes, mais lui avait-il réellement intimé de redescendre ?

— Tu as commis une grave erreur en venant ici, poursuivit le guide. Ton insouciance va te coûter cher. Caroline...

— Non, Doug, c'est Cecily !

Le guide avait-il perdu l'esprit ? Il ne portait pas plus qu'elle de masque à oxygène, toutefois il avait le regard vif.

— Oui, je sais... mais Caroline est morte... à cause de toi...

Le voyant approcher d'elle, Cecily recula d'un pas. Soudain, le plateau du sommet lui parut minuscule.

— Caroline était ma fille.

— Je ne l'ai pas connue, Doug, rappela Cecily, incapable d'arracher son regard de cet homme. Je crois que tout se mélange dans ta tête.

— Tu ne la connaissais pas mais tu l'as tuée.

Cette accusation heurta Cecily avec la puissance d'un ouragan.

— Quoi ?

Doug avait les yeux embués de larmes. Le dos calé contre le monticule de drapeaux de prière, Cecily en empoigna quelques-uns et les serra, s'accrochant de toutes ses forces comme si cela pouvait lui sauver la vie.

— Sur le Snowdon, tu as pris une décision stupide, irréfléchie. La jeune femme qui a tenté de t'aider...

Carrie.

Caroline.

Non, impossible.

— N... non... bégaya Cecily. Son nom de famille était Halloran.

— C'est le nom de jeune fille de ma femme.

Tandis que son cœur oubliait de battre quelques instants, Cecily revit en pensée le sourire rassurant de Carrie et repensa aux heures passées à parler avec elle, à son mantra sur la montagne : « Ne néglige aucun détail. » Puis il y avait eu le cri. L'accident qui aurait pu être évité... si seulement Cecily avait su faire un pas.

« Tu as appelé les secours, Cecily, tu es une héroïne », lui avait affirmé James, si sûr de lui. Elle avait ensuite traîné sa culpabilité et sa honte comme deux boulets. Et voilà qu'elle apprenait que Carrie était la fille de Doug...

En octobre dernier, Doug avait frappé un client de Summit Extreme, sur les nerfs après avoir reçu une mauvaise nouvelle... L'annonce de la mort de sa fille.

— Je suis vraiment désolée, Doug... Elle a glissé. Pardon, pardon...

Répétant plusieurs fois ces mots, Cecily se sentit bientôt au bord de la perte de connaissance, la vision brouillée. Elle tenta d'inspirer mais ne se sentait plus capable d'effectuer le moindre geste.

Doug ne la regardait même plus. Tourné vers le soleil naissant, il contemplait les quelques bulles de nuages rose pâle et les éclats de lumière dorée sur les cimes

– on aurait dit un dessin d'enfant du paradis devenu réalité.

— Et maintenant, tu vas mourir à ton tour, dit-il, les poings serrés dans ses moufles.

La gorge nouée, Cecily vit une pensée se cristalliser dans la brume de son esprit engourdi par l'hypoxie : Doug représentait un danger. S'éloigner de lui était impératif.

— Doug, je t'en prie, ne fais pas ça... supplia-t-elle, farfouillant sur son baudrier, cherchant un objet précis. Je ne veux pas finir comme Irina.

Doug secoua la tête.

— Tu n'as vraiment rien compris. Personne ne te permettra d'échapper au sort que tu mérites.

Sur ces mots, Doug avança d'un pas, l'air menaçant et les bras tendus.

Cecily hurla.

– 49 –

Enfin, les doigts de Cecily se refermèrent sur le manche du couteau que Doug lui avait remis avant l'entraînement. Il était attaché à un mousqueton sans vis ; elle n'avait qu'à ouvrir celui-ci...

Son cri déséquilibra Doug, c'était tout ce dont elle avait besoin. Elle se fendit en avant, brandissant son arme.

Sa ruse fonctionna car Doug n'imaginait pas sa proie se défendre. Il eut un mouvement de recul, ce qui n'empêcha pas la lame d'érafler sa combinaison. Profitant de ce temps mort, Cecily abandonna le plateau en sautillant.

Elle n'était plus attachée, toutefois le cauchemar survenu plus haut l'incita à prendre ce risque.

Elle changea d'avis dès lors que son regard se porta sur la pente vertigineuse.

Elle s'accrocha à la première corde venue parmi tout un fatras de cordes fixées au point d'ancrage, juste en dessous du sommet, puis elle osa jeter un regard en arrière, vers le plateau. Doug ne s'était pas encore lancé à sa poursuite. Elle n'avait d'autre choix que de faire confiance à son instinct, qui en cet instant lui semblait enfoui sous huit mille mètres d'épais nuages.

Redescendant accrochée à la corde fixe, Cecily avait le cœur battant sous l'effet de l'adrénaline et la vision brouillée par le manque d'oxygène. Sans parler de ses mains engourdies à force de manipuler le mousqueton.

Concentrée sur la corde, elle ne se rendit compte de rien lorsqu'un crampon se prit dans la botte opposée. Elle trébucha au pas suivant et, avant même de comprendre ce qui lui arrivait, chuta. Son épaule heurta violemment le flanc de la montagne. Elle ne contrôlait plus rien, à la merci de la pente. Son entraînement lui revenant à l'esprit, elle tenta de se freiner à l'aide de ses mains gantées – sans succès. Son piolet était resté au camp 4, tout comme ses bâtons de marche. Bien que n'ayant plus assez de forces dans les mains pour enrayer sa chute en les plantant efficacement dans la glace, Cecily n'avait pas vraiment peur. Si son destin était de mourir ici, elle ne pouvait plus rien y faire.

Une joie immense s'empara d'elle lorsque la corde de sécurité se tendit, ralentissant sa dégringolade, ce qui lui permit de plonger les doigts et les genoux dans la neige et enfin de s'immobiliser. Elle aurait juré avoir un marteau-piqueur dans la poitrine.

Elle resta un moment sur la pente, haletante et les yeux fermés, refusant d'affronter la réalité de sa situation. Elle demeura ainsi un temps qu'elle aurait été bien en peine de préciser ; les minutes semblaient s'éterniser des heures, sur la zone de la mort, pourtant elle avait en même temps l'impression d'avoir rempli son sac, dans sa tente, seulement quelques instants plus tôt.

Elle rouvrit les yeux et grimaça, agressée par l'éclat de la neige. Elle se trouvait sur une petite saillie à peine plus large que ses bottes. Non sans précaution, elle y enfonça ses crampons afin de stabiliser sa position... et glapit, tétanisée par une vive douleur dans le genou.

— Au secours ! hurla-t-elle, n'émettant en réalité qu'un vague coassement.

Il n'y avait de toute façon personne pour l'entendre, exception faite de Doug, qui ne pensait qu'à la tuer.

Soudain, elle sentit une traction sur la corde de sécurité ; elle fit de même, de façon à indiquer qu'elle était toujours en vie. Elle crut entendre son prénom porté par le vent glacial. Même si sa chute lui avait paru durer une éternité, elle n'avait visiblement que quelques mètres à grimper pour retrouver la piste.

Lorsqu'elle tira de nouveau sur la corde, celle-ci n'offrit aucune résistance et roula jusqu'à la saillie, son extrémité effilochée. Avait-elle été coupée ? Ou avait-elle cédé, trop usée ? Cecily regrettait que sa faible expérience de la haute montagne ne lui permette pas de le déterminer.

Le vent s'apaisa un temps, et elle perçut dans les hauteurs une voix, ainsi que les crépitements d'une radio :

— Cecily a chuté. Je n'ai rien pu faire.

Doug ne viendrait donc pas la secourir. Il n'essaierait même pas. Il l'avait vue dégringoler et à présent la laissait mourir.

Cecily n'était pas encore morte.

Elle ravala sa douleur.

Rester immobile, coincée sur la paroi de glace et de neige, bras et jambes déployés en ne songeant qu'à ne pas chuter plus bas, était hors de question. En effet, si elle se trouvait de nouveau coincée, c'était cette fois au cœur de la zone de la mort, où chaque minute passée sans bouger la rapprochait de la fin.

Tu n'es pas blessée ?

Une voix féminine.

Elle leva la tête et plissa les yeux, aveuglée par le soleil, son masque de ski ayant glissé de son visage au cours de sa chute. Elle fouilla dans sa poche et en sortit sa paire de lunettes de soleil, qu'elle enfila.

— Je... je ne peux plus bouger ! tenta-t-elle de crier.

Sa voix refusant de fonctionner, elle n'émit qu'une suite de sons embrouillés, ses mots entrecoupés d'inspirations saccadées.

Je vois le chemin à suivre ; tu n'as que quelques pas à faire pour l'atteindre. Tu peux le faire !

Ces paroles résonnant dans son crâne, Cecily osa lever la tête de nouveau, en direction de la voix, mais la montagne était toujours aussi déserte. Y avait-il quelqu'un un peu plus haut ?

Peu importait, en fin de compte. Cette fois, elle devait à tout prix se sortir de là seule.

La voix de sa grand-mère s'invita dans son esprit :

Ne dépends jamais de quiconque, Cecie.

Non sans hésitation, Cecily bougea sa jambe intacte et la ramena sous elle, puis elle se releva en vacillant. Elle se remit en marche en crabe, enfonçant ses crampons aussi profondément que possible avant de reproduire la manœuvre avec l'autre pied. Enchaînant laborieusement les mouvements, Cecily parvint tant bien que mal à progresser.

— J'arrive ! cria-t-elle.

Ou peut-être n'avait-elle rien dit, elle ne savait plus. Mais elle avançait, et c'était l'essentiel.

Lorsque son cerveau lui rappelait qu'elle n'était pas attachée, en pleine zone de la mort, sans oxygène supplémentaire ni espoir d'être secourue, elle marquait une pause, le temps que sa panique déferle en elle et se dissipe. Quand son genou blessé l'empêchait d'avancer, elle s'aidait de ses bras. Ses moufles étaient à présent trempées à force de plonger dans la neige, mais elle n'avait d'autre choix que d'insister.

Un petit pas après l'autre.

Elle fut à deux doigts de perdre les pédales, folle de joie, lorsqu'elle aperçut une corde de sécurité bleu vif se détachant sur la neige, ainsi que des traces de pas. Elle se précipita dessus – elle l'aurait volontiers embrassée si elle n'avait pas eu le visage protégé par son tour de cou – et s'y attacha. Ensuite seulement elle s'autorisa à s'effondrer à genoux et à fondre en larmes.

Elle devait se relever sans attendre, et au moins la direction à suivre était évidente : vers le bas.

Doug se trouvait encore quelque part sur la montagne. Il la croyait morte, tuée dans sa chute. Il lui avait demandé de redescendre mais, voyant qu'elle n'en avait rien fait, il l'avait retrouvée au sommet.

Pour la secourir ? Ou plutôt pour la tuer sans témoins dans les environs ? Saisie de vertiges, Cecily ne comprenait plus rien. Elle avait entendu la voix de Carrie qui l'appelait, aussi nette qu'un tintement de cloche, qui l'encourageait à bouger. Son esprit lui jouait des tours, c'était évident. Doug l'avait-il réellement rejointe au sommet, à ce propos ? Elle était accablée de tant de culpabilité, de tant de honte... lesquelles avaient rejailli après son récit, au camp 3. Il n'était pas surprenant que son esprit ait simulé l'apparition d'un proche de Carrie, là-haut, ses craintes d'être accusée de sa mort illustrées par une vision ultra-réaliste.

Oui, mais... la corde sectionnée ?

Mystère. La seule chose dont elle était certaine était sa peur. Ainsi que la douleur dans sa jambe.

Sans oublier la tempête qui approchait et qu'elle sentait grossir dans son dos, le vent la fouettant de plus en plus fort. Regagner le camp de base avant que les éléments se déchaînent était la priorité. Il fallait également retrouver Élise et Zak, s'assurer qu'ils allaient bien. De plus, si elle n'avait pas été victime d'une hallucination, Cecily devait se réfugier quelque part où Doug ne pourrait l'atteindre.

Elle tourna la tête vers le haut puis vers le bas de la piste, sans déceler le moindre signe de Doug – ni de quiconque, en l'occurrence, preuve supplémentaire qu'elle avait eu des visions. Les rafales se firent plus intenses, l'agressant de plus belle.

Respire, Cecily.

Un air glacial emplissait ses poumons, sensation plutôt étrange. Quand elle s'était imaginée respirant à cette altitude, elle s'était vue à deux doigts d'étouffer, comme si elle se noyait.

Or il n'en était rien.

La morsure du vent était nettement perceptible sur la petite portion de peau exposée de ses joues, entre son tour de cou et ses lunettes teintées. Une rafale plus violente que les autres manqua de peu de l'envoyer au sol.

Il y avait bien de l'air à cette altitude, mais il ne remplissait pas le rôle qu'on attendait de lui.

Exténuée au-delà du possible, elle sentait ses muscles lutter tandis qu'elle progressait dans la neige. Son sang se démenait tout autant, ainsi que ses poumons, son cerveau.

Le problème était d'une simplicité enfantine : il n'y avait pas assez d'oxygène dans l'air, moins d'un tiers de la proportion à laquelle son corps était habitué. Selon l'altimètre de sa montre, elle se trouvait encore au-dessus de huit mille mètres, en pleine zone de la mort.

Le cœur battant, elle jeta un regard par-dessus son épaule. *Est-ce qu'il me suit ?* Elle se figea : à seulement quelques mètres au-dessus d'elle, une silhouette imposante fendait la poudreuse à pas lourds. Il la pourchassait, il la traquait. Mais non… Elle cligna des yeux et comprit qu'elle avait été dupée par l'ombre d'un nuage dévalant la pente.

Son cerveau était si peu oxygéné qu'elle ne pouvait même plus faire confiance à sa vision.

Il va me rattraper ? M'attend-il plus bas ?

Elle n'aurait pas cru cela possible, pourtant elle sentit son rythme cardiaque accélérer un peu plus, à tel point qu'elle eut la sensation que des chevaux galopaient dans sa poitrine. Sa respiration se fit également plus saccadée tandis qu'elle s'efforçait d'inspirer l'air raréfié. En proie à de sérieux vertiges, elle était au bord de l'évanouissement.

Quelle importance qu'il se trouve plus haut ou plus bas qu'elle ?

Tu t'occuperas de lui plus tard. Pour l'instant, ne pense qu'à survivre.

Toujours hantée par des pas fantômes dans son dos, elle reprit sa marche, aussi rapidement que son corps le lui permettait, la moindre erreur susceptible de la faire chuter de mille mètres.

Il lui fallait à tout prix redescendre de la montagne.

Et par ses propres moyens.

Enfin, elle aperçut une personne assise légèrement à l'écart de la piste, en combinaison rose vif. Élise. Immensément soulagée, Cecily songea que la jeune femme était si expérimentée en haute montagne qu'elle aurait peut-être une explication à lui fournir à propos des troubles dont elle était victime. Peut-être était-ce elle qu'elle avait entendue l'encourager à bouger.

Titubant dans la neige épaisse, elle suivit les traces de pas menant à son équipière, puis elle abaissa son tour de cou.

— Élise ! Élise !

Elle crut la voir tourner le torse vers elle, mais elle dut alors se couvrir le visage des deux bras, frappée par une violente rafale. Elle toussa et recracha de la neige, pliée en deux.

Elle combla les derniers mètres presque en rampant, puis elle agrippa le bras d'Élise et dut attendre qu'une nouvelle rafale s'apaise.

— Élise ? C'est Cecily ! Ça va ?

Elle secoua le bras de la Canadienne, qui resta inerte.

Élise était morte.

— 50 —

Submergée de désespoir, Cecily lâcha un cri étranglé, puis elle secoua de nouveau le corps d'Élise, refusant d'admettre ce qu'elle savait pourtant être la vérité.

— Réveille-toi, Élise, je t'en prie !

Elle aurait donné n'importe quoi pour que sa jeune amie lui offre son sourire caractéristique. Son rouge à lèvres avait été appliqué peu auparavant, cependant sa bouche était terrifiante, tant le contraste avec sa peau blanche gelée était saisissant.

Comment était-ce possible ? Cecily versait à présent de grosses larmes qui gelaient instantanément sur ses joues. Elle empoigna le cadavre, passa un bras sans vie autour de son cou et tenta de soulever la masse inerte, au moins pour la porter aussi bas que possible, mais elle n'en eut pas la force, après des heures sans oxygène supplémentaire.

Elle devait l'abandonner.

Élise était la plus forte de l'équipe, elle méritait mieux que ça.

Tandis qu'elle la repositionnait dans la neige, la capuche de la combinaison rose glissa, dévoilant un filet de sang rouge foncé dans le cou d'Élise. Cecily fit délicatement pivoter la tête de celle-ci et découvrit une blessure sur la nuque, les cheveux mêlés de sang gelé.

Elle retira vivement sa main, sous le choc.

Doug avait-il également commis ce crime ?

Blottie contre le corps d'Élise, Cecily avait conscience qu'elle ne devait surtout pas s'éterniser ici, sans quoi elle mourrait de froid à côté d'elle. Le cœur brisé à l'idée de l'abandonner, elle songea à rapporter quelque chose d'elle à sa famille, au cas où la tempête ensevelisse le cadavre.

En proie à une réelle confusion, des nausées, un mal de crâne et des hallucinations, soit autant de symptômes classiques d'un œdème cérébral de haute altitude, Cecily souffrait en outre de son genou blessé, qui l'élançait terriblement.

C'est alors qu'une idée s'imposa à elle : la caméra d'Élise ! Avec la sensation d'être une affreuse pilleuse de cadavres, elle ouvrit la combinaison rose mais ne trouva pas l'appareil dans la poche intérieure où Élise avait pour habitude de le remiser. Incapable de pousser plus loin sa fouille, Cecily avisa le pendentif, le bloc de lucite. Elle détacha la chaîne et glissa le tout dans sa poche.

Elle déposa un baiser sur la main de la défunte, à travers sa moufle, puis roula sur le côté et s'éloigna courbée en deux afin de contrer la puissance du vent.

Après avoir marché un temps qu'elle n'aurait su estimer, Cecily poussa un cri de joie dans son tour de cou lorsque les premières tentes du camp 4 percèrent la brume mêlée de flocons, avec deux conséquences immédiates : à présent sortie de la zone de la mort, elle reprendrait des forces à chaque pas ; et peut-être – mais seulement peut-être – trouverait-elle enfin de l'aide. Elle était en effet tout sauf certaine de pouvoir marcher encore longtemps seule.

Elle se décrocha de la dernière corde fixe, en bordure du camp, puis se glissa en titubant dans la tente la plus proche, dont la toile chahutée par les rafales n'offrait qu'un abri relatif.

Les genoux contre la poitrine, Cecily sanglotait. Dans ce froid intense, elle frissonnait en pleurant, la tête et les poumons en feu, et rêvait d'être de retour chez elle.

Alors elle perçut un son terrifiant.

Le sifflement. Deux notes graves, une aiguë, une grave. Si ce n'était là qu'une hallucination de plus, qu'elle cesse !

Doug. C'était Doug, depuis le début.

Alain. Irina. Élise.

Par quelque mystère, il était de retour au campement, et il la cherchait.

Ce son la tira de sa torpeur. Elle consulta sa montre mais constata que celle-ci ne fonctionnait plus, fissurée – sans doute au cours de sa chute. Son téléphone et son appareil photo étaient également morts. Elle n'avait plus aucune ressource, plus aucun moyen d'appeler à l'aide. Elle savait seulement que Doug avait annoncé par radio à toute l'équipe qu'elle était morte.

Personne ne viendrait à son secours.

Elle sortit de la tente en rampant et resta accroupie. Elle aperçut une tache bleu marine – la combinaison de Doug – qui se déplaçait dans sa direction. Il s'arrêtait à hauteur de chaque tente et en ouvrait le rabat. Cecily se dissimula derrière la sienne et ferma les yeux, à peine capable de respirer, se demandant comment se protéger s'il la repérait. Heureusement, il se contenta de jeter un coup d'œil dans sa tente ; constatant qu'elle était vide, il s'éloigna.

Cecily lâcha un soupir de soulagement mais, presque aussitôt, son cœur fit un bond lorsqu'une main lui agrippa le bras.

Elle voulut hurler mais n'émit qu'un son étouffé par son tour de cou, puis elle fut entraînée en arrière jusque dans une autre tente.

Une fois à l'abri, elle se sentit lâchée par la poigne inconnue. Elle s'écarta vivement avant de se retourner... et découvrit Zak face à elle.

— Putain, Cecily, je suis content de te voir ! s'écria-t-il.

Il l'attira contre lui et l'étreignit avec une telle vigueur qu'elle sentit les hématomes provoqués par sa chute récente. Elle cria de douleur mais Zak ne s'en rendit pas compte.

— Doug m'a réveillé et m'a ordonné de redescendre, dit-il. J'étais assez furax contre lui, j'avoue, mais j'ai tout de même commencé à ranger mes affaires. Et là... Tiens, regarde...

Il ouvrit la main, dévoilant son téléphone satellite et sa caméra réduits en morceaux.

— Je suis aussitôt sorti, espérant retrouver Doug, mais tout le monde avait disparu. Pas de sherpas, pas d'équipiers, vous étiez tous partis. Et sans mon matériel, impossible de lancer un appel au secours. J'ai voulu m'en aller en suivant la corde fixe mais le temps s'est gâté, je ne pouvais plus avancer. J'ai fait demi-tour et j'ai mis une heure à retrouver ma tente. Je ne savais plus quoi faire.

Il secoua la tête de dépit.

— Quel bonheur de te voir, tu n'as pas idée... Il y a quelqu'un d'autre dans le camp ?

— Je crois que Doug...

— Super ! Allons le retrouver et foutons le camp de cette montagne...

Cecily l'empêcha de sortir de la tente.

— Non, attends, mieux vaut être prudents. Doug est un danger pour nous. Il m'a rejointe au sommet. Il... il m'a agressée...

— Merde... laissa tomber Zak d'une voix étonnamment calme.

— Tu ne sembles pas surpris, nota Cecily, déconcertée par cette réaction.

— Si, bien sûr que si, mais c'est juste que... ça me fait comprendre quelque chose.

Il attrapa derrière lui un petit boîtier noir rectangulaire pourvu d'une dizaine d'antennes.

— J'ai trouvé ça dans la tente de Doug alors que j'essayais de retrouver la mienne.

— C'est un...

— Oui, un brouilleur de signal radio. Quel enfoiré. Je ne voulais pas le croire, mais c'est bien lui qui nous a isolés depuis le début de l'expédition. On n'avait aucune chance d'obtenir la moindre connexion.

— Il me croit morte, révéla Cecily d'une voix brisée.

Zak lâcha le brouilleur et lui prit les mains.

— Ça va aller, Cecily, on va s'en sortir. Ensemble.

— Ce n'est pas tout... Élise... Elle est morte, Zak.

— Quoi ? s'écria l'Américain, les mains plaquées sur les joues.

— J'ai vu son corps dans la neige, la nuque couverte de sang.

— Non, non, non... Jamais Doug n'aurait commis une telle horreur. Il n'a jamais voulu te faire de mal.

— Il croit que j'ai tué sa fille... expliqua Cecily à mi-voix.

— Ce... Ça n'a aucun sens ! bégaya Zak.

— Tu te souviens de l'histoire que je vous ai racontée ? Mon craquage sur le Snowdon ? La fille qui est morte... C'était la fille de Doug.

— Bon sang, Cecily... Mais ce n'était pas ta faute, et tu le sais parfaitement.

Il l'attira contre lui, tandis que la tempête secouait de plus belle la tente.

— Je n'en reviens pas. Et Élise, alors ?

— Il pensait qu'elle espionnait Charles, qu'elle avait pour but de le surprendre en train de tricher. C'est grâce à Charles que Doug peut encore travailler en montagne, Zak. Il ne laissera rien ni personne se mettre en travers de sa route.

Une nouvelle rafale inclina les poteaux de la tente.

— Qu'est-ce qu'on fait ? demanda Zak après qu'ils eurent échangé un long regard.

Cecily déglutit avant de répondre :

— On fait exactement ce que tu as dit : on fout le camp de cette montagne.

– 51 –

— On devrait s'encorder, proposa Cecily. À quoi bon s'inquiéter à propos de Doug et de la tempête si l'un de nous fait une chute mortelle dans une crevasse…
— Bien vu. Tu as de la corde supplémentaire ?
— Non, et toi ?
— Non plus.
Ils échangèrent un regard silencieux, puis Cecily secoua la tête.
— Notre place n'est pas sur cette montagne. Nous sommes mal préparés. Nous ne sommes pas de véritables alpinistes mais de simples touristes ici.
— Je n'imaginais pas que les sherpas nous abandonneraient ! Ni que notre soi-disant guide serait un psychopathe ! Qu'est-ce qu'on est censés faire, putain ? On ne peut pas partir, on ne peut pas rester. On est complètement foutus.
Cecily regarda Zak droit dans les yeux. S'il leur était impossible de s'attacher physiquement l'un à l'autre, il était vital qu'ils restent soudés dans cette épreuve, comme une équipe, pour avoir une infime chance de s'en sortir.

Tandis que Zak soutenait son regard, Cecily devina l'hystérie qui bouillonnait en lui. Elle savait que les rôles s'inverseraient régulièrement : chacun serait le roc auquel l'autre s'accrocherait. En cet instant, elle était celui de Zak.

— Écoute... Le vent est tombé. Doug est tout près, quelque part, et il se déplace, je l'ai vu, ce qui veut dire qu'il ne se sent pas obligé de rester à l'abri. On peut peut-être en déduire qu'on peut bouger sans trop de risque. Il faut qu'on soit aussi légers que possible. Mon masque à oxygène est mort, il est inutile que je garde la bouteille sur moi.

— Le mien aussi. Encore une coïncidence, à moins que...

Cecily préféra ne pas s'attarder sur ce point.

— Quelle heure est-il ? s'enquit-elle.

— Dix heures.

Un nœud se forma dans sa gorge ; ils évoluaient au-dessus de sept mille mètres depuis largement plus de vingt-quatre heures – autant dire beaucoup trop longtemps.

— Allons-y, lança-t-elle.

Ils se mirent en marche sur la lugubre étendue blanche, progressant courbés en deux, leur premier défi consistant à retrouver la corde fixe. Alors peut-être auraient-ils une chance de se tirer de ce piège.

Zak traînant, hésitant à chaque pas, Cecily prit la tête, déterminée. Considérant les tentes alignées, elle constata qu'elles étaient à présent si peu nombreuses que ses repères avaient disparu. Elle n'avait aucune idée de la direction à prendre pour retrouver la corde fixe. Peu après, elle aperçut un objet qu'elle reconnut instantanément : son piolet planté devant sa tente, presque couvert de neige. Elle s'en empara et le glissa dans son baudrier. Aussitôt, elle se sentit plus forte.

Enfin, elle distingua un enchevêtrement de cordes colorées.

— Par ici ! s'écria-t-elle, ouvrant déjà son mousqueton pour s'attacher à la corde fixe.

Celle-ci descendait ; c'était donc certainement la bonne !

— Allez, viens, Zak ! lança-t-elle à travers son tour de cou.

Il s'agrippa à son bras, puis elle s'assura qu'il était correctement attaché avant d'aller plus loin. Alors que l'ascension avait été pénible sur le flanc si raide, ils redescendirent en se laissant aller, cramponnés à la corde pour éviter de chuter. Cecily souffrait atrocement du genou, chaque pas lui valant un coup de poing dans les tripes, mais elle ne voulait pas mourir. Elle n'était pas prête pour cela.

La corde lui cisaillait le bras mais elle la serrait de toutes ses forces, se laissant glisser vers le bas. Elle avait vu les sherpas s'aider des cordes et de leur inertie pour descendre en quelques bonds sûrs – on aurait dit qu'ils volaient – mais elle n'avait ni leur vitesse ni leur assurance.

De plus en plus pressé de filer d'ici, Zak, au changement de corde suivant, prit la tête.

Ils conservaient un bon rythme et les nuages aussi épais que de la soupe leur dissimulaient les pentes vertigineuses des environs ; ainsi, aucune vision terrifiante n'accentuait celle que leur inspirait la voie qu'ils suivaient. Cecily espérait plus ou moins que Doug les ait estimés morts et soit également occupé à redescendre au plus vite au camp de base. Comment comptait-il justifier la perte de son équipe ? Elle n'avait pas de réponse à cette question.

Zak s'immobilisa, la forçant à en faire autant. Trahie par son genou blessé, elle trébucha. La corde s'enfonça dans son bras mais l'empêcha de chuter.

— Que se passe-t-il ? cria-t-elle, espérant se faire entendre par-dessus le vent mugissant.

— Merde... Les cordes ont été retirées.

Cecily laissa passer quelques secondes, le temps de digérer ces mots.

— Qu'est-ce que tu racontes ?

— Vois par toi-même...

Le point d'ancrage était encore vaguement visible, enfoui sous la neige, mais aucune corde n'y était attachée.

— Mon Dieu...

Cecily avait un mal fou à croire que Doug ait commis une telle abomination, qu'il ait violé la règle tacite selon laquelle on ne touchait jamais les cordes fixes en haute montagne. Ce qui servait à une équipe pouvait être utile à une autre. En détachant des cordes, Doug était allé à l'encontre de tout ce qu'il avait défendu sa vie durant. Il était déterminé à tout faire pour s'assurer qu'ils ne redescendent pas de la montagne.

La pente qui se présentait ne semblait pas trop ardue. En prenant mille précautions à chaque pas et en s'aidant de leurs piolets, il devait être possible de poursuivre leur descente sans cordes fixes.

Ils n'avaient pas le choix, de toute façon.

— Allez, on peut le faire, dit Cecily. On ne peut plus remonter, maintenant. La seule issue est droit devant.

Zak tremblait, le regard chargé d'une terreur brute et primitive.

— Reste calme, inspire à fond, lui conseilla-t-elle, faisant appel à l'être humain enseveli sous la bête sauvage.

Il devait à tout prix reprendre la maîtrise de lui-même, sans quoi il courrait à sa perte. Charles lui avait décrit ce danger, le tueur tapi en chacun d'eux. S'il se laissait dominer par sa peur, Zak les précipiterait tous deux vers la mort. Par ce temps et vu les circonstances, le moindre faux pas ou la plus petite saute de concentration lui seraient fatals – et il entraînerait vraisemblablement Cecily dans sa chute.

Alors qu'ils étaient toujours attachés à la corde fixe qui s'achevait ici, elle l'agrippa par les épaules et le guida vers un monticule de neige. Zak avait le regard vide, et ses tremblements n'étaient peut-être pas uniquement dus à sa peur. La mort s'emparait de lui, son corps renonçait.

Tandis qu'elle remuait doigts et orteils et se frappait dans les mains pour se réchauffer, Zak restait figé.

— Secoue-toi, Zak ! lui cria-t-elle. Reste avec moi !

Elle lui prit les mains et les frotta contre les siennes, espérant y insuffler de l'énergie.

Il fallait qu'il boive. Elle farfouilla dans la poche de poitrine de sa combinaison, osant légèrement ouvrir sa fermeture Éclair ; le froid s'engouffra en elle aussi facilement que de l'eau de mer dans le sable et la frigorifia jusqu'aux os.

Elle sortit sa gourde d'un demi-litre, qui se révéla vide, puis elle constata que son autre Nalgene ne contenait que l'équivalent de quelques gorgées.

Si Zak mourait dans ses bras, Cecily deviendrait folle, c'était certain. Le maintenir en vie était à présent son unique objectif, la seule façon pour elle de rester alerte. Bloquant le visage de Zak d'une main, elle versa de force un peu d'eau dans sa gorge. C'est avec un immense soulagement qu'elle le vit déglutir, puis ciller ; son regard retrouva un peu de vivacité.

— Cecily ?

— On va s'en sortir, Zak, mais il ne faut pas s'arrêter !

Dégageant la neige d'une moufle, elle sentit sa combinaison se tremper un peu plus, mais ce désagrément fut compensé : elle avait retrouvé la corde fixe, simplement enfouie sous la couche blanche après les dernières chutes de neige. Personne ne l'avait coupée, en définitive. C'était pourtant si évident. Ils commettaient de petites maladresses, des erreurs de jugement. C'en serait fini d'eux s'ils ne se montraient pas plus attentifs.

— Regarde, Zak ! s'exclama-t-elle, soulagée et folle de joie.

Voyant Zak tituber, Cecily se hâta de l'accrocher à la corde fixe dégagée de la neige. Puis elle attacha la seconde corde de Zak à son propre baudrier – elle était bien trop courte pour leur permettre de s'encorder correctement, mais aucune autre solution ne lui vint à l'esprit, vu les circonstances. Elle le positionna devant elle, car en aucun cas elle n'aurait la force d'enrayer leur glissade s'il trébuchait et la percutait par-derrière. En le suivant, elle pourrait au moins tenter de le retenir et, si cela se révélait impossible, couper la corde qui les reliait. Peut-être...

— Tu ne vas pas mourir, tu ne vas pas me laisser seule ! cria-t-elle, davantage pour renforcer sa propre confiance en elle que pour rassurer Zak qui, de toute façon, ne l'écoutait plus.

Faisant glisser la corde dans ses mains, elle l'encouragea à s'engager dans la pente. Ils connurent quelques instants terrifiants, lorsqu'il fut à deux doigts de glisser, mais la force de la volonté de Cecily – ainsi que son réflexe de planter ses crampons dans la neige – l'aida à rester debout.

Cecily ne perdait pas de vue que chaque mètre parcouru rendait une partie de ses forces à Zak, que chaque pas les rapprochait du camp 3. Savoir qu'ils seraient bientôt en sécurité lui donnait l'énergie de continuer.

Se remémorant l'ascension de cette portion de la montagne, Cecily revit en pensée l'interminable pente rectiligne ; nulle crevasse n'était à craindre par ici, ce qui renforça son optimisme. Ils seraient bientôt au camp 3.

La tempête se calmait peu à peu, par miracle, mais cela permettait aux douleurs et à la fatigue de Cecily de mieux se faire sentir. Son piolet était comme un poids mort dans ses bras, néanmoins elle le plantait avec toute son énergie à chaque pas. Elle s'était résolue à progresser de biais, ne faisant pas vraiment confiance à son genou blessé. Au point d'ancrage suivant, elle se détacha de Zak, qui, ayant retrouvé des forces, marchait de nouveau sans aide.

Elle lui donna une petite tape sur l'épaule et, sans un mot, désigna une tache jaune non loin de là, en contrebas. Ils étaient presque au camp 3. Zak hocha la tête.

Les mains engourdies dans ses moufles dont l'humidité avait gelé, Cecily se demanda si elle retrouverait le plein usage de ses doigts à l'issue de cette histoire.

Le Manaslu était censé être la montagne la plus facile, la plus accessible, celle que Charles gravirait aisément pour intégrer le cercle des plus grands alpinistes de la planète. Où était-il, d'ailleurs ? Avait-il atteint le sommet ? La reconnaissance mondiale et les commentaires de son exploit historique seraient-ils éclipsés par les nombreux décès survenus ?

Enfin parvenus au camp 3, Zak et Cecily se glissèrent dans la première tente. Le soulagement qu'ils éprouvèrent en échappant au vent et au froid fut de courte durée, car ils n'avaient toujours pas de provisions.

Cecily se délesta de son sac à dos – qui n'était plus bleu mais blanc, couvert d'une couche de glace qui craqua lorsqu'elle tira sur les sangles. Luttant pour l'ouvrir avec ses doigts engourdis, elle poussa un cri de frustration. Elle devait à tout prix accéder à son autre paire de moufles.

Zak lui apporta son aide, et à eux deux – chacun tirant d'un côté –, ils vinrent à bout de la fermeture Éclair. L'ouverture ménagée permit à Cecily d'attraper ses moufles.

Elle adressa un bref remerciement aux dieux de la préparation lorsqu'elle songea qu'elle avait glissé des chauffe-mains dans la poche supérieure de son sac. Elle s'en saisit aussitôt et les fourra dans ses moufles, priant pour qu'ils ravivent ses doigts avant qu'il ne soit trop tard. Sans même oser baisser les yeux sur ses mains, quand elle ôta ses moufles trempées, elle enfila les autres aussi rapidement que possible.

— On est foutus, gémit Zak.

— Tu as quelque chose à manger dans ton sac ? Une barre de céréales, peut-être ?

Il secoua la tête. Cecily déplora son manque de préparation. Elle pensait avoir quelque chose, mais il lui fallut une éternité pour farfouiller dans son sac, malgré l'action des chauffe-mains dans ses moufles. Enfin, elle dénicha une barre de chocolat – ou plutôt un bloc de bouillie congelée. Non seulement il était à peu près impossible de croquer cette chose, mais en plus ses apports nutritifs étaient quasi inexistants.

Soudain, elle perçut un son à l'extérieur, distinct des hurlements du vent : de la neige qui crissait.

Elle serra si fort la main de Zak que celui-ci, qui s'était assoupi sans qu'elle s'en rende compte, s'éveilla en grognant.

— Qu'est-ce qu'il y a ? marmonna-t-il.

— Il y a quelqu'un dehors, tout près de la tente, souffla-t-elle.

Prenant conscience de la situation, Zak ouvrit grand les yeux. Les bruits de pas, dehors, n'étaient pas aussi lourds que ceux de Doug, dont l'écho était resté gravé dans le cerveau de Cecily.

Bien que quelque peu rassurée par ce détail, elle préféra rester méfiante. Son piolet serré dans une main, elle se traîna jusqu'à l'entrée de la tente. Zak secoua vivement la tête, mais elle le calma d'un regard appuyé. Puis elle hocha la tête, et il en fit autant.

Elle s'étonnait qu'il lui fasse confiance, alors qu'elle se sentait si peu sûre d'elle. Le piolet brandi, elle écarta en douceur le rabat de la tente...

– 52 –

— On est sauvés ! On est sauvés ! s'écria Zak, secouant le bras de Cecily. Galden ! On est là !

Le sherpa tourna la tête et son regard s'illumina dès qu'il découvrit Cecily, laquelle fut submergée d'un soulagement tout aussi intense.

Il les rejoignit en trottinant dans la neige, un bras plaqué sur le torse et glissé dans une écharpe de fortune passée autour du cou.

— Zak ! Cecily ! Vous êtes vivants ! s'écria-t-il, se laissant tomber à genoux pour les étreindre. Hier soir, Doug nous a ordonné de redescendre avec l'équipe Summit Extreme, qui avait besoin d'un coup de main pour aider ses clients à regagner le camp de base. Il nous a dit que notre ascension était terminée et qu'il vous guiderait dans la redescente quand vous seriez reposés après une nuit de sommeil. Les autres ont atteint le camp de base ce matin avec le groupe Summit Extreme.

— Tu n'es pas parti avec eux ? s'étonna Cecily.

— Si, mais j'avais si mal au bras que j'ai dû faire une pause au camp 2, alors qu'ils poursuivaient leur descente. C'est là que j'ai entendu par radio que tu avais fait une chute, Cecily.

La voix du jeune homme se brisa, il laissa tomber sa tête dans sa main valide.

— Il fallait absolument que je remonte, que j'essaie de te retrouver. Jamais je n'aurais dû te laisser partir seule...

— Tu ne pouvais pas savoir, le réconforta Cecily, une main sur sa moufle. Mais tu es là, à présent, et nous avons besoin d'aide.

— Je vais signaler par radio que vous êtes sains et saufs.

Il sortit son appareil et expliqua avoir retrouvé les alpinistes portés disparus. Il ajouta qu'ils s'apprêtaient à quitter le camp 3. Puis il attendit quelques secondes, espérant entendre une confirmation de la bonne réception de son message, mais seuls des parasites résonnèrent dans la tente. Celle-ci fut secouée par une rafale si violente qu'ils durent se blottir les uns contre les autres pour y résister.

— On ne peut pas rester ici, décréta Galden. C'est trop dangereux, il faut redescendre.

— Allez, Zak, un dernier effort, dit Cecily, s'efforçant de mettre un maximum d'optimisme dans sa voix.

Zak ferma les yeux. Alors que Cecily craignait que ce ne soit définitif, il les rouvrit et posa sur elle un regard dur. Elle comprit qu'il avait trouvé de la force en lui, et qu'elle devait en faire autant, puiser au plus profond d'elle-même et s'accrocher à cette minuscule part de son être qui hurlait qu'elle voulait survivre.

— Une seconde... dit-elle à Galden. On n'a rien mangé ni bu depuis des heures. Tu as des provisions sur toi ?

— Attends, je regarde.

Galden sortit de son sac quelques barres de céréales et une Thermos de thé. Jamais Cecily n'avait été si heureuse à la vue de simples objets, toutefois elle fut tout juste capable d'avaler le thé, tant il lui fut difficile de refermer ses lèvres glacées sur le goulot. Cela lui fit comprendre qu'elle était dans un état physique nettement plus préoccupant qu'elle ne l'avait cru jusque-là. De même, elle fourra avec avidité la barre de céréales dans sa bouche mais ses dents eurent à peine la force de la croquer. Quand enfin ce fut chose faite, elle constata qu'elle avait la bouche si sèche que les morceaux ne se dissolvaient pas, restant secs et solides. Elle les avala tout de même car son corps en avait besoin.

Visiblement encore plus affecté que Cecily, Zak fut incapable d'avaler correctement son thé, dont la majeure partie coula sur son menton et sa combinaison plutôt que dans sa bouche.

— Il faut y aller, maintenant, intervint Galden. Je ne peux pas vous porter tous les deux, nous allons devoir nous encorder. Et avec un peu de chance, nous trouverons des secours.

Il sortit un rouleau de son sac à dos et noua la corde de façon que Zak se trouve entre Cecily et lui, ce qui sous-entendait qu'il la jugeait en meilleure forme que son équipier – ce qui n'avait rien de réconfortant.

Dès que Galden fut sûr de leurs attaches, il sortit de la tente ; Zak et Cecily n'eurent d'autre choix que de le suivre.

Sans lui, ils n'auraient eu aucune chance de s'en sortir. Même si le rideau qui s'abattait avait perdu en densité, la neige avait totalement effacé les traces de pas. Sans cela, ces dernières auraient pu les guider.

Le ciel nappait le décor d'une lueur grise, phénomène qui faisait perdre toute notion de l'heure de la journée et noyait toute perspective – ou peut-être Cecily subissait-elle là les conséquences d'une hypoxie. En effet, lorsqu'ils approchèrent dangereusement d'un à-pic et qu'elle jeta un regard dans le vide, elle n'eut même pas l'énergie d'avoir peur.

Ils progressaient à vive allure. Zak avait de grandes difficultés à suivre le rythme mais, entre Galden, Cecily et la corde fixe, il parvenait à ne pas chuter. Quant à elle terrifiée en imaginant Doug lancé à leurs trousses, Cecily se rassurait en se disant que leurs chances de s'en sortir s'étaient nettement accrues depuis que Galden les avait retrouvés.

Pour se tirer de ce piège, il leur suffisait d'avancer.

Ils durent de temps à autre franchir des passages raides en rappel. Sur le premier d'entre eux, Zak perdit l'équilibre. Galden rassembla ses forces pour enrayer sa chute, et Cecily fut presque entraînée par son équipier. Subitement, elle n'était plus aussi enchantée d'être attachée à lui.

Partageant manifestement son point de vue, Galden, lorsque se présenta le passage raide suivant – sur lequel une chute aurait des conséquences beaucoup plus dramatiques –, marqua une pause le temps de décrocher la corde qui les reliait entre eux. Cecily s'assit dans la neige, accrochée à la corde fixe, et invoqua toute l'énergie qui lui restait, espérant que le camp 2 était proche.

La tentation était forte de se pelotonner dans la neige et de s'y endormir. Serait-ce si terrible ?

Galden s'activait pour mettre en place un système qui lui permettrait de faire descendre Zak au pied de la paroi. Quand ce fut fait, il s'approcha de Cecily et, voyant qu'elle perdait pied, lui secoua le bras.

— Cecily ! Je dois accompagner Zak sur ce passage. Tu descends en rappel juste après nous, compris ? Je vous conduirai coûte que coûte vivants au camp de base.

Cecily acquiesça et se saisit de son descendeur en huit, prête à l'attacher à la corde. Satisfaisait, Galden revint auprès de Zak.

Quand ce fut son tour de se lancer, Cecily procéda avec une lenteur extrême, souffrant atrocement du genou. Malgré cela, elle parvint au pied de la paroi. Ils se trouvaient à présent juste au-dessus du camp 2 ; elle remarqua d'ailleurs une tente à moitié recouverte de neige, légèrement à l'écart, et un peu plus loin une large crevasse.

— Il faut abriter Zak ! lui lança Galden. Essayons de l'installer dans cette tente.

Elle hocha la tête et passa le bras de Zak sur ses épaules, hélas elle n'eut pas la force de soulever son compagnon, trahie par son genou trop faible, qui céda sous la charge.

— Je n'y arrive pas ! se lamenta-t-elle en s'effondrant, entraînant Zak dans sa chute.

Elle vit alors Galden grimacer de douleur, malgré ses efforts pour ne rien laisser paraître.

— Ne t'en fais pas, je reste ici avec Zak, dit-il. Mais il nous faut de l'eau. Va voir s'il y en a dans la tente et rapporte-nous-en.

— Entendu, répondit Cecily.

Elle se dirigea en titubant vers la tente. Parvenue à destination, elle se délesta de son sac et de son piolet, puis souleva le rabat...

Il y avait quelqu'un à l'intérieur.

— Oh ! Charles ! Dieu merci, c'est toi !

Cecily s'effondrant dans l'entrée de la tente, Charles l'aida à se glisser à l'intérieur.

— Cecily ! Tu n'es pas blessée ? Qu'est-ce qui se passe ? J'ai entendu à la radio que Galden t'avait retrouvée vivante... Quel soulagement !

— Il est dehors, tout près, avec Zak ; ils ont besoin d'aide ! Zak ne va pas bien du tout et Galden est blessé. Il leur faut de l'eau en urgence !

— Oui, je vous ai vus approcher, j'ai aussitôt mis de la neige à fondre, dit Charles, désignant un petit récipient disposé sur un réchaud, à côté de son énorme sac à dos. Tu as vu quelqu'un d'autre ? Je n'ai pas réussi à contacter qui que ce soit par radio. Tu as des nouvelles de Doug ? D'Élise ?

— Élise... balbutia Cecily, à peine capable de prononcer le prénom de son équipière, comme s'il était coincé dans sa gorge. Élise est morte. Au-dessus du camp 4. Elle a été frappée sur le crâne. Quant à Doug, il... a tenté de me tuer. Je pense qu'il a trafiqué ma bouteille d'oxygène, et ensuite il a voulu m'agresser au sommet. Je ne lui ai échappé que parce qu'il a cru que j'avais chuté.

La barbe de Charles, qui avait poussé au camp de base, était parsemée de flocons, tout comme ses sourcils broussailleux, ce qui rendait ses yeux bleus encore plus perçants ; Cecily avait la sensation d'observer le cœur d'un glacier.

— La montagne a un effet étrange sur les hommes, en particulier sur les individus désespérés et accablés de chagrin – ce qui est le cas de Doug.

— Il pense que j'ai tué sa fille... dit Cecily, noyant son visage dans ses moufles.

Elle fondit en larmes, subissant de plein fouet le contrecoup des dangers auxquels elle avait échappé et le soulagement d'être enfin en sécurité. Elle était désormais en compagnie de Charles, Galden et Zak. Doug ne pourrait s'en prendre à eux trois simultanément.

— C'est ce qui s'est passé, non ? dit Charles.

— Quoi ? s'exclama Cecily, redressant la tête. Je n'ai pas plongé volontairement dans les ennuis, sur cette crête. J'ai seulement suivi James sur une voie qu'il n'avait pas le droit de m'imposer. Et je me suis retrouvée coincée...

— Tss... Tu vois ? Tu te cherches encore des excuses. Pour Doug, tu incarnes tout ce qui ne va pas dans le monde de l'alpinisme de nos jours. Tu es irréfléchie, imprudente, et tu n'as aucun respect pour la montagne.

— C'est faux ! Enfin, c'était peut-être le cas autrefois, mais j'ai appris de mes erreurs.

— Vraiment ? douta Charles d'une voix presque douce. Il semblerait pourtant que tu aies de nouveau besoin d'être secourue.

— Charles, je t'en prie...

Cecily inspira profondément, quoique par saccades, s'intimant de se focaliser sur le danger présent et non sur le passé. La tente étant malmenée par les rafales, elle songea à ses compagnons affalés dehors, dans le froid.

— Je ne suis pas la seule concernée cette fois, reprit-elle. Il faut aider Galden et Zak à se mettre à l'abri.

En se ruant vers l'entrée de la tente, elle renversa involontairement le sac de Charles. Dans sa chute, celui-ci percuta le réchaud. Charles lâcha un grognement de frustration et se précipita pour raviver la flamme.

Or son sac à dos s'était ouvert dans la bousculade, et certains objets qu'il contenait s'étaient déversés sur le sol.

Parmi ceux-ci, une caméra TalkForward.

Celle d'Élise.

Cecily releva la tête et croisa le regard dur de Charles, à qui rien n'avait échappé.

Elle avala sa salive et, bien que n'en ayant aucune envie, ne put s'empêcher de poser la question évidente :

— Pourquoi cette caméra est-elle dans tes affaires... ?

Charles soupira et éteignit le réchaud.

— Les choses n'auraient pas dû se dérouler ainsi. Ce n'était pas le plan prévu...

Considérant tour à tour la caméra et Charles, Cecily sentit une terreur sans nom naître en elle quand peu à peu les pièces du puzzle se mirent en place, quand la vérité lui apparut.

— Ce... C'est toi qui as...

Charles poursuivit, comme s'il ne l'avait pas entendue :

— Mon souhait était que vous parveniez tous au sommet et que nous en redescendions ensemble, triomphants. Mais Doug avait d'autres projets en tête. Il savait depuis le début que les prévisions météo étaient pessimistes. C'est lui qui a posé un brouilleur pour m'empêcher d'être informé de l'approche d'une tempête. Il voulait que je me fasse surprendre, et il a dissimulé son mensonge en poussant l'équipe à grimper le plus longtemps possible. Il a tenté de vous faire faire demi-tour au camp 3, tu te rappelles ? Il était hors de question que je le permette. Il fallait que je trouve un moyen de le distraire. C'est pour ça que je t'ai demandé de nous raconter ton histoire du Snowdon. Je savais que tu étais responsable de la mort de sa fille.

— Mais... je ne comprends pas. Tu m'as tout de même incitée à me joindre à toi ?

— Oui, et précisément pour cette raison. Si tu avais vu sa tête le jour où il a reçu ce funeste appel téléphonique. Il était dévasté. Il n'a pas voulu savoir ce qui s'était passé, mais moi j'ai tenu à en avoir le cœur net. J'ai lu tous les articles relatant la mort de sa fille, notamment ceux qui te qualifiaient d'« héroïne du Snowdon » pour avoir guidé les secours. Quand tu as posté « Mise en échec », j'ai gardé ton nom dans un coin de ma tête. Je devinais que tout n'avait pas été dit dans cette histoire. Plus tard, après le Broad Peak, quand j'ai senti que Doug doutait de plus en plus de moi, j'ai imaginé un plan. J'inviterais une équipe sur le Manaslu, qu'il serait trop occupé à guider pour me mettre des bâtons dans les roues. Mais ça n'a pas fonctionné. Il a tout de même fait tout ce qui était en son pouvoir pour vous *empêcher* d'atteindre le sommet.

— Mais pourquoi ?

— Quel idiot... Il était sincèrement convaincu que la tempête mettrait fin à mon ascension, peut-être même qu'elle me tuerait.

Charles détacha son piolet de son sac à dos, l'air menaçant.

La gorge nouée par la peur, Cecily eut toutes les peines du monde à articuler quelques mots :

— Pourquoi voulait-il s'en prendre à toi ?

— Il savait que j'avais découvert une sensation encore plus grisante que vaincre les sommets.

— Je ne comprends pas...

— Ah non ?

Cecily recula légèrement, le souffle de plus en plus court. Elle n'était pas en sécurité ; son corps l'avait compris mais son cerveau avait eu besoin d'un peu plus de temps pour l'intégrer. Doug avait tenté de leur faire faire demi-tour. « Tu n'as vraiment rien compris », lui avait-il dit au sommet. Doug ne voulait pas que ses protégés se trouvent en haute montagne en compagnie de Charles.

Une tache sombre se devinait sur le bout du piolet de ce dernier, et Cecily ne voulait pas savoir à quoi elle était due.

Mais elle avait vu la victime de ses yeux, elle avait touché son sang de ses mains.

— C'est toi l'assassin... murmura-t-elle. Pourquoi... ?

Charles fit courir un doigt sur le bout métallique courbé de son piolet.

— Parce que j'en ai le pouvoir, répondit-il, impassible. J'ai toujours su que je n'étais pas comme les autres. Quand j'étais enfant, Doug estimait que défier les montagnes suffirait à me satisfaire, mais même ça, c'est devenu trop facile. Puis il y a eu l'épisode du pic Lénine. La nature m'a jeté tout ce qu'elle avait, pourtant j'ai survécu. Une personne comme toi peut-elle seulement imaginer la volonté de fer nécessaire pour absorber les forces les plus monstrueuses que la montagne peut lâcher sur toi, pour grimper écrasé par le poids de tant de neige, et enfin pour sentir le soleil réchauffer ton visage et te dire que tu es l'élu ? J'étais accompagné de deux types, sur le pic Lénine, et je les pensais très résistants, mais ils ont été emportés. Moi, je suis différent des autres, et je veux que le monde le sache.

Il se tut un instant avant de reprendre :

— Mais le monde n'est pas prêt à me comprendre. J'ai annoncé que je me lançais dans ce défi ahurissant, les 14 sans assistance, et crois-tu que ça ait passionné les foules ? Bien sûr que non. Les gens sont si creux, ce sont des guerriers en chaise roulante qui osent critiquer ceux d'entre nous qui repoussent les limites de la définition même de l'être humain. Personne ne voulait me soutenir, tous prétendaient que mon projet était trop dangereux. Puis il y a eu l'épisode du Dhaulagiri. J'ai ressenti de la colère quand j'ai trouvé ces types effondrés sur le bord de la piste, qui entravaient ma route, victimes d'hypoxie. J'ai posé la main sur le cou du premier, j'ai repéré un pouls, faible mais bien présent. S'il avait été en état de redescendre, il aurait peut-être survécu. Son frère gémissait, également aux portes de la mort. Ils étaient tous deux pathétiques. Ils n'avaient pas leur place là-haut. Je suis revenu auprès du premier et j'ai fait pression sur son cou. Il s'est débattu, oh que oui ;

il avait retrouvé son envie de se battre, de vivre, de survivre, qui en réalité ne l'avait jamais quitté. Seul son esprit avait renoncé, alors que son corps aurait pu encore le porter s'il en avait eu la volonté. Mais il était trop tard... Ses yeux sont devenus ternes. Mon visage a été sa dernière vision. Aucune ascension victorieuse ne m'a jamais offert une telle sensation de puissance.

Tout en décrivant son crime, Charles mimait son geste, serrant un cou imaginaire entre ses mains. La gorge piquante après une remontée de bile, Cecily n'avait aucune arme à portée de main et souffrait toujours du genou. Son unique espoir était de lui échapper pour rejoindre Galden et Zak. Peut-être pourraient-ils à eux trois prendre le dessus sur Charles.

— Cet homme était trop faible. Trop faible pour se trouver là. J'ai fait ce qu'il fallait faire. J'avais le pouvoir de décider lequel d'entre eux survivrait et lequel succomberait. J'ai pris son frère sur le dos et je l'ai descendu. Le lendemain, quand je suis remonté sur place avec l'équipe de secouristes, l'autre était toujours là, exactement dans la position dans laquelle je l'avais laissé. Mort. Et personne n'a une seconde imaginé la vérité. Quand quelqu'un meurt dans la zone de la mort, personne ne tique. Et comme j'avais sauvé la vie de son équipier, je suis devenu un héros.

— La vérité éclatera, cette fois, affirma Cecily. Tu comptes tuer tous les membres de ton expédition ? Plus personne ne te prendra pour un héros, dans ce cas. Ta réputation sera ruinée.

— Ma réputation n'a rien à craindre. Comme je te l'ai expliqué, il n'existe pas de lieu plus idéal que ces montagnes pour donner la mort. Sur l'Everest, je n'ai eu qu'à légèrement pousser un homme – je l'ai à peine touché, à vrai dire – pour qu'il fasse une chute mortelle. Un homme qui croyait m'avoir vu m'aider de cordes fixes et qui avait lancé une rumeur pernicieuse. Quel culot de croire que je pouvais avoir besoin des béquilles et autres aides dont les alpinistes ordinaires ne peuvent se passer pour gravir ces montagnes !

— Mais... tes sauvetages ? dit Cecily, les yeux embués de larmes. Tu... tu as sauvé des vies, tu ne les as pas prises.

— Même les plus grands ont besoin d'un peu de pub, d'un coup de pouce entre deux poussettes dans le vide, répondit Charles, riant de sa mauvaise blague.

— Et sur le Cho Oyu ? Grant t'a vraiment filmé en train de simuler un sauvetage ?

— Je n'ai aucun besoin de simuler mes sauvetages, ricana Charles. Je voulais simplement tuer l'Indien, au départ, mais quand j'ai vu le drone j'ai dû le secourir. Grant a cru que j'avais tout mis en scène, qu'il pourrait se servir de ces images pour me menacer, pour m'arracher par chantage une place au sein de mon équipe et ainsi décrocher les droits audiovisuels de mon aventure. Risible... Je l'ai malgré tout intégré à mon groupe, afin de pouvoir m'occuper de lui et de ses vidéos. Vous avez tous été choisis au terme d'une sélection minutieuse. Élise, grâce à son influence sur les réseaux sociaux, était parfaite pour faire taire les rumeurs de tricherie persistantes. Zak, grâce à sa fortune, a financé l'intégralité de ma mission, et même davantage, en échange d'une place dans l'équipe, ce qui m'a évité tout souci d'argent. Quant à toi... tu étais mon arme secrète pour contrer Doug. Une bombe à faire éclater au bon moment, c'est-à-dire lorsqu'il a voulu vous faire faire demi-tour, au camp 3. J'avais besoin de toi sur la montagne, pour un ultime sauvetage spectaculaire qui m'aurait assuré une place dans les livres d'histoire. Hier soir, quand tu es sortie de ta tente, j'en ai profité pour bidouiller ton tuyau d'alimentation en oxygène, de façon qu'il cède au cours de ton ascension finale. Tu te retrouverais impuissante et je volerais à ton secours. Tu m'as presque impressionné, tu sais. Doug a tout fait pour que tu redescendes, mais tu as trouvé le moyen de poursuivre vers le sommet. C'est fou que tu sois allée si haut sans oxygène supplémentaire.

Cecily cligna des yeux. Depuis le début, elle avait cru que Charles l'avait choisie parce qu'elle était forte. En réalité, il lui avait proposé de se joindre à lui parce qu'elle était faible.

— Tout était prévu d'avance ? Mon Dieu... Irina ? Alain ? Tu les as tués, eux aussi ?

— Il m'a fallu longtemps pour identifier le destinataire de l'appel téléphonique lancé par cet alpiniste sur l'Everest. Quand Alain a posté son récit sur un forum et annoncé qu'il comptait gravir le Manaslu, j'ai compris qu'une chance unique s'offrait à moi. Quant à la Russe, elle s'est mise en travers de mon chemin. Décidé à détruire les vidéos de Grant, à faire disparaître toute séquence susceptible de m'incriminer, je me suis glissé dans sa tente, au camp 2, et j'ai fracassé son disque dur. Irina m'a surpris, j'ai dû m'occuper d'elle avant son retour au camp de base.

Cecily plaqua ses bras sur sa tête, comme si cela pouvait chasser ces horreurs, mais la cruelle vérité se dévoilait sous ses yeux.

— Pourquoi tu me racontes tout ça... ?

La réponse était évidente : Charles n'avait aucune intention de laisser Cecily en vie. Comprenant qu'une réaction radicale s'imposait pour échapper au triste sort qu'il lui réservait, elle regarda, paniquée, un peu partout dans la tente. Charles s'en rendit compte mais ne s'en inquiéta guère.

— C'est Zak que je vais secourir, finalement, dit-il. Sa boîte me versera certainement une généreuse récompense pour ce geste.

— Mais pourquoi avoir tué Élise ?

— Elle est venue me voir hier soir et m'a expliqué que Doug la renvoyait vers le camp de base. Elle m'a alors avoué la véritable raison de sa présence – m'espionner – et s'est excusée. Je l'ai alors convaincue de m'accompagner jusqu'au sommet. Et quand j'ai jugé le bon moment venu...

Achever cette phrase était inutile.

— J'ai ensuite emporté sa caméra pour la détruire plus tard.

Charles se pencha en avant vers Cecily qui tressaillit, mais il ne la frappa pas. Il ramassa simplement la caméra en question.

— Et maintenant, je peux enfin le faire.

Il saisit son piolet et le fit tournoyer dans ses mains, puis il l'abattit de toutes ses forces sur la caméra. Cecily poussa un hurlement, fila à quatre pattes vers l'entrée de la tente et sortit dans la tempête.

— Galden ! hurla Cecily.

Fouettée par le vent qui avalait ses cris, elle se retrouva malgré elle à genoux dans la neige et dut se protéger le visage des deux mains.

C'est alors qu'un son retentit dans la tente qu'elle venait de quitter. Un sifflement. Tranquille et détendu.

Deux notes graves, une aiguë, une grave.

Une immense terreur se propagea en elle, sans commune mesure avec celle que lui inspirait la tempête.

De son bras valide, Galden avait réussi à traîner Zak un peu plus près de la tente. Dodelinant de la tête et les yeux fermés, l'Américain semblait dans un état inquiétant.

Cecily agrippa Galden.

— Il faut filer d'ici ! Prends l'autre bras de Zak...

Elle s'agenouilla à côté de son équipier et tenta de caler son épaule sous l'aisselle de celui-ci afin de le soulever.

— Tu as trouvé de l'eau ? lui demanda Galden, toujours debout, désignant la tente.

— Non, Galden. Allez, aide-moi !

Le sherpa poussa un cri, choqué, lorsque Charles surgit de la tente, puis leva le bras pour le saluer. Il se retourna aussitôt vers Cecily, un grand sourire aux lèvres.

— Charles est là, *didi* ! s'écria-t-il, plein d'espoir. Nous allons marcher plus vite, maintenant. Nous...

Charles abattit son piolet. Cecily eut tout juste le temps de lâcher un cri étouffé : la pointe de l'arme s'enfonça dans le dos du sherpa. Elle s'affaira aussitôt sur le mousqueton de Zak, qui le reliait encore à Galden par une corde. Elle ne pouvait pas l'abandonner. Elle devait au moins essayer...

Doug était au courant. Si elle ne lui avait pas raconté l'épisode du Snowdon, il aurait dès le camp 3 ordonné à toute l'équipe de redescendre. Cecily n'aurait alors pas atteint le sommet, mais au moins elle n'aurait pas eu à craindre pour sa vie.

Son cerveau n'était pas en état de pousser plus loin sa réflexion. Charles retira son piolet du dos de Galden, qui, étendu dans la neige, saignait, gémissait, agonisait. Elle voulut se précipiter vers lui mais Charles s'interposa et s'approcha de Zak et elle. Elle recula tant bien que mal, son genou blessé la soutenant à peine.

La démarche de Charles, lente, froide, méthodique, avait de quoi effrayer, ainsi que son sourire. Il prenait son pied. Il jouissait de chaque seconde, de son pouvoir sur eux tous. Elle se trouvait sur son territoire, dans la zone dont il était le roi. Il ne se courbait même pas sous l'effet du vent.

— Ne t'enfuis pas, Cecily, sinon je tue Zak.

Cecily était déchirée par l'indécision. Elle ne voulait pas l'abandonner, mais peut-être avait-elle une chance de s'en sortir en prenant la fuite. Elle enverrait ensuite du monde pour secourir Zak...

Un nouveau gémissement de Galden lui parvint, plutôt un cri de douleur guttural, qui fit basculer quelque chose dans le cerveau de Cecily, dans lequel une émotion nouvelle prit le commandement, un instinct plus profond, plus primitif. Elle fit un pas en avant, déterminée à ne pas perdre un équipier de plus sur la montagne, et se jeta sur Charles, refusant qu'il commette un nouveau crime. Pas si elle pouvait l'éviter.

Interloqué par sa réaction, Charles hésita, penché au-dessus de Zak, qui enfin remuait quelque peu. Cette indécision fut suffisante pour Cecily, qui se jeta sur lui, n'ayant d'autre arme que son corps – ainsi que l'effet de surprise. La configuration du terrain jouait également en sa faveur : la crevasse se trouvait non loin de Charles, sur sa gauche. Supposant qu'elle comptait le pousser en arrière, il se prépara à un tel choc... puis eut la surprise de voir Cecily lui agripper le bras et le tirer vers le trou, se servant de tout le poids de son corps.

Charles s'étant arc-bouté dans la mauvaise direction, le plan de Cecily fonctionna à merveille. Il ne put éviter de faire quelques pas sur le côté, puis une de ses jambes s'enfonça dans la crevasse, le déséquilibrant totalement. Cecily se jeta sur le côté de façon à se mettre hors d'atteinte de Charles agitant les bras pour l'entraîner dans sa chute.

Enfin, il disparut dans le gouffre.

Cecily n'avait pas une seconde à perdre. Si elle avait réussi à pousser Charles dans la crevasse, elle n'en était pas pour autant débarrassée à coup sûr. En effet, s'il existait une personne au monde capable de s'extirper d'un tel piège, c'était bien lui.

Elle se rua vers Galden, dont la posture lui indiqua clairement qu'il n'était plus de ce monde. Elle se pencha et lui ferma les yeux, restés ouverts et fixés sur le ciel. Elle laissa échapper un gémissement surgi du plus profond d'elle-même.

— Qu'est-ce qui se passe ? bafouilla Zak, dont les mots, quoique confus, eurent au moins l'intérêt de faire revenir Cecily à la réalité.

Il était encore en vie. À deux, ils pouvaient s'en sortir.

— Il faut filer d'ici ! dit-elle avant d'aller récupérer son sac à dos et son piolet devant la tente.

— Et Galden ? lui demanda Zak à son retour.

Répondre à cette question était impossible pour Cecily, d'autant qu'il y avait urgence. Le crépuscule était proche. Si la nuit tombait avant qu'ils n'atteignent le camp 1, ils subiraient une violente baisse de température et n'y verraient plus rien car ils n'avaient pas de lampe torche, ni le temps d'en chercher une. *Zak ne survivra pas une nuit supplémentaire à cette altitude – et moi non plus...* Cecily réduisit au silence cette petite voix, jugeant inutile de s'appesantir sur ses chances de survie. Elle ne devait plus songer qu'à maintenir Zak en vie et à l'aider à redescendre. Si elle y parvenait, alors elle serait elle aussi hors de danger.

Elle passa un bras de Zak sur ses épaules et le hissa jusqu'à ce qu'il se tienne plus ou moins debout – non sans cesser un instant d'imaginer Charles surgissant de la crevasse, croyant le voir dans chaque ombre. Quoique vacillant, Zak tint bon sur ses jambes, pour le plus grand soulagement de Cecily, qui toutefois ne le lâcha pas, par prudence. Ils atteignirent les cordes fixes au prix de quelques pas hésitants et reprirent leur descente.

Par chance, ils étaient plus ou moins abrités du vent féroce dans la vallée creusée par le glacier. Cecily ne cessait de jeter des regards en arrière, incitant Zak à accélérer l'allure, mais elle ne voyait âme qui vive. Zak faiblissait mais elle l'encourageait de la voix ; Charles était lancé à leurs trousses et Galden l'avait déjà payé de sa vie.

Elle se refusait à annoncer la cruelle vérité à Zak, craignant qu'alors la peur le paralyse, ce qu'elle redoutait à tout instant pour elle-même.

Après tout, il ne leur restait qu'un obstacle majeur à franchir : le Gibet. Dès lors qu'ils l'auraient descendu, ils n'auraient plus qu'à passer à hauteur du camp 1 puis à fournir un ultime effort pour retrouver le camp de base. Ils pourraient même peut-être poursuivre leur marche de nuit, à condition de rester accrochés aux cordes fixes.

Cecily ne sentait plus ses douleurs dans les jambes, que son esprit avait bloquées, écartant tout ce qui n'était pas indispensable à sa survie.

Seule la colère l'animait. C'était cette colère qui l'aiderait à rester en vie, à enchaîner les pas, à agripper la corde. La colère pour ce qui était arrivé à Galden, à Élise. Elle était comme plongée dans cette fureur, à laquelle elle s'accrochait de toute son âme.

Malgré ses mains brûlantes de froid, elle serrait son piolet, qu'elle n'aurait lâché pour rien au monde.

Se retournant, elle distingua dans le lointain une silhouette en combinaison rouge à parements bleu marine qui approchait. Charles. Il était déjà sorti de la crevasse.

Cecily haussa le rythme, traînant presque Zak derrière elle le long de la corde fixe, si bien qu'ils parvinrent au sommet du Gibet en un temps record. Ils livraient une course contre la nuit, avec un tueur sur les talons.

Elle noua le baudrier de Zak à la corde de rappel.

— Tu y arriveras, Zak ?

— Non, Cecily… Et toi ?

Cecily n'avait aucune envie de parlementer. Le mental de Zak était ravagé mais son physique tenait à peu près le coup, sans compter qu'il reprenait des forces à mesure qu'ils perdaient de l'altitude. Il était hors de question qu'elle le laisse à la merci de Charles. Elle n'irait peut-être plus très loin, du fait de son genou douloureux, mais elle était armée de son piolet, c'était déjà ça.

Elle enroula la corde autour des doigts de Zak.

— Ne la lâche pas, d'accord ? C'est ton frein ! Descends doucement, tu peux le faire. Dès que tu es en bas, fonce au camp de base sans m'attendre. Je te rattrape aussi vite que possible.

— Sois prudente, Cecily.

— Allez, vas-y.

Elle vit Zak disparaître au-delà du rebord, puis elle se retourna pour affronter son destin. Elle se laissa tomber sur son genou indemne, son piolet brandi.

Charles approchait d'un pas régulier, ses épaisses bottes faisant crisser la neige.

— Tu renonces, une fois de plus, Cecily ?

Elle jeta le piolet aux pieds de Charles. Les lamas l'avaient béni mais cela ne lui avait guère servi.

— C'est ce qu'il te faut, pas vrai ? cracha-t-elle. Il faut que tes victimes soient faibles, désarmées, sans défense. C'est pour ça que tu aimes tuer dans la zone de la mort, parce que tes proies sont déjà à moitié mortes.

Malgré la gravité de la situation, elle ne put réprimer un petit rire.

— Tu n'as rien d'un héros, en réalité, tu n'es qu'un lâche.

Charles poussa un grognement et fit mine de s'élancer vers Cecily, mais il fut retenu par quelque chose. Doug, surgi dans son dos, l'avait agrippé par la capuche et l'entraînait en arrière.

Les yeux plissés, Charles fit volte-face et se dégagea de l'emprise du guide. Profitant de cette distraction, Cecily se pencha en avant et récupéra son piolet. Puis elle se releva au prix d'un violent effort. Grimaçant de douleur et inspirant par saccades, elle redressa la tête et recula d'un pas, si bien qu'elle se retrouva au sommet du Gibet, presque en aplomb du vide alors qu'elle n'était pas accrochée à la corde de sécurité. D'un regard par-dessus son épaule, elle constata que Zak poursuivait sa descente ; il n'avait pas lâché prise. Peut-être pouvait-elle au moins gagner du temps afin de lui permettre de s'enfuir et se sortir vivant de cet enfer.

— Ça suffit, Charles ! dit Doug. Je sais ce que tu as fait. Je ne voulais pas y croire, j'en étais incapable. Je me disais que mes doutes à propos de Leonardo, de Pierre et du sherpa sur le Broad Peak ne pouvaient être fondés, mais je t'ai vu t'en prendre à Grant au camp 4. Tout ça est terminé.

— Tu n'as toujours pas compris ? répliqua Charles en riant. C'est surtout pour toi que tout sera fini. Si tu me tues, tu ne trouveras plus jamais le moindre job en montagne.

— Aucune importance. Ma vie s'est achevée le jour où Caroline est morte.

— Je n'y suis pour rien. C'est elle, la responsable.

Il désigna Cecily, qui se figea, paralysée par la puissance de l'accusation, et plus encore par la douleur visible sur le visage de Doug. La souffrance due à son incompétence...

— Je sais, dit le guide.

Durant quelques instants, le vent se calma et il cessa de neiger.

Doug sortit un objet et le pointa sur Cecily.

Un pistolet. Son cœur cessa de battre, et le temps lui parut ralentir, tandis qu'elle ne voyait plus rien d'autre qu'un trou d'un noir impossible, au bout du canon.

— Je suis désolé, lui dit Doug. Je ne voulais pas que tu sois impliquée dans cette histoire.

Puis il pivota vers Charles et leva le bras jusqu'à viser le ciel.

— Ne fais pas ça, Doug, dit Charles d'une voix tremblante trahissant de la peur, émotion que Cecily n'avait encore jamais décelée chez lui. Tu ne vas tout de même pas manquer de respect à la montagne ?

— La montagne sera toujours là. Je dois seulement protéger ceux qui la gravissent.

— Si tu fais ça, nous sommes tous les trois morts : toi, moi et Cecily.

— Je suis déjà mort... chuchota Doug, qui tourna la tête vers Cecily. Vas-y, saute.

— Non ! hurla Charles en se précipitant sur Doug, son piolet brandi.

Doug appuya sur la détente. Une fusée de détresse fut projetée vers le ciel.

Non, pas tout à fait vers le ciel.

Plutôt vers le sérac en forme d'ours qui danse.

Le piolet de Charles s'abattit. Trop tard. Le projectile toucha l'ours en plein cœur, provoquant un grondement aussi menaçant que le tonnerre ; le monstrueux bloc de glace se détacha de la montagne.

Paralysée, et incapable d'exécuter l'ordre donné par Doug, Cecily ne sut rien faire d'autre qu'attendre et regarder la masse qui se ruait vers eux. Elle n'avait même pas peur, tant l'issue semblait… inévitable.

Ce serait la montagne, en définitive, et non Charles, qui la tuerait.

Elle ferma les yeux, agrippa son piolet à deux mains…

Et fut noyée sous la neige et la glace.

Le froid, dit-on, est bon pour le corps.

Comme quand on se trempe dans une eau glaciale. À petites doses, il affûte l'esprit. Il est capable de stopper – voire d'inverser – le processus de démence. Il stimule le système immunitaire. Il est censé engourdir, étouffer la douleur.

Pourtant, Cecily avait la sensation d'étreindre une pelote d'aiguilles, de subir mille minuscules piqûres.

Elle accueillit avec soulagement l'engourdissement. Sa douleur disparut et tout devint noir.

Mais elle ne craignait plus les ténèbres.

Il n'existait rien de plus terrifiant que le mur blanc qui avait dévalé le flanc de la montagne, vers elle.

Dans l'obscurité, on pouvait toujours se raccrocher à l'espoir d'une lampe torche chassant les ombres.

Le blanc, quant à lui, engloutissait tout, jusqu'à ses sens, même si Cecily eut la sensation que tous ses os étaient réduits en miettes.

Elle fut balayée par l'avalanche et projetée dans le vide, au-dessus du Gibet, et sombra dans l'inconscience.

– 56 –

Samagaun, deux jours plus tard

Cecily était allongée dans un lit, cernée de murs en planches de pin, sous plusieurs couvertures et sacs de couchage formant un cocon de chaleur.

Du coin de l'œil, elle remarqua Mingma endormi sur une chaise, tout près d'elle. Elle tenta de tourner la tête, mais le moindre mouvement déclenchait de vives douleurs un peu partout dans son corps. Elle poussa un gémissement involontaire, presque inhumain. La souffrance était si vive qu'elle en fut un instant aveuglée. Tiré du sommeil par ces plaintes, Mingma se pencha vers elle et lui prit les mains.

— N'essaie pas de bouger.
— Où suis-je ?
— Nous sommes de retour à Samagaun. L'étendue de tes blessures étant incertaine, il faut que tu restes immobile en attendant d'être évacuée à l'hôpital. L'hélicoptère a décollé et devrait arriver bientôt.
— Que s'est-il passé ?

— La chute d'un sérac a provoqué une épouvantable avalanche qui a tué beaucoup de monde. Tu as été protégée par la pente marquée du Gibet. Ton piolet s'est planté dans une portion de glace résistante. Il t'a sauvé la vie.

Cecily se redressa – du moins elle essaya.

— Et Zak ? Il a réussi à atteindre le bas du mur ?

— Oui. Nous l'avons retrouvé dans une crevasse, près du crux.

— Il n'est pas blessé ?

— Il souffre d'une fracture de la jambe et d'une commotion cérébrale. Il n'a aucun souvenir de ce qui s'est passé.

— Et les autres ?

— Doug et Élise sont toujours portés disparus, les secouristes les recherchent, révéla Mingma avant de baisser la tête. Je suis vraiment désolé, Cecily. Doug nous a renvoyés au camp de base, il a réussi à nous faire croire qu'il t'aiderait à redescendre. La tempête était trop violente pour qu'on remonte te secourir, seul Galden est resté au camp 2. Nous aurions dû réclamer des précisions à Doug. C'est ma faute…

La voix du sherpa s'étouffa. Cecily regretta de ne pas pouvoir tourner la tête vers lui – le moindre mouvement était au-delà de ses forces.

— Non, Mingma, ce n'est pas Doug. C'est Charles… Il a tué Élise, Galden et Doug. Et il a essayé de me tuer, moi aussi. Juste avant d'être frappé par Charles, Doug a volontairement déclenché l'avalanche pour le tuer. Pour qu'il n'assassine plus personne.

Un silence interminable ponctua ces révélations.

— Cecily... chuchota Mingma. Tu as l'esprit embrouillé.

— Non, c'est la vérité. Je l'ai vu tuer Galden, et il m'a avoué avoir assassiné non seulement Élise, mais aussi Irina et Alain. Il a également probablement tué Grant. Doug savait que Charles était un assassin. C'est pour ça qu'il a tout fait pour que nous redescendions. C'est pour ça qu'il t'a ordonné de faire demi-tour... Il voulait tous nous éloigner de Charles. Mais maintenant Charles est mort, Dieu merci.

La porte s'ouvrit, inondant la chambre d'une lumière vive.

— Elle est réveillée ? demanda une voix qui provoqua en Cecily un frisson d'effroi.

Elle gémit de nouveau en entendant des bruits de pas approcher. Le matelas s'affaissa sous le poids du nouveau venu, lorsqu'il s'assit sur le lit.

— Cecily, tu m'entends ? demanda-t-il en lui serrant la jambe, à travers la couverture.

C'était Charles. Il avait survécu.

Terrifiée, elle ne réagit que par un nouveau gémissement.

— Qu'est-ce qu'elle a dit ? demanda Charles à Mingma.

Le cœur de Cecily cessa de battre un instant.

— Rien du tout.

Peut-être le sherpa n'écartait-il pas totalement ce que Cecily lui avait dévoilé.

— Dans combien de temps l'hélicoptère sera là ?

— D'ici une heure. Mais Charles... toi aussi tu devrais te reposer. Il faut ménager ton bras blessé.

— D'accord, d'accord, je suis simplement venu prendre des nouvelles de notre survivante.

Charles se pencha et murmura à l'oreille de Cecily, si bas que Mingma n'entendit rien :

— La montagne ne me tuera jamais.

Le son de sa voix donna la nausée à Cecily. Les dents serrées, elle l'entendit se lever et s'éloigner. Elle laissa passer quelques secondes, afin d'être certaine qu'il soit parti.

— Je t'ai dit la vérité, Mingma, je te le jure...

— Tu as des preuves ? murmura le sherpa, à peine audible.

Voyant qu'elle ne réagissait pas, il lui tapota la main.

— Je vais voir si l'hélicoptère arrive. Essaie de te reposer, je t'en prie.

Sur ces mots, il l'abandonna dans l'obscurité.

Elle n'avait pas la moindre preuve. La tête douloureuse, elle ne voyait que des étoiles.

Non. Élise, Galden, Doug, Irina, Alain. Ils méritaient qu'on leur rende hommage. Ce n'était pas la montagne qui les avait tués. C'était Charles.

Mais qui la croirait ?

Brouillon 4

Le mal sur l'Everest
La véritable histoire de Charles McVeigh

Par Cecily Wong

Le 23 septembre, la chute d'un sérac a déclenché une monstrueuse avalanche sur le Manaslu, le huitième plus haut sommet du monde, provoquant la mort de quatre personnes : Doug Manners, guide de haute montagne depuis des décennies ; Galden Sonam Sherpa, guide expérimenté ; Élise Gauthier, alpiniste d'élite canadienne ; Grant Miles-Peterson, réalisateur britannique. Trois autres personnes ont été blessées : Zachary Mitchell, P-DG de TalkForward ; Charles McVeigh, star mondiale de l'alpinisme ; et moi…

En vérité, la montagne n'est pas responsable de tout cela.

Ces morts, ainsi qu'au moins quatre autres, sont le fait d'un seul homme, qui a commis ces meurtres en menant à bien sa mission sans assistance - et en effet, il s'est bien gardé d'assister ses victimes.

Charles McVeigh.

Véritable incarnation du mal sur la montagne, il a profité de la faiblesse physique d'autres alpinistes pour se livrer à ces actes odieux, mettant à son profit les dangers inhérents à la montagne - manque d'oxygène, crevasses béantes, pentes raides - pour masquer ses crimes. Qui sait combien d'autres victimes cet homme a à son actif ? Il est quasiment impossible de mener une enquête quand la mort survient à plus de huit mille mètres d'altitude.

Comme Charles lui-même me l'a fait remarquer à son arrivée à Samagaun, où un tueur peut-il mieux se cacher qu'en un lieu surnommé la zone de la mort ?

Le temps de la dissimulation est révolu.

C'est la fin du règne de la terreur imposé par Charles dans les montagnes. Il sera bientôt décrit comme le monstre qu'il est, et ses victimes reposeront enfin en paix.

– 57 –

Katmandou, une semaine plus tard

Ces lignes ne seraient jamais publiées, mais Cecily avait eu besoin de les écrire, de coucher les mots sur le papier, quand bien même ses yeux seraient les seuls à se poser dessus.

Elle était restée trop longtemps à son goût à l'hôpital de Katmandou. Aussi incroyable que cela puisse paraître, elle s'en était sortie avec des blessures légères, souffrant essentiellement du genou gauche et de la main droite, ce à quoi il fallait ajouter une relative cécité des neiges encore présente sur sa rétine. Si le genou se remettait, elle ne récupérerait pas la dernière phalange de son annulaire. Il avait été établi que lorsqu'elle avait plongé ses moufles dans la neige pour grimper et retrouver la piste, après sa chute, le tissu ne l'avait pas vraiment protégée du froid. Cela étant, elle s'en tirait à bon compte si elle n'avait rien de plus grave à déplorer.

Zak souffrait quant à lui d'une commotion cérébrale assez sérieuse et d'une fracture de la jambe. Au moment où l'avalanche s'était déclenchée, il avait atteint le pied du Gibet mais était encore en train de franchir la crevasse qui se présentait ensuite. L'échelle sur laquelle il était juché avait basculé et s'était coincée dans la paroi de glace – ce qui lui avait sauvé la vie, au prix de sa jambe cassée. Encore en convalescence après avoir subi une intervention chirurgicale, il s'apprêtait à être rapatrié aux États-Unis.

Cecily lui avait rendu visite à l'hôpital, bien entendu. Il ne se souvenait plus du tout des événements survenus sur la montagne après la dernière nuit. Cela ne les avait pas empêchés de se serrer les mains avec force, unis pour la vie par cette épreuve à laquelle ils avaient survécu ensemble.

Dario était venu voir Cecily, anéanti, et avait aussitôt cru à son récit, hélas il n'avait aucun moyen d'incriminer Charles sans preuve.

— Je savais que j'aurais dû davantage insister pour convaincre Élise de redescendre avec moi, je savais que je l'envoyais dans la tanière du monstre. J'aurais dû tous vous secourir. Je suis désolé…

Le pire avait été les gros titres dans les journaux, ainsi que les interviews sur les principales chaînes d'information. Les commentateurs faisaient tous l'éloge de Charles, le héros qui avait annoncé avoir accompli son record. Il affirmait s'être ensuite dégagé de l'avalanche et avoir secouru Cecily. Plus qu'un conquérant, Charles était un sauveur. Le héros du Manaslu. Le grand public ne vibrait que pour le danger, l'horreur, la terreur, et tout cela ne faisait que renforcer la mythologie associée à Charles.

L'estomac de Cecily se retournait chaque fois qu'elle voyait le nom ou le visage de Charles dans un journal ou à l'écran. Elle était la seule à connaître la vérité : Charles était un assassin.

Elle aurait aimé comprendre pourquoi la montagne l'avait épargné. Apparemment, il avait réussi à enrayer sa dégringolade sur la vague de neige grâce à son piolet et s'en était tiré avec seulement un bras fracturé. Une fois dégagé par les secours, il avait insisté pour rester à leurs côtés et les « aider » à localiser les corps des autres.

En réalité, il avait tenu à rester sur place afin de mieux masquer ses crimes. Les corps de Grant et d'Élise n'avaient pas encore été retrouvés, et Cecily était bien placée pour savoir que celui d'Élise ne se trouvait pas sur les lieux de l'avalanche.

Les parents de Cecily voulaient qu'elle rentre sans délai, et Rachel avait promis de sauter dans le premier avion à destination de Katmandou. Cecily lui avait demandé de ne pas le faire, tout comme elle n'avait pas accédé à la demande de ses parents. Ils ignoraient tout de ce qu'elle avait vécu. Ils n'avaient pas découvert le corps d'Élise, ni tenu la main de Zak, ni assisté au sacrifice de Galden.

Sa survie n'aurait plus de sens si les histoires de ses compagnons étaient perdues sous la glace.

Avant de rentrer en Angleterre, avant de retrouver quiconque, Cecily devait se faire pardonner.

Tengboche, le village de Galden, était perché très haut dans la région himalayenne du Khumbu, loin du Manaslu – on y trouvait des géants plus célèbres tels que l'Everest. Plusieurs jours lui furent nécessaires pour s'y rendre. Après un vol à bord d'un avion branlant jusqu'à l'aéroport de Lukla – réputé comme étant le plus dangereux au monde –, Cecily prit place dans une Jeep pour gagner le village. Pour son genou blessé, la piste cahoteuse ne fut sans doute pas plus douce que ne l'aurait été une marche, mais Mingma avait insisté pour qu'elle ne se déplace plus qu'en voiture.

Arrivée avec lui le jour du Dashain, censé symboliser le triomphe du bien sur le mal, Cecily ne pouvait s'empêcher de penser que le mal était sorti vainqueur, cette fois.

L'heure n'était évidemment pas à la joie, néanmoins la famille de Galden accueillit chaleureusement Cecily et l'invita à participer au rituel du Dashain avec eux, ce qu'elle considéra comme un honneur.

Assise face à la mère de Galden, qui chantait en brûlant de l'encens, elle repensa à la *puja* et à sa grand-mère. Des larmes se formèrent dans ses yeux lorsqu'elle songea à tous ceux qu'elle avait perdus.

La mère de Galden se pencha en avant et appliqua une bénédiction sur le front de Cecily, un point rouge vif constitué de poudre de riz. Cecily s'inclina, les mains jointes, et la mère de Galden en fit autant, sans reprocher quoi que ce soit à quiconque. Mais Cecily se sentait ravagée de chagrin. Elle n'ignorait pas que la disparition de Galden toucherait durement toute sa famille d'un point de vue pratique. Elle ferait tout son possible pour les aider.

En repartant, elle passa à hauteur du monastère dont Galden lui avait parlé ; c'était une bonne occasion de laisser quelque chose en mémoire des victimes de Charles, ainsi qu'une offrande.

L'intérieur du monastère était une fête de couleurs, des rouges et des bleus vifs mis en valeur par des feuilles d'or. L'éclat des lieux lui évoqua Élise. Elle s'agenouilla et inclina la tête, pensant aux disparus.

Dans un minuscule sanctuaire, une statue de Bouddha était entourée de drapeaux de prière. Elle demanda au lama la permission de s'en approcher, qui lui fut accordée. Ne possédant aucun effet ayant appartenu à Zak, Doug et Galden, elle sortit son calepin et écrivit ces trois prénoms sur une feuille, qu'elle plia ensuite en minuscule grue, comme Galden le lui avait appris au cours des longues journées passées au camp de base, puis elle posa sa création sur une étagère, tout près de la statue du Bouddha. Elle sortit ensuite de sa poche le pendentif d'Élise, qu'elle avait pris sur son corps sans vie – la preuve que celle-ci n'était pas morte dans l'avalanche.

La preuve que ce n'était pas la montagne mais Charles qui l'avait tuée.

Elle baissa les yeux sur le bijou. Élise aurait voulu qu'il reste au Népal, où elle s'était toujours sentie comme chez elle.

Au moment de déposer l'objet sur le sanctuaire, Cecily pensa à la caméra. Aux caméras TalkForward. Ces appareils envoyaient leurs images directement dans le cloud par liaison satellite, pour qu'elles soient instantanément stockées. *Et si... ?*

Cecily n'avait guère d'espoir, étant donné que Zak lui-même n'avait pas réussi à activer cette fonctionnalité lorsqu'ils se trouvaient au camp de base. Cela dit, Doug avait alors brouillé le signal. La liaison s'était peut-être rétablie à l'approche du sommet.

Les chances étaient minces, mais c'était mieux que rien.

— Merci, Élise, murmura Cecily, qui déposa un baiser sur le pendentif avant de le suspendre sur le sanctuaire.

Elle sortit du monastère.

— Mingma ?

— Oui ? répondit-il, les mains dans le dos, les épaules écrasées par une tristesse absente un mois auparavant.

— Est-il possible de se connecter à Internet par ici ? C'est urgent.

— Oui, bien sûr, allons-y.

S'appuyant sur l'épaule du sherpa, Cecily boitilla jusqu'à l'auberge Everest View. Ils grimpèrent sur la terrasse aménagée sur le toit du bâtiment et s'installèrent sous le soleil. Mingma porta à Cecily une tasse de *masala chai* assez fort mais sucré. Elle sortit son ordinateur portable de son sac et se connecta au wifi de l'établissement – non sans ironie, le débit se révéla élevé, malgré l'altitude.

Elle se connecta au serveur privé de Zak et découvrit deux dossiers verrouillés par un mot de passe. Elle tenta d'abord celui de Zak, dont elle n'avait pas oublié les paroles : « Le mot de passe est le nom de ma montagne préférée : ''Rainier''. »

Sa gorge se noua lorsque le dossier s'ouvrit : il n'y avait là aucune image du dernier jour.

Élise était son ultime espoir. Elle cliqua sur le second dossier.

Une fenêtre s'ouvrit, réclamant un mot de passe, heureusement Cecily savait quelle était la montagne préférée d'Élise : l'Eiger. Elle pianota ce mot, puis vit apparaître plusieurs fichiers. Se focalisant sur les dates, elle cliqua sur le document le plus récent... et ne put retenir un petit cri. Le sourire d'Élise emplissait l'écran, la sensibilité de l'appareil permettant de la distinguer en pleine nuit. Elle était vêtue de sa combinaison. Cecily reconnut les quelques tentes, en arrière-plan : le camp 4.

— Je m'élance vers le sommet, finalement ! disait-elle à ses followers, pleine d'espoir et d'enthousiasme. Charles m'a convaincue.

L'image fut ensuite instable un instant, le temps qu'Élise fixe la caméra sur sa poche avant, puis elle se mit en marche, lentement.

Incapable de détacher son regard de la scène, Cecily sentait la nausée la gagner. Des frissons parcoururent son crâne lorsque Élise se tourna vers son assassin, dont le visage apparut nettement à l'écran.

La Canadienne avait compris au dernier moment le sort qui lui était réservé. Pendant les ultimes secondes de la vidéo, elle courait – du moins elle essayait – dans la neige.

Puis l'écran vacilla et vira au noir.

Les mains plaquées sur la bouche, Cecily comprit que tout était dit. Elle avait là le dernier cadeau offert par Élise.

La preuve en vidéo que Charles était un assassin.

Elle le tenait.

Ce serait l'article le plus retentissant de l'histoire de l'alpinisme.

À côté d'elle, Mingma laissa échapper un hoquet de stupeur.

— Tu me crois, maintenant ? lui demanda-t-elle.

— Je dois te laisser.

Il se leva d'un bond, renversant bruyamment sa chaise sur le carrelage, et sortit en courant de l'auberge. Cecily ignorait ce qu'il avait en tête, mais n'avait aucune envie d'être dans la peau de Charles lorsque Mingma et les autres sherpas mettraient la main sur lui.

Elle rédigea un e-mail à l'intention de Michelle :

Si tu veux la vérité, je l'ai.

En guise de preuve, elle ajouta en pièce jointe une capture d'écran d'une des vidéos, ainsi que le brouillon de son article « Le mal sur l'Everest ».

Cela suffirait.

Sortie de l'auberge, elle avisa une balançoire en bambou installée à l'occasion du Dashain et qui oscillait sous la lueur de l'après-midi. Dans le lointain se dressait l'Everest, également appelé Sagarmatha, Chomolungma ou encore la Déesse mère du monde.

Cecily s'assit sur la balançoire et, contemplant ce qui se rapprochait le plus du paradis sur Terre, inspira à pleins poumons.

Remerciements

En septembre 2019, peu après avoir atteint le sommet du Manaslu, et alors que je me trouvais encore dans la zone de la mort, je me suis assise dans la neige, j'ai ouvert mon cahier et ai commencé à écrire. Nul lecteur ne verra jamais ces mots car j'étais en état d'hypoxie, épuisée. Je tremblais tant que mon écriture est presque illisible ! Mais déjà j'avais acquis la conviction qu'il me fallait tirer un roman de mon expédition en haute montagne. Par chance, mon ascension a été beaucoup moins agitée que celle de Cecily, néanmoins elle reste une des plus fortes expériences de ma vie et a produit de profonds changements en moi.

Mes premiers remerciements vont par conséquent aux formidables guides de mon expédition au sommet de ce 8 000 : Nimsdai Purja et Mingma Gyabu « David » Sherpa, de l'organisme Elite Expeditions. Leurs conseils sur le Manaslu (et avant cela sur l'Aconcagua) m'ont donné l'assurance nécessaire pour m'attaquer à des défis qui m'avaient jusque-là toujours semblé hors de portée. L'expédition sur le Manaslu s'est déroulée dans le cadre du record du monde qu'a constitué la mission

« Project Possible » de Nims. Ce fut un honneur pour moi de partager la montagne avec cet homme qui est un des plus grands alpinistes de notre génération. Je dois également remercier Tensi Kasang Sherpa, qui a été mon guide personnel jusqu'au sommet (et qui tout au long de l'ascension m'a donné les nombreux quartiers de pomme dont j'avais tant besoin). J'ai eu de merveilleuses compagnes de tente – Deeya Pun et Stefi Troguet –, qui m'ont remonté le moral quand j'en avais besoin, et d'extraordinaires équipiers : Steve Davis, Sandro Gromen-Hayes, Avedis Kalpaklian et Khodr Ghadban. Les moments que nous avons vécus ensemble resteront à jamais gravés dans ma mémoire.

Mon aventure avec la montagne n'avait pourtant débuté que l'année précédente, lorsque j'avais atteint mon premier sommet, le djebel Toubkal, au Maroc, le jour de l'an 2018. Je dois une grande partie de ma passion et de mes connaissances en matière d'alpinisme à Jon Gupta, le guide de cette expédition. C'est Jon qui m'a appris à « ne négliger aucun détail » et qui a estimé que j'étais capable de gravir l'Everest pour peu que j'en aie la volonté – il était loin d'imaginer qu'en disant cela il ferait voler en éclats nombre des certitudes qui me limitaient à l'époque. Merci également à Éric Bouvant, mon guide sur le mont Blanc, qui m'a appris comment respirer en altitude et comment doser mon effort ; ses enseignements ont été primordiaux dans ma réussite sur ce sommet.

Si quantité de personnes m'ont aidée au fil de mon parcours en montagne, les éventuelles erreurs techniques présentes dans cet ouvrage sont de mon fait.

Écrire un roman étant un effort comparable à l'ascension d'un sommet, j'ai également eu besoin d'un maximum de soutien pour en venir à bout ! Je n'aurais pu rêver d'un meilleur agent ni d'une meilleure amie que Juliet Mushens, qui a cru en cette histoire bien avant moi. C'est une visionnaire, une des personnes les plus inspirantes que je connaisse, et personne n'est aussi travailleuse qu'elle dans l'univers de l'édition. Son équipe – Liza DeBlock et Kiya Evans – est tout simplement la meilleure qui soit. De l'autre côté de l'océan, Jenny Bent, mon agent en Amérique du Nord, est une vraie rock star. Je suis infiniment reconnaissante d'avoir ces merveilleuses personnes auprès de moi.

Grâce à elles, les meilleurs éditeurs se sont occupés de ce livre : Joel Richardson, chez Penguin Michael Joseph ; Edward Kastenmeier, chez Anchor Books ; et Lara Hinchberger, chez Penguin Canada. Tous ont travaillé dur pour que ce roman prenne forme. Leurs conseils et leur soutien ont largement dépassé mes attentes, et je suis ravie de les avoir eus à mes côtés au cours de ce long périple. Ils ont permis que mes rêves les plus fous prennent vie.

Chez Penguin Michael Joseph, je dois, en plus de Joel, remercier Grace Long, Clio Cornish, Lucy Upton, Ellie Hughes, Liv Thomas, Lee Motley, Emma Henderson et Jennie Roman. Services édito, marketing, communication, artistique et commercial : ils forment l'équipe de rêve pour tout écrivain.

Écrire un roman est parfois une activité solitaire – en particulier au cours d'une pandémie et en abordant un genre nouveau pour moi. Un merci tout particulier à Kim Curran, la toute première personne à avoir lu un brouillon de ce roman. C'est également ma compagne d'escalade, même si ensemble nous résolvons sans doute davantage d'intrigues que nous ne franchissons d'obstacles, ce pour quoi je lui suis infiniment reconnaissante !

Tout le monde a besoin d'une amie telle qu'Amie Kaufman, qui a à peine cillé lorsque je lui ai annoncé que j'avais l'occasion de gravir un 8 000. C'est également elle qui a eu la sagesse de me suggérer de tirer un roman de cette expérience. Au camp de base, j'ai créé un groupe sur WhatsApp, pour mes amis désireux de suivre mon expédition ; ils sont devenus ma corde de sécurité durant ce lointain voyage. Juliet (encore elle), Sarah Woodward, Adam Stratford, Tania Stratford, Maria Felix Miller, Natasha Bardon et James Smythe, merci d'avoir été les premiers à affirmer que mon aventure en montagne pouvait (avec de légères modifications !) inspirer une formidable histoire de meurtres ! Laura Lam, Juno Dawson, Tanya Byrne, Zoe Sugg, Sarah Jones, Stacey Halls et Katie Ellis-Brown m'ont apporté les encouragements dont j'avais grandement besoin durant le confinement, ainsi que de nombreux rires et conseils.

Rien de tout cela n'aurait été possible sans ma famille, proche et éloignée, qui me soutient toujours quand j'écris comme quand je grimpe ! Merci aux McCulloch, aux Barnes et aux Livesey pour leur soutien sans faille. Ma sœur Sophie et mon beau-frère Evan sont pour moi une constante inspiration, par leur créativité, leur passion et leur sérieux. Mes parents, Maria et Angus, sont systématiquement les plus enthousiastes de mes premiers lecteurs, mes meilleurs défenseurs, les piliers de ma force. Jamais je n'aurais su écrire ce roman sans le courage et la ténacité qu'ils ont instillés en moi.

Enfin, un merci particulier à Chris, qui m'a proposé ma première aventure en montagne. Tu m'incites à grandir et à devenir une meilleure personne – et un meilleur écrivain. J'ai hâte de découvrir quelles autres aventures nous attendent...

*Cet ouvrage a été composé et mis en page
par FACOMPO, Lisieux*

Imprimé en France par
CPI Brodard & Taupin
en janvier 2024
N° d'impression : 3055537

Pocket – 92 avenue de France, 75013 PARIS

S33999/01